KNAUR

SORAYA LANE

Die *verheimlichte* Tochter

ROMAN

Aus dem Englischen von
Sigrun Zühlke und Hannah Freiwald

KNAUR

Die englische Originalausgabe erschien 2023
unter dem Titel »The Royal Daughter«
bei Bookouture, London.

Besuchen Sie uns im Internet:
www.droemer-knaur.de

MIX
Papier | Fördert
gute Waldnutzung
FSC® C014496

Deutsche Erstausgabe Juni 2024

Redaktion: Antje Nissen
Covergestaltung: ZERO Werbeagentur, München
Coverabbildung: Collage unter Verwendung von
Shutterstock.com und © PixxWerk®, München
Illustrationen im Innenteil von Tartila / Shutterstock.com
Satz und Layout: Adobe InDesign im Verlag
Druck und Bindung: GGP Media GmbH, Pößneck
ISBN 978-3-426-53025-2

4 6 8 7 5

Für meine wunderbaren Leserinnen und Leser
auf der ganzen Welt.
Danke, dass ihr mit mir auf diese Reise geht!

Prolog

London, 1973

Alexandra schloss die Augen und atmete flacher, als sie den Griff um ihre Violine verstärkte. Sie hob das Kinn, ging in Gedanken noch einmal alles durch und versuchte, nicht auf die tadellose Aufführung des Geigers vor ihr zu achten, sich nicht mit ihm zu vergleichen, während sie sich für ihren bevorstehenden Auftritt bereit machte.

Ich schaffe das nicht.

Angst stieg in ihr auf, und Schweißperlen traten ihr auf die Oberlippe, als ihr Herz heftig zu schlagen begann. Einen flüchtigen Augenblick lang dachte sie daran, einfach ihre Sachen zusammenzupacken und wegzurennen, sich die schmerzhafte Erfahrung zu ersparen, die ihr bevorstand. Fand, dass sie eigentlich gar nicht hier sein sollte.

»Alex.«

Eine Hand legte sich auf ihre Schulter, sanft und beruhigend. Sie öffnete die Augen, wandte sich um und sah Bernard vor sich stehen. Sein volles Haar fiel ihm in die Stirn, und der Blick seiner sanften haselnussbraunen Augen beruhigte sie, als sie ihn ansah, den Mann, der all dies möglich gemacht hatte.

»Dies ist der Augenblick, der Welt zu zeigen, wer du wirklich bist«, flüsterte er, als er die Hände leicht auf ihren Rücken legte und sie näher an sich zog, woraufhin sie Violine und Bogen sinken ließ. »Du *verdienst* es, hier zu sein, Alex. Du verdienst alles, was dich hierhergebracht hat.«

Seine Lippen streiften ihre, und als er sich von ihr löste, drückte er seine Stirn leicht gegen ihre und streichelte vorsichtig über ihr Haar. Sein Atem auf ihrer Haut war warm, und als sie ihn so nah spürte, erinnerte sie sich wieder daran, wie weit sie gekommen war, an die Chance, die sie bekommen hatte, an das Geschenk, das er ihr gemacht hatte.

»Nach heute Abend wird nichts mehr sein wie zuvor«, murmelte er. »Heute ist dein großer Tag, mein Liebes.«

Sie sah zu ihm auf, als er einen Schritt zurücktrat, ihre Hand nahm, die den Bogen hielt, und sie sanft anhob, einen Kuss auf ihre Haut drückte und ihr in die Augen sah. Augen, deren Blick ihr sagte, dass sie nichts zu fürchten brauchte, dass er an sie glaubte.

»Danke«, flüsterte sie, schluckte die Angst in ihrer Kehle herunter und beschloss in diesem Moment, den Worten des Mannes, der sie liebte, Glauben zu schenken.

Dann wurde ihr Name aufgerufen, und während Bernard im Hintergrund verschwand, richtete Alexandra sich auf und betrat mit wenigen Schritten die Bühne. Ihre Absätze klackerten auf dem Bühnenboden, um sie herum wurde es still.

Bernard hatte recht. Es war an der Zeit, der Welt zu zeigen, wer sie wirklich war.

1

London, Gegenwart

Ella drehte die Holzschachtel in der Hand, strich mit den Fingerspitzen über das Etikett und starrte auf den Namen ihrer Großmutter. Jetzt war es schon beinahe dunkel, und sie wusste noch immer nicht, was sich darin befand. Bevor sie die Schnur aufzog, hielt sie inne und dachte darüber nach, wie viele Jahre lang die Schachtel ungeöffnet geblieben war, zutiefst neugierig, was sie finden würde.

Ein Teil von ihr fragte sich, ob sie auf ihre Mutter oder ihre Tante hätte warten sollen, aber ein anderer Teil von ihr wusste ganz genau, dass sie es einfach keine Sekunde länger aushalten konnte.

Ella zog leicht an der Schnur, und Fasern stoben in die Luft, als der Knoten aufging. Vorsichtig legte sie das Etikett auf den Schreibtisch, bevor sie tief durchatmete und den Deckel von der kleinen Holzschachtel abhob. Sie wusste nicht genau, was sie erwartet hatte, aber es lag nur ein Blatt Papier darin, das zu einem winzigen

Quadrat gefaltet war. Sie nahm es so behutsam heraus, wie sie ein wertvolles Kunstwerk in ihrer Galerie anfassen würde, entfaltete es vorsichtig und ließ schnell den Blick darüber gleiten.

Es waren Noten, ein Musikstück, mit einer handgeschriebenen Notiz in der rechten, unteren Ecke versehen.

Ich weiß, du kannst es dir zu eigen machen. B.

B.? Sie las die Notiz noch einmal und dann noch einmal, doch sie sagte ihr genauso wenig wie die Noten selbst, und ihre Neugier wuchs. Ein weiterer Blick in die Schachtel offenbarte ihr, dass noch etwas darin lag. Mit dem Fingernagel löste sie es vorsichtig vom Boden, wo es teilweise festklebte. *Ein Foto.* Es war schwarz-weiß, wirkte aber sogar ohne Farbe lebendig und erinnerte sie an eine griechische Insel: die endlose Weite des Wassers, seitlich im Bild ein weiß gekalktes Haus, und in der Tür eine Frau mit einem Kind – einem Mädchen –, die in die Kamera blickte. Sie betrachtete die Gesichter, kniff die Augen zusammen und hielt sich die Fotografie näher vors Gesicht, um die beiden Menschen darauf zu erkennen oder zumindest etwas an ihrer äußeren Erscheinung zu finden, was ihr bekannt vorkam. Die Frau lächelte, lachte vielleicht gerade, und das Mädchen lehnte sich an sie, den Kopf an die Schulter der Frau gelegt, ihre Hände waren miteinander verschränkt. Vielleicht ihre Tochter?

Einen Moment lang richtete Ella ihr Augenmerk auf den Hintergrund, bevor sie das Foto schließlich weglegte und sich in ihren Computer einloggte.

Sie erkannte zwar die Menschen nicht, aber bei der Umgebung konnte es sich nur um Griechenland handeln.

Sobald sie die Onlinesuche begann, wurde sie mit Fotos von endlos blauem Wasser und pittoresken Häusern überflutet. Sie lehnte sich zurück, hielt das Foto noch einmal hoch und stellte es sich in Farbe vor, ohne den geringsten Zweifel, dass es sich um eine Insel irgendwo in Griechenland handeln musste. Bevor sie auf die Uni gegangen war, war sie einmal in den Sommerferien dort hingefahren, in jenem letzten Sommer, den sie mit ihrem Bruder verbracht hatte.

Ella ließ das Foto auf den Schreibtisch zurückfallen und stand auf, streckte sich und ging zu dem kleinen Kühlschrank hinter der Theke am Ende der Galerie hinüber. Kaum eine Stunde zuvor hatte sie mit einem Kunden eine Flasche Champagner geöffnet, um ihre neueste Erwerbung zu feiern, und obwohl sie da nur einen Schluck getrunken hatte, war sie jetzt bereit für ein weiteres Glas. Es war ein langer Tag gewesen, noch länger, weil sie gleich am Vormittag, als sie die Galerie nach ihrem Kanzleitermin betreten hatte, erst einen launischen Künstler hatte verhätscheln müssen, ganz zu schweigen von dem Kunden, der stets darauf bestand, dass ein Mordsaufhebens um ihn gemacht wurde, wenn er die Galerie betrat. Die Schachtel mit den Hinweisen war großartig geeignet, um sie nach diesem stressigen Tag auf andere Gedanken zu bringen. Nachdem sie sich nun ein Glas eingeschenkt hatte, setzte sich Ella wieder an ihren Schreibtisch und starrte auf das Notenblatt und das Foto.

Was sie erwartet hatte, wusste sie nicht, aber ganz sicher keine Erinnerungsstücke, mit denen sie so gar nichts anfangen konnte. Wenn es sich um einen Brief gehandelt hätte oder vielleicht ein Erbstück, vielleicht eine Geburtsurkunde mit Namen oder etwas, das erklärte, wonach oder nach wem sie suchen sollte, um mehr über die Vergangenheit ihrer Großmutter herauszufinden, hätte sie den Sinn der Holzschachtel eher verstanden. Aber sie bezweifelte, dass das hier überhaupt für irgendjemanden in ihrer Familie von Bedeutung sein könnte.

Außer für Harrison … Ihr Bruder hätte vielleicht das Musikstück verstanden, denn soweit sie wusste, war er der Einzige in ihrer Familie gewesen, der Noten lesen konnte. Für sie selbst hätte es genauso gut ein Text in einer Fremdsprache sein können, nichts weiter als ein sorgfältiges Arrangement von Zeichen auf einem Blatt Papier.

Ella trank aus, genoss das Kitzeln der Champagnerperlen in ihrer Kehle, legte dann die Hinweise in die Schachtel zurück, verschloss sie und steckte alles in ihre Tasche. Sie ließ das Glas auf dem Schreibtisch stehen und stand auf, knipste im Hinausgehen die Lichter aus, wobei ihre Absätze auf dem polierten Betonfußboden der Galerie klackerten. Sie liebte diese Abendstunden, wenn sie allein war, jedes Kunstwerk erleuchtet von seiner eigenen, sorgfältig positionierten Lampe, das Gebäude still, abgesehen vom Geräusch ihrer Schritte. Es erinnerte sie an früher, wenn sie als Erste zum Schwimmtraining gekommen war. Dieser Augenblick, wenn die

Stille der perfekten, reglosen Wasseroberfläche glich, bevor jemand ins Becken sprang und sie aufwühlte.

An diesem Abend war es allerdings das Gemälde, das der Tür am nächsten hing, das sie innehalten ließ. Ella hob die Hand und berührte vorsichtig die Ränder der Leinwand, wobei ihr Blick auf das »Verkauft«-Etikett am Rand fiel, während sie die kühnen Pinselstriche und die satten Farben bewunderte. Die Künstlerin war neu in ihrer Galerie, sie hatte sie selbst entdeckt und erst vor ein paar Wochen der Ausstellung hinzugefügt. Und jetzt, da ihr erstes Gemälde schon ein paar Tage nach seinem Eintreffen verkauft war, hatte Ella das Fundament für die Karriere dieser jungen Frau gelegt, deren Name so bescheiden in der unteren Ecke stand.

Das erinnerte sie wieder an die hingekritzelten Worte, die sie vor ein paar Minuten gelesen hatte, und als sie das letzte Licht ausknipste und die Tür abschloss, fragte sie sich, ob sie jemals herausfinden würde, wer sich hinter diesem *B.* verbarg und wie genau das Notenblatt mit der Notiz in einer Schachtel gelandet war, die mit dem Namen ihrer Großmutter beschriftet war. Stand die Initiale für eine der Personen auf dem Foto, oder waren die Noten *für* eine von ihnen geschrieben worden, unterschrieben von einem Freund oder Verwandten? Und wie sollte sie sich ohne Hilfe von jemandem, der mehr Ahnung hatte, einen Reim auf diese Dinge machen, die man ihr ausgehändigt hatte? Was verband das Foto mit dem Notenblatt?

Sie seufzte, legte im Gehen die Handfläche auf ihre Tasche und spürte das Gewicht der Holzschachtel darin, bevor sie die Alarmanlage einschaltete. Vielleicht wusste ihre Tante ja etwas. In weniger als einer Stunde waren sie zum Abendessen verabredet, und sie konnte sich schon vorstellen, wie Kates Augen aufleuchten würden, wenn sie von der möglicherweise sogar skandalösen Vergangenheit ihrer eigenen Mutter erfuhr.

Ella lachte leise auf. Eines war sicher: Ihre Tante würde die genau entgegengesetzte Reaktion zu ihrer Mutter zeigen, und genau deshalb würde sie es ihr zuerst erzählen.

2

Ella trat durch die Tür des Restaurants »Barrafina« in Soho und entdeckte sofort ihre Tante, die bereits dort war und eifrig mit einem der Köche plauderte, während sie ihm und der Küchencrew von einem hohen Barhocker aus beim Kochen zusah.

»Kate«, sagte Ella, als ihre Tante aufstand, um sie zu umarmen. Kate umarmte wirklich – die Art von Umarmung, die der Person sagte, dass sie ihr wichtig war, anstelle der Luftküsse und des Rückentätschelns, woran Ella von allen anderen Leuten in ihrem Leben gewöhnt war. Dafür liebte sie ihre Tante nur noch mehr.

»Ella, du siehst so schön aus wie immer«, sagte Kate, als sie sich setzten. Ihr Blick glitt über das Gesicht ihrer Nichte, als wollte sie deren Anblick nach einer langen Zeit der Trennung erst einmal wieder ganz in sich aufnehmen. In Wirklichkeit war es nur ein paar Wochen her, dass sie sich zuletzt gesehen hatten. »Wie geht es dir? Hast du in der Galerie gut zu tun?«

»Die Galerie ist toll«, antwortete Ella mit einem Seufzer. »Toll, aber anstrengend. Es kommt mir vor, als ginge ein Tag nahtlos in den anderen über, aber ich kann mich nicht beklagen.«

»Malst du?« Kates Augenbrauen zogen sich auf beinah komische Art zusammen, so ernst war es ihr mit ihren Fragen.

Ella lachte. »Ist dir klar, dass du mich das jedes Mal fragst, wenn wir uns sehen, und dass meine Antwort immer dieselbe ist?«

Der Gesichtsausdruck ihrer Tante blieb auch derselbe. »Ich frage jedes Mal, weil ich hoffe, dass du mich eines Tages überraschst.«

Ella war dankbar, als der Kellner vorbeikam und sie nach ihren Getränkewünschen fragte. Sie bestellten beide Wein, aber aus Kates hochgezogenen Augenbrauen konnte sie schließen, dass das Thema noch nicht beendet war.

»Reicht es denn nicht, dass ich mich jeden Tag mit Kunst umgebe?«, fragte sie.

»Tut es das?« Kate seufzte. »Mir kommt es vor, als müsstest du dich selbst davon überzeugen.«

»Ich habe ein tolles Leben«, sagte Ella fest, wobei sie mit ihrer Handtasche spielte, die auf ihrem Schoß stand. »Ich liebe meine Arbeit, ich *liebe* mein Leben, nur …«

Ihre Getränke kamen, und Kate hielt ihr Glas hoch und wartete darauf, dass Ella mit ihr anstieß. »Ich freue mich, dass du dein Leben liebst, Darling.«

Sie tranken beide einen Schluck, bevor sie die Gläser abstellten.

»Aber?«, fragte Ella lachend. »Ich kann das unausgesprochene *Aber* hören! Komm schon, spuck's aus.«

Kate grinste und hob wieder ihre perfekt gestylten Augenbrauen, wobei sie mit den Schultern zuckte, als wäre sie ertappt worden. »*Aber* ich kann die talentierte junge Künstlerin nicht vergessen, die sich den Wünschen ihrer Eltern widersetzen und ihren eigenen Weg gehen wollte.«

Ella trank noch einen Schluck Wein. »Das war vorher.«

Sie saßen eine lange Weile schweigend da, Kates Hand auf ihrer. »Ich weiß, Ella. Ich weiß.« Sie räusperte sich. Wie immer, wenn jemand von ihrem Bruder sprach oder darüber, wie sich alles verändert hatte, seit er gestorben war, wurde ihr schwer ums Herz. »Also, erzähl, was heute passiert ist. In der Anwaltskanzlei. Ich sitze hier schon seit einer halben Stunde, weil ich es nicht erwarten kann, dass du mir alles berichtest.«

Ella öffnete ihre Handtasche und lächelte ihre Tante an. »Du weißt, dass Mum meinte, ich sollte nicht hingehen, oder? Dass es reine Zeitverschwendung wäre?«

»Ich habe die Stimme deiner Mutter genau im Ohr«, spottete Kate. »Natürlich hat sie das gesagt. Aber *Gott sei Dank* hast du nicht auf sie gehört.«

Ella nahm die Holzschachtel heraus und gab sie Kate. »Ich habe diese Schachtel bekommen.«

»Eine Schachtel? Wofür? Ist etwas drin?«

Ella nickte und deutete darauf. »Mach sie auf.«

Kate sah sie wieder an, bevor sie zögernd den Deckel abhob, als würde sie etwas Schreckliches erwarten. Ella sah zu, als sie das Notenblatt hervorholte und es ausgiebig betrachtete, bevor sie es weglegte und die Fotografie herausnahm. Ihre Tante sah verwirrt aus.

»Was ist das alles? Warum hat man dir das gegeben? Ich bin mir nicht sicher, ob ich es verstehe.«

»Offenbar handelt es sich um Hinweise, von meiner Großmutter, deiner Mutter, glaube ich. Falls man dem Ganzen überhaupt Glauben schenken darf natürlich.«

»Hinweise, sagst du? Ich dachte, es handelte sich um etwas, was den Nachlass meiner Mutter betrifft. Aber das hier?« Kate schüttelte den Kopf. »Nun, das ist jedenfalls eine Überraschung.«

»Würdest du mir glauben, wenn ich dir sagte, dass deine Mutter in einem Heim für ledige Mütter geboren wurde?«

Da kam der Kellner, um ihre Bestellung aufzunehmen, und Ella sah sich schnell die Karte an, bevor sie ihre Aufmerksamkeit wieder ihrer Tante zuwandte. Kate schien von der Schachtel fasziniert zu sein, sie drehte sie immer noch in den Händen und konnte den Blick gar nicht abwenden. Ella wählte gewöhnlich für sie beide, wenn sie ausgingen, also wusste sie, dass es Kate nichts ausmachte, wenn sie eine Auswahl von Gerichten bestellte, die sie sich teilen würden.

»Erzähl mir alles, Ella. Ich will ganz genau wissen, was heute geschehen ist, und lass nichts aus.«

Sie beugte sich zu ihrer Tante vor und ließ ihre Fingerspitzen über das Foto gleiten.

Etwas daran, wie die Frau und das Mädchen in die Kamera blickten, erweckte wieder ihre Aufmerksamkeit, brachte sie erneut dazu, das Bild genauer zu betrachten.

»Ich war mir nicht sicher, was mich erwartete, als ich heute bei dem Termin in der Kanzlei ankam, aber ich war nicht die Einzige dort. Da waren noch andere Frauen, die meisten in meinem Alter, und wir wurden alle in einen Raum gebeten.«

»Und alle waren wegen ihrer Großmütter gekommen? Genau wie du?«

Ella nickte. »Wir waren alle aus demselben Grund da. Da war ein Anwalt, jener, der den Brief an Großmutters Erben geschickt hatte, und er sagte uns, dass er vor vielen Jahren eine Frau namens Hope vertreten habe. Offenbar führte sie ein Heim für ledige Mütter und deren Babys, und diese kleinen Schachteln wurden vor kurzer Zeit gefunden, und zwar von ihrer Nichte. Die erklärte uns, dass sie anfangs nicht sicher war, was sie damit anfangen sollte, weil die Schachteln schon so lange verborgen gewesen waren, aber da sie sie nun einmal gefunden hatte, würde sie sich unwohl fühlen, wenn sie nicht versuchte, die Frauen ausfindig zu machen, für die sie bestimmt waren.«

»Warte mal.« Kate nahm einen großen Schluck Wein, wobei sie die Hand hochhielt. »Willst du mir ernsthaft sagen, dass deine Großmutter, *meine Mutter,* in diesem Heim geboren und adoptiert wurde? Dass ich nicht biologisch mit meinen Großeltern verwandt bin? Und dass diese Schachtel für meine Mutter hinterlassen wurde? Dass sie die ganze Zeit versteckt war?«

Ella nickte wieder. »So scheint es zumindest. Sie waren unter den Fußbodendielen in *Hope's House* versteckt und wurden nur entdeckt, weil das Haus abgerissen werden soll. Es ist ein Wunder, dass sie überhaupt gefunden wurden.«

Kate klappte der Unterkiefer herunter, und Ella zog eine Grimasse. »Also wusstest du gar nichts von einer Adoption?«

»Wusste es nicht?«, stieß Kate hervor. »Ella, das ist absurd! Ich weiß gar nicht, was ich sagen soll! Glaubst du, dass das alles wahr ist? Dass es sich nicht um eine Art, was weiß ich, eine Art Betrug handeln könnte? Und bitte sag nicht, dass ich mich wie deine Mutter anhöre … Aber könnte es nicht ein ausgeklügelter Schwindel sein, um uns in irgendetwas hineinzuziehen? Heutzutage geschieht so was doch häufig, oder?«

Ella bedeutete dem Kellner mit einer Handbewegung, dass sie mehr Wein brauchten, und lächelte, als er zur Antwort nickte. »Ehrlich gesagt habe ich mir schon genau dieselbe Frage gestellt, aber ich neige dazu, es zu glauben. Sie haben mich nur um meinen Ausweis gebeten und darum, den Erhalt der Schachtel zu quittieren. Die Nichte, Mia, schien aufrichtig zu sein. Sie wollte die Schachteln nur ihren rechtmäßigen Besitzern geben, und die Anwaltskanzlei war sehr beeindruckend. Und tatsächlich hatte ich durch die Galerie schon vorher geschäftlich mit einem der Anwälte zu tun, ich kann also nicht sehen, was hieran nicht rechtmäßig sein sollte.«

Kate hob die Schachtel noch einmal hoch und drehte sie in ihren Händen, als erwartete sie, noch etwas anderes zu finden, vielleicht ein verborgenes Fach. Auf dem Weg ins Restaurant hatte Ella dasselbe getan, beinahe überzeugt davon, dass es noch mehr geben musste als nur die beiden Dinge, die sie darin gefunden hatte. »Also war diese Schachtel jahrelang versteckt? Jahrzehntelang sogar? In diesem Haus? Und hat nur darauf gewartet, dass jemand sie entdeckt?«

»*Hope's House*«, sagte Ella. »Und ja, es hört sich an, als hätte diese Hope den Müttern vorgeschlagen, etwas für ihre Kinder zurückzulassen, das ihnen eines Tages ausgehändigt werden könnte. Und sie hat die Namensschilder an den Schachteln angebracht. Ihre Nichte Mia wusste aber nicht, ob über die Jahre hinweg noch weitere Schachteln ausgehändigt wurden, wenn Frauen kamen und nach Antworten suchten. Oder ob ausgerechnet diese Schachteln vielleicht aus einem bestimmten Grund versteckt wurden oder ob sie nur deshalb noch da waren, weil diese Frauen nie erfahren haben, dass sie adoptiert wurden. Vielleicht wollte diese Hope sie ihnen auch geben, ist aber gestorben, bevor sie dazu gekommen ist? Ich nehme an, das werden wir niemals erfahren.«

»Meinst du, diese Hope hat sie um etwas für diese kleinen Schachteln gebeten, damit die adoptierten Kinder eines Tages ihre leiblichen Familien finden würden?«

Ella zuckte die Schultern. »Möglicherweise. Oder vielleicht nur, damit sie etwas bekamen, das ihren Müttern gehört hatte? Vielleicht ging es gar nicht darum, ihre leiblichen Mütter zu finden, sondern es sollte eher eine Art Erinnerungsstück sein? Ich weiß nur, dass Hope sich wohl gut überlegt hatte, was sie tat. Jede

Schachtel hatte ein handgeschriebenes Namensschild und war mit einer Schnur zugebunden. Ich weiß nicht, aber es schien mir, dass jede mit viel Sorgfalt hergerichtet war. Es war schon beeindruckend, sie alle zusammen zu sehen.«

»Wie viele gab es?«

»Sieben«, sagte Ella. »Aber es waren nur sechs Frauen da. Sie haben wohl nicht geschafft, die Familie der siebten zu kontaktieren, oder falls doch, war sie jedenfalls nicht erschienen.«

Dann kam ihr Essen, und Ella legte das Foto sanft in die Schachtel zurück, wobei sie darauf achtete, das Notenblatt wieder auf seine beabsichtigte Größe zusammenzufalten, bevor sie die Schachtel wieder in ihre Handtasche steckte. Kates Hand schloss sich über ihrer, als sie den Reißverschluss der Tasche zugezogen hatte, und ihre Blicke trafen sich einen Moment lang.

»Deiner Grandma hätte das gut gefallen. Sie hätte diese kleinen Hinweise mit Freuden aufgegriffen und nicht eher geruht, bis sie herausgefunden hätte, was sie bedeuten. Ich kann das Funkeln in ihren Augen beinahe sehen.«

Ella lächelte, als sie an ihre Grandma dachte – sie war erst vor ein paar Monaten gestorben, und das war für sie alle nicht einfach gewesen. Doch am Ende war es leichter gewesen, sie sterben als sie leiden zu sehen. Ihr Krebs war so aggressiv gewesen, dass sie nach ihrer Diagnose nur noch Monate zu leben gehabt und schließlich im Beisein von Ellas Mutter ihren letzten Atemzug getan hatte.

»Du meinst also, wir sollten versuchen herauszufinden, was sie bedeuten? Du meinst, wir sollten es für sie tun?«, fragte Ella.

Kate nickte. »Das meine ich. Und ich meine außerdem, dass wir es im Augenblick für uns behalten sollten.«

»Mit anderen Worten, du möchtest nicht, dass meine Mutter uns entmutigt und damit unseren Nachforschungen vorzeitig ein Ende macht?«

»Ella, *genau* das meine ich. Du kennst mich einfach zu gut.«

Sie mussten beide lachen. *Und du kennst meine Mutter nur zu gut.* Ella hielt ihr Weinglas hoch, fühlte sich schuldig, dass sie Kates Gesellschaft derzeit so viel mehr genoss als die ihrer Mutter. Kate war für sie eher Freundin als Tante. »Darauf, herauszufinden, wer meine Urgroßeltern waren.«

»Darauf lass uns anstoßen«, sagte Kate, und sie stießen an, bevor sie ihre Aufmerksamkeit dem Essen zuwandten.

Ella hob die Gabel, um den Mönchsfisch zu probieren, zögerte dann aber, als Kate plötzlich ihr Besteck weglegte und sie ansah.

»Was, wenn diese Nichte von Hope mehr weiß, als sie zugibt? Vielleicht hat sie Akten, um die wir sie bitten könnten? Vielleicht gibt es noch mehr Hinweise?«

Ella dachte einen Augenblick nach. Mia hatte bei dem Termin am Morgen ganz und gar aufrichtig gewirkt, und wenn ihnen irgendjemand helfen konnte, die Hinweise zu verstehen, dann wäre sie es vielleicht. Aber hätte sie es nicht gleich gesagt, wenn es mehr zu erzählen gäbe?

»Du hast recht. Ich setze mich morgen früh mit dem Anwalt in Verbindung und bitte ihn, mich mit ihr in Kontakt zu bringen. Das ist wahrscheinlich einen Versuch wert.«

Kate stieß mit ihrer Schulter an Ellas. »Es ist ganz sicher einen Versuch wert.«

Ella legte sich etwas Oktopus auf den Teller, genoss jeden Bissen des köstlichen Essens. Doch in Gedanken war sie Millionen Meilen weit weg und überlegte, wie genau sie Mia dazu bringen konnte, ihr mehr über die mysteriöse Hope zu erzählen. Sie wollte mehr über Hope's House wissen und darüber, wie eine einzige Frau den Schwangeren und ihren Babys hatte helfen können.

* * *

Ella saß im Bett, die Füße in das dicke Federbett gekuschelt, und lehnte sich in die Kissen zurück. Die Schachtel lag geöffnet auf ihrem Schoß, und das Notenblatt lag neben ihr, während sie auf das Foto starrte, als könnte sie auf magische Weise die Menschen besser erkennen, wenn sie nur scharf genug hinsah.

Aber wenn sie ehrlich war, war es die Landschaft, die sie anzog. *Stell dir vor, wie es wäre, so etwas zu malen.* Sie ließ ihren Gedanken freien Lauf, konnte sich beinahe vorstellen, wie sie zum Pinsel griff und diese Schönheit nachbildete, die so einzigartig griechisch war. Ihre Haut von der Hitze gerötet, die Finger mit Farbe bekleckst, während sie unter der strahlend goldenen Sonne arbeitete.

Wie würde sich das anfühlen? Es war Jahre her, seit sie das letzte Mal gemalt hatte. Am Tag, nachdem Harrison gestorben war, hatte sie ihre angefangenen Arbeiten weggepackt und ihre Staffelei auf dem Dachboden im Haus ihrer Eltern verstaut. Dieser Teil von ihr war zusammen mit ihrem Bruder gestorben, und obwohl sie sich manchmal auf eine Weise nach dem Malen sehnte, die sie kaum in Worte fassen konnte, war sie in ihrer Entscheidung nie ins Wanken geraten. Aber heute Abend, nachdem Kate wieder einmal nachgehakt hatte, fragte sie sich »*Was wäre, wenn?*«. Wäre es denn so schlimm, wenn sie diesen Teil von sich selbst wiederfände? Warum konnte sie nicht erfolgreich Karriere machen und gleichzeitig ihrem Traum folgen? Musste sie den Rest ihres Lebens die perfekte Tochter mit der perfekten Karriere sein, die von ihren Eltern gebilligt wurde? Oder konnte sie irgendwie einen Weg finden, der besser zu ihren eigenen Wünschen und Sehnsüchten passte?

Sie sah auf ihr Handy und wollte ihre Mutter anrufen, wusste aber, dass das falsch wäre. Früher einmal wäre ihre Mutter die Erste gewesen, die sie mit Neuigkeiten angerufen hätte oder auch nur, um ihr zu erzählen, wie es ihr ging. Es wäre ihre Mutter gewesen, die mit ihr gelacht hätte, die sie gefragt hätte, woran sie gerade arbeitete, die ihr gesagt hätte, dass ihre kreative Seite genauso wichtig war wie ihre praktische. Aber am Abend ihres ersten Tages an der Uni hatte sie nicht nur ihren

Bruder, sondern auch ihre Mutter verloren. Plötzlich hatte sich die warmherzige, positive Frau, für die das Glas immer halb voll gewesen war, in jemanden verwandelt, den sie kaum wiedererkannte. Und wie viele Jahre auch vergangen sein mochten, sie hatte diese Mutter nie wiedergefunden. Nicht ein einziges Mal. Ihr Haus war zu einem Schrein für Harrison geworden, ein Ort der Trauer, an dem sie an einer Vergangenheit festhielt, die unwiederbringlich vorüber war, ganz gleich wie sehr sich alle wünschten, sie könnten die Ereignisse ungeschehen machen.

Ella legte die Hinweise auf ihren Nachttisch und knipste das Licht aus, machte es sich unter der Decke gemütlich und schloss die Augen. Aber sie hatte immer noch dieses Bild von sich selbst vor Augen, wie sie mit einem Pinsel in der Hand auf ein reines, blaues Meer hinausblickte, das auch auf der Leinwand vor ihr abgebildet war.

Ich möchte wieder Künstlerin sein. Es gab Worte, die sie nur im Schutz der Dunkelheit aussprach, weil sie sich eine Karriere im Kunsthandel aufgebaut hatte, nicht als Künstlerin, und sie vermochte sich nicht vorzustellen, wie diese beiden Teile ihrer selbst jemals wirklich nebeneinander bestehen konnten. Nicht jetzt.

3

Familiengut Konstantinidis
Athen, Griechenland, 1967

Darling, bist du dir sicher, dass du nicht mitkommen möchtest?«

Alexandra blickte auf, als ihre Mutter mit ihr sprach. Sie stand in Reithosen, einer weißen, ärmellosen Bluse und hohen schwarzen Lederstiefeln auf der Schwelle ihres Zimmers und sah aus wie für einen Fototermin gekleidet. Ihr dunkles Haar war aus dem Gesicht gekämmt und im Nacken zu einem Knoten gebunden.

Alexandra schüttelte den Kopf, wobei sie abwesend ihre eigenen dunklen Locken berührte, die denen ihrer Mutter glichen, nur dass ihre ihr ungezähmt über den Rücken fielen. »Du weißt, dass ich nicht so gerne reite wie du, Mama. Vielleicht ein andermal.«

Ihre Mutter kam ins Zimmer und setzte sich neben ihr aufs Bett, als sie sich streckte. Alexandra ließ sich von ihr das Buch aus den Händen nehmen und zog die Beine unter sich, während ihre Mutter sie anlächelte.

»Du liest Jane Austen?«

Alexandra nickte, und ihre Wangen röteten sich leicht. Ihr Vater hielt Lesen für Zeitverschwendung, aber sie mochte nichts lieber, als sich mit einem Buch ins Bett zu kuscheln.

»Ja.« Sie wusste, wie sehr ihre Mutter davon beeindruckt war, dass sie las, besonders, wenn es sich um Bücher auf Englisch handelte. Ihre Reitstunden hatte sie in den letzten Jahren vielleicht nicht immer genossen, wohl aber ihren Englischunterricht, dem sie stets mit Vorfreude entgegensah.

»Bist du dir sicher, dass du deinen Roman nicht eine Stunde lang aus der Hand legen kannst, um mit deiner Mama reiten zu gehen? Es ist so ein schöner Tag, und ich glaube, dass mich vielleicht die Königin begleitet.«

Alexandra sah auf ihr Buch und wollte gerade den Mund öffnen, als ihre Mutter die Finger leicht an ihre Wange legte und sie anlächelte, bevor sie sie an die Stelle küsste, an der eben noch ihre Finger gewesen waren. »Darling, genieße dein Buch. Ich hätte es besser wissen müssen. Versprich mir nur, dass du mir heute Abend beim Essen deine Gedanken über den schneidigen Mr. Darcy mitteilst.«

»Du hast *Stolz und Vorurteil* gelesen?«

Ihre Mutter stand auf und lachte, als sie ihrer Tochter das Buch zurückgab. »Natürlich. Nur war ich schon etwas älter als zwölf, als ich das Buch geschenkt bekam.« Sie lächelte. »Deine Großmutter hätte mich in deinem Alter noch keine romantischen Geschichten lesen lassen. Sie war immer schrecklich besorgt um meine beeinflussbare junge Seele.«

Alexandra lächelte, als ihre Mutter durchs Zimmer ging und in der Tür stehen blieb. Ihre Blicke trafen sich, und die Augen ihrer Mutter sagten ihr, wie sehr sie sie liebte, ihr einziges Kind, ihre einzige Tochter.

»Ich habe dich lieb, Alexandra.«

»Ich dich auch«, gab sie zurück, wobei sie sich einen Augenblick lang fragte, ob sie sich umentscheiden sollte. Aber draußen war es heiß, und sie mochte Pferde wirklich nicht so sehr wie ihre Mutter.

Sie schlug das Buch auf und las weiter, aber als sie ein paar Minuten später hörte, wie draußen jemand lachte, stand sie auf und ging zum Fenster. Unten vor dem Haus stand ein Auto auf der gekiesten Auffahrt, und sie sah, wie ihre Mutter darauf zuging. Als spürte sie, dass ihre Tochter sie beobachtete, sah sie zum Haus hoch, wobei sie ihre Augen vor der hellen Sonne abschirmte.

Alexandra hob die Hand und winkte, und ihre Mutter warf ihr eine Kusshand zu, bevor sie in dem Auto verschwand.

Alexandra seufzte und ging wieder ins Bett, kuschelte sich auf den Kissen zusammen und fand die Stelle, wo sie aufgehört hatte zu lesen. Ihre Mutter hatte recht, sie konnten beim Abendessen darüber sprechen, und wenn sie sie morgen fragte, ob sie reiten gehen wollte, dann würde sie Ja sagen. Es gab Schlimmeres als einen Ausritt am Nachmittag, und sie genoss es stets, die ungeteilte Aufmerksamkeit ihrer Mutter zu haben.

* * *

Alexandra hob den Kopf und blinzelte, als sie zum Fenster sah. Das Licht war verblasst. Sie streckte sich, fragte sich, wie spät es wohl war, und sah auf die Uhr. Als sie die Füße auf den Boden stellte, fiel ihr Blick auf das Buch auf dem Nachttisch, das aufgeschlagen dalag. Sie musste es so hingelegt haben, bevor sie eingeschlafen war.

Alexandra grinste, als sie sich daran erinnerte, dass ihre Mutter beim Abendessen ihre Meinung über Mr. Darcy hören wollte, und überprüfte schnell ihre Erscheinung in dem großen Spiegel in der Ecke ihres Zimmers, wobei sie mit den Händen die Falten ihres Kleides glättete. Sie bürstete ihr Haar, band es zurück und lächelte ihr Spiegelbild an. Dann ging sie schnell den Flur entlang und horchte nach ihrer Mutter, während sie die Treppe hinunterging.

Im Haus war es still. Alexandra ging zuerst in die Küche, weil sie erwartete, dass ihre Mutter dort die Zubereitung des Abendessens beaufsichtigte. Der Koch blickte auf und lächelte, und Alexandra winkte ihm zu, enttäuscht, sie dort nicht vorgefunden zu haben. Sie sah im Esszimmer nach und im vorderen Salon, fand aber noch immer keine Spur von ihr. Ihre Mutter nahm gern vor dem Essen einen Drink zu sich, während sie überprüfte, ob alles so vorbereitet wurde, wie es ihr gefiel.

Als sie Stimmen aus dem Büro ihres Vaters hörte, zögerte Alexandra kurz, bevor sie auf die geöffnete Tür zuging und sich fragte, ob ihre Mutter vielleicht dort war. Alexandra war immer vorsichtig, wenn sie den einzigen Raum im Haus betrat, der allein ihrem Vater vorbehalten war – sogar das Dienstmädchen musste um Erlaubnis bitten, bevor es dort sauber machte.

»Alexandra? Brauchst du etwas?«

Sie lächelte ihren Vater höflich an und ging zu ihm, als er ihr bedeutete, näher zu kommen. Sie lächelte den Mann an, der ebenfalls im Büro saß. Sie hatten ihr Gespräch unterbrochen, als sie hereingekommen war. Ihr Vater freute sich gewöhnlich, sie zu sehen, solange sie nicht lästig war und ihn um nichts bat. Anscheinend war es ihm lieber, wenn sie zwar zu sehen, aber nicht zu hören war.

»Ich suche Mama«, sagte sie. »Hast du sie gesehen?«

Ihr Vater küsste sie auf den Scheitel. »Ich vermute, sie ist ausgeritten.«

»Aber sie ist schon seit Stunden weg«, sagte Alexandra. »Papa, sie …«

Doch er wandte sich von ihr ab und nahm das Gespräch mit seinem Besucher wieder auf, womit er klarstellte, dass sie entlassen war. *Sie würde niemals so lange ausreiten.* Das war es, was sie ihrem Vater hatte sagen wollen. Stattdessen senkte sie den Kopf, verließ den Raum und entschied, wieder nach oben zu gehen und dort nachzusehen, für den Fall, dass ihre Mutter in ihrem Ankleidezimmer war und sich umzog. Ihr Vater würde die Abwesenheit ihrer Mutter wahrscheinlich erst bemerken, wenn er sich zum Abendessen hinsetzte und den Tisch leer vorfand.

Alexandra hatte die Hand gerade erst auf das Treppengeländer gelegt, als laut an die Tür geklopft wurde.

Sie fuhr zusammen und stand da, als Sekunden darauf ein zweites Klopfen ertönte. Niemand kam, um zu öffnen, also ging Alexandra selbst zur Tür und zog sie auf, etwas, das sie vorher selten getan hatte. Gewöhnlich war immer jemand im Haus, um solche Pflichten zu übernehmen.

»Miss Konstantinidis?«

Sie schluckte, als die beiden uniformierten Männer sie ansahen, offenbar überrascht von ihrem Erscheinen. Sie blickte auf den Polizeiwagen hinter ihnen, dann zurück in ihre Gesichter, sah, wie ihre Mienen weich wurden und ein mitleidiger Ausdruck in ihre Augen trat. Sie hätte die Tür niemals öffnen sollen.

»Geht es um meine Mutter?« *Ist sie deshalb noch nicht hier? Sind Sie gekommen, um mir zu sagen, warum?*

»Ist Ihr Vater zu Hause?«, fragte der Beamte sanft. »Wir müssen …«

»Bitte, sagen Sie es mir«, flüsterte sie und hielt sich an der Tür fest, als ihre Beine zu zittern begannen und drohten, unter ihr wegzusacken. »Geht es um meine Mutter? Ist etwas passiert?«

Weitere Worte blieben ihr im Hals stecken, als der Beamte, der gesprochen hatte, einen Schritt auf sie zu machte und nach ihrem Arm griff, wobei seine Hand sich auf dem Stoff ihres Kleides merkwürdig anfühlte.

Dann sah sie, dass er Tränen in den Augen hatte, und wusste es. Sie wusste in diesem Moment, dass, mit welcher Nachricht auch immer die beiden Beamten gekommen waren, es ihr das Herz brechen würde.

Ihr Vater tauchte neben ihr auf, aber sie blieb stehen, anstatt wie gewöhnlich im Hintergrund zu verschwinden. Sie musste hören, was sie zu sagen hatten.

»Unser Beileid, Mr. Konstantinidis«, sagte einer der Männer. »Wir müssen Ihnen mitteilen, dass Ihre Frau sich tödliche Verletzungen zugezogen hat, als sie …«

»Beileid?«, schrie Alexandra. Er hatte *Beileid* gesagt. Bedeutete das, dass ihre Mutter nicht mehr nach Hause kommen würde?

Sie blinzelte die Tränen weg, die ihr in die Augen gestiegen waren, und die Feuchtigkeit blieb an ihren Wimpern hängen, als sie versuchte zu verstehen, was der Polizist ihrem Vater sagte. »Ist sie, ich meine, ist meine Mutter …«

»Meine Frau ist tot? Sie sind gekommen, um mir zu sagen, dass meine Frau nicht mehr am Leben ist?«

»Ja. Sie hatte einen Reitunfall.«

Alexandra schloss die Augen, die Welt begann, sich um sie herum zu drehen, sie konnte nicht mehr hören, was gesagt wurde, dann wurde alles um sie herum schwarz. Ihre Beine gaben unter ihr nach, und sie fiel zu Boden.

Als ihr jemand von hinten aufhalf und sie die laute Stimme ihres Vaters hörte, begann sie zu weinen. Tränen rannen ihre Wangen hinunter, und ihr Herz sehnte sich schmerzhaft nach ihrer schönen Mutter, die sie nie wieder sehen würde.

Warum habe ich nicht Ja gesagt? Warum bin ich nicht mitgekommen? Warum bin ich nicht aufgestanden, als sie mich abholen wollte? Warum war ich nicht bei ihr?

Ihr Vater nahm sie kaum wahr, hatte kaum Zeit, sie morgens auch nur zu begrüßen, aber ihre Mutter, ihre Mutter war ihr Ein und Alles gewesen. Ihre Mutter war ein helles Licht in einem Raum voller biederer alter Männer, eine Frau, die genau wusste, was sie vom Leben wollte, und die keine Angst hatte, es für sich und ihre Tochter zu fordern. Ihre Mutter hatte ihr Leben lebenswert gemacht.

Mama, ohne dich kann ich nicht weiterleben. Ich kann es nicht.

4

Einen Monat später

Alexandra saß mit im Schoß gefalteten Händen am Tisch und starrte auf die Mahlzeit vor ihr. Auf einer Seite stand ein hohes Glas Milch, daneben lagen dicke, mit Honig bestrichene Brotscheiben, aber sie konnte es nicht über sich bringen, etwas davon anzurühren.

Seit dem Tod ihrer Mutter hatte sie kaum gegessen, es drehte sich ihr der Magen um, wenn sie versuchte, etwas zu schlucken. Sie hatte an diesem Morgen bemerkt, dass ihr Kleid lose an ihr herunterhing wie von einem Kleiderbügel.

Da berührte eine Hand ihre Schulter, und sie sah auf und erkannte das Dienstmädchen, Thalia, das sie mit von Sorge gezeichnetem Gesicht ansah. Sie arbeitete im Haus, seit Alexandra ein kleines Mädchen war, und Alexandra hatte sie letzthin häufig dabei ertappt, wie sie sich Tränen aus dem Gesicht wischte, weil auch sie um die Hausherrin trauerte. Dann hatte Alexandra zumindest das Gefühl, dass noch jemand an ihre Mutter dachte, dass noch jemand sie vermisste.

»Alexandra, du musst etwas essen«, flüsterte sie und beugte sich zu ihr hinunter. »Bitte. Für mich?«

Alexandra blickte kurz zu ihrem Vater hinüber, der sich hinter seiner Zeitung versteckte und die Tatsache ignorierte, dass seine Tochter verzweifelt auf ein Zeichen der Aufmerksamkeit wartete. Er würde aufstehen und das Haus verlassen, ohne auch nur zu bemerken, dass sein einziges Kind es – wie jeden Tag – nicht über sich brachte, sein Essen anzurühren. Es schien, als hätte er den Tod ihrer Mutter in dem Augenblick vergessen, als sie unter der Erde war, und als ginge sein Leben weiter wie gewöhnlich. Die Gefühle seiner Tochter waren eine Ungelegenheit, die er weitgehend zu ignorieren versuchte. Sie hatte ihn nicht einmal weinen sehen, nicht einmal, als Marias Sarg in der Erde versenkt wurde. Sie fragte sich, warum er so abweisend war, warum er nicht so trauerte, wie sie es erwartete. Sie erinnerte sich, wie ihre Mutter einmal gesagt hatte, dass er sich nie von dem Verlust seines Sohnes erholt hatte, der tot geboren worden war, als Alexandra kaum zwei Jahre alt gewesen war.

Alexandra schüttelte den Kopf, aber Thalia seufzte nur, griff nach einem Stück Brot und hielt es ihr mit einem Gesichtsausdruck hin, der besagte, dass sie sich nicht mit einem Nein zufriedengeben würde, genau wie sie es getan hatte, als Alexandra noch ein kleines Mädchen war. Sie öffnete den Mund und gehorchte, wollte keine Schwierigkeiten machen, schob das Brot im Mund herum, versuchte, es zu kauen. Aber ihr Blick fand den leeren Platz zu ihrer Linken, wo ihre Mutter jeden Morgen gesessen hatte. Das Frühstück mit ihrer Mama war immer eine muntere Angelegenheit gewesen, sie beide hatten sich unterhalten und gelacht, erst recht, wenn ihr Vater aufstand und sie vorwurfsvoll ansah, so als wollte er sagen: Ihr zwei könnt nicht einmal lang genug still sein, dass ich in Ruhe meinen Morgenkaffee trinken kann. Um dann seine Zeitung auf den Tisch zu knallen.

Sie versuchte, den Bissen zu schlucken, und als spürte sie ihr Unwohlsein, hielt ihr Thalia das Glas Milch hin und drückte ihr einen Kuss auf den Scheitel. Erst als Alexandra einen Schluck genommen hatte, ließ Thalia ihre Schulter los, was ihr wieder bewusst machte, wie allein sie war.

Sieh mich an, Papa. Bitte. Sprich mit mir. Alles, nur nicht dieses endlose Schweigen. Warum kannst du mich nicht sehen? Warum vermisst du Mama nicht so sehr wie ich? Warum haben wir nicht mehr von ihr gesprochen, seit sie uns verlassen hat?

Als hätte er ihre lautlosen Bitten gehört, senkte ihr Vater seine Zeitung, faltete sie zusammen und legte sie auf den Tisch. Sie sah zu, wie er den Rest seines Kaffees austrank, den morgendlichen Teelöffel voll Fruchtsüßigkeit hatte er bereits genossen, bevor er seinen Blick auf sie richtete. Er sah sie lange an, als wäre er tief in Gedanken versunken, und stieß dann einen tiefen Seufzer aus.

»Alexandra, ich glaube, es wäre das Beste, wenn du nach London zu deiner Tante ziehen würdest.«

Alexandras Gesicht wurde heiß, und ihr klappte der Kiefer herunter, als sie fassungslos den Blick ihres Vaters erwiderte. Er wollte, dass sie wegging und in einem anderen Land lebte? Er wollte, dass sie Griechenland verließ?

»Papa, das kann nicht dein Ernst sein!«

Er stöhnte, als würde seine zwölfjährige Tochter sich mit ihm über Zubettgehzeiten streiten oder darüber, was sie zu einem Treffen mit Freunden anziehen sollte, nicht über eine Entscheidung, in deren Folge sie in ein anderes Land geschickt wurde. Nach *London!*

»Ich habe beschlossen, dass es das Beste für dich ist, Alexandra, und damit hat es sich.«

Sie ballte unter dem Tisch die Hände zu Fäusten, und ihr Körper zitterte vor Wut. Wie konnte er so grausam sein? So kalt? Wie kam es, dass er nicht spürte, wie sehr sie ihn gerade jetzt brauchte?

»Aber Mama ist doch hier. Ich könnte sie nicht mehr besuchen.« Sie wollte, dass ihre Stimme laut und kräftig klang, aber stattdessen blieb sie ihr im Hals stecken und klang belegt, kaum mehr als ein Flüstern. Sie wollte sich anhören wie eine junge Dame, stattdessen klang sie wie ein kleines Kind. »Papa, bitte. Bitte, tu mir das nicht an. Denk noch einmal darüber nach.«

Er stand auf, und als er auf sie herunterblickte, sah sie in seinen Augen etwas, das sie lieber nicht gesehen hätte. Erinnerte sie ihn zu sehr an seine verstorbene Frau? War sie ihm nur noch lästig, jetzt, wo er allein mit ihr war? Als sich ihre Blicke begegneten, sah er schnell weg, als könnte er ihren Anblick nicht ertragen.

»Alexandra, deine Mutter ist tot. Ihr Grab ist nichts weiter als ein Erdhügel.«

»Aber Papa, mein Platz ist hier in Griechenland. Mein *Zuhause* ist hier.« *Mein Herz ist hier.*

Der distanzierte Blick, mit dem er sie bedachte, zeigte ihr, dass ihre Bitten ihn kaltließen. Wenn er einmal eine Entscheidung getroffen hatte, blieb er dabei. Ihre Mama hatte immer gesagt, er sei so dickköpfig wie ein Ochse, aber zum ersten Mal erlebte Alexandra, wie grausam und unerbittlich er sein konnte.

Tränen begannen, ihre Wangen herunterzulaufen, und sie biss sich fest auf die Lippen, um nichts zu sagen, was sie später bereuen würde. *Ich hasse dich. Ich wünschte,* du *wärst gestorben und nicht sie.* Das war es, was sie herausschreien wollte, aber sogar in ihrem Schmerz hütete sie sich, das zu tun. Sie würde ihre Zunge im Zaum halten, wie heftig die Worte auch aus ihr herausbrechen wollten.

»Ich habe alles gesagt, was es zu diesem Thema zu sagen gibt. Geh jetzt und mach dich zurecht. Die königliche Familie kommt heute, um ihr Beileid auszusprechen, und ich möchte dich bei ihrer Ankunft unten sehen, bereit, sie zu begrüßen.«

Ihr Vater verließ den Raum, und Alexandra sackte in sich zusammen. Ihr Atem ging schnell und stoßweise, als sie sich gegen den Gedanken wehrte, ihre Mutter zu verlassen und all die Dinge, die sie in ihrem geliebten Athen nie wieder sehen oder tun würde. Alles, was sie aufgeben müsste. Wenn ihr Vater sie erst einmal nach London geschickt hatte, käme sie wahrscheinlich nie wieder nach Hause zurück, dessen war sie sicher. Nie wieder würde sie durch die Räume ihres schönen Hauses schlendern, nie wieder aus dem Fenster über die endlosen Gartenanlagen blicken, die sie seit ihrer Kindheit bewundert hatte, oder an das Grab ihrer Mutter gehen. Sie würde nie wieder den Palast und die Prinzessinnen besuchen oder mit der Königin zu Mittag essen, wie sie es mit ihrer Mutter häufig getan hatte. Indem er sie wie ein ungewolltes Erbstück der Schwester ihrer Mutter übergab, sagte er ihr, dass er nicht wollte, dass sie zurückkehrte.

Sie hob den Kopf, nahm ihr Glas Milch und schleuderte es mit einem wütenden Schrei durchs Zimmer. Aber auch das nützte nichts. Sie konnte so viel weinen und toben, wie sie wollte, ihr Vater würde seine Entscheidung nicht ändern, und das Einzige, was sie gerade erreicht hatte, war, der armen Thalia eine Sauerei zum Aufwischen zu hinterlassen.

* * *

Alexandra sah ihrem Vater zu, wie er hin und her ging, während er auf die Ankunft von König Theodor und seiner Familie wartete. Sie hatte jetzt seit mindestens zwei Stunden geduldig dagesessen, hatte mit dem Stoff ihres Rockes gespielt und verzweifelt nach einer Möglichkeit gesucht, ihren Vater davon zu überzeugen, sie zu Hause bleiben zu lassen. Aber in ihrem Inneren wusste sie, dass sie bitten und betteln konnte, so viel sie wollte – wenn er erst einmal eine Entscheidung getroffen hatte, war diese nicht rückgängig zu machen. *Außer natürlich, ich lege meinen Fall der königlichen Familie dar. Papa würde mir das niemals verzeihen, aber er würde auch niemals ungehorsam sein, wenn sie bestimmten, dass ich bleiben darf.*

Endlich wurde an die Tür geklopft, und Alexandra fuhr zusammen und setzte sich mit aufrechtem Rücken auf ihrem Stuhl zurecht. Ihr Vater war stehen geblieben, aber es war nicht der König, sondern nur ein Bote, der den Raum betrat, formell gekleidet und mit einem verstörten Gesichtsausdruck. Sie hatte die königliche Familie ihre ganze Kindheit über persönlich gekannt – ihre Mutter war schon als Kind eine der engsten Freundinnen der Königin gewesen, und sie waren als Erwachsene befreundet geblieben. Ihr Vater war einer der Ratgeber des Königs geworden – also wusste sie, dass sie keinen Stellvertreter geschickt hätten, wenn sie noch kommen würden.

»Sir, ich bringe eine Nachricht von König Theodor.«

Alexandra beugte sich vor und spitzte die Ohren. Beinahe erwartete sie, hinausgeschickt zu werden, bevor der Bote die Nachricht überbrachte, aber dieser räusperte sich nur und sprach gleich weiter. Ihr Vater schien zu beschäftigt, um sich auch nur daran zu erinnern, dass sie anwesend war.

»Was für eine Nachricht?«, wollte ihr Vater wissen. »Wo ist er?«

»Der König und seine Familie haben das Land verlassen, Sir. Die Familie ist mit dem königlichen Flugzeug abgereist.«

»Sie sind geflohen?«, stieß er hervor. »Sie wollen sagen, dass der König Griechenland verlassen hat, ohne dass man mich vorher davon in Kenntnis gesetzt hat?«

»Ja, Sir. Allerdings hat er verfügt, dass seine Familie und engsten Berater Griechenland angesichts der Tumulte ebenfalls verlassen sollten. Er hat ein Privatflugzeug bereitgestellt, um Sie ausfliegen zu lassen, falls Sie das wünschen.« Der Mann hielt inne und fuhr dann fort. »Er hat mich gebeten, Ihnen zu sagen, wie sehr die Königin und er Sie und Ihre Tochter schätzen, und dass sie alles dafür tun wollen, damit Ihnen nichts geschieht, wie auch immer sich die Lage in ihrer Abwesenheit entwickelt.«

Der König hatte Griechenland verlassen? Hatte er abgedankt? Aus welchem Grund sonst würde die königliche Familie das Land verlassen? Drohte ihr und ihrem Vater wirklich Gefahr durch das Volk? Fragen über Fragen drängten sich ihr auf, doch sie blieb still sitzen in dem Wissen, dass sie sofort aus dem Zimmer geschickt würde, wenn sie auch nur wagte, einen Ton von sich zu geben. Es war immer ihre Mutter gewesen, die ihr wichtige Neuigkeiten mitgeteilt hatte, also wusste sie nichts von den politischen Entwicklungen, über die gerade gesprochen wurde.

Ihr Vater begann wieder auf und ab zu gehen, sein Gesicht war bleich und zeigte nichts von der tiefen Sonnenbräune, die gewöhnlich seine Wangen färbte. Das ließ ihr Herz rasen. Etwas Schreckliches musste geschehen sein. Ihr Atem setzte aus wie an dem Tag, als die Polizei die Nachricht vom Tod ihrer Mutter überbracht hatte. Sie wünschte, sie wüsste mehr.

»Wie viel Zeit haben wir noch?«, fragte er. »Was hat der König gesagt? Bitte, ich muss den genauen Wortlaut erfahren.«

»Die Empfehlung lautet, dass Sie bei Einbruch der Dunkelheit abreisen. Der König hat nachdrücklich betont, dass Sie und Ihre Tochter aufbrechen sollten, bevor jemand merkt, dass die königliche Familie geflohen ist. Es wird nicht lange dauern, bis die Neuigkeit sich verbreitet, und es wäre sicherer für Sie, Griechenland zu verlassen, wenigstens vorübergehend.«

Dann verabschiedete der Bote sich mit einem Nicken, und als Alexandra aufblickte und darauf wartete, dass ihr Vater ihr erklärte, was los war, fand sie sich allein im Raum wieder. Sie saß in der Stille, und ihr Herz klopfte, während sie darauf wartete, dass er zurückkam. Als das nicht geschah, stand sie schließlich auf und machte sich allein auf den Weg in ihr Zimmer. Ihre Mutter hätte ihr alles erklärt, ihre Sorgen gelindert und ihr gesagt, was im Falle dieses eiligen Aufbruchs zu berücksichtigen war.

Alexandra dachte an die schönen Pferde ihrer Mutter, die zurückbleiben würden und sich zweifellos fragten, was mit ihrer Herrin geschehen war, die sie abgöttisch liebte. Sie dachte an das Grab, an dem sie nie wieder sitzen würde, an den Duft des Parfüms ihrer Mutter, der noch in der Luft hing, wenn sie an deren Schlafzimmer vorbeiging. Hatte sie vorhin noch an eine Chance hierzubleiben geglaubt, so bestand diese jetzt ganz sicher nicht mehr, nicht nach dieser plötzlichen Wende der Ereignisse. Sie musste abreisen, ob sie es wollte oder nicht.

Sie lief nach oben ins Ankleidezimmer ihrer Mutter und nahm die Flasche mit ihrem Parfüm an sich, die dort noch immer stand, seit sie es zum letzten Mal benutzt hatte, dann ging sie eilig in ihr eigenes Zimmer. Thalia würde bald heraufkommen, da war sie sich sicher, aber in der Zwischenzeit nahm sie schon einmal Kleider aus dem Schrank und legte sie auf dem Bett zusammen, um vorbereitet zu sein, wenn man ihre Koffer brächte. Sie sammelte ein paar persönliche Dinge zusammen, aber als sie ihre Ausgabe von *Stolz & Vorurteil* noch immer neben ihrem Bett liegen sah, seit dem Tag, an dem sie zuletzt darin gelesen hatte, an dem Tag, der alles verändert hatte, nahm sie das Buch auf und fing an, wütend die Seiten herauszureißen. Sie zerfetzte sie und warf sie weinend zu Boden, wo sie wie weiße Blütenblätter sanft landeten.

Sie würde nie wieder lesen. Das würde ihre Strafe dafür sein, dass ihr ihr dummes Buch wichtiger gewesen war, als den letzten Tag mit ihrer Mutter zu verbringen. Sie hätte sich in ihrem Lächeln und ihrem Lob sonnen können, sie hätte zusehen können, wie ihre Mutter mühelos Hürden genommen hätte und über den Reitplatz galoppiert wäre und das Reiten wie den schönsten Sport aussehen ließ, den es gab. Sie hätte dabei sein können, als sie stürzte, wäre vielleicht imstande gewesen, etwas zu tun, um ihr Leben zu retten, hätte sie zumindest in den Armen halten können. Doch stattdessen hatte sie es vorgezogen, zu Hause zu bleiben und ihre Nase in ein Buch zu stecken.

Alexandra kauerte sich auf ihrem Bett zusammen, lag auf den Kleidern, die sie gerade zusammengelegt hatte, und ihre Wangen waren voller Tränen. Sie kniff die Augen fest zu, ihr Körper schauderte und zitterte, und sie konnte vor Schluchzen kaum Atem holen.

Ihre Mutter zu verlieren war schon schlimm genug gewesen, aber nun auch noch Griechenland zu verlassen? Alles, was sie jemals gekannt und geliebt hatte, wurde ihr genommen, und ihr Leben veränderte sich auf eine Art und Weise, die sie sich niemals hätte vorstellen können. Wer war sie ohne ihre Familie und ohne ihr Land?

Mama, wie konntest du mich verlassen? Warum konnte es nicht ihn erwischt haben?

5

London, Gegenwart

Ella trat mit verschränkten Armen zurück und musterte kritisch die Positionierung der Leinwand. Sie präsentierten einen ihrer bekanntesten Künstler aus New York, und für die Veranstaltung am Freitagabend sollte alles perfekt sein. Einige ihrer besten Kunden würden für das Ereignis nach London kommen, und sie war zuversichtlich, dass am Ende des Abends an jedem Stück ein »Verkauft«-Etikett kleben würde.

»Ella?«

Ihre Assistentin Becky berührte sie am Arm, und sie lächelte, als sie aus ihrer Gedankenwelt zurückkehrte. So ging es ihr immer, wenn sie Kunst betrachtete – dann existierte nichts anderes um sie herum.

»Deine Mutter ist hier, um dich zu sehen.«

»Meine Mutter?« Ella nickte, betrachtete aber noch einen Moment länger die Leinwand, bevor sie den Daumen in Richtung des Mitarbeiters hob, der für die Hängung der Bilder zuständig war. »Danke. Es ist perfekt.«

Als sie sich umdrehte, sah sie ihre Mutter steif in einem der übergroßen Ledersessel vor ihrem Schreibtisch sitzen. Mit klackernden Absätzen, die durch die Galerie hallten, ging Ella zu ihr hinüber. Der Besuch war ihr nicht unangenehm, er kam nur unerwartet.

»Mum! Was führt dich her?«

»Ich hatte gehofft, du hättest vielleicht Zeit für einen Kaffee? Oder kann ich hier sitzen, bis du Mittagspause machst?«

Ella umarmte ihre Mutter, als sie aufstand, und achtete darauf, sie lange genug festzuhalten, um sie spüren zu lassen, wie sehr sie sich freute, sie zu sehen.

»Ist alles in Ordnung?«

Sie sah ihr ins Gesicht und freute sich über ihr Nicken.

»Natürlich! Warum auch nicht?«

»Du kommst nicht oft einfach so vorbei, nur deshalb«, antwortete Ella. »Aber Kaffee hört sich fantastisch an, ich lasse dich ganz bestimmt nicht bis zu meiner Mittagspause hier sitzen!« Was sie ihrer Mutter nicht sagte, war, dass sie selten überhaupt eine Mittagspause machte – eher schickte sie Becky los, um etwas zu essen zu holen, damit sie die Galerie nicht verlassen musste.

Ella ging zu ihrem Schreibtisch und nahm ihren Mantel von der Stuhllehne. »Ich bin mal eine halbe Stunde weg. Ruf mich an, wenn du mich brauchst.«

»Wir überleben schon ein halbes Stündchen ohne dich, El«, sagte Becky und verdrehte die Augen.

Ella wusste, dass sie das konnten, natürlich, aber wenn etwas schiefging, wenn ein Bild falsch aufgehängt wurde oder ein Kunde kam und nach ihr fragte, dann trug sie die Verantwortung.

»Lass uns einfach zu Everyman Espresso gehen«, sagte sie. »Da können wir uns etwas mitnehmen und spazieren gehen, oder …«

Ihre Mutter sah auf ihre hohen Absätze, und Ella lachte.

»Vertrau mir, ich kann kilometerweit damit laufen.«

Sie gingen langsam nebeneinanderher, und ihre Mutter sah aus, als wollte sie etwas sagen, aber jedes Mal, wenn sie den Mund aufmachte, schloss sie ihn gleich wieder und wandte den Blick ab. Ella beschloss, die Initiative zu ergreifen – alles, um dem peinlichen Schweigen ein Ende zu machen.

»Wie geht's Dad?«

»Es geht ihm gut. Beschäftigt, du weißt ja, wie er ist.«

Das wusste sie. Jedes Jahr redete ihr Dad davon, in Rente zu gehen, aber sie rechnete damit, dass er auch mit achtzig noch arbeiten würde. Es hielt seinen Geist jung, und sie wusste, dass er sich ohne seine Arbeit schwertun würde, auch wenn sie es gern sehen würde, dass er etwas kürzertrat.

»Ich habe gestern mit Kate zu Abend gegessen«, sagte Ella etwas schuldbewusst. Sie hatte ein schlechtes Gewissen – wann hatte sie zum letzten Mal ihre Mutter gebeten, zum Essen in die Stadt zu kommen? Ella wusste, dass sie sich mehr anstrengen sollte, aber manchmal war es Kates unvoreingenommene, unbeschwerte Gesellschaft, die sie brauchte. Mit ihrer Mum schien es immer anstrengend zu sein, beinahe so, als müsste sie sich für sie verstellen.

»Tatsächlich habe ich heute Morgen mit ihr gesprochen«, sagte ihre Mutter langsam, als wäre sie sich nicht sicher, ob sie die Information preisgeben sollte.

»Wirklich?« Dann wusste sie also schon, dass sie zusammen gegessen hatten, vielleicht rührte daher der spontane Besuch.

»Sie sagte, ihr hattet einen schönen Abend.«

»Mum, bitte –«

»Ella, es gefällt mir, dass du und Kate euch mögt, mach dir darum bitte keine Sorgen. Sie hat euch Kinder immer behandelt, als wärt ihr ihre eigenen, und ich wollte das auch so.« Ihre Mutter berührte ihren Arm, als sie vor dem Coffeeshop stehen blieben. »Das schlechte Gewissen steht dir ins Gesicht geschrieben, aber da gibt es nichts, weswegen du dich schlecht fühlen müsstest. Abgesehen davon ist es immer toll, Zeit in ihrer Gesellschaft zu verbringen, ich kann dich verstehen.«

Ella merkte, dass sie die Luft angehalten hatte, und atmete aus. »Danke.«

Sie gingen hinein, und Ella bestellte zwei Kaffee und bezahlte an der Theke, bevor sie sich zu ihrer Mutter an einen Tisch gesellte.

»Also, wenn es nicht um das Abendessen von gestern geht, warum hast du dann beschlossen, heute vorbeizukommen?«

»Sie hat mir von dem Kästchen erzählt.«

Ella nickte langsam. »Oh, und?« Hatte Kate ihr nicht gesagt, sie sollten es vor ihrer Mutter geheim halten?

Vor kaum sechzehn Stunden waren sie sich doch darüber einig gewesen! »Tut mir leid, ich hätte es mitbringen sollen, um es dir zu zeigen. Wenn wir zurück in der Galerie sind, kann ich …«

Ihre Mutter hob die Hand. »Ella, ich brauche es nicht zu sehen. Ich bin hier, um dir zu sagen, dass du keine Zeit darauf verschwenden solltest.«

»Zeit verschwenden?« Ella runzelte die Stirn. »Was meinst du damit? Willst du nichts über Grandma herausfinden?«

»Du musst dich auf deine Arbeit konzentrieren, Ella. Du hast keine Zeit, um dich mit albernen Hinweisen aus der Vergangenheit zu beschäftigen, die eine Verbindung zu deiner Großmutter haben könnten oder auch nicht. Wahrscheinlich haben sie sowieso nichts zu bedeuten.«

Ella sträubte sich. »Mum, erstens habe ich in meinem Leben Zeit für andere Dinge außer meiner Arbeit. Und zweitens, was willst du denn damit sagen? Ich meine, es ist doch ziemlich eindeutig, dass dieses Kästchen für Grandma aufgehoben wurde. Angefangen damit, dass das Etikett ihren Namen trägt! Natürlich bedeutet das etwas.«

Ihre Mutter zuckte die Schultern, griff nach einem Tütchen Zucker und spielte an dem Papierrand herum. »Ella, ich möchte nur nicht, dass du dich ablenken lässt. Du hast hart gearbeitet, um dort hinzukommen, wo du jetzt bist, und es könnte dich aufzehren, wenn du versuchst herauszufinden, was das Ganze bedeutet.«

»Ablenken?«, wiederholte Ella und spürte, wie ihr Gesicht heiß wurde. Sie wusste, was ihre Mutter ihr zu sagen versuchte: Sie wollte nicht, dass sich ihre Tochter ablenken ließ, wie Harrison es getan hatte. Der Gerichtsmediziner hatte gesagt, dass er wahrscheinlich abgelenkt gewesen war, als er zu schnell um die Kurve gefahren und gegen den Strommast gekracht war, und seitdem war ihre Mutter übermäßig darauf fokussiert, sicherzustellen, dass sich niemand in ihrer Familie durch *irgendetwas* ablenken ließ. »Mum, ich bin nicht er.« Sie biss sich auf die Zunge. Sie wollte ihre Mutter nicht verletzen, wollte sie aber auch wissen lassen, dass sie ihr eigenes Leben ohne Angst leben musste. »Und es ist auch nicht die gleiche Art von Ablenkung.«

»Ella, ich möchte doch nur, dass du dich weiter auf das konzentrierst, was du tust. Es ist wie damals, als du Künstlerin werden wolltest, aber am Ende die richtige Entscheidung getroffen hast, die *vernünftige* Entscheidung. Du hast deine ganze Kraft darauf verwendet, dir eine wundervolle Karriere aufzubauen, und sieh nur, wo du jetzt stehst! Du hast solch einen Erfolg, und wir könnten nicht stolzer auf dich sein.« Sie hielt inne. »Ich bitte dich, lass es auf sich beruhen.«

Ihr Kaffee kam und verschaffte Ella Zeit, sich ihre Antwort zu überlegen. Sie hatte um Pappbecher gebeten und gedacht, dass sie den Kaffee trinken könnten, während sie langsam zurückgingen, aber jetzt wurde ihr klar, dass sie hier sitzen bleiben würden.

»Mum, was, wenn ich immer noch Künstlerin werden möchte?« Sie senkte die Stimme. »Was, wenn ich mich jeden Tag frage, ob mein Erfolg das Opfer wert war?«

»Wert war?« Ihre Mutter sah sie schockiert an. »Schatz, du hast alles erreicht, was du dir jemals erträumt hast!«

Nein, Mum, ich habe alles erreicht, was du *dir jemals erträumt hast.*

Ella nahm einen Schluck von ihrem Kaffee und verbrannte sich prompt die Zunge. Dieses Gespräch hatte keinen Sinn. Sie hatten es bereits hundertmal geführt, und wenn sie sich selbst gegenüber ehrlich war, war das auch der Grund, weshalb sie sich lieber mit ihrer Tante zum Essen traf als mit ihrer Mutter: weil sie bei Kate sie selbst sein durfte, weil sie ehrlich sagen durfte, was sie fühlte und was in ihrem Leben passierte. Weil sie sich nicht selbst zensieren musste.

»Bist du nicht ein kleines bisschen neugierig, etwas über die Familie deiner Mutter herauszufinden? Herauszufinden, wer ihre leibliche Mutter war? War es kein Schock für dich zu erfahren, dass sie adoptiert war? *Falls* sie denn adoptiert war?«

Ihre Mutter seufzte, und Ella sah vielleicht zum ersten Mal, wie müde sie aussah – sie hatte tiefe Falten um die Augen, und ihr Blick war traurig. »Manchmal lässt man die Vergangenheit besser ruhen, das ist alles, was ich dazu sagen will. Ist es wirklich gut, Geheimnisse zu lüften, die vielleicht besser nicht gelüftet werden sollten?«

Ella dachte sofort an Harrison, als ihre Mutter von der Vergangenheit sprach, und wusste, dass es ihrer Mutter wahrscheinlich genauso erging.

»Mum, du weißt, dass auch ich jeden Tag an ihn denke«, sagte sie und griff nach der Hand ihrer Mutter, merkte jedoch, wie sie versuchte, sie wegzuziehen, als wäre es ihr unangenehm, berührt zu werden. »Bitte, sieh mich an.«

Ihre Mutter hob langsam den Blick.

»Ich vermisse ihn auch. An jedem Tag jeden Monats jeden Jahres vermisse ich ihn auch.« Ella blinzelte ihre Tränen weg und wusste, dass es ihrer Mutter unangenehm war, über ihn zu sprechen. »Aber ich kann seinetwegen nicht Angst haben, mein Leben zu leben. Ich kann nicht immer versuchen, so vorsichtig zu sein, so konservativ, dass ich aufhöre, die Dinge zu tun, die ich tun will.« *Wie meinen Träumen zu folgen. Wie zu reisen. Wie Risiken einzugehen.* Sie schluckte. »Ich kann mein Leben nicht für uns beide leben. Und dann sehe ich Dad, wie er all die Jahre denselben Job macht, einstempelt und ausstempelt und …«

Ihre Mutter zog die Hand weg. »Sprich nicht so über deinen Vater.«

Ella nickte. »Ich versuche nur, dir gegenüber offen zu sein, Mum. Ich will Dad gegenüber nicht respektlos sein, du weißt, wie lieb ich ihn habe.« *Aber ich will nicht werden wie er. Ich will nicht in vierzig Jahren aufwachen und merken, dass mein Leben vorbei ist und ich nie das getan habe, was ich tun wollte.*

»Ich dachte, dir gefällt dein Job?«

»Das tut er auch«, sagte sie seufzend. »Natürlich. Manchmal. Also, größtenteils gefällt er mir.« Es hatte keinen Sinn, dieses Gespräch weiterzuführen, nicht mehr, nicht noch einmal. Ihre Mutter verstand es einfach nicht. »Aber um auf die Schachtel zurückzukommen …«

Ihre Mutter spitzte die Lippen, bevor sie einen Schluck Kaffee trank.

»Würdest du wenigstens mit zurück in die Galerie kommen und einen Blick darauf werfen?« Sie lächelte. »Es ist eine wunderbare kleine Holzschachtel, und die Hinweise lagen zusammengefaltet darin.«

»Manchmal frage ich mich, ob du nicht Kates Tochter bist«, murmelte ihre Mutter. »Alle beide bekommt ihr gar nicht genug von dieser Schachtel. Wenn du schon mehr wissen willst, dann versuche wenigstens, dich nicht völlig davon vereinnahmen zu lassen. Aber was mich angeht, möchte ich nichts damit zu tun haben. Mir wäre es lieber, wenn du die Sache einfach vergessen würdest.«

Ella unterdrückte ein Stöhnen. Eigentlich sollte ihre Mutter lieber die Hinweise erforschen. Dann würde sie wenigstens nicht ihre gesamte Zeit damit verbringen, sich um ihre Tochter zu sorgen. Aber eins war sicher: Sie, Ella, würde ganz bestimmt nicht aufgeben. Es war zu wichtig, um es einfach zu ignorieren, besonders etwas, das so viele Jahre lang geheim gehalten worden war. Sie konnte die kleine Schachtel genauso wenig vergessen, wie sie zum Mond fliegen konnte – es war einfach unmöglich.

* * *

Ella saß wieder an ihrem Schreibtisch, spielte mit einem Stift herum und starrte auf das Foto. Es hatte etwas an sich, das sie faszinierte, und jetzt hatte sie es neben ihrem Laptop aufgestellt, um es im Blick zu haben. Sie ertappte sich dabei, wie sie wieder Griechenland googelte, endlos durch Fotos scrollte, bis sie sich im glitzernden, blauen Wasser verlor und sich danach sehnte, es mit eigenen Augen zu sehen.

Es war schon Jahre her, seit sie richtig Urlaub gemacht hatte. Als die Pandemie zuschlug und nicht nur ihr Leben, sondern das Leben aller veränderte, hatte sie gerade eine Reise buchen wollen, und seither hatte sie sich in ihre Arbeit gestürzt und versucht, die Galerie wieder zu dem zu machen, was sie vor all den Einschränkungen gewesen war. Glücklicherweise waren ihre Verkaufszahlen stabil geblieben. Ihre Investoren hatten gern an Online-Auktionen teilgenommen, aber jetzt konnte sie ihre Kunden wieder persönlich an der Tür willkommen heißen. Es war erstaunlich, und sie hatte seit Monaten das Gefühl, auf einem Höhenflug zu sein. Andererseits war ihr klar, dass sie unmöglich noch viel länger auf diesem Niveau weitermachen konnte. Nicht, ohne einen Burnout zu riskieren und ihre Gesundheit aufs Spiel zu setzen.

Ein Urlaub in Griechenland könnte das beheben …

Ihr Finger schwebte über der Maustaste, während sie sich das neueste Bild ansah. Es handelte sich um einen Link zu einem Haus, das zu vermieten war, auf einer Insel, die sie nicht kannte, die dem Hintergrund ihres Fotos aber sehr ähnlich war. Sie nahm es, hielt es neben ihren Bildschirm und blickte von einem auf das andere. Sie konnte sich nicht ganz sicher sein, besonders, weil es ein Schwarz-Weiß-Foto war, aber etwas in ihr, eine kleine Stimme in ihrem Kopf, versuchte, sie davon zu überzeugen, dass es sich um denselben Ort handelte. Oder vielleicht wünschte sie sich auch einfach nur, dass es so wäre. Es sah so vertraut aus, und dann wurde ihr klar, warum: Sie erkannte den Drehort aus dem *Mamma-Mia*-Film.

Ella legte das Foto weg und beschloss, auf eine kleine Auswahl von Häusern zu klicken, die auf der Insel Skopelos im Ägäischen Meer zu mieten waren. Eines gefiel ihr besonders gut – ein sehr kleines, gekalktes Haus oberhalb einer Treppe mit Blick aufs Meer. Es hatte Türen, die sich nach außen öffneten, und kleine Blumenkästen mit hübschen rosa Blumen, die die Fenster schmückten, aber es war das Foto einer Staffelei, die auf einem kleinen Innenhof stand, von dem aus man die riesige Wasserfläche überblickte.

Was, wenn ich dort hinfahren würde? Was, wenn ich meinem Leben für eine Woche entfliehen würde? Für zwei Wochen? Sie schluckte. *Für einen Monat?*

Sie hatte seit Jahren keinen Urlaub genommen, nichts konnte sie davon abhalten, ihre Freizeit zu planen, wie sie wollte, aber als sie aufsah und sich in der Galerie umblickte, wusste sie, wie schwer es für alle anderen werden würde. Sie *war* die Galerie. Sie kümmerte sich um das tägliche Management, um die Künstler, all ihre wichtigen Kunden … Sie konzentrierte sich wieder auf ihren Bildschirm und beschloss, sich die Daten anzusehen, zu denen das Haus verfügbar war, wobei sie versuchte, nicht an die Arbeit zu denken. Während sie sich die Bilder ansah, konnte sie das Salz in der Luft beinahe schmecken, die köstlichen Meeresfrüchte, die Spätnachmittage, an denen sie Roséwein trinken würde.

Sie öffnete ihren Kalender und warf einen kurzen Blick hinein. Darin stand nichts, was sie nicht delegieren konnte, wenn es sein musste, außer der Ausstellung am Freitag, und sie wäre immer noch über E-Mail zu erreichen, falls es einen Notfall gäbe. Aber …

Sie sah wieder auf das Foto auf ihrem Schreibtisch und dann auf das Haus auf dem Bildschirm.

Mach's einfach. Warum kann ich nicht einmal in meinem Leben etwas nur für mich tun? Warum kann ich keine Entscheidung treffen, ohne mich schuldig zu fühlen?

Ella schluckte trocken, als sie sich die Fotos von Skopelos ansah, der Insel, die offenbar ihren Namen rief, bevor sie den Laptop schnell zuklappte. *Was in aller Welt dachte sie sich dabei?*

Sie schüttelte den Kopf, als wollte sie alle Gedanken an Griechenland herausschütteln, bevor sie den Laptop wieder aufklappte und ein neues Suchfenster öffnete. Sie musste etwas Nützliches tun, wie Hope's House zu recherchieren und die Verbindung zu ihrer Familie herauszufinden.

Sie fand ein paar Links, die nichts mit dem zu tun hatten, wonach sie suchte, also fügte sie ihrer Suche mehr Information hinzu. Und auf der dritten Seite wurde sie fündig.

HEIM FÜR LEDIGE MÜTTER UND DEREN BABYS WIRD NACH TOD VON HOPE BERENSON, GRÜNDERIN UND LEBENSLANGER VERFECHTERIN DER FRAUENRECHTE, GESCHLOSSEN

Ella blickte auf und versicherte sich, dass niemand in der Galerie gerade ihre Hilfe brauchte, bevor sie gespannt den Artikel anklickte. Sie beugte sich vor und las.

> Hope Berenson, Gründerin des Heims für ledige Mütter mit dem passenden Namen Hope's House, hat ihr ganzes Leben der Unterstützung lediger Frauen und ihren Babys gewidmet. Sie starb friedlich am Wochenende, umgeben von ihren nächsten Verwandten, von denen sie häufig als Engel der ledigen Mütter bezeichnet wurde und als Frau mit seltenem Mitgefühl und großer Hingabe. Berenson, die selbst keine eigenen Kinder hatte, weihte ihr Leben den ungewollten Kindern anderer Frauen und wird unserer Gemeinde in liebevoller Erinnerung bleiben. Sie spendete ihren Nachlass an das London Women's Refuge Centre mit dem Auftrag, weiterhin Frauen in der Gemeinde zu helfen und ein neues Heim zur Unterstützung von jungen Müttern mit Babys aufzubauen. Ohne Berensons großzügige Zuwendung wäre das nicht möglich.

Am Ende des Artikels war ein Foto des Hauses abgebildet, das Ella heranzoomte, um es besser sehen zu können. Es handelte sich um ein elegantes, zweistöckiges Haus aus Backstein, an dessen Tor ein Schild mit der Aufschrift Hope's House stand und dessen Eingangstür von Blumentöpfen flankiert war. Ein Haus, das für eine große Familie gebaut schien und das niemandem in einer Straße voller ähnlicher Gebäude auffallen würde.

Wenn man aber bedachte, wie vielen Frauen diese Hope geholfen haben musste, wie viele sie in ihrer Verzweiflung um Hilfe gebeten hatten ... Ella scrollte weiter nach unten und wünschte, sie hätte diese Frau kennengelernt. Aber dann wurde sie von den zahlreichen Kommentaren zu dem Artikel abgelenkt. Die meisten bestätigten, was für eine wunderbare Frau Hope gewesen war, aber es war der letzte, der Ella innehalten ließ.

> Ich erinnere mich an dieses Haus aus der Zeit, als ich noch ein Teenager war. Meine beste Freundin wurde dort hingeschickt, um ihr Baby zur Welt zu bringen, damals, als man noch vorschützte, eine Tochter sei ins Ausland gegangen, wenn sie doch eigentlich schwanger war. Es war allgemein bekannt, dass sich einige reiche Familien an Hope wandten, weil sie absolut diskret war, und obwohl ich ganz sicher weiß, dass sie kein Mädchen, das auf ihrer Türschwelle auftauchte, jemals abgewiesen hätte, zahlten viele reiche Eltern doch gut dafür, ihre Töchter dort hinschicken zu können. Ich glaube, viele der Kinder, die in Hope's House geboren wurden, wussten nicht einmal, dass sie adoptiert wurden, da zu der Zeit alles streng geheim gehalten wurde.

Ella las die letzten beiden Sätze noch einmal und dachte dabei an ihre Großmutter. Könnte es sein, dass sie aus einer reichen Familie stammte und dass die ihre Urgroßmutter unter dem Vorwand, dass sie ins Ausland reiste, zu Hope's House geschickt hatte, damit sie ihr Kind dort zur Welt brachte? War sie auf diese Weise dort hingekommen? Oder hatte sie keinen Cent besessen, war von zu Hause hinausgeworfen worden und hatte sich dann auf der Schwelle zu Hope's House wiedergefunden, weil es der einzige Ort war, an den sie gehen konnte?

Und vielleicht waren diese Holzschächtelchen von den Müttern hinterlassen worden, die am wenigsten gern dort sein wollten? Von denen, die ihre Babys eigentlich lieber behalten hätten? Aber vielleicht war das auch nur ihr eigenes Wunschdenken.

Sie schloss das Suchprogramm, klickte stattdessen auf ihre E-Mails und machte sich daran, dem Rat ihrer Tante zu folgen. Wenn Hopes Nichte Mia mehr Klarheit in die Vergangenheit bringen konnte, war es dann nicht wenigstens einen Versuch wert, mit ihr Kontakt aufzunehmen?

Ella fand die E-Mail des Anwalts von letzter Woche, die ihren Termin bestätigte. Dann schrieb sie schnell eine Nachricht, in der sie um Mias Kontaktdaten bat. Danach klappte sie den Laptop zu, verstaute ihn in ihrer Tasche und beschloss, nach Hause zu gehen, sich ein Glas Wein zu gönnen und Netflix zu schauen. Sie war todmüde.

6

Athen, 1967

Alexandra wusste, dass sie nicht allein hätte aus dem Haus gehen sollen, aber ihr Vater war mit ihrer Abreise beschäftigt, und so war sie hinausgeschlüpft, ohne dass irgendjemand etwas gemerkt hatte. Das Kind in ihr wollte weglaufen und sich verstecken, damit ihr Vater das Land ohne sie verließ. Aber die junge Erwachsene, zu der sie gerade heranwuchs, wusste, dass es Fantasterei war, nicht nur, dass ihr Vater Athen nicht ohne seine einzige Tochter verlassen würde, es könnte außerdem gefährlich für sie werden, wenn sie bliebe. Wenn die königliche Familie bereits abgereist war und ihr Oberhaupt wollte, dass seine engsten Berater dasselbe taten, dann musste die Lage bedenklicher sein, als man ihr sagte.

Die Sonne stand hoch am Himmel, als sie durch das Gras rannte. Schweiß lief ihr den Nacken hinunter, als sie vor den lang gestreckten Stallungen stehen blieb. Sie holte einen Augenblick lang Atem und sah sich um, ob jemand da war, bevor sie langsam auf das ausgedehnte Holzgebäude zuging und versuchte, sich den Anblick im Gedächtnis einzuprägen. Alles daran war makellos, vom frischen weißen Anstrich bis zu den überquellenden Blumenkästen, die den Eingang flankierten – alles Dinge, auf denen ihre Mutter bestanden hatte, als sie das Anwesen gekauft hatten. Aber es war die Nase eines fuchsfarbenen Pferdes, die über die nächstliegende Boxentür herausragte, deren Anblick ihr Herz aussetzen ließ.

Der geliebte Apollo ihrer Mutter. Sie hatte ihn bekommen, als er noch ein Fohlen war, ihre Freundin, die Königin, hatte ihn ihr geschenkt, und Alexandra war mit den Geschichten über ihn aufgewachsen. Mit Apollo hatte ihre Mutter damals an Turnieren teilgenommen, als *sie* die Königin des Springparcours gewesen war und erstmals die Aufmerksamkeit ihres Vaters erregt hatte, dasselbe Pferd, auf dem sie einen ruhigen Nachmittagsausritt genossen hatte, als der Unfall geschah. Er war das Pferd, das ihre Mama beinahe so sehr geliebt hatte wie ihre Tochter. Der Stall war voller schöner Pferde, aber es war Apollo, der einen besonderen Platz im Herzen ihrer Mutter innegehabt hatte, und auch in Alexandras, sogar nach dem, was geschehen war. Wie konnte sie ein Tier nicht lieben, in das ihre Mutter so vernarrt gewesen war? Dass er ein Geschenk der königlichen Familie gewesen war, war Alexandra unwichtig, ihr war wichtig, dass ihre Mutter ihn geliebt hatte.

Sie ging langsam auf ihn zu und streckte ihm die Hand hin, sah, wie er an ihrer Handfläche schnüffelte und seine Oberlippe an ihrer Haut rieb.

»Ich hätte dir ein Stück Zucker mitbringen sollen«, flüsterte sie und strich ihm sanft über das Maul.

Sie beugte sich zur Stalltür vor, legte ihre Stirn an die Holzplanken, und ihre Gefühle erstickten sie beinahe, während Apollo an ihrem Haar schnupperte, als spürte er, dass etwas nicht stimmte. Als Kind war sie ihrer Mutter stundenlang in den Ställen hinterhergelaufen, hatte den beeindruckenden Fuchs schon geritten, als ihre Beine noch nicht einmal lang genug gewesen waren, um die Steigbügel zu erreichen, war ein Teil der Welt ihrer Mutter gewesen, nur sie beide. Aber als sie älter wurde, war ihr Interesse an Pferden geschwunden, bis sie nicht mehr jeden Tag oder auch nur jede Woche reiten oder die Ställe besuchen wollte. Jetzt gehörte das zu den Dingen, die sie am meisten bereute.

»Alexandra?«, sagte jemand hinter ihr, und sie wischte sich schnell über die Augen und richtete sich auf.

Ihre Mutter hatte darauf bestanden, dass sie und ihre Tochter von allen hier mit Vornamen angesprochen wurden. Sie mochte eine reiche Erbin sein, wollte aber nicht so behandelt werden, vielmehr hatte sie häufig gesagt, dass sie nicht besser sei als eine Bürgerliche, trotz ihres Reichtums, sogar als sie Alexandras Vater geheiratet hatte, der aufgrund seines Berufs der königlichen Familie und deren Führungskreis noch näherstand.

Aber obwohl sie sich nicht für wichtiger gehalten hatte als andere, hatte ihre Mutter mit ihrer Schönheit und ihrer Ausstrahlungskraft die Menschen so angezogen, dass sie doch immer behandelt wurde, als wäre sie tatsächlich etwas Besonderes.

»Nico«, sagte Alexandra, als sie sich schließlich umdrehte.

Er hielt den Hut vor die Brust gedrückt, und als sie sich ansahen, standen seine Augen voller Tränen. Ihr ganzes Leben lang war er ihr Stallknecht gewesen.

»Alexandra, es tut mir so leid«, sagte er.

»Danke, Nico.« Sie flüsterte beinahe, und ihr Atem kam stoßweise.

»Du bist nicht gekommen, um zu reiten?« Er sah auf ihren Rock und die Sandalen hinunter.

»Ich bin gekommen, um Apollo zu besuchen.« *Bevor wir abreisen.* Beinahe hätte sie es laut ausgesprochen. »Ich ...«

Er nickte und machte einen Schritt nach vorn, öffnete geschickt die Stalltür und schlüpfte hinein. »Komm herein«, sagte er.

Alexandra zögerte, bevor sie entschied zu tun, was er sagte, und in die Box trat, wo sie sich mit dem riesigen Pferd auf engem Raum befand. Ihr Herz brauchte einen Augenblick, um sich zu beruhigen, aber Apollo stand nur da und sah sie ruhig an, seine großen braunen Augen freundlich und vertrauensvoll.

»Ihm fehlt die Zuneigung deiner Mutter«, sagte Nico leise. »Er hält immer Ausschau nach ihr, als würde sie jeden Moment um die Ecke kommen, um ihn zu satteln oder ihm Äpfel zu bringen.«

Mir fehlt ihre Zuneigung auch.

Frische Tränen stiegen Alexandra in die Augen, und sie lehnte sich an Apollo, legte ihre Wange an seinen seidig weichen Hals und atmete den Geruch ein, den ihre

Mutter so sehr geliebt hatte. Einmal hatte sie gesagt, dass sie, wenn sie könnte, den süßen Pferdegeruch in Flaschen abfüllen würde.

Da berührte Nicos Hand ihre Schulter. »Alexandra, dein Vater hat bestimmt, dass er verkauft werden soll.«

Sie blickte noch einmal zu Apollo auf. Ein Teil von ihr hatte erwartet, dass ihr Vater ihn nach dem Unfall würde töten lassen.

»Nico, möchtest du ihn für dich haben?«, fragte sie, wobei sie sich langsam umdrehte und sich dabei mit dem Handrücken über die Augen rieb. »Es gibt niemanden, dem sie ihn lieber anvertraut hätte als dir, und meinem Vater geht es nicht ums Geld, er will ihn nur loswerden.« Früher hatte er Verständnis gezeigt, hatte ihre Mutter ihr erzählt, und großes Interesse an Pferden bekundet, als er um Maria warb, aber seit Alexandra auf der Welt war, hatte er nichts mehr für die Tiere übriggehabt, zumindest konnte sie sich nicht daran erinnern.

Nico sah an ihr vorbei auf das Pferd. »Ich habe ihn nicht verkauft für den Fall, dass du ihn für dich haben wolltest. Ich weiß, dass dein Vater wütend wäre, wenn er wüsste, dass er noch hier ist, aber ich wollte warten, bis ich mit dir gesprochen habe.«

»Ich könnte nichts mit ihm anfangen«, sagte sie. »Bitte, er gehört dir.«

Nico nickte. »Es ist mir eine Ehre.«

»Alexandra!«

Der Ruf klang scharf, beinahe verzweifelt.

»Alexandra!«

Nico sah sie an, und sie hob mutig die Hand, um ihm über die Wange zu streichen. »Danke«, flüsterte sie, bevor sie aus dem Stall trat und sah, wie Thalia mit gerafften Röcken durch das Gras auf sie zurannte.

»Hier bist du! Komm schnell, dein Vater sucht nach dir. Es ist Zeit!«

Alexandra blickte sich ein letztes Mal um, prägte sich die Ställe und die hoch aufragenden Bäume, die grüne Weide und den weitläufigen Reitplatz ein, bevor sie zuließ, dass Thalia sie an der Hand nahm und mit ihr nach Hause lief.

Sie bereute nur, dass sie das Grab ihrer Mutter nicht mehr hatte besuchen können, bevor sie abfuhren. Aber im Herzen wusste sie, dass ihre Mutter gewollt hätte, dass ihr letzter Abschiedsgruß Apollo galt.

7

London, Gegenwart

Ella stand in der Tür der Galerie und schirmte ihre Augen vor der Sonne ab, als sie sich von Daisy verabschiedete, einer Künstlerin der Galerie, die ihr zur Freundin geworden war.

»Ich hoffe, nächstes Mal kannst du mir mehr über euer Familiengeheimnis erzählen. Es ist verrückt, dass du da so ein Mordsrätsel hast, von dem bisher überhaupt niemand wusste.«

»Ja, unglaublich, oder? Und wenn ich überlege, dass meine Großmutter ihr ganzes Leben lang nichts davon erfahren hat …«, Ella seufzte. »Irgendwie traurig.«

Daisy umarmte sie. »Weißt du, ich glaube, mit dem musikalischen Hinweis kann ich dir helfen.«

Ella ließ sie los und lehnte sich an die Tür. »Meinst du?«

»Ja, ich habe einen Freund, der im London Symphony Orchestra Violine spielt. Ich habe Karten für Freitagabend, kann aber nicht hingehen. Möchtest du sie haben?«

Ellas Augenbrauen schossen in die Höhe. »Du bietest mir deine Eintrittskarten an?« Es war Jahre her, dass sie bei einem Konzert gewesen war.

»Klar biete ich dir die Karten an! Wenn du hinterher noch dableibst, kannst du mit ihm sprechen. Er heißt Gabriel. Ich werde ihn bitten, auf dich zu warten. Er schuldet mir noch einen Gefallen, also kann er sich dieses Notenblatt ruhig mal für dich ansehen. Ich maile dir die Karten zu.«

»Würdest du das wirklich für mich tun?«

»Ella, Süße, für dich würde ich alles tun! Du hast mir gerade so viel Geld eingebracht, dass ich davon ein ganzes Jahr lang meine Miete zahlen kann! An dem Tag, als du beschlossen hast, mir eine Chance zu geben, hast du mein Leben verändert, also ist es das Mindeste, was ich tun kann.«

Ella wollte gerade antworten, dass Daisy dieses Geld gut und ehrlich selbst verdient hatte und dass sie ihr keine Gegenleistung schuldete, aber da lief Daisy schon die Straße entlang, als müsste sie noch einen Zug bekommen, und ihre dichten Locken hüpften, als sie davoneilte.

Gabriel also? Nun, es wäre sicherlich spannend zu hören, was er zu dem Notenblatt zu sagen hatte und ob er ihr vielleicht dabei helfen konnte herauszufinden, wie alt es eigentlich war.

* * *

Ehe Ella sichs versah, war es Freitagabend. Das Barbican Centre, wo das Konzert stattfand, bot ein wunderbar stimmungsvolles Ambiente, und sie wünschte sich nur, sie könnte dieses Erlebnis mit jemandem teilen. Eigentlich hatte Kate sie begleiten wollen, musste jedoch im letzten Moment wegen einer bösen Erkältung absagen.

Die Beleuchtung des Kulturzentrums machte schon aus kilometerweiter Entfernung auf sich aufmerksam, weshalb es etwas Besonderes war, abends dort hinzugehen. Am Einlass war nur eine kurze Schlange, und sobald sie das Foyer betrat, bewunderte Ella die Architektur. Als sie dann aber ihren Platz im Konzertsaal aufsuchte, überkam sie echte Ehrfurcht beim Anblick der Lampen, die in den allerschönsten goldenen Farbtönen leuchteten.

Sie hatte kaum Zeit, alles ausgiebig zu bewundern, bevor auch schon die Lichter verloschen und das Publikum so still wurde, dass man eine Stecknadel hätte fallen hören können. Ella schloss die Augen, als das Orchester zu spielen begann, erst beinahe leise, bevor der Klang sich zu einer vielfältigen Fülle aufbaute, die sie daran erinnerte, warum sie so gern ins Konzert ging. Es gab nichts, was sich mit Orchestermusik vergleichen ließ.

Aber sosehr sie auch versuchte, sich auf die Musik zu konzentrieren, so schweiften ihre Gedanken doch ab, und sie musste an die leiblichen Eltern ihrer Großmutter denken. Hatte ein Elternteil so dagesessen und den anderen spielen gehört? War es das, worum es in der

Mitteilung ging? Oder waren sie beide Musiker gewesen und hatten einander kleine Nachrichten auf Notenblättern geschickt? Und hatte ihre Großmutter überhaupt etwas von alldem gewusst? Hatte sie in ihrer Jugend vielleicht ein Instrument gespielt oder sich zur Musik hingezogen gefühlt, ohne zu wissen, warum? So viele unbeantwortete Fragen brannten ihr unter den Nägeln, und dass ihre Mutter so gar kein Interesse daran hatte, die Antworten zu finden, machte sie nur wieder wütend.

Da begannen alle zu klatschen, und Ella konzentrierte sich auf die Gegenwart, schließlich wollte sie das Konzert genießen. Sie versuchte, die einzelnen Musiker auf der Bühne zu erkennen, beobachtete die Violinisten, um zu sehen, ob sie erraten konnte, wer Gabriel sein könnte. Sie hätte ihn googeln sollen, bevor sie herkam, um ihn hinterher leichter finden zu können, aber sie hatte nicht einmal daran gedacht, nach seinem Nachnamen zu fragen.

Nach dem Konzert wartete Ella draußen, überrascht, wie kalt der Wind war. Sie war so in Eile gewesen, zum Konzert zu kommen, dass sie vergessen hatte, ihre Jacke mitzunehmen, und nun zitterte sie, während sie abwesend die Zuschauerströme betrachtete, die sich um sie herum langsam auflösten. Ein Teil von ihr fragte sich, ob sie vielleicht besser Gabriels Zeit nicht verschwenden sollte. Er hatte gerade auf der Bühne gestanden und gespielt und davor wahrscheinlich lange geprobt. Jetzt Interesse an ihren kleinen Hinweisen zu heucheln, war sicher das Letzte, was er tun wollte. Sie ging zu einem der Außentische und beschloss, dass es wahrscheinlich sicherer war, näher am Gebäude zu warten.

»Ella?«

Eine tiefe Stimme riss sie aus ihren Gedanken. Als sie sich umdrehte, sah sie ein paar Meter von ihr entfernt einen Mann stehen. Sein schwarzes Dinnerjackett hing ihm lose über der Schulter, und sein weißes Hemd stand oben offen.

»Gabe?« Sie brach in Lachen aus. »Du bist *Gabriel?*«

Sein Lächeln wurde breiter, erweckte sein ganzes Gesicht zum Leben, und seine dunklen Augen tanzten, als er auf sie zutrat und sie auf die Wange küsste.

»Isabella Rose«, sagte er und schüttelte den Kopf. »Was für eine Überraschung.«

»Wie konnte ich …« Sie hob kurz die Hand vor den Mund. »Ich kann nicht fassen, dass ich es nicht gleich begriffen habe. Es ist so lange her!«

»Wie lange? Zehn Jahre? Zwölf?«

Sie schüttelte ebenfalls den Kopf. »Ehrlich gesagt bin ich mir nicht sicher. Ich weiß nur, dass es lange her ist.« Gabe war während ihrer gesamten Schulzeit ihr Schwarm gewesen, erst bloß ein Freund, bis sie sich dann hinter dem Gebäude für Naturwissenschaften geküsst hatten, einen Tag bevor er dank eines Stipendiums an eine Musikhochschule in die Niederlande gegangen war. Danach hatte sie wochenlang in ihre Kissen geweint, bis heute nie wieder etwas von ihm gehört und seit Jahren überhaupt nicht mehr an ihn gedacht.

»Ich muss schon sagen, du bist die Letzte, die ich hier erwartet hätte, als Daisy mich um einen Gefallen gebeten hat.«

»Dito«, gab sie zurück.

»Willst du die Wahrheit hören?«

Nervös verschränkte sie die Arme und fand es unmöglich, nicht zurückzulächeln. »Nur zu.«

»Ich dachte, die Frau, die ich treffen sollte, wäre älter«, sagte er. »*Viel* älter.«

»Lass mich raten – Daisy hat dir gesagt, dass ich Hilfe bräuchte, um meine Familiengeschichte zu erforschen, und du hast sofort gedacht, ich wäre irgendeine alte Jungfer.«

»Nun«, antwortete er grinsend. »Über die alte Jungfer an sich hatte ich mir keine Gedanken gemacht, aber du bist mindestens zwanzig Jahre jünger als die Frau, die ich erwartet hatte.«

Einen Augenblick lang blieben sie so voreinander stehen, und sie versuchte zu ignorieren, wie gut er aussah, während er sie weiter anblickte. Seine Augen waren so dunkel wie Kakao, seine Kieferpartie mit einem Dreitagebart überzogen, und um seine vollen Lippen schien permanent ein Lächeln zu spielen. Er hatte als Junge schon gut ausgesehen und war jetzt zu einem hinreißenden Mann herangewachsen. Warum hatte sie nie daran gedacht, herauszufinden, was aus ihm geworden war?

Eine kleine Gruppe Leute kam hinter ihnen aus dem Barbican und erregte ihre Aufmerksamkeit. Sie waren alle ähnlich gekleidet wie Gabriel – die Männer in schwarzen Smokings und die Frauen in langen schwarzen Kleidern –, und einer von ihnen pfiff.

»Wo sind denn die Instrumente?«, dachte sie laut, überrascht, die Musiker mit leeren Händen zu sehen.

»Wir dürfen sie über Nacht hierlassen. Morgen geben wir noch ein Konzert.«

»Gabe! Kommst du noch mit?«

»Ich komme nach!«, rief er zurück.

»Bitte, ich möchte dich nicht aufhalten. Das hier kann warten. Ein anderes Mal«, sagte Ella. »Es war so nett von dir, dich mit mir zu treffen, und es ist so schön, dich nach all den Jahren wiederzusehen, aber …«

Er legte den Kopf leicht schief, als überlegte er, ob er etwas sagen sollte oder nicht. »Möchtest du mit uns noch etwas trinken gehen? Ich meine, ich würde wirklich gern hören, wie es dir ergangen ist, was du so gemacht hast in all der Zeit.«

»Oh, du hast jetzt bestimmt Besseres zu tun, das passt doch gar nicht.« *Oder doch?*

Er nahm sein Jackett von der Schulter und legte es um ihre Schultern, rieb sanft ihre Arme, bevor er ihr bedeutete, dass sie mitkommen sollte. »Komm schon, dir ist kalt, und ich brauche jetzt dringend einen Drink. Es war ein langer Abend. Was meinst du?«

Ella fehlten nie die Worte. Und gewöhnlich war sie sehr schwer zu beeindrucken. Eigentlich wollte die Feministin in ihr das Jackett ablehnen und seinem Besitzer zurückgeben. Aber allein die Tatsache, dass dieser Mann, den sie seit ihren Teenagerzeiten nicht mehr gesehen hatte, gemerkt hatte, wie kalt ihr war, und ihr, ohne darüber nachzudenken, sein Jackett gegeben hatte, war eines der nettesten Dinge, die ein Mann jemals für sie getan hatte. Und ebenso, dass er sie jetzt sanft zu überreden versuchte, damit sie noch den Abend mit ihm verbrachte. Und warum zum Teufel sollte ein Mann eigentlich einer Frau nicht sein Jackett anbieten? Das war doch unglaublich romantisch, oder zumindest kam ihr das gerade so vor.

»Ich hoffe, ich bin nicht zu weit gegangen?«, sagte er, vielleicht weil er sich fragte, warum sie wie angewurzelt dastand und ihn anstarrte. »Wenn du nicht mitkommen willst …«

»Mit mir ist alles in Ordnung, und ich möchte ganz sicher mitkommen«, antwortete sie schnell und passte ihren Schritt seinem an. »Sag mal, woher kennst du denn Daisy?« *Und warum habe ich sie das nicht selbst gefragt, als sie mir die Eintrittskarten anbot? Sei bitte kein Ex-Freund von ihr. Bitte.*

»Wir haben uns vor vielen Jahren im Studium kennengelernt, als sie Kunststudentin war und ich mein Musik-Stipendium hatte«, sagte er, wobei er Ella kurz zulächelte. »Wir waren zwei Londoner in den Niederlanden und hatten einen ähnlichen Freundeskreis.«

»Nun, ihr seid beide offensichtlich erfolgreich geworden. Daisy ist der Hammer, und auch wenn ich nichts von Musik verstehe, was du da eben auf der Bühne hingelegt hast, war schon beeindruckend. Es hat mich umgehauen.«

»Umgehauen, so, so.« Er lachte, und sie beobachtete, wie er den Kopf dabei ein wenig in den Nacken legte.

Mein Gott, sah er toll aus! »Nun, ich freue mich, dass es dir gefallen hat. Wir spielen bei jedem Auftritt mit Leib und Seele.«

Ella kuschelte sich tiefer in sein Jackett, wobei es ihr viel zu intim erschien, eines seiner Kleidungsstücke zu tragen, aber sie mochte es.

»Wo gehen wir hin?«, fragte sie, während die kleine Gruppe Musiker weiter vorn verschwand.

»Warte ab. Du wirst es entweder lieben oder hassen.«

»Ach, ja? Warum sollte ich es hassen?«

»Weil es dort von Musikern und Künstlertypen wimmeln wird, was bedeutet, dass die Drinks billig sind, damit wir alle wiederkommen. Nur ist die Inneneinrichtung genauso billig wie die Getränkekarte.«

Ella zögerte, als er ihr auf dem Weg durch eine unscheinbare Tür den Vortritt lassen wollte. Sie sah sich zu ihm um, weil sie sich unsicher fühlte, aber gleichzeitig hatte sie vor Vorfreude Schmetterlinge im Bauch. »Du machst nicht gerade Werbung für den Laden.«

Er beugte sich zu ihr, wobei sein Arm den ihren streifte, als er die Tür aufzog und ihr ins Ohr flüsterte: »Was ich vergessen habe zu erwähnen, ist, dass meine Begleitung exzellent ist. Das macht definitiv alles andere wett.«

Sie holte tief Luft und ging an ihm vorbei. Wenn sie mutiger gewesen wäre, hätte sie ihm gesagt, dass sie ihre Begleitung ebenfalls jetzt schon genoss. Aber kaum hatte sie die Bar betreten, vergaß sie diesen Gedanken und sah sich bewundernd um. Das Komischste war, dass die Hälfte der Leute Abendgarderobe trug und der

Rest aussah wie eine Mischung aus Exzentrikern in bunt zusammengewürfelten Outfits, was eine sehr interessante Mischung ergab.

Als sie eine Hand auf ihrem Rücken spürte, fuhr sie herum und sah in Gabriels fragendes Gesicht.

»Etwas zu trinken?«

Sie zuckte mit den Schultern. »Warum nicht?«

8

Also, erzähl mir, was du so alles gemacht hast, seit ich dich zum letzten Mal gesehen habe«, sagte Gabriel, als er mit ihren Getränken zurückkam. »Daisy hat erwähnt, dass du Kunsthändlerin bist?«

Ella nahm fröhlich den Gin Tonic in Empfang und nippte an dem kleinen Strohhalm in ihrem Glas, als sie Seite an Seite zu einem kleinen Tisch neben der Bar gingen, der gerade frei geworden war.

»Nun«, antwortete Ella und setzte sich, »ich bin auf die Uni gegangen, habe meinen Abschluss gemacht und einen Job in einer Kunstgalerie angenommen …« Sie lachte. »Ich weiß nicht, was ich sonst noch erzählen soll.«

»Und jetzt repräsentierst du Daisy? Ich nehme an, neue Künstler zu entdecken, gehört zu deiner Arbeit?«

»Ja und ja, obwohl nicht alle so unglaublich begabt sind wie sie«, erwiderte Ella, während sie sich im Raum umsah. »Sagen wir einfach, dass wir mit ihren ersten Verkäufen unseren internen Rekord für Newcomer gebrochen haben.«

Gabriel stieß einen leisen Pfiff aus. »Dann verdient ja wenigstens einer von uns richtiges Geld. Ich werde darauf achten, dass sie bezahlt, wenn wir uns das nächste Mal zum Abendessen treffen.«

Sie lachten beide und nahmen noch einen Schluck von ihren Getränken.

»Da wir schon von unserer gemeinsamen Freundin sprechen, sie hat mir erzählt, dass du ein paar Hinweise zu deiner Familie erhalten hast? Sie sagte, du bräuchtest Hilfe, um ein Rätsel zu entschlüsseln, das mit Musik zu tun hat? Dass ich dir dabei vielleicht helfen könnte?«

Ella beugte sich zu ihm vor, als der Lärm um sie herum zunahm. »Ja! Um es kurz zu machen, es hat sich herausgestellt, dass meine Großmutter adoptiert war, und einer der Hinweise ist ein Notenblatt, das ...«

»Gabe! Wer ist denn deine Freundin hier?«

Er sah sie entschuldigend an, als ein junger Mann in einem weißen Hemd, das viel zu weit aufgeknöpft war, und einem Glas Bier in der Hand seinen Arm um Gabriels Schulter schlang.

»Arch, das ist Ella«, sagte er.

»Du warst heute im Publikum, richtig?«

»Allerdings. Ich fand es toll.«

»Gut! Das ist schön zu hören.«

Glücklicherweise ließ sich Arch schnell von jemand anderem ablenken, und Gabriel beugte sich vor, um sich zu entschuldigen. »Er ist unser neuestes Mitglied. Großartig am Cello, aber nicht so talentiert, wenn es darum geht, seinen Alkoholkonsum einzuschätzen. Und dies ist seine erste Saison, also braucht er noch viel Bestätigung.«

Ella lachte kopfschüttelnd, als sie dem jungen Mann nachsah, und nahm sich vor, ihm später noch zu sagen, wie sehr ihr sein Cellospiel gefallen hatte.

»Es muss ein erstaunliches Gefühl sein, umgeben von so vielen Musikern zu spielen«, sagte sie. »Ein wahr gewordener Traum.«

»So ist es«, sagte er, nahm einen Schluck und sah sie an. »Das Schwierige ist, von dem Hochgefühl nach einem Auftritt wieder auf den Boden der Tatsachen zurückzukommen. Man kann unmöglich direkt nach einer Vorstellung schlafen gehen, weshalb so viele von uns noch etwas trinken gehen, um sich zu entspannen. Auch wenn die älteren Mitglieder sich viel leichter damit tun, es einfach als Arbeit zu betrachten. Ich sehe, wie sie einpacken und gehen wie nach einem ganz normalen Job, und nach einigen Jahren wird es das vielleicht ja auch.«

»Vielleicht. Aber mir geht es nach einem langen Arbeitstag genauso«, sagte Ella und spielte mit dem kleinen Strohhalm in ihrem Glas. »Ich bin dann so ausgepowert, aber wenn ich gleich ins Bett gehen würde, läge ich nur stundenlang wach, und mir würde der Kopf von all dem brummen, was am Tag passiert ist.«

»Gabe!« Ein Pärchen kam zu ihnen herüber, und Gabriel zog die Augenbrauen hoch und grinste sie an. Ella war sich nicht sicher, was er damit sagen wollte, aber sie merkte, dass alle bester Laune waren.

»Meine Damen, dies ist Ella«, stellte er sie vor.

»Wo hast du die denn her?«, scherzte eine der Frauen, beugte sich vor, umarmte sie und gab ihr einen Kuss auf die Wange. »Ich bin Ruby, und das hier ist Emma.«

»Schön, euch kennenzulernen«, sagte Ella. »Ich hoffe, ich platze nicht in euren Abend hinein.«

»Hereinplatzen?«, fragte Ruby. »Überhaupt nicht, je mehr, desto besser. Hast du das Konzert heute Abend gesehen?«

»Das habe ich. Wirklich spektakulär, ich kann es gar nicht erwarten wiederzukommen.«

Jemand anders gesellte sich zu ihnen, und das sich daraus entwickelnde Gespräch über Musik überstieg schon bald ihren Horizont. Die Hälfte der Worte verstand sie nicht einmal, also nutzte sie die Gelegenheit, als Gabriel ihr einen Blick zuwarf, um auf ihre Drinks zu zeigen. Es überraschte sie, dass so viele Musiker um die dreißig waren, auch wenn man sich denken konnte, dass die Jüngeren wahrscheinlich alle zusammensteckten.

»Sorry«, formte er mit den Lippen.

Ella grinste nur. »Noch einen?«, fragte sie tonlos zurück und hielt ihr Glas hoch.

Er nickte, und sie stand auf, um ihnen beiden noch einen Gin Tonic zu holen. Als sie am Tresen wartete und sich umsah, fiel ihr auf, wie gelöst alle wirkten. Sie fragte sich, wer wohl die Nicht-Smokingträger sein mochten, ob sie auch Musiker waren, sie wirkten jedenfalls alle, als kämen sie aus einem kreativen Umfeld.

Als sie sich mit den Getränken in der Hand umdrehen wollte, berührte eine Hand ihre Schulter. Ella fuhr herum und starrte auf eine breite Brust. Sie blickte auf und in Gabriels Augen.

»Hi«, sagte er.

»Hi«, gab sie zurück.

Sie hatte einen Drink in jeder Hand und hielt Gabriel einen davon hin.

Sein Hemd war weiter aufgeknöpft als vorher, und seine Krawatte war verschwunden. Er trat einen Schritt näher, und sie stellte fest, dass sie sich von keinem Mann mehr so sehr angezogen gefühlt hatte, seit … sie lächelte in sich hinein. *Seit ich denken kann.*

»Wo waren wir stehen geblieben?«, fragte er, nahm einen Schluck und grinste sie über sein Glas hinweg an.

»Ich meinte das ernst vorhin. Ich hoffe, ich …«

Er hob die Hand. »Sprich es nicht aus, du platzt hier nirgendwo rein. Ich kann es einfach nicht glauben, nach all diesen Jahren …«

Sie lachte. »Ich weiß. Und ganz ehrlich, ich muss dir sagen, dass ich schon seit langer Zeit nicht mehr an dich, an diese Jahre meines Lebens gedacht habe.«

»Ich auch nicht, aber das macht die Überraschung, dich zu sehen und mich daran zu erinnern, nur noch schöner.«

»Als du damals weggegangen bist, habe ich mich gefragt, in welche Richtungen sich wohl unsere Leben entwickeln würden und ob unsere Wege sich jemals wieder kreuzen.«

»Ist dein Leben so geworden, wie du gedacht hattest?«

Ella zuckte die Schultern. »Vielleicht. Ehrlich gesagt …«

Sie schob die Gedanken an ihren Bruder von sich und daran, wie sehr sich ihr Leben seitdem verändert hatte, wollte Gabe noch nicht davon erzählen. »Ich weiß nicht mehr so genau, was ich damals erwartet habe. Ich meine, wir waren so jung, was wussten wir schon davon, was wir vom Leben wollten?«

In diesem Augenblick wurde ihr klar, dass zumindest Gabe genau das tat, was er sich erträumt hatte.

»Abgesehen von dir natürlich. *Du* wusstest genau, wer du warst und was du werden wolltest.«

Er warf ihr einen merkwürdigen Blick zu, und sie lachte. »Warum siehst du mich so an?«

»Ich weiß nicht, warum ich dir das jetzt sage, nach all diesen Jahren, aber …«

Sie stützte eine Hand in die Hüfte, während sie an ihrem Drink nippte.

»Ich habe diesen Kuss nie vergessen, Ella. All diese Monate, die ich darauf gewartet hatte, dich zu küssen, und an meinem letzten Schultag hatte ich endlich den Mut dazu gefunden.« Er schüttelte den Kopf. »Ich habe mir oft gewünscht, ich hätte früher den Mut aufgebracht, und als ich dann wegging, wäre ich am liebsten gleich wieder zurückgekommen, nur um dich zu sehen.«

Ella wurde rot. Bis zu diesem Tag hatte sie nicht einmal gewusst, dass sie ihm so sehr gefallen hatte. »Erinnerst du dich gerade daran, wie unsere Zähne so peinlich aneinandergestoßen sind, oder …«

»Ich erinnere mich daran, dass ich hätte mutiger sein sollen, dann hätte ich dich nämlich schon wochenlang küssen können und nicht nur für einen verstohlenen Moment.«

Sie schluckte, als er unverblümt auf ihren Mund sah, bevor er den Blick hob. Ella nickte und ließ beinah ihren Drink fallen, als sich ihre Lippen ganz unerwartet zu einem sanften Kuss trafen, der sie zum Kribbeln brachte. Sie hätte ewig so stehen bleiben können, aber es sollte nicht sein, da weitere Gäste hereinkamen und einer sie im Vorbeigehen anstieß und beinah umwarf.

Gabriel rettete sie schnell, indem er einen Arm um ihre Taille legte, sie an sich zog und mit der anderen Hand ihr den Drink abnahm, der gerade auf ihren Schuh geschwappt war.

»Und ich glaube, den hier werde ich auch nicht vergessen«, flüsterte er an ihrer Haut.

Ella errötete, konnte nichts gegen die plötzliche Hitze in ihren Wangen tun, aber sie wich nicht zurück.

»Komm, hier sind ein paar Leute, von denen ich möchte, dass du sie kennenlernst.« Er hielt inne und sah auf sie hinunter. »Wenn du nichts dagegen hast«, sagte er dann und reichte ihr das Glas zurück.

»Überhaupt nicht«, gab sie zurück und trank sich mit einem großen Schluck Mut an. Der Abend entwickelte sich gerade ganz anders, als sie erwartet hatte.

Gabriels Finger streichelten ihren Arm, und sie schmiegte sich an ihn, als sie durch die Menge steuerten. Die wurde lauter und etwas rauer, als noch mehr Leute dazukamen, aber das machte Ella nichts aus. Sie war mittlerweile eher an gesittete Zusammenkünfte gewöhnt und war, abgesehen von dienstlichen Verabredungen, das ganze Jahr noch nicht richtig ausgegangen, was diesen Abend umso interessanter für sie machte. Ganz zu schweigen von diesem eher unerwarteten Kuss. Sie wollte gerade nirgendwo anders sein als genau hier.

Verstohlen betrachtete sie Gabriel von der Seite, seinen kräftigen, kantigen Kiefer. Er sah auf klassische Art gut aus, seine Züge waren männlich und seine Haltung noch mehr, und er strahlte ein Selbstvertrauen aus, das vielleicht von der Bühne herrührte. Er war nicht arrogant, sondern wirkte, als fühlte er sich auf eine ruhige Art wohl in seiner Haut, was ihn noch anziehender machte. Und das war es auch gewesen, was ihr schon als Teenager an ihm gefallen hatte. Auch damals schien es ihm nie wichtig gewesen zu sein, was andere über ihn dachten, ganz zu schweigen davon, dass er selbstsicher genug gewesen war, um sein Abschlussjahr im Ausland zu verbringen.

Ella seufzte, als seine Hand sich von ihrer Taille löste, er stattdessen ihre Hand nahm und einen Schauder der Vorfreude durch ihren Körper schickte, bevor er sie mit sich zog. Sie hätte lügen müssen, um nicht zuzugeben, dass sie bereits wieder ein kleines bisschen in ihn verschossen war, besonders, als er sich an einen Tisch setzte und ihr bedeutete, ihm Gesellschaft zu leisten. Seine Hüfte streifte ihre, er legte beiläufig den Arm um ihre Schultern und bedachte sie mit einem Lächeln, bevor er über etwas lachte, das einer seiner Freunde gesagt hatte.

Ihr Wiedersehen hatte sie der kleinen Schachtel mit den Hinweisen zu verdanken, ohne die und ohne Daisy hätte sie sich nie entschieden, zu dem Konzert zu gehen, und dann säße sie jetzt nicht hier im Arm dieses gut aussehenden, begabten Mannes.

* * *

»Ich glaube, wir sollten allmählich Gute Nacht sagen.« Gabe zwinkerte ihr zu, stand von seinem Stuhl auf und hielt ihr die Hand hin.

Ella blinzelte und sah sich um, überrascht, dass im Lokal nur noch eine Handvoll Leute übrig war. Sie hatte mitbekommen, wie die meisten seiner Kollegen schon vor einer Weile gegangen waren, sie hatten Gabriel im Vorbeigehen zum Abschied auf den Rücken geklopft, aber es war ihr nicht aufgefallen, dass das ganze Lokal inzwischen beinahe leer war. Es war eindeutig Zeit zu gehen.

»Dieser Abend ist völlig anders verlaufen, als ich es mir vorgestellt hätte«, gestand sie, während er sein Jackett anzog. Es passte ihm wie angegossen, und sie konnte nicht anders, als ihren Blick über sein Hemd gleiten zu lassen, als es sich durch seine Bewegungen straffte.

»Nun, damit sind wir schon zwei.«

Wieder standen sie ein wenig unbehaglich voreinander, dann beugte er leicht den Kopf und lächelte auf sie hinunter. Einen kurzen Moment lang dachte sie, er würde sie noch einmal küssen.

»Fändest du es merkwürdig, wenn ich dich um deine Nummer bitten würde?«

Wieder errötete Ella; irgendwie hatte Gabriel sie an diesem Abend wieder in einen Teenager verwandelt. »Es wäre merkwürdig, wenn du es nicht tätest.«

Sie lachten beide, und Ella schlug die Hand vor den Mund, so peinlich war ihr dieser schreckliche Flirtversuch.

»Tut mir leid, ich bin völlig aus der Übung.«

»Ich auch. Du vergisst, dass ich es war, der fürchtete, es wäre merkwürdig, ein Mädchen, das mir gefällt, nach seiner Nummer zu fragen.«

Ein Mädchen, das ihm gefiel? Sie räusperte sich und nahm sein Handy, als er es ihr reichte, entschied aber, nichts weiter zu sagen, damit sie sich nicht noch mehr blamierte. Vielleicht hatte er sagen wollen, *ein Mädchen, das mir früher einmal gefiel*. Sie hatten den ganzen Abend lang geredet, sich an Erlebnisse aus der Vergangenheit erinnert, die sie beide schon lang vergessen hatten – bis jetzt –, aber nun, wo es Zeit war auseinanderzugehen, fühlte sie sich so unbeholfen wie nie zuvor. Ella tippte ihren Namen und ihre Nummer in sein Telefon ein, bevor sie es ihm zurückgab.

»Es war toll, dich heute Abend wiederzusehen, Ella.«

»Ging mir genauso.«

Sie blieben noch einen Moment lang stehen, aber mit einem Mal war es nicht mehr ganz so peinlich.

»Ich bringe dich hinaus.«

Ella ging dicht vor ihm und hielt den Kopf gesenkt, als sie durch die Tür auf den Gehsteig trat. Am Straßenrand wartete ein Auto, und als Gabriel darauf zeigte, sträubte sie sich eine Sekunde lang, weil sie dachte, dass er erwartete, sie würde mit ihm nach Hause fahren. Sie mochte ihn, aber dafür war sie ganz sicher noch nicht bereit, und sie wollte nicht glauben, dass er ihre Absicht falsch eingeschätzt haben könnte.

»Ich …«, fing sie an.

»Ich habe dir ein Uber gerufen«, unterbrach er sie, weil er sofort gemerkt hatte, wie unwohl sie sich fühlte. »Du hast doch nichts dagegen?«

»Nein. Überhaupt nicht.« Sie war erleichtert, als er zurücktrat und ihr bedeutete einzusteigen. Nun wünschte sie sich, nicht an ihm gezweifelt zu haben.

»Danke für einen fantastischen Abend.«

Gabriel sah sie an und steckte die Hände in die Hosentaschen. Sie warf ihm einen letzten, langen Blick zu, bevor sie kopfschüttelnd die Autotür aufzog. Dieser Abend war voller Überraschungen gewesen.

Als der Wagen anfuhr, sah sie aus dem Fenster und winkte, als er sich auf den Weg in die entgegengesetzte Richtung machte. Ella hoffte nur, dass er nicht sein letztes Geld für ihr Uber ausgegeben hatte, aber falls dem so war, bestätigte es nur, was er für ein Gentleman war. *Und dabei heißt es doch, die Ritterlichkeit sei ausgestorben.* Gabriel war ganz klar von jemandem erzogen worden, der ihn gelehrt hatte, wie wichtig es war, sich um eine Frau zu bemühen, und wenn sie diese Person jemals kennenlernen sollte, würde sie ihr sagen, wie sehr sie das zu schätzen wusste.

* * *

Erst als Ella zwanzig Minuten später in ihrer Wohnung ankam und die Tür hinter sich abschloss, ging ihr auf, dass sie völlig vergessen hatte, Gabe das Notenblatt zu zeigen, das in ihrer Handtasche steckte. Sie lachte, schleuderte ihre Schuhe von den Füßen und tappte über den Parkettboden in ihr Schlafzimmer, wobei sie sich fragte, wie sie etwas, das sie die letzten zwei Wochen lang so sehr beschäftigt hatte, so schnell vergessen konnte. Allerdings war sie ziemlich abgelenkt gewesen.

Sie zog den Reißverschluss ihrer Tasche auf, um nachzusehen, ob sie das Notenblatt nicht aus Versehen verloren hatte, als ihr Telefon zu summen anfing. Ella nahm es zur Hand und überflog ihre Nachrichten, wobei sie feststellte, dass sie eine von Kate und eine von Daisy bekommen hatte, die wissen wollte, wie es mit Gabriel gelaufen war. Sie schrieb ihrer Freundin eilig zurück.

> Du hättest mich warnen müssen, wie toll er aussieht! Ich erhole mich noch davon! Und die Welt ist so klein, wir sind tatsächlich zusammen zur Schule gegangen. Ich habe mit sechzehn für ihn geschwärmt, bevor er London verlassen hat, um seinen Träumen zu folgen!

Sie ließ sich mit dem Telefon in der Hand auf ihr Bett fallen und klickte auf die neue E-Mail, die gerade hereingekommen war. Mia. Oh, *diese Mia!*

Ella überflog die Nachricht und konnte kaum glauben, dass sie so schnell eine Antwort erhalten hatte beziehungsweise dass Mia überhaupt geantwortet hatte.

Hallo Ella,
danke, dass Sie sich melden. Ich weiß nicht, ob ich Ihnen helfen kann, aber wenn Sie möchten, dass wir uns mal auf einen Kaffee oder zum Essen treffen, beantworte ich gern all Ihre Fragen über meine Tante. Sie sind ein Rätsel, diese kleinen Holzschächtelchen. Ich muss immer noch viel daran denken und was es für ein Glück war, dass ich sie überhaupt gefunden habe.
Mia

Ella las die E-Mail noch einmal, diesmal langsamer. Sie hatte etwas getrunken, und normalerweise beantwortete sie in diesem Zustand keine Mails, aber sie wusste, dass sie, wenn sie Mia nicht sofort antwortete, nur die ganze Nacht wach liegen und darüber nachdenken würde.

Ihr Kopf drehte sich vor all den Fragen, die sie ihr stellen wollte, sie durfte bloß nicht vergessen, dass Mia überhaupt nichts über ihre Großmutter wusste, zumindest hatte sie das in der Anwaltskanzlei so gesagt. Aber wenn sie besser verstehen könnte, wie es dazu gekommen war, dass ihre Großmutter in Hope's House zur Welt gekommen war, oder wenn es irgendwelche Akten gäbe, die ihr weiterhelfen konnten, würde sie das der Wahrheit über die Vergangenheit ihrer Familie vielleicht etwas näherbringen.

9

Ella streckte sich, als das Sonnenlicht sie weckte. Sie kniff die Augen fester zu und bereute es, die Vorhänge nicht zugezogen zu haben, bevor sie ins Bett ging. Sie brauchte einen Augenblick, um sich zu orientieren, bis sie wusste, was für ein Tag war. *Samstag.* Heute war sie nicht an der Reihe, die Galerie aufzuschließen, obwohl sie auf dem Weg zum Coffeeshop dort vorbeigehen würde, um sich davon zu überzeugen, dass alles glattlief.

Mia!

Sie setzte sich kerzengerade im Bett auf und suchte nach ihrem Handy, um nachzusehen, ob sie bereits wieder gemeldet hatte. Ella hatte ihr sofort geantwortet und nachgefragt, ob sie heute Morgen Zeit für einen Kaffee hätte, und wollte sie im Fall einer Zusage nicht verpassen. In ihrem Kopf herrschte ein leichter Nebel von dem Gin, den sie am Abend getrunken hatte, doch nun saß sie, die zerwühlte Bettdecke um die Taille, im Bett und lächelte in sich hinein, als sie sah, dass eine Antwort gekommen war.

Klar, wir können uns heute um 11 treffen.

Ella grinste, wollte gerade aufstehen und sich zurechtmachen, als eine weitere Nachricht auftauchte, dieses Mal eine SMS. Gabriel?

War da nicht ein Musikstück, das du mir zeigen wolltest? G

Sie sah auf ihr Handy und hatte Gabriels Lächeln vor Augen, als sie ihm antwortete. Es war wirklich ein toller Abend gewesen, der schönste seit langer Zeit.

Ich fasse es nicht, dass ich vergessen habe, es dir zu zeigen.

Während sie wartete, kuschelte sie sich wieder unter die Bettdecke und sah die kleinen Bläschen auf dem Display, die ihr bestätigten, dass er dabei war, zurückzutexten.

Hast du heute Nachmittag Zeit, es mir zu zeigen? Ich bin am Proben, aber um 15 Uhr machen wir Pause.

Ella lächelte ihr Telefon an.

Aber sicher. Texte mir die Adresse und ich bringe Kaffee mit. Espresso? Milchkaffee?

Die kleinen Bläschen tauchten auf und verschwanden wieder, und Ella wartete einen Moment, bevor sie beschloss, dass sie jetzt wirklich duschen sollte. Da sie

Gabriel treffen würde, wollte sie sich auf jeden Fall die Haare waschen und etwas mehr Zeit darauf verwenden, sich zurechtzumachen. Sie legte das Handy aufs Bett und war gerade dabei, den Pyjama auszuziehen, als es wieder pingte.

Doppelten Espresso. Den nächsten zahle ich.

Und dann:

Warte einfach am Hintereingang, ich hole dich ab.

Ein Schauder der Vorfreude durchfuhr Ella, als sie ihr Handy wieder aufs Bett fallen ließ und eilig unter die Dusche ging. Es gefiel ihr sehr, dass er bereits an das nächste Mal dachte, wenn sie zusammen Kaffee trinken würden.

Dating hatte sie seit Monaten nicht mehr auf dem Radar gehabt. Sie war zu sehr mit Arbeiten beschäftigt gewesen, und obwohl sie sich auf den Apps versucht hatte, war ihr unwohl dabei gewesen, jemanden auf diese Weise kennenzulernen. Ganz zu schweigen davon, dass die Pandemie alle Gelegenheiten, jemanden auf natürliche Weise kennenzulernen, komplett ruiniert hatte. Aber die Zeit, die sie mit Gabriel verbracht hatte, und die Tatsache, dass er tatsächlich ihr Herz höherschlagen ließ, sagten ihr, dass ihre »erst die Arbeit, dann das Vergnügen«-Attitüde vielleicht doch noch verbesserungswürdig war. Und vielleicht war Teil ihres Problems, dass es ihr schwerfiel, jemand Neuem zu vertrauen.

Aber Gabe war niemand Neues, sondern jemand, von dem sie bereits das Gefühl hatte, dass sie ihm zumindest halbwegs trauen konnte, und vielleicht war es ja genau das, worauf sie gewartet hatte?

* * *

Ella war früh dran. Sie war bereits in der Galerie vorbeigegangen und hatte sich vergewissert, dass alles unter Kontrolle war, bevor sie zu dem Café gegangen war, in dem sie sich mit Mia verabredet hatte. Es war eine Viertelstunde zu Fuß, und sie hatte die frische Luft genossen. Jetzt war sie schon fast mit ihrem Muffin und ihrem Latte macchiato fertig, als Mia durch die Tür kam. Ella wischte sich schnell die Finger an der Serviette ab und stand auf, um ihr zu winken.

»Hi, Ella«, sagte Mia und setzte sich hin.

»Herzlichen Dank, dass Sie angeboten haben, sich mit mir zu treffen. Ich hoffe, es macht Ihnen keine Umstände.«

»Überhaupt nicht. Möchten Sie noch einen Kaffee?«

Ella schüttelte den Kopf. »Nein, aber lassen Sie mich Ihren bezahlen.«

Sie unterhielten sich ein paar Minuten über das Wetter und darüber, was sie trinken wollte, bevor Ella an die Theke ging und ihre Bestellung aufgab. Als sie zurückkam, spielte Mia geistesabwesend mit den Zuckertütchen auf dem Tisch, wobei ihre Finger sanft über die Ränder von jedem Päckchen strichen, als wäre sie tief in Gedanken versunken. Sie sah anders aus als bei ihrem ersten Treffen – das Haar fiel ihr lose über die Schultern, und sie war leger in Jeans und Turnschuhe gekleidet, das komplette Gegenteil zu ihrem Outfit vom letzten Mal mit Seidenbluse und Pumps. Sie wirkte definitiv entspannter.

»Ich habe so viele Fragen, ich weiß gar nicht, wo ich anfangen soll.«

Mia lächelte ihr zu. »Ich habe auch so viele Fragen, ich weiß, wie Sie sich fühlen.«

»Wirklich?«

»Ich habe auch eine Holzschachtel bekommen. Nun, die Schachtel trug den Namen meiner Tante, und da sie keine Kinder hatte, stand sie mir zu.«

Ellas Augen weiteten sich. »Sind Sie daraus schlau geworden? Daraus, was ihr hinterlassen wurde?«

Mia schüttelte den Kopf. »Nein, aber diese Schachtel war anders als die anderen. Sie sah anders aus und war geöffnet worden, vermutlich von meiner Tante, war dann aber mit den anderen unter den Dielen versteckt worden. Es war offensichtlich, weil das Band bereits aufgezogen worden war und es nicht so staubig war wie die anderen.« Sie lachte nervös. »Aber können Sie sich vorstellen, dass in meiner Schachtel nichts drin war? Als ich Sie alle von dem Anwalt meiner Tante habe zusammentrommeln lassen, war meine größte Angst, dass die anderen Schachteln möglicherweise auch leer sein könnten.«

War Ellas Neugier vorher schon groß gewesen, so war sie jetzt regelrecht fasziniert.

»Es war nichts darin? Nicht ein einziger Hinweis?«

»Nichts, einfach gar nichts«, antwortete Mia. »Deshalb bin ich von Ihrer Schachtel erst recht fasziniert.«

»Möchten Sie sie noch mal sehen? Nur für den Fall, dass die Hinweise darin Ihnen vielleicht irgendetwas sagen?« Ella griff in ihre Handtasche, nahm die kleine Schachtel heraus und übergab sie Mia. »Ganz ehrlich, mir sagt der Inhalt überhaupt nichts, ganz gleich, wie lange ich ihn mir ansehe.«

Ella sah zu, wie Mia die beiden Gegenstände untersuchte, bevor sie sie wieder zurücklegte. »Als ich die Schachteln fand, hatte ich dieses überwältigende Gefühl, dass sie mit den Menschen auf dem Etikett wiedervereint werden müssten oder zumindest mit einem Nachfahren dieses Menschen.« Sie zögerte. »Tatsächlich habe ich auf Hopes Schreibtisch eine Liste mit Namen gefunden, die mit den Namen auf den Holzschachteln übereinstimmten. Das hat mich noch mehr davon überzeugt, dass ich ihr Lebenswerk würdigen wollte oder es zumindest versuchen möchte.«

»Sie glauben, sie hat eine Liste der Frauen angefertigt, mit denen sie sich in Verbindung setzen musste? Dass sie die Absicht hatte, die Schachteln vor ihrem Tod ihren rechtmäßigen Besitzerinnen zukommen zu lassen?«

»Das möchte ich jedenfalls gerne glauben.« Mia faltete die Hände im Schoß, und Ella konnte sehen, wie viel ihr dies alles bedeutete. »Ehrlich, wenn ich Ihnen mehr darüber sagen könnte, würde ich es tun. Ein Teil von mir fragt sich, ob die Schachteln überhaupt jemals gefunden werden sollten. Vielleicht hatte meine Tante sie ja aus gutem Grund versteckt. Aber ich konnte nicht zulassen, dass sie mit dem Haus zerstört wurden. Dann hätte ich mich immer gefragt, ob sie etwas Wichtiges enthielten, einen Teil von jemandes Erbe, das eben doch weitergegeben werden sollte.«

Als sie sah, wie Mia Tränen in die Augen stiegen, streckte Ella die Hand über den Tisch aus und berührte Mias. Sie konnte sehen, was für eine schwierige Entscheidung sie hatte treffen müssen.

»Sie haben das Richtige getan. Sie haben Enkelinnen wie mir die Gelegenheit gegeben, mehr über die Vergangenheit unserer Familie zu erfahren. Jede Empfängerin kann ihre eigene Entscheidung treffen, das ist das Wichtigste. Sie haben uns die Wahl gegeben.«

»Finden Sie das wirklich? Sie glauben nicht, dass ich es meiner Tante habe an Respekt fehlen lassen, weil ich Dinge an mich genommen habe, die sie versteckt hatte?«

Ella schüttelte den Kopf. »Nein, das glaube ich nicht. Ich finde, Sie haben etwas ganz Besonderes getan.«

»Meine Tante hat ihr Leben der Unterstützung von Frauen gewidmet, aber ich weiß sehr wenig über ihre Gründe. Sie muss im Lauf der Jahre Hunderte von schwangeren Mädchen unterstützt und genauso viele Babys zur Welt gebracht haben. Wenn ich eines weiß, dann, dass diese Frauen, die sie in Pflege genommen hat, von ihren Familien verstoßen worden wären, hätte es sie nicht gegeben.«

»Und doch waren nur sieben Holzschachteln versteckt?«, fragte Ella. »Obwohl sie so viele Babys zur Welt gebracht hat?«

»Tatsächlich waren es acht. Wenn man jene mitzählt, auf der ihr eigener Name stand. Aber ich nehme an, das zählt nicht, weil sie ja leer war. Die Schrift ist anders, und die Schachtel sah auch nicht genauso aus.«

»Vielleicht hat ihr mal jemand zum Dank eine kleine Andenkenschachtel geschenkt, und das hat sie dazu inspiriert, die anderen anzufertigen? Vielleicht ist das die Verbindung? Möglicherweise war deshalb nichts darin, und sie hat es nur als Andenken aufbewahrt? Um sich daran zu erinnern, warum sie das alles tat?«

Mias Kaffee kam, und sie nickte. »Vielleicht. Aber nichts davon hilft Ihnen weiter, oder? Ich wünschte, ich könnte mehr tun, Ihnen helfen herauszufinden, was Ihre Hinweise bedeuten.«

»Sie haben schon mehr als genug getan«, erwiderte Ella. »Sie haben dafür gesorgt, dass ich jetzt noch entschlossener bin herauszufinden, was das alles zu bedeuten hat.«

»Ist Ihre Großmutter noch am Leben?«

»Leider nicht«, sagte Ella. »Ich habe sie sehr lieb gehabt, sie hat mir durch eine sehr schwere Zeit geholfen, und je mehr ich über all dies nachdenke, umso mehr möchte ich ihre Vergangenheit verstehen. Es kommt mir vor, als könnte ich damit noch etwas für sie tun, obwohl sie nicht mehr hier ist. Hört sich das albern an?«

»Nein«, antwortete Mia und lächelte Ella über den Rand ihrer Kaffeetasse hinweg zu. »Es hört sich schön an, und außerdem hat mir kürzlich eine andere Enkelin etwas Ähnliches gesagt.«

Ella zog überrascht die Augenbrauen hoch. »Eine der anderen Frauen von dem Tag, als wir die Holzschachteln bekamen?«

Mia nickte. »Sie heißt Claudia, und sie hat mir vor Kurzem eine E-Mail geschrieben.«

»War ihre Familie in London?«, fragte Ella gespannt.

»Stellen Sie sich vor, es hat sie nach Kuba verschlagen!«, antwortete Mia. »Ich muss immer noch lächeln, wenn ich daran denke, wohin ihre Suche sie geführt hat. Allein dafür haben sich meine Sorgen über meine Entscheidung schon gelohnt.«

Sie lehnten sich beide zurück und tranken ihren Kaffee aus, während Ellas Holzschachtel noch vor ihnen auf dem Tisch lag. Ella überlegte, ob auch für sie der Schlüssel vielleicht in einem anderen Land lag.

* * *

Gewöhnlich arbeitete Ella am Wochenende oder dachte zumindest an ihre Arbeit. Sie wusste nicht mehr genau, wann sie zum Workaholic geworden war, aber nachdem sie einen vergnüglichen Vormittag damit verbracht hatte, Mia zu treffen, und dann Kaffee für Gabriel besorgt hatte, den sie gleich treffen würde, konnte sie allmählich nachvollziehen, dass andere Leute ihr Wochenende mit angenehmeren Dingen als der Arbeit verbrachten.

Sie stand einen Augenblick draußen vor dem Barbican Centre und nahm sich die Zeit, den Anblick des schönen Gebäudes zu genießen, bevor sie zur Hintertür ging. Sie hatte sowohl Kunst als auch Geschichte studiert, und ihr wurde langsam bewusst, dass sie in ihrem Alltag vor lauter Eile kaum innehielt, um Architektur und Wahrzeichen so zu würdigen, wie sie es wert waren.

»Ella!«

Ella blickte auf und merkte, dass das Tablett, mit dem sie den Kaffee transportierte, gefährlich nah daran war, umzukippen. Gabriel kam in ausgewaschenen Bluejeans, einem weißen T-Shirt und abgetragenen Stiefeln auf sie zu – das völlige Gegenteil seiner Erscheinung am Vorabend, aber irgendwie sah er so noch besser aus. Wie kam es nur, dass manche Männer mit dem Alter attraktiver wurden? Auf Gabe traf das ganz sicher zu.

»Hey!« Sie brachte das Tablett wieder ins Gleichgewicht und hielt ihm seinen Kaffee hin. »Ich komme und bringe Koffein als Geschenk!«

Grinsend nahm er den Becher, trank einen Schluck und schnalzte anerkennend, als wäre es das Beste, was er den ganzen Tag zu sich genommen hatte.

»Ich wünschte, wir wären gestern Abend nicht so lang weg gewesen. Heute ist brutal.«

Sie zuckte die Schultern. »Sorry, aber dafür kannst du mir nicht die Schuld geben.«

Sie standen einen Augenblick da, und sie räusperte sich schließlich, überrascht, wie nervös sie war.

»Kommt es dir wie Arbeit vor, wenn du probst? Ich meine, da du es so gern tust, kommt es dir immer noch wie Arbeit vor?«

Sie gingen im Gleichschritt nebeneinanderher, ihre Kaffeebecher in der Hand.

»An manchen Tagen ja, dann kann es eine richtige Schinderei sein, genau wie jeder andere Job. Aber wenn alles passt, alles stimmig klingt, dann nicht. Dann fühlt es sich geradezu magisch an.«

Ella sah, wie seine Augen voller Leidenschaft aufleuchteten. An manchen Tagen brannte sie ebenfalls für ihren Job, und das erinnerte sie daran, warum sie so gut darin war, warum ihr so gefiel, was sie tat. Doch an anderen Tagen zweifelte sie, ob es ihr immer so ergehen würde oder ob sie einfach ihre Liebe für das Erschaffen von Kunst in die Werke anderer Künstler kanalisierte. Und ob sie auf lange Sicht so weitermachen könnte oder nicht.

»Ich habe nur zehn Minuten, bevor ich wieder hineinmuss, wenn du mir also das …«

»Ja! Natürlich.« Sie gab ihm ihren Kaffee zum Halten und holte dann die Schachtel aus ihrer Handtasche und nahm das Notenblatt heraus. Sie tauschten die Gegenstände aus, und sie sah ihn an, während er sich Zeit nahm, um es genau zu betrachten.

»Wie alt, meinst du, ist es?«

»Ehrlich gesagt, ich habe keine Ahnung. Ich hatte gehofft, du könntest mir dabei helfen.«

»Hm«, sagte Gabriel stirnrunzelnd.

»Was ist?«

»So von jetzt auf gleich habe ich keine Meinung dazu, aber es handelt sich um ein komplexes Musikstück, so viel kann ich sagen. Wer auch immer das gespielt hat, war ein ernsthafter Musiker, jemand sehr Fähiges.«

»Also das ist immerhin schon mehr, als ich wusste, bevor ich es dir gezeigt habe, ich danke dir.«

Gabriel nahm noch einen Schluck Kaffee, ohne den Blick von dem Blatt zu nehmen. »Könnte ich es ausleihen? Um es den anderen zu zeigen? Man weiß ja nie, ob nicht vielleicht jemand das Stück erkennt oder vielleicht sogar die Mitteilung oder die Unterschrift.«

Sie zögerte, fühlte sich merkwürdig verbunden mit diesem Hinweis, den sie die letzten Tage mit sich herumgetragen hatte. Er musste es bemerkt haben, weil er nun einen Schritt auf sie zukam und ihr ernst in die Augen sah. Er streckte sogar die Hand aus und berührte ihr Handgelenk mit dem Daumen. »Ich verspreche, es notfalls mit meinem Leben zu beschützen. Ich weiß, wie wichtig es für dich ist.«

»Natürlich ist es albern, im Moment hat es für mich ja noch gar keine Bedeutung.« Sie blickte auf seine Hand, die sie so beiläufig berührt hatte.

»Es hat durchaus eine Bedeutung für dich, Ella, es ist deiner Großmutter bei ihrer Geburt hinterlassen worden. Das bedeutet etwas, auch wenn du die Verbindung noch nicht gefunden hast, also verspreche ich dir, gut darauf aufzupassen.«

Sie nickte. »Ja, du hast recht. Es hat eine Bedeutung, wahrscheinlich eine größere, als ich mir eingestehen will. Es ist nur frustrierend, dass ich keine Ahnung habe, in welcher Verbindung es zu ihr steht.«

»Wie wäre es mit einer Einladung zum Abendessen morgen? Dann kann ich es dir zurückgeben.«

»Abendessen?« Sie versuchte, nicht zu breit zu lächeln.

»Abendessen«, bestätigte er und fing an, rückwärts vor ihr herzugehen. »Ich muss wieder hinein, aber es war toll, dich zu sehen. Danke für den Kaffee.« Er hielt inne und grinste. »Wirklich schön, dich wiederzusehen, Ella.«

Sie konnte nicht anders, als zurückzugrinsen. »Wirklich schön, dich auch wiederzusehen.«

Ella stand da und sah, wie er verschwand, dieser tolle Mann, der sie auf die angenehmste Art überrascht hatte und mit dem sie morgen zu Abend essen würde. Sie stöhnte, als sie denselben Weg zurückging, den sie gekommen war, noch immer mit dem Kaffee in der Hand, in dem Wissen, dass sie sich den Rest des Wochenendes fragen würde, ob er sie tatsächlich zu einem Date eingeladen hatte oder ob es nur eine praktische Art war, ihr das Notenblatt wiederzugeben. Oder vielleicht auch nur, weil sie alte Freunde waren, die sich jahrelang nicht gesehen hatten …

Eine halbe Stunde später fand sich Ella in einem Laden für Künstlerbedarf wieder. Es war kurz vor Ladenschluss, und sie war sich nicht im Klaren, ob sie sich lächerlich machte oder ob sie einfach alles kaufen sollte, was sie brauchte. Die junge Frau an der Kasse wirkte nicht sonderlich interessiert und sah immer wieder auf die Uhr, was nicht gerade hilfreich war. Ella ging zu den Farbtuben hinüber, und ihre Hand schwebte darüber, als sie sie zweifelnd betrachtete.

Was kann es denn schaden, etwas Material zu kaufen? Ich muss es ja nicht benutzen, wenn ich nicht will. Sie sah auf ihre eigene Uhr und stellte fest, dass es inzwischen fast fünf war. *Tu es einfach.*

Ella marschierte zum Eingang des Ladens und holte sich einen Korb, den sie, ohne groß nachzudenken, mit den benötigten Farben und Pinseln füllte. Sie bezahlte alles und verließ den Laden mit zwei großen Papiertüten, nicht sicher, ob sie vielleicht verrückt geworden war. Seit Jahren hatte sie keinen Pinsel mehr in die Hand genommen, das Gefühl war ihr inzwischen fremd, während es ihr früher so vertraut gewesen war wie essen oder atmen.

Als sie zurück in ihrer Wohnung war, stellte sie ihre Einkäufe auf dem Tisch ab und ging ins Schlafzimmer. Sie öffnete ihren Schrank und stellte sich auf die Zehenspitzen, um den Schuhkarton herunterzuholen, den sie beim Einzug ein paar Jahre zuvor dort oben deponiert hatte. Er war so unauffällig, dass sich wohl kaum jemand die Mühe gemacht hätte, hineinzusehen, aber als sie ihn damals gepackt hatte, hatten diese Besitztümer ihr mehr bedeutet als alles andere auf der Welt.

Sie setzte sich im Schneidersitz auf den Boden, öffnete langsam den Deckel des Kartons und blickte hinein. Obenauf lag ein Foto, und als sie es in die Hand nahm, kamen ihr die Tränen. Darauf waren sie und Harrison zu sehen, ihr großer Bruder. Sie saßen am Strand, und er hatte den Arm um sie gelegt. Sie erinnerte sich an diesen Urlaub, es war ein Jahr vor seinem Tod gewesen, und hatte sein tiefes, dröhnendes Lachen beinahe in den Ohren, spürte fast das Gewicht seines Arms, der um ihre

Schultern lag, während sie versuchten, lang genug mit dem Lachen aufzuhören, um das Foto zu machen.

Ella wischte sich mit dem Handrücken über die Augen und nahm die Farbtuben und ein paar ihrer alten Lieblingspinsel aus dem Karton. Die Pinsel waren so trocken, dass sie kleinen steifen Zweigen ähnelten, aber wenn sie sie jetzt säubern und in Farbe tauchen würde, mit einer leeren Leinwand vor sich, es würde alles wiederkommen, als hätte sie nie damit aufgehört.

Am Boden des Kartons lag eine Postkarte. Sie schlug die Hand vor den Mund und hob sie langsam hoch. Das Foto auf der Vorderseite war aus Italien, und als sie die Karte umdrehte, hätte sie die Worte auswendig aufsagen können, obwohl es schon Jahre her war, dass sie sie zuletzt gelesen hatte.

Es ist fantastisch, Ellie, dir würde es hier gefallen. Versprich mir, dass Du ein Jahr aussetzt und mit mir reist! Hör nicht auf Mum und Dad, sie wissen, nicht, wovon sie reden. H

Langsam legte Ella alles zurück. Die Erinnerung war zu schmerzhaft, um sie lange vor Augen zu haben, aber sie fragte sich, was wohl jemand anderes denken würde, der diesen Karton erhielt. Ob sich derjenige anhand dessen, was sich darin befand, ein Bild von ihr machen könnte, woher sie kam und was sie erlebt hatte? Wäre ein Fremder in der Lage, sie in einer Ansammlung von Malutensilien, einem Foto und einer Postkarte zu finden?

Sie hatte große Zweifel daran. Aber sie erkannte, wie wichtig die Hinweise waren, was sie ihrer Großmutter und der übrigen Familie bedeuten könnten. Wenn sie doch nur herausfinden könnte, warum sie ihnen hinterlassen worden waren oder worauf sie hinweisen sollten.

Ihr Bruder war in Italien gestorben. Sein Auto war irgendwie von der Straße abgekommen, gegen einen Strommast gestoßen; und er war sofort tot gewesen. Anstatt also ihren großen Bruder während ihres Brückenjahres auf seinen Reisen zu begleiten und ihren Weg durch die Toskana zu malen, hatte sie ihre Materialien für immer weggepackt, zu betäubt vor Kummer, um kreativ zu sein, und hatte den Weg eingeschlagen, zu dem ihre Eltern sie schon lange gedrängt hatten. Harrison hatte sie verstanden, er hatte sie gesehen, wie sie wirklich war, wusste, dass Kunst zu schaffen für sie genauso wichtig war wie atmen, doch das war in einem anderen Leben gewesen.

Sie legte den Deckel vorsichtig zurück auf den Karton und stellte sich wieder auf die Zehenspitzen, um ihn zurück in den Schrank zu stellen. *Und wenn es nicht in einem anderen Leben gewesen wäre? Wenn ich meine Vergangenheit annehmen würde, statt vor ihr davonzulaufen? Aber in Griechenland, nicht in Italien.*

Harrison, was würdest du machen?

10

London, 1967

Alexandra, mein Liebes. Es ist wundervoll, dich wiederzusehen.«

Sie waren gerade erst in London angekommen, die Nachtluft war kälter, als sie es gewohnt war, und der Nebel schien an ihnen zu kleben, als sie vor dem Haus standen, aber die Begrüßung ihrer Tante war das genaue Gegenteil. Sie nahm sie fest in den Arm, und Alexandra klammerte sich an sie, kostete die Wärme der Umarmung aus, die sie seit fünf Wochen ohne die Zuneigung ihrer Mutter nicht mehr gewohnt war. Ihr Vater hatte sie den ganzen vergangenen Monat nicht einmal gestreift, ganz zu schweigen davon, sie in den Arm zu nehmen, als sie trauerte.

»Nicholas, schön, dich wiederzusehen«, sagte ihre Tante brüsk, als sie Alexandra schließlich losließ und sie beide hineinführte. »Ich wünschte nur, es wäre unter besseren Umständen.«

Alexandra blieb einen Moment lang zurück, ließ ihren Vater vorgehen und folgte dann, wobei sie beobachtete, wie er sich an der Schwester ihrer Mutter vorbeischlängelte, sodass er sie nicht berühren musste. Sie fragte sich, wo ihre Cousins waren, aber dann hörte sie Lärm aus dem oberen Stockwerk und vermutete, dass sie sich wahrscheinlich gleich zu ihnen gesellten. Es war aber dann ihr Onkel, der aus einem anderen Zimmer auftauchte und Alexandra genauso umarmte, wie es ihre Tante getan hatte. Ihr Vater schien den Austausch kaum wahrzunehmen.

»Alexandra, lass dich mal ansehen! Als ich dich das letzte Mal gesehen habe, gingst du mir kaum bis zur Hüfte. Was für ein hübsches Mädchen aus dir geworden ist!« Nur ihre Tante war zum Begräbnis ihrer Mutter angereist, was bedeutete, dass sie ihren Onkel schon seit ziemlich langer Zeit nicht mehr gesehen hatte.

Sie errötete, als er sie auf Armeslänge von sich hielt, bevor er seinen Kindern zurief, dass sie herunterkommen sollten. Als sie hereinströmten, wurde sie plötzlich schüchtern und sah auf ihre Schuhe hinunter. Als Einzelkind faszinierten sie größere Familien, und sie hatte sich immer vorgestellt, wie es wäre, Geschwister zu haben, aber manchmal war es auch überwältigend, von so vielen Menschen umgeben zu sein.

»Erinnert ihr euch noch an eure Cousine Alexandra?«, fragte ihre Tante, stellte sich neben sie und legte eine warme Hand auf ihren Arm, während sie ihren Kindern gegenüberstand.

Alexandra lächelte den Jüngsten an, Thomas, der sie mit gefalteten Händen angrinste und auf seinen kleinen schwarzen glänzenden Lederschuhen auf und ab wippte. Ihre Cousine, Belle, die ihr altersmäßig am nächsten war, lächelte, aber es war ihr Cousin William, der sie zum Lachen brachte, indem er ihr zuzwinkerte. »Alex, schön, dich wiederzusehen.«

Ihre Tante seufzte neben ihr und warf ihm einen vernichtenden Blick zu. »Alex-andra« berichtigte sie ihn. »Ihr Name ist Alexandra.«

Er zuckte die Achseln und warf ihr ein Grinsen zu, das sie erwiderte. »Eigentlich ist Alex in Ordnung«, sagte sie und war überrascht, wie klar ihre Stimme klang. Niemand hatte sie jemals Alex genannt, aber es gefiel ihr. Sie kam sich anders vor, und jetzt, wo sie in London war, war sich anders zu fühlen vielleicht genau das, was sie brauchte.

Ihr Vater sprach mit ihrem Onkel, und ihre Tante brachte sie und ihre Cousins ins Esszimmer, wo bereits gedeckt war und gerade aufgetragen wurde.

»Ich hoffe, es wird dir bei uns gefallen, Alexandra. Es wird hier alles ganz anders sein, als du es aus Griechenland gewohnt bist, aber ich möchte, dass du dich hier wie zu Hause fühlst.« Sie hielt inne. »Vielleicht kann ich euren Koch dazu bringen, uns ein paar von deinen Lieblingsrezepten zu schicken, und wir probieren sie aus?«

»Ich …«

»Du brauchst sie nicht wie ein kleines Kind zu behandeln, Elizabeth«, sagte ihr Vater, als er zu ihnen trat. »Alexandra ist dankbar, dass sie unter diesen unglücklichen Umständen hier aufgenommen wird. Sie braucht nicht verhätschelt zu werden, und sie wird essen, was ihr vorgesetzt wird.«

Alle verstummten, und eine unbehagliche Stille breitete sich im Zimmer aus.

»Deine Tochter hat ihre Mutter verloren, Nicholas«, gab ihre Tante nach einer ausgedehnten Pause spitz zurück. »Ich hoffe, das sind die Umstände, auf die du dich beziehst. Und ich persönlich glaube, dass ein paar vertraute Annehmlichkeiten das Mindeste sind, was ich meiner Nichte bieten kann, damit sie sich willkommen fühlt. Abgesehen davon würde das jede aufmerksame Gastgeberin tun.«

Alexandra knibbelte nervös an ihren Fingernägeln, als sie sah, wie das Gesicht ihres Vaters rot angelaufen war. Sie wusste, wie leicht er zu verärgern war, und ihre Tante versuchte offensichtlich nicht einmal, das zu vermeiden. Sie hatte nicht gewusst, wie wenig sie ihn mochte, oder vielleicht zeigte sie ihre Abneigung erst jetzt offen, da ihre Schwester tot war und sie keine Zuneigung mehr zu heucheln brauchte.

»Natürlich«, antwortete er, nahm am Tisch Platz und warf Alexandra einen Blick zu, von dem sie nicht wusste, wie sie darauf reagieren sollte, denn es wirkte, als wäre die Missbilligung ihrer Tante irgendwie ihre Schuld. »Aber niemand kann leugnen, dass wir unser Haus in unerwarteter Hast verlassen mussten. Und solange wir nicht dort sein können, werde ich darum trauern. Schließlich habe ich nicht nur meine Frau verloren, sondern auch mein Heimatland. Ganz zu schweigen vom derzeitigen Zustand der griechischen Monarchie.«

Alexandra war nicht viel mitgeteilt worden, aber sie hatte jedem Flüstern und jeder Unterhaltung in ihrer Umgebung gelauscht, um zu verstehen, was geschehen war. Anscheinend war die königliche Familie auf dem Weg nach London, und sie hatte ihren Vater von einem anderen Ratgeber des Königs sprechen hören, der ebenfalls mit seiner Familie das Land verlassen hatte. Aber es machte nicht den Eindruck, als müssten sie für einen längeren Zeitraum außerhalb Griechenlands bleiben, nur bis die Lage sich wieder beruhigt hatte. Die geflüsterten Unterhaltungen besagten, dass so etwas nie lange dauerte, vielleicht ein Jahr, aber nicht länger, und dass ihr Vater weiterhin in den Diensten des Königs stehen würde.

»Alexandra, wir freuen uns so, dich hier bei uns zu haben«, sagte ihr Onkel, hob sein Glas und bedeutete allen, es ihm gleichzutun. Erst da bemerkte sie, dass alle Weingläser bereits gefüllt waren, aber als sie ihres anhob und einen kleinen Schluck nahm, stellte sie fest, dass es sich um Traubensaft handelte.

Ihre Cousins lächelten ihr über den Tisch hinweg zu, mäuschenstill, obwohl sie genau wusste, dass dies nicht ihre gewöhnliche Lautstärke war. Aber vielleicht gab es einen Unterschied, ob sie die Familie mit ihrer Mutter besuchte oder mit ihrem Vater. Vielleicht hatte ihre Tante aber auch darauf bestanden, dass sie sich bei dieser Gelegenheit tadellos benahmen.

Sie wünschte sich nur, dass das Abendessen so schnell wie möglich zu Ende ging und ihr Vater den Raum verließ, damit sie wieder aufatmen konnte. Die Begleitung ihres Vaters wirkte sich lähmender auf sie aus als der griechische Sommer.

* * *

Alexandra trat näher ans Fenster und schob behutsam den schweren Samtvorhang zur Seite. Als ihr Vater aufgestanden war, um zu gehen, hatte er ihr flüchtig auf die Schulter geklopft und Auf Wiedersehen gemurmelt. Ihre Tante war ihm nachgestürzt, als hätte sie den ganzen Abend nur darauf gewartet, ihm endlich die Meinung zu sagen. Weshalb Alexandra mit ihren Cousins im Esszimmer zurückgeblieben war, die, da sich auch ihr Vater zurückgezogen hatte, allmählich wieder anfingen, so miteinander zu sprechen und zu scherzen, wie sie es von ihnen gewohnt war.

»Worüber reden sie?«, fragte Belle und stellte sich neben sie.

»Ich glaube, deine Mutter hält ihm gerade eine Standpauke«, flüsterte Alexandra und lehnte sich so dicht ans Glas, dass sie beinahe dagegendrückte. Im Licht einer Laterne konnte sie sehen, wie ihre Tante mit den Händen auf den Hüften dastand und ihr Vater vor ihr zurückwich. »Sie scheint sehr böse auf ihn zu sein.«

»Komm mit«, sagte Belle und nahm sie an der Hand. »Wenn wir uns hinter der Eingangstür verstecken, können wir viel besser lauschen.«

Alexandra huschte neben ihrer Cousine her, deren Hand sie noch immer hielt, und sie drückten sich an das kurze Stück Wand neben der Eingangstür, die praktischerweise nur angelehnt war. Belle lächelte sie an, und Alexandra ertappte sich, wie sie zurücklächelte.

»Du behandelst sie, als wäre sie ein Stück Besitz, das du nicht mehr willst, Nicholas. Sie ist deine Tochter, nur falls du das vergessen hast«, sagte ihre Tante mit erhobener Stimme. »Ganz zu schweigen davon, dass sie ein junges Mädchen ist, das um seine Mutter trauert. Sie braucht ihren Vater.«

»Mich braucht sie ganz sicher nicht. Hier bei euch ist sie viel besser aufgehoben.«

Einen Augenblick lang herrschte Stille, und Belle tätschelte ihre Hand. »Alex, wir können Schwestern sein, solange du hier bist. Du weißt, dass wir dich hier alle willkommen heißen, oder? Wir freuen uns, dass du hier bist, und du bekommst das Zimmer neben meinem.«

»Danke«, flüsterte Alexandra zurück und schluckte ihre Tränen hinunter. Sie war so dankbar für die Freundlichkeit, die sie hier empfing. Sie wünschte, sie könnte Belle sagen, wie viel ihr das bedeutete, aber ihr fehlten einfach die Worte.

Belle beugte sich wieder zu ihr vor, als wollte sie etwas sagen, aber der Streit, der draußen erneut zum Leben erwachte, ließ sie beide wie angewachsen erstarren.

»Und wo genau planst du hinzugehen, Nicholas? Nach Rom, mit der königlichen Familie? Oder wirst du als Junggeselle ins Ausland reisen?«

Alexandra wusste, dass man ihn als Witwer bezeichnen sollte, nicht als Junggesellen, offensichtlich wollte Tante Elizabeth ihren Vater provozieren. Er räusperte sich, und das schien ihre Tante noch mehr zu ärgern, da ihre Stimme nun lauter wurde.

»Wo wirst du hingehen, Nicholas? Wenn ich deine Tochter aufnehme, sollte ich da nicht zumindest wissen, wo ihr Vater zu wohnen beabsichtigt? Wo wir dich, falls nötig, finden können?«

»Als Erstes werde ich den König aufsuchen und dann nach Südfrankreich reisen, aber ich sehe keinen Grund, weshalb du immer ganz genau wissen müsstest, wo ich mich gerade aufhalte.«

Gerade als Alexandra die Augen zukniff und sich wünschte, die grausamen Worte ihres Vaters nicht gehört zu haben, drückte Belle ihre Hand fester. Er gab seine Tochter ab wie ein lästiges Stück Gepäck und wollte ihr zeitweiliges Exil dafür nutzen, ein neues Leben als unverheirateter Mann zu führen und den Rest des Sommers in Südfrankreich zu genießen. Es ließ sich nicht leugnen, dass er froh war, sie los zu sein. Sie bezweifelte, dass er auch nur in Erwägung gezogen hatte, sie mitzunehmen.

»Was ist aus dem charismatischen, liebevollen Mann geworden, den meine Schwester vor Jahren geheiratet hat?«

Dann gab es eine lange Pause, und Alexandra konnte den stillen Schmerz, der zwischen ihnen stand, beinahe hören. Sie kannte die Geschichten, wie ihr Vater ihrer Mutter den Hof gemacht hatte, wie beeindruckt er von der schönen Frau gewesen war, die die Reitkunst beherrschte wie keine andere und damit die Fähigkeiten der kompetentesten Männer auf die Probe stellte. Aber sie hatte auch das Tuscheln gehört, dass ihre Mutter zu gut für ihn gewesen sei, dass er ihre Beziehungen zur königlichen Familie zu seinem Vorteil genutzt habe, dass er in dem Augenblick, in dem ihre Eltern gestorben waren, die Herrschaft über das Vermögen ihrer Mutter übernommen habe. Und sie wusste auch, dass, wenn ihr

Vater aus Liebe geheiratet hätte, er nach ihrem Tod nicht einfach so hätte weiterleben können.

»Ich werde mich von Zeit zu Zeit melden, und es werden ausreichend finanzielle Mittel zur Verfügung stehen, um –«

»Wir wollen dein Geld nicht, Nicholas! Du weißt genau, dass es hier nicht darum geht, und wenn nicht, bist du dümmer, als ich dachte.«

»Du führst dich auf, als hätte meine Familie nicht gerade aus Griechenland fliehen müssen!«, setzte sich ihr Vater zur Wehr. »Der König musste einen Putsch gegen die Regierung vortäuschen, und –«

»Mein Mann hat dafür gesorgt, dass ich voll und ganz auf dem Laufenden bin, was die Vorfälle in deinem Land betrifft«, sagte Elizabeth ruhig, was ihren Vater noch wütender zu machen schien. »Es tut mir sehr leid, dass der Monarchie nicht der Respekt zuteilwird, der ihr zusteht, aber, falls du es vergessen haben solltest, du bist nicht der König – du bist nur einer seiner Ratgeber. Und falls du das ebenfalls vergessen haben solltest, hattest du schon lange vor diesen unglücklichen Vorfällen entschieden, deine Tochter zu mir zu schicken. Tu jetzt nicht so, als wäre es anders, das würde nur sowohl mich als auch Alexandra beleidigen.«

Damit war das Gespräch offensichtlich zu Ende. Als die wütenden Schritte ihrer Mutter sich ihnen näherten, zog Belle Alexandra mit sich, aber sie waren nicht schnell genug. Während Belle die Flucht ergriff, blieb Alexandra stehen und wartete darauf, entdeckt zu werden, weil sie nicht am ersten Abend im Haus ihrer Tante ungehorsam sein wollte. Sie hatte gelauscht und würde es nicht leugnen.

Doch falls Elizabeth vorgehabt hatte, sie auszuschimpfen, brachten sie die Tränen in Alexandras Augen davon ab. Sie breitete einfach nur die Arme aus, und Alexandra ließ sich in ihre tröstende Umarmung fallen. Elizabeth hielt sie so fest, als wollte sie sie nie wieder loslassen.

»Mein Liebes«, sagte ihre Tante und trat gerade weit genug zurück, um sanft die Tränen von Alexandras Wangen zu wischen. »Ich habe vor, dich so lieb zu gewinnen wie meine eigenen Kinder, hörst du? In unserem Haus wirst du nur Liebe und Freundlichkeit erfahren. Ich wünschte nur, du hättest nichts von alldem hören müssen.«

Alexandra nickte. Elizabeth legte die Hand unter ihr Kinn und hob ihr Gesicht an, sodass sie einander in die Augen sahen.

»Deine Mutter war mein Ein und Alles, ich habe sie beinahe so sehr geliebt wie meine Kinder. Dein Vater mag vielleicht nicht auf dieselbe Art und Weise um sie trauern wie du, aber ich möchte, dass du weißt, dass ich es tue. Ich fühle ihren Verlust, als hätte man mir ein Glied meines Körpers abgerissen, und das bedeutet, dass du jederzeit zu mir kommen kannst, wenn du um sie weinen oder über sie sprechen möchtest. Ich werde immer für dich da sein, mein Liebes, immer. Du wirst nie wieder einsam sein.«

Alexandra nickte noch einmal, während eine dicke Träne über ihre Wange rollte. Sie hatte ihre Tante immer schon gemocht, aber jetzt erkannte sie sie als die Schwester ihrer Mutter, als die einzige Frau, die sie in ihrem Leben vielleicht einmal annähernd würde ersetzen können. Als jemanden, der so tief um ihre Mutter trauerte wie sie.

Elizabeth trat einen weiteren Schritt zurück, hatte aber Alexandra bereits an der Hand genommen. »Spielst du Violine?«

Alexandra schüttelte den Kopf.

»Klavier?«

Sie schüttelte wieder den Kopf, beschämt, dass sie kein Instrument gelernt hatte. Musik hatte ihr immer gefallen, aber anstatt ein Instrument zu lernen, hatte sie Gesangsstunden bekommen.

»Dann komm mit mir. Vielleicht wird es dich beruhigen, ein Instrument spielen zu lernen. Ich weiß, dass es mir immer hilft. Oder möchtest du lieber lesen?«

»Nein, danke«, sagte sie hastig. »Ich würde viel lieber ein Instrument spielen.«

»Solange du hier bist, wird dir das Leben vielleicht etwas schlichter vorkommen, als es in Griechenland für dich war.« Das Lächeln ihrer Tante war freundlich und ihr Blick warm. »Ich habe jedoch den Verdacht, dass es dir gefallen wird, nicht mehr ganz so exklusiven Kreisen anzugehören. Tatsächlich haben deine Mutter und ich häufig davon gesprochen, dass du als junge Erwachsene hier Zeit verbringen solltest, ohne den Druck, dem du in Griechenland ausgesetzt warst.«

»Das habt ihr?« Warum hatte ihre Mutter ihr nie etwas davon gesagt? Wenn sie gewusst hätte, dass ihre

Mutter sowieso dies für ihre Zukunft geplant hatte, wäre es ihr viel leichter gefallen, nach London zu gehen.

»Wir haben einander immer Briefe geschrieben, und das war eines der Themen, über die sie am meisten schrieb. Dir ein Jahr oder zwei in London zu geben, fern von Athen, wenn ich auch zu sagen wage, dass sie gern mitgekommen wäre.«

Alexandra folgte ihrer Tante nach oben und konnte nicht anders, als diese freundliche, warmherzige Frau mit ihrer Mutter zu vergleichen. Sie waren sich sehr ähnlich, sowohl im Aussehen als auch im Verhalten, warum also hatte sie sich so dagegen gesträubt, in ihr Heim einzuziehen? Auch wenn sie nie aufhören würde, ihre Mutter zu vermissen, begann sie allmählich sich zu fragen, ob ihre Mutter es nicht sogar gewollt hätte, dass sie hier lebte, wenn sie nicht mehr da wäre. Bei der einzigen anderen Frau auf der Welt, die sie lieben konnte, als wäre sie ihre eigene Tochter.

Und eines Tages würde sie ihrer Tante vielleicht erzählen, warum sie nicht mehr lesen mochte, warum sie sich für immer strafen würde, indem sie Bücher aus ihrem Leben verbannte. Sie kniff einen Moment lang die Augen zu, als sie diesen Tag in der Erinnerung erneut durchlebte. Meistens konnte sie ihn aus ihren Gedanken fernhalten, aber an anderen war es wie eine Welle, die über sie hereinbrach, und es gab nichts, was sie tun konnte, um die Erinnerungen zu verdrängen.

11

Gegenwart

Das Restaurant war völlig anders als die Bar, in der sie ihren ersten Abend verbracht hatten. Ella ging hinein und sah sich um. Ihr gefiel der lichterfüllte Raum, und sie stellte sich sofort vor, wie er mit schönen Kunstwerken an den Wänden wirken würde. Sie wollte dem Oberkellner gerade sagen, dass sie eine Reservierung hatte, als Gabriel, der von einem Tisch im Hintergrund aufgestanden war, ihren Blick auffing und ihr zuwinkte. Sie zeigte auf ihn, ging durch das Restaurant und errötete, als er sie auf die Wange küsste.

»Du siehst wunderschön aus«, sagte er lächelnd, während sie sich beide setzten.

»Danke. Es ist so schön, an einem Sonntagabend essen zu gehen.«

»Beendest du die Woche gewöhnlich nicht so?«

Ella lachte. »Definitiv nicht. Meistens esse ich sonntags Fast Food, den Kalender vor der Nase, und plane die nächste Arbeitswoche.«

Er sah aus, als gäbe er sich Mühe, nicht zu lachen.

»Das klingt schrecklich langweilig, oder?«

»Nein, du hörst dich an wie eine Frau, die ihren Job sehr ernst nimmt. Daran ist nichts verkehrt.« Gabriel nahm die Weinkarte zur Hand und lächelte sie darüber hinweg an. »Eigentlich hätte ich von der erfolgreichsten jungen Kunsthändlerin in London auch nichts anderes erwartet.«

Ella errötete. »Hat sich da jemand über mich informiert?«

Er legte die Karte weg. »Masterabschluss in Kunsthandel am Sotheby's Institute of Art, machte sich einen Namen in der Kunstwelt, als sie einen Warhol für über eine Million Pfund verkaufte, bevor sie fünfundzwanzig Jahre alt war, und kam dann der Bitte nach, eine der aufregendsten neuen Kunstgalerien Sohos, wenn nicht sogar *Londons,* zu eröffnen, die Werke zeitgenössischer Künstler aus England und dem Ausland präsentiert. Klingt das ungefähr richtig?«

»Es hört sich an, als hätte ich auch recherchieren sollen, nämlich über *dich*«, gab sie zurück, schüttelte den Kopf und lehnte sich auf ihrem Stuhl zurück.

»Ich bin beeindruckt«, sagte er. »Du hast viel erreicht, seit du deinen Abschluss gemacht hast. Ich wünsche nur, ich hätte mich früher nach dir erkundigt.«

Es war Ella nie angenehm, über ihren Erfolg zu sprechen, aber sie wusste auch, dass sie sein Lob offen annehmen sollte. Sie *hatte* viel erreicht, sie war nur nicht wirklich gut darin, das anzuerkennen. »Danke, in den letzten paar Jahren ist echt viel passiert. Aber jetzt erzähl mir doch mehr über dich. Ich möchte alles wissen, was passiert ist, seit du die Schule verlassen hast. Wie hast du es bis ins London Symphony Orchestra geschafft?«

»Vielleicht sollte ich erst den Wein bestellen. Das ist eine lange Geschichte.«

Sie lächelten sich an, und Ella überlegte, wie es kam, dass sie mit Gabe so mühelos an ihre Freundschaft anknüpfen konnte, obwohl sie in den letzten zehn Jahren so viele Frösche geküsst hatte. Sie würde Daisy einen Geschenkkorb schicken müssen, obwohl schon der Gedanke daran sie zum Lachen brachte. War ein Geschenkkorb ein angemessenes Dankeschön für jemanden, der sie so nonchalant wieder mit Gabriel in Kontakt gebracht hatte? Vielleicht sollte sie sich etwas Außergewöhnlicheres einfallen lassen.

»Erstens, magst du Rosé, und zweitens, warum lächelst du so?«

Ella biss sich schnell auf die Lippen, um ihr Lächeln zu verbergen. »Ja zum Rosé, den mag ich am liebsten, aber ich habe keine Ahnung, von was für einem Lächeln du sprichst.«

Gabriel schüttelte nur den Kopf und winkte den Kellner heran, bestellte eine Flasche Wein und lehnte sich zurück.

»Dann erzähl mal«, bat sie, »wie man seine Familie davon überzeugt, dass es eine gute Idee ist, Musiker zu werden. Oder haben sie immer an dein Talent geglaubt? Ich glaube nicht, dass ich deine Familie kennengelernt habe, als wir jünger waren.«

Gabriel atmete geräuschvoll aus. »Direkt auf den Punkt. Es kommt mir vor, als würdest du aus Erfahrung sprechen.«

»Sagen wir einfach, dass meine Eltern meine Pläne, Künstlerin zu werden, im Keim erstickt haben. Weil man damit kein Geld verdienen kann.« Sie wusste, dass sie dieses Thema loslassen sollte, aber in letzter Zeit hatte sie ziemlich viel darüber nachgedacht. Vielleicht war sie auch einfach nur enttäuscht, weil sie nicht mutiger gewesen war oder weil sie Angst davor hatte, was ihre Eltern denken würden, wenn sie deren Erwartungen nicht erfüllte. Eigentlich war sie doch zu alt, um solchen Ballast noch mit sich herumzuschleppen.

»Ah, die alte Leier. Das ist doch irgendwie paradox: Du verdienst gutes Geld damit, die Kunst anderer Leute zu verkaufen, und ich wage zu behaupten, dass diese Künstler ihre Rechnungen durchaus bezahlen können, und mehr als das.«

Ella stöhnte. »Erzähl mir was Neues. Ich sitze oft am Tisch meiner Eltern und will ihnen unter die Nase reiben, wie gut meine Künstler verdienen. Dass ich ein Mordsgeld verdiene, wenn ich große Abschlüsse mache, oder wovon sie sonst noch im Internet lesen, nicht nur für die Galerie, sondern auch für die Künstler. Zumindest, wenn es sich um neue Werke handelt. Es ist fast, als könnten sie das nicht sehen, oder möglicherweise meinen sie, es wäre einfach sicherer, Zwischenhändlerin zu sein und nicht auf das eigene Talent angewiesen zu sein.« Sie schloss einen Moment lang die Augen, als sie spürte, wie sie Herzklopfen bekam. »Sorry, ich …«

»Es braucht dir nicht leidzutun, ich verstehe schon. Künstler, Musiker, wir sind alle gleich. Wir versuchen, mit dem, was wir lieben, unseren Lebensunterhalt zu verdienen, und damit das funktioniert, müssen wir auf unserem Gebiet die Allerbesten sein. Aber nicht jeder unterstützt das oder weiß es zu akzeptieren.«

Der Wein kam, und Ella sah zu, wie die hellrosa Flüssigkeit ihr Glas füllte. Als der Kellner ihnen beiden eingeschenkt hatte, hob Gabriel sein Glas, und sie stießen an.

»Darauf, dass wir tun, was wir lieben.«

Ihre Blicke trafen sich. »Darauf, dass wir tun, was wir lieben.«

»Jetzt erzähl mir ... deine Familie. Wie hat sie reagiert, als du ihnen gesagt hast, dass du Musiker werden wolltest? Diese Frage hast du mir eben nicht beantwortet.«

»Du wirst mich dafür hassen, aber meine Familie hat mich tatsächlich immer in allem unterstützt, was ich tue.« Er trank einen Schluck Wein. »Ich meine, verstehe mich nicht falsch. Ich bin sicher, es hätte ihnen gefallen, wenn ich einen traditionelleren, sichereren Weg gewählt hätte, aber als ich jünger war, haben sie viel dafür geopfert, dass ich meiner Leidenschaft nachgehen konnte. Und natürlich hat es geholfen, dass mein Großvater auch Musiker war. Er hat zehn Jahre lang mit dem London Symphony Orchestra gespielt.«

»Dann bist du also in seine Fußstapfen getreten? Das ist ja toll, dass du im selben Orchester spielst, in dem er gespielt hat.«

»Das ist es. Und er hat mir tatsächlich sein Cello hinterlassen, als er starb. Damals war ich noch nicht alt genug, um es zu schätzen, aber jetzt ist es eines meiner liebsten Besitztümer.«

»Das ist außerordentlich. Es muss ihn so stolz gemacht haben, dass du die Musik so leidenschaftlich liebst.«

Er nickte. »Das hat es. Das war etwas, was uns verbunden hat, und es hat mir auch geholfen, mich ihm nah zu fühlen, nachdem er gestorben war. Wir hatten immer wenig Geld, aber meine Eltern wussten, wie viel mein Unterricht mir bedeutete, und sie haben nie zugelassen, dass ich eine Stunde versäumte. Jetzt, wo ich alt genug bin, um darüber nachzudenken, mag ich mir kaum vorstellen, wie groß der Verzicht war, um mir das zu ermöglichen.«

»Das finde ich toll«, sagte Ella und dachte an ihre eigenen Eltern und deren missbilligende Blicke, wenn sie offen über die Karriere gesprochen hatte, die sie sich erträumte. »Ich glaube, viele Eltern versuchen, ihre eigenen Hoffnungen und Sehnsüchte auf ihre Kinder zu projizieren, statt ihren Kindern dabei zu helfen, ihre eigenen Träume zu verwirklichen.«

»Manchmal frage ich mich, ob Eltern es merken, wenn sie das tun«, sagte er. »Manchmal, glaube ich, ist es ihnen nicht einmal bewusst.«

Ella lehnte sich entspannt zurück. »Erzähl mir, wie lange du noch spielst. Ist es eine lange Saison?«

»Hier ist unsere Saison fast vorbei, aber wir gehen dieses Jahr am Ende des Sommers auf Tournee«, antwortete er. »Weißt du, einerseits freut man sich auf das Ende der Saison, andererseits spiele ich jeden Abend mit beinahe hundert anderen Musikern. Das ist immer ein magisches Gefühl, weshalb ich eigentlich nicht möchte, dass die Saison zu Ende geht.«

»Ich wünsche, du könntest sehen, wie deine Augen leuchten, wenn du davon sprichst, zu spielen«, sagte sie und lächelte ihm über den Tisch hinweg zu. »Was machst du, wenn du nicht auftrittst? Nein, lass mich raten, ich wette, du spielst zu Hause zum Vergnügen. Oder vielleicht machst du Straßenmusik? Ja! Ich kann dich auf der Straße spielen sehen mit einem kleinen Hut zu Füßen für das Trinkgeld.«

»Tatsächlich? Du kannst mich auf der Straße spielen sehen, hm?« Er versuchte, beleidigt auszusehen, konnte sich aber das Lachen nicht verkneifen. »Ich tausche ganz sicher nicht eines der angesehensten Orchester Londons für die Straßenmusik ein«, sagte er mit affektierter Stimme.

»Also, aber jetzt zu den Hinweisen«, sagte er dann. »Wir müssen daran denken, diesmal tatsächlich darüber zu sprechen. Ich würde dir ungern heute Nacht eine Nachricht schicken müssen, um dir zu sagen, dass wir sie schon wieder vergessen haben.«

Andererseits, dachte sie, *wäre es schön, einen Anlass für noch ein Abendessen zu haben.*

»Ja, die Hinweise«, sagte sie, als Gabriel ihr das gefaltete Stück Papier zurückgab, das sie ihm am vorigen Tag überlassen hatte. »Hattest du Glück? Hast du etwas darüber herausfinden können?«

Sie nahm ihre Handtasche und steckte das Blatt Papier vorsichtig zurück in die Schachtel zu dem Foto.

»Nach den Proben habe ich das Musikstück ein paar Freunden gezeigt und es mir wieder und wieder angesehen. Irgendwie habe ich das Gefühl, ich könnte es so besser verstehen.«

»Das kenne ich. Mir geht es genauso mit dem Foto.« Sie stellte ihr Weinglas ab. »Aber? Du siehst aus, als hättest du entweder etwas entdeckt, oder du kommst mir gleich mit einem *Aber.*« Sie bekam feuchte Hände und faltete sie im Schoß.

»Freu dich nicht zu früh, weil ich nämlich nicht weiß, ob dir das weiterhilft, aber ich glaube, deine rätselhafte Person war ein Violinist.«

»Wie du?«, stieß sie hervor. »Ich kann es nicht glauben. Was für ein Zufall das wäre!«

»Bei dem Musikstück handelt es sich um einen Auszug aus dem Kanon in D-Dur von Pachelbel.« Gabriels Mundwinkel hoben sich zu einem Lächeln. »Sorry, ich sehe, das sagt dir gar nichts. Lass es mich finden, damit du es dir anhören kannst.«

Er zog sein Handy aus der Tasche, und sie sah zu, wie er nach dem Musikstück suchte und sie dann näher zu sich heranwinkte. Ella verrückte ihren Stuhl und setzte sich neben ihn, beugte sich vor, als er die Play-Taste drückte, die Lautstärke leise gestellt, damit sie die anderen Gäste nicht störten.

Das Stück kam ihr beinahe sofort bekannt vor, obwohl sie es nicht vom Namen her kannte. Als sie aufblickte, sah Gabriel sie an, und sie lächelte ihn an.

»Das kenne ich«, sagte sie. »Das ist schön. Wird das nicht bei Hochzeiten gespielt, wenn die Braut zum Traualtar geht?«

Er nickte. »Ja. Um ehrlich zu sein, habe ich einen Moment gebraucht, als ich diesen Teil so aus dem Zusammenhang gerissen gesehen habe, aber als ich es dann gespielt habe …«

»Du hast das Stück gespielt, nach den Noten, die ich dir gegeben habe?« Sie seufzte. »Natürlich hast du das getan. Ich wünschte, ich hätte dabei sein können, um es zu hören.« *Wie herrlich wäre es gewesen mitzuerleben, wie er die Noten mit seiner Violine zum Leben erweckt hat.*

»Gut gespielt ist es ein atemberaubendes Stück, und ich würde meinen, dass es für denjenigen, der es gespielt hat, ein wichtiges Stück war. Vielleicht hatte er oder sie es für ein Konzert oder ein Vorspiel geprobt? Vielleicht war es für denjenigen die einzige Chance, um sich zu beweisen.« Gabriel lachte. »Vielleicht lasse ich mich von der Geschichte hinreißen, aber es hat etwas Romantisches, dass es aufbewahrt wurde. Ich meine, da muss doch eine Geschichte dahinterstecken, oder?«

»Wir denken also, dass dieses Musikstück für eine besondere Gelegenheit gedacht war, vielleicht ein Vorspiel, und dass B, wer immer es auch gewesen sein mag, eine kleine Notiz zur Ermutigung auf das Blatt geschrieben hat?«

Gabriel nickte. »Ich glaube, das ist die einzige Erklärung. Wie du jemals herausfinden sollst, wer B war, weiß ich aber nicht. Wenn du mich fragst, suchst du da eine Nadel im Heuhaufen, obwohl ich das Blatt gern weiter herumzeige. Wer weiß, vielleicht weiß jemand von den älteren Mitgliedern mehr? Unser erster Geiger ist gerade krank, aber wenn er wiederkommt, möchte ich wissen, was ihm dazu einfällt.«

»Danke«, sagte Ella. »Selbst wenn wir nichts weiter herausfinden, bin ich sehr dankbar dafür, dass du das Puzzle ein bisschen weiter zusammengesetzt hast.«

»Also, was kommt als Nächstes?«

Sie seufzte und trank einen Schluck Wein. »Es gibt kein Nächstes. Ich weiß nicht, was ich sonst noch tun könnte. Wie soll ich denn jemals die Frauen auf dem Foto finden? Ich meine, das Einzige, was ich sicher weiß, ist, dass es auf einer griechischen Insel aufgenommen wurde, möglicherweise auf der Insel Skopelos.«

Er beugte sich vor und ließ dabei ihren Blick nicht los. »Ella, und wenn du nach Griechenland fährst?«

Sie verschluckte sich fast an ihrem Wein. »Du meinst, einfach so?«

»Warum denn nicht? Du hast mir gerade gesagt, dass du keine weiteren Spuren hast, und wenn die Insel dein einziger Anhaltspunkt ist ...« Er lachte. »Sag mir, hast du nicht schon selbst daran gedacht?«

Sie seufzte, wohl wissend, dass sie jetzt ehrlich sein musste. »Natürlich habe ich darüber nachgedacht. Aber dann habe ich beschlossen, dass es verrückt und impulsiv wäre und ...«

»Eine großartige Idee?«, beendete er den Satz für sie, ergriff ihre Hand und streichelte sie, ihr Daumen an seinem. »Heute Abend hast du mir ein paar Sachen verraten. Dass das Foto auf Griechenland hinweist und dass du dir wünschst, du wärest deinem Herzen gefolgt und Künstlerin geworden.« Er hielt inne, und sein Blick glitt forschend über ihr Gesicht. »Wäre es also so verrückt, wenn du dir eine Zeit lang freinähmst, um zu reisen und nebenbei noch ein Rätsel aufzuklären? Es gibt schlimmere Orte als Griechenland, um Urlaub zu machen, weißt du.«

Das brachte sie zum Lachen. »Es gibt *definitiv* schlimmere Orte dafür als Griechenland.«

Gabriel schenkte ihnen beiden noch Wein nach, während sie seine Worte verdaute. Wäre es wirklich so verrückt, sich eine Zeit lang freizunehmen? Seit Monaten wusste sie, dass sie mal eine Pause brauchte, wenn sie keinen Burn-out bekommen wollte, sonst würde sie es eines Tages einfach nicht mehr schaffen, in die Galerie zu gehen. Sie liebte ihre Arbeit, aber sie verausgabte sich. Und seit sie dieses hinreißende kleine Haus gesehen hatte, das zu vermieten war …

»Also, schließlich findest du ja nicht jeden Tag heraus, dass Hinweise zur Herkunft deiner Großmutter aufgetaucht sind. Deine Familie könnte ein heimliches Erbe haben, wovon du sonst nie erfahren würdest, und wer weiß? Vielleicht findest du ja auch Zeit, um deine Leidenschaft fürs Malen wiederzuentdecken, während du dort bist.«

Sie erzählte ihm nicht, dass er sie bereits so sehr inspiriert hatte, dass sie losgegangen war und Malutensilien gekauft hatte.

»Also fahre ich mit der Absicht dorthin, eine schöne Griechin zu finden, die möglicherweise Violine spielt?«

»Ich denke, dass du leider nach einer *alten* Griechin suchst, die möglicherweise Violine spielt. Aber es wäre doch möglich, dass jemand sie auf dem Foto wiedererkennt oder sich an eine Frau erinnert, die die Insel verlassen hat, um ihrem Traum zu folgen, Musikerin zu werden.«

»Oder nach einem alten Mann«, grübelte Ella. »Ich denke ständig, dass dieses Notenblatt meiner Urgroßmutter gehört haben muss, aber es könnte doch auch dem Vater meiner Großmutter gehört haben. Vielleicht gehörte das Musikstück einem Mann?«

»Weißt du, was ich glaube?«, fragte Gabriel.

Sie sah ihn erwartungsvoll an und konnte den Blick kaum von seinen Augen losreißen.

»Ich glaube, wir sollten unser Essen bestellen, bevor die Küche zumacht. Unser Kellner wartet schon seit über einer Stunde, und ich fürchte, dass die Küche schließt, wenn wir ihm nicht bald sagen, was wir möchten.«

Sie lachten beide, und Ella fragte sich wieder, wie sie mit Gabe so entspannt sein konnte, nachdem so viele Jahre vergangen waren. Er war so lebhaft und lustig, und wie er sie anlächelte, sorgte er dafür, dass sie sich seit langer Zeit zum ersten Mal wieder lebendig, ja, *gesehen* fühlte.

»Während wir auf unser Essen warten, wie wär's, wenn du mir das Foto zeigen würdest?«, schlug Gabriel vor, nachdem sie bestellt hatten. »Inzwischen bin ich an dem Rätsel doch ziemlich interessiert.«

Ella grinste und freute sich, das Foto aus der Schachtel zu nehmen und es ihm über den Tisch hinzuschieben, damit er es sich ansehen konnte.

* * *

Sie hatte einen richtig schönen Abend mit Gabriel verbracht. Er war freundlich und lustig und geradezu lächerlich charmant, und selbst wenn sich ihre Wege nie wieder kreuzen sollten, hatte sie sich immerhin blendend unterhalten. Auch wenn sie insgeheim sehr darauf hoffte, ihn wiederzusehen.

Inzwischen war Ella zu Hause, wenn auch überhaupt noch nicht bettreif, also machte sie sich eine Tasse Tee, kuschelte sich aufs Sofa und beschloss dann, ihrer Tante zu texten.

Bist du noch wach?

Als sie einen Schluck Tee getrunken hatte, tauchten die üblichen kleinen Bläschen auf dem Display auf und sagten ihr, dass Kate dabei war, ihr zu antworten.

WACH!!!

Sie grinste ihr Handy an, wobei sie sich vorstellte, wie ihre Tante in sich hineinlächelte, während sie schrieb. Sie schrieb genauso, wie sie sprach: lauter Ausrufezeichen und Großbuchstaben. Sie wollte gerade antworten, als ihr Handy klingelte. Ella ging sofort ran.

»Warum schreibst du mir mitten in der Woche nach zehn Uhr abends?«

Ella lachte. »Weil ich gerade von meinem Abendessen mit dem Musiker zurückgekommen bin und noch zu aufgedreht bin, um zu schlafen.«

Kate schnappte nach Luft. »Der hinreißende Violinist? Der, den du wiedergefunden hast? War es ein Date?«

»Ich bin mir nicht sicher. Es kam mir so vor, aber dann wollte er mir auch noch erzählen, was er über das Notenblatt herausgefunden hat.«

Sie brachte ihre Tante auf den neuesten Stand und hörte die Aufregung in deren Stimme, als sie ihr im Gegenzug ein paar Fragen stellte. Aber erst am Ende des Gesprächs erzählte Ella ihr, was Gabriel vorgeschlagen hatte.

»Kate, er hatte diese Schnapsidee, dass ich nach Griechenland fahren sollte, um zu sehen, ob ich dort mehr herausfinden könnte. Das ist komplett verrückt, oder?«

Nach einer Pause antwortete Kate: »Ich finde das überhaupt nicht verrückt, und wenn wir ehrlich sind, wissen wir beide, dass dir eine kleine Auszeit mal guttäte.« Kate lachte. »Allerdings meine ich, dass es eine fabelhafte Idee wäre, den hinreißenden Musiker mitzunehmen.«

Ella tat nicht einmal, als wäre sie empört. »Weißt du, du könntest doch eigentlich auch mitkommen, wenn du besorgt bist, weil ich allein Urlaub mache.« Sie hatte schon auf dem Heimweg darüber nachgedacht, Kate zu fragen, aus Sorge, dass sie sich einsam fühlen könnte. *Wenn ich überhaupt fahre.*

»Darling, das geht nicht. Und ehrlich gesagt, vielleicht ist allein zu sein auch nicht das Schlimmste, was dir passieren kann.« Ella konnte sie praktisch durch das Handy lächeln hören. »Vielleicht könntest du dir Zeit zum Malen nehmen, während du dort bist?«

Sie erzählte Kate nicht, dass dies einer der Gründe war, weshalb es sie so sehr reizte, beinahe so sehr, wie zu versuchen, ihr Familienrätsel zu lösen.

»Aber wenn du nicht allein sein möchtest, würde ich die Idee, Gabriel einzuladen, von ganzem Herzen unterstützen.«

Auf keinen Fall würde Ella Gabe fragen, sie fingen gerade erst an, sich wieder kennenzulernen. Sie unterhielten sich gut miteinander, aber ihn fragen, ob er sie nach Griechenland begleiten wollte? Auf keinen Fall. Und hätte er nicht auch eine Andeutung gemacht, wenn er mit ihr fahren wollte? Außerdem musste er sich auf seine Tournee vorbereiten.

»Ich sage dir Bescheid, falls Gabriel es schafft, noch irgendetwas anderes über die Musik herauszufinden«, sagte Ella, womit sie absichtlich vermied, ihre Frage zu beantworten. »Er hat das Notenblatt übrigens abfotografiert, um es den anderen Musikern zu zeigen, nur für den Fall, dass es jemandem etwas sagt.«

»Wenn du mich fragst, hört sich das nach einem Vorwand an, dich wiederzusehen.«

»Gute Nacht, Kate.«

Ihre Tante lachte schalkhaft. »Gute Nacht, mein Liebes. Träum schön.«

Ella legte auf und ertappte sich dabei, wie sie in ihre Teetasse lächelte. Manchmal ging ihre Tante ein bisschen zu weit, aber andererseits war das ja einer der Gründe, weshalb sie sie liebte.

Aber Griechenland? Konnte sie tatsächlich mutig genug sein, um ihre Arbeit ein paar Wochen lang beiseitezuschieben und eine Reise für sich allein zu buchen?

12

Zwei Wochen später

Ella kuschelte sich an Gabriels Körper, ließ die Hand über seine Brust gleiten und schmiegte ihre Wange an seine Schulter. Sie wollte die Augen nicht öffnen – hoffte, dass sie wenigstens noch ein paar Stunden länger in seinem Bett bleiben könnte – und stöhnte, als er von ihr abrückte.

»Tut mir leid, dass es gestern Abend so spät geworden ist.«

Sie rekelte sich neben ihm. »Ich habe versucht, auf dich zu warten, aber ich war so müde, dass ich die Augen einfach nicht mehr offen halten konnte.«

Als sie sich aufsetzte, sah sie, dass der Wein, den sie sich am Vorabend eingegossen hatte, noch immer auf dem Nachttisch stand, völlig unberührt. Gabriel folgte ihrem Blick und schmunzelte. Offenbar war sie noch müder gewesen, als sie gedacht hatte.

»Kaffee?«

Sie ignorierte seine Frage und schmiegte sich noch

dichter an ihn, drückte einen Kuss auf seine warmen Lippen, wobei sie ihm mit den Fingern durchs Haar fuhr und an seinem Mund lächelte. »Guten Morgen.«

Er zog sie zu sich heran, erwiderte ihren Kuss, aber sie lachte, befreite sich aus seinem Griff, stand auf und ging ins Badezimmer. Wenn sie so anfing, dann würde sie seine Wohnung niemals verlassen. »Du machst den Kaffee, und ich dusche.« Sie war morgens immer in Eile, um rechtzeitig zur Arbeit zu kommen, und er kam immer spät von seinen Konzerten nach Hause, aber in den zwei Wochen, in denen sie sich jetzt sahen, hatte er es nie versäumt, aufzustehen und mit ihr Kaffee zu trinken, bevor er sich wieder ins Bett legte, wenn sie gegangen war. Sie hatten sich daran gewöhnt, einander täglich zu sehen, machten das Beste daraus, zusammen zu sein, bevor er auf Tournee ging, und Ella lächelte in sich hinein, als sie sich unter das warme Wasser stellte. Gabe war einfach anders, und sie wusste, dass es nicht nur daran lag, dass sie dabei war, sich in ihn zu verlieben. Ja, sie hatten sich gekannt, als sie noch jünger waren, aber es war nicht so, dass sie einfach dort weitergemacht hatten, wo sie aufgehört hatten, sondern eher, dass sie sich mit ihm wohlfühlte. Als sie fertig geduscht in ein Handtuch gewickelt aus dem Bad kam, lehnte Gabe mit einem Becher Kaffee in der Hand am Küchentresen. Er schob einen weiteren in ihre Richtung, aber sie sah, dass sein Blick auf etwas anderes gerichtet war.

Ella ging um ihn herum und lehnte sich von hinten an ihn. »Was guckst du dir da an?«

Aber sie hatte die Worte kaum ausgesprochen, als sie das Foto neben ihrer Handtasche liegen sah. Sie musste es am Abend vorher dort gelassen haben.

Gabe drehte sich um und legte die Arme um sie, und seine Lippen waren warm vom Kaffee, als er sie auf ihre Stirn drückte. Sie wusste, was er dachte, als sie sich an ihn schmiegte. Sie hatten ein paarmal darüber gesprochen, aber jedes Mal hatte sie sich gesträubt, nicht sicher, ob sie es tun konnte oder es auch nur wollte.

»Ich weiß«, sagte sie mit einem Seufzer.

»Ich denke ständig daran, dass schon in einem Monat deine nächste Ausstellung stattfindet und dass du meintest, dass, wenn du nicht bald fährst, wenn du nicht einfach mal buchst …«

Sie nickte und vergrub ihren Kopf an seiner Brust, kuschelte sich dichter an ihn, und er nahm sie fester in den Arm. »Ich weiß, aber ich will einfach das hier weiter genießen, ich …«

»Ella«, sagte er, blickte auf sie hinunter, als sie sich zurücklehnte, und legte den Daumen unter ihr Kinn, um ihren Kopf anzuheben. »Ich bin nur zwei Monate lang weg. Sobald ich zurück bin, können wir da weitermachen, wo wir aufgehört haben.« Er lächelte. »Nichts kann etwas daran ändern, was ich für dich empfinde, auch nicht eine so lange Trennung.«

Sie sah wieder zu dem Foto, bevor sie ihren Blick zu ihm hob. Sie hatte noch nie Pläne mit Rücksicht auf einen Mann geschmiedet, aber Gabriel ging am Monatsende auf Tournee, und gerade jetzt wollte sie jede Sekunde mit ihm genießen. Aber er hatte recht. Wenn sie wartete, bis er abreiste, wäre es zu spät – die Arbeit würde wieder überhandnehmen, und sie würde bis nächstes Jahr warten müssen, um ein paar Wochen freinehmen zu können. Und was, wenn es dann zu spät wäre? Was, wenn dann etwas passierte, das sie davon abhielt, zu reisen? Sie schuldete es ihrer Großmutter, die Wahrheit über ihre Vergangenheit herauszufinden, oder?

»Wenn ich ehrlich bin, möchte ich nicht, dass du fährst«, sagte er. »Ich möchte viel lieber jede Nacht, bevor ich abreise, mit dir in meinem Bett verbringen. Aber irgendetwas hieran kommt mir dringend vor, etwas …«

»Das sich anfühlt, als müsse es jetzt entdeckt werden«, beendete sie den Satz für ihn und griff über Gabe hinweg nach ihrem Kaffee. Sie nahm einen Schluck und schloss einen Moment lang die Augen, während sie darüber nachdachte, was sie tun sollte.

»Ich wünschte, ich hätte mehr über das Notenblatt herausgefunden«, sagte er. »Ich versuche es weiter, aber niemand scheint eine Ahnung zu haben, wem es gehört haben könnte.«

Ella nahm noch einen Schluck Kaffee, und ein Schauer lief durch ihren Körper, als sie Gabriels Laptop auf dem Sofa liegen sah. Sie wusste, was sie tun musste.

»Darf ich den benutzen?«

Er folgte ihrem Blick. »Sicher.«

Sie ließ den Kaffee auf dem Tresen stehen und lief eilig durchs Zimmer, wobei sie ihr Handtuch wieder über den Brüsten befestigte, um es am Herunterrutschen zu hindern. Sie würde noch später zur Arbeit kommen, als es ohnehin schon der Fall war, aber sie musste das jetzt tun, bevor sie die Nerven verlor oder sich umentschied.

»Was ...« Gabriel kam und setzte sich neben sie. Sein Bein drückte an ihres, als er sich vorbeugte, um zu sehen, auf welcher Website sie gelandet war.

Ella wusste, wann sie reisen konnte, sie hatte die Daten tausendmal gecheckt, und sie brauchte nur eine Sekunde, um die Flughäfen auszuwählen. Ihre Hände zitterten, als sie einen Platz buchte und die Daten der Kreditkarte auswendig eingab. Sie zögerte erst, als es dazu kam, die letzte Bestätigung anzuklicken.

Da drückte er ihr einen Kuss auf die Schulter, und das war alles, was für einen letzten Klick nötig war. Sie drehte sich langsam um und sah ihn mit klopfendem Herzen an. Sie hatte es getan. Sie hatte es endlich getan.

»Ich werde dich vermissen«, murmelte er.

Als sie ihn küsste, explodierte ein Feuerwerk der Vorfreude in ihrem Bauch, und sie wünschte sich, der Zeitpunkt hätte besser gepasst, wusste aber auch, dass sie den richtigen Entschluss gefasst hatte.

»Wir haben noch sechs Tage, bevor ich abreise«, flüsterte sie. *Und dann drei Monate, bis ich dich wiedersehe.* »Aber du hast recht. Wenn das zwischen uns eine Zukunft hat, dann werden wir nach der Trennung erst recht zusammen sein wollen.« Die Trennung würde ihr Wiedersehen nur umso süßer machen.

Er lachte und zog sie an sich, sein Mund auf ihrer Haut. »Dann sollten wir das Beste daraus machen.«

13

Als sie sechs Tage später den Flug von London nach Thessaloniki nahm, war Ella voller Beklemmung gewesen. Ihre Gedanken drehten sich unaufhörlich darum, was alles schieflaufen könnte, besonders was das Haus anging, das sie gemietet hatte. Was, wenn es ganz anders war als auf den Fotos? Was, wenn sie sich dort allein und nicht sicher fühlte? Ihr Kopf war voller Sorgen gewesen, die sich nicht ausblenden ließen – sie hatten sich dort eingenistet, seit sie die Tickets gebucht hatte.

Aber jetzt war sie tatsächlich auf der Fähre nach Skopelos, sah die Sporaden und das Ägäische Meer mit eigenen Augen und fing allmählich an, sich zu entspannen. Wie hatte sie nur daran zweifeln können, dass dies der richtige Ort war? Was gab es, das einem an Griechenland nicht gefallen konnte? Gabriel hatte recht gehabt, sie hätte es sich nie verziehen, wenn sie nicht alles in ihrer Macht Stehende versuchte, um die Verbindung zwischen dem Notenblatt, dem Foto und ihren Familiengeheimnissen aufzudecken, auch wenn das bedeutete, Zeit mit ihm zu verpassen.

Als die Fähre sich Skopelos näherte, hob Ella die Hand, um die Augen vor der Sonne zu schützen, und lächelte, als sie die schönen Häuser mit ihren idyllischen Balkonen und die mit Terrakottaziegeln gedeckten Dächer erblickte, die sich über dem Hafen erhoben. Sie konnte kleine kopfsteingepflasterte Gassen ausmachen, die die weiß gekalkten Häuser miteinander verbanden – sie sahen aus, als wären sie alle zur gleichen Zeit erbaut worden, so einheitlich wirkte der Baustil. Sie konnte sich regelrecht vorstellen, wie die Szenen aus *Mamma Mia* hier gefilmt wurden, als das Boot langsam im Hafen einlief.

Ella brauchte nicht lange zum Aussteigen und versuchte dann, mit ihren Koffern in der Hand herauszufinden, in welche Richtung sie gehen musste. Sie beobachtete, dass viele der Touristen, die mit ihr auf der Fähre gewesen waren, den Bars und Cafés am Hafen zustrebten, die sich direkt am Wasser aneinanderreihten. Mit Blick auf das Meer boten die Tische den perfekten Ort, um sich die Menschen anzusehen, aber Ella wollte erst einmal in ihrer Unterkunft ankommen, bevor sie zu Mittag aß.

Laut den Anweisungen des Hausbesitzers sollte sie einen Bus nehmen und dann den kurzen Weg von der Bushaltestelle zu Fuß gehen oder den Weg mit dem Taxi zurücklegen, falls ihr das lieber war. Sie entschied sich für den Bus. Das verschaffte ihr Gelegenheit, sich umzusehen, die Atmosphäre und Ausblicke der Insel in sich aufzunehmen und sich einfach daran zu erfreuen, keine Pläne zu haben. Es spielte keine Rolle, wie lange sie brauchte, um anzukommen, oder um wie viel Uhr das sein würde, niemand wartete auf sie, und das war ein schönes Gefühl.

Skopelos, ich liebe dich jetzt schon.

In dem Augenblick, in dem Ella das Haus betrat und ihre Koffer auf dem kühlen Fliesenboden abstellte, wusste sie, dass es die perfekte Unterkunft für sie war. Draußen zierten leuchtend blaue Fensterläden die Fenster, und rosa Blumen ergossen sich in einem Wasserfall aus Farbe von den Fensterbrettern – wie ein Postkartenmotiv. Als sie durch das Haus ging, bewunderte sie die Idylle, die sich ihr bot, von der kleinen Küche, die eine Wand einnahm, bis zum Fenster, das den Ausblick auf den funkelnden blauen Ozean einrahmte. Hier war alles so ganz anders als in ihrem urbanen Londoner Apartment, weshalb sie das Haus gleich umso lieber mochte.

Ella ging nach oben und fand das Schlafzimmer. Am liebsten hätte sie sich sofort aufs Bett fallen lassen und die Augen zugemacht, andererseits wollte sie unbedingt wieder nach draußen und weitere Eindrücke von der Insel gewinnen. Sie trat ans Fenster und öffnete es, atmete die frische Meeresluft ein und träumte davon, was die nächsten zweieinhalb Wochen ihr wohl bringen würden. Als sie alle Fenster geöffnet hatte, ging sie nach unten und klappte einen ihrer Koffer auf, nahm ihre Malutensilien heraus und breitete sie auf dem Tisch aus. Sie sah sie sich einen Augenblick lang an – die leere Leinwand, die neuen und alten Pinsel und die bunten Farbtuben, die nur darauf warteten, geöffnet zu werden. Und dann erinnerte sie sich an die Staffelei, die auf dem Foto zu dem Haus zu sehen gewesen war, aber als sie hinausging, stand sie nicht dort. Sie ging einmal um das ganze Haus herum, ohne etwas zu finden.

Dann kehrte sie ins Haus zurück und griff nach ihrer Handtasche. Es war an der Zeit, die Insel zu erforschen und einen Laden zu finden, der Künstlerbedarf verkaufte, damit sie sich eine eigene Staffelei zulegen konnte. Nachdem sie etwas Gutes zu essen gefunden hatte, wollte sie malen. Selbst wenn sie die Antworten auf das, wonach sie suchte, nicht finden sollte, würde sie doch wenigstens eines der Dinge wiederfinden, die sie in ihrem Leben am meisten vermisst hatte, und sie wusste, dass sie immer dafür dankbar sein würde. Sie wusste auch, dass es einer der Gründe gewesen war, weshalb Gabriel gewollt hatte, dass sie herkam. Und es war derselbe Grund, aus dem ihre Tante sie so ermutigt hatte – und sie hatte nicht die Absicht, die beiden zu enttäuschen.

* * *

Ella stand da und blickte aufs Wasser hinaus. Der Wind wehte ihr leicht das Haar aus dem Gesicht. Alles in Griechenland war anders als zu Hause. Die Sonne, die ihr die Schultern wärmte, die Luft, die ihre Lungen füllte, die Farben, einfach *alles.* Es war ein Ansturm von Eindrücken auf ihre Sinne. Sie war gerade mal drei Stunden auf Skopelos und wusste bereits, dass es eine der besten Entscheidungen war, die sie je in ihrem Leben getroffen hatte. Dies war es, wonach sie sich gesehnt hatte, was sie *brauchte,* um die Leere zu füllen, die sich in den letzten Monaten in ihrem Inneren gebildet hatte, oder vielleicht sogar in den letzten Jahren. Von dem Moment an, in dem sie auf dieser Insel angekommen war, hatte sie ein überwältigendes Gefühl der Zugehörigkeit gespürt und sich darüber gefreut, dass sie sich endlich die Zeit nahm, etwas nur für sich zu tun. Und jetzt, nachdem sie die kopfsteingepflasterten Wege entlanggegangen war und unter perfekt beschnittenen Bäumen an einem Tisch gesessen und wunderbar zu Mittag gegessen hatte, mit einem Glas Wein dazu, was sie sonst mittags eher nicht tat, gab es nur noch eines zu tun. Es stimmte, dass sie allein gut zurechtkommen würde, aber nun, nachdem sie gefüllte Sardinen und gegrillten Oktopus gegessen und die besten Nudeln ihres Lebens genossen hatte, musste sie doch darüber nachdenken, wie es wohl wäre, diese Reise in Begleitung zu machen. Dieses Erlebnis mit jemandem zu teilen.

Als sie so dastand und auf das Wasser hinausblickte, die Staffelei unter dem Arm, die sie in einem kleinen Geschäft aufgetrieben hatte, nachdem sie das Restaurant verlassen hatte, griff sie nach ihrem Handy. Ella war nicht sicher, was über sie gekommen war – sie wollte der Hitze oder der Schönheit der Umgebung die Schuld geben – aber in ihrem ganzen Leben hatte sie noch nie ihr Herz so sehr aufs Spiel gesetzt.

Also stellte sie die Staffelei ab, suchte Gabriels Nummer heraus, atmete tief durch, und tippte schnell eine Nachricht an ihn, bevor sie ihre Meinung ändern konnte. Er war es gewesen, der sie dazu angeregt hatte herzukommen, und nun wünschte sie, etwas mutiger gewesen zu sein, als sie gebucht hatte, oder ihn zumindest gefragt zu haben, bevor sie London verlassen hatte. Warum hatte sie ihn nicht gefragt, ob er mitkommen könnte, bevor er auf Tournee ging? Oder hatte sie einfach angenommen, dass er es selbst vorgeschlagen hätte, wenn es möglich gewesen wäre?

Es ist schöner hier, als ich es mir jemals hätte träumen lassen. Willst du nicht herkommen, bevor du losmusst?

Ella steckte das Handy zurück in die Tasche und hob die hölzerne Staffelei an, klemmte sie sich unter den Arm und machte sich auf den Weg zurück zum Haus. Wenn er nicht kam, würde sie jede Minute ihrer Reise allein genießen und sich ohne Reue ihrer eigenen Gesellschaft erfreuen. Aber wenn er es tat? Sie schluckte und wartete nervös auf ein Ping, das sie über eine Antwort in Kenntnis setzen würde. Wenn er es tat, dann würde sie sich wahrscheinlich nicht nur endgültig in Skopelos verlieben. Sie fragte sich schon jetzt, ob das, was sie für Gabriel fühlte, anders war als alles, was sie bisher für einen Mann empfunden hatte.

14

London, 1973

Ich kann immer noch nicht fassen, dass du mich dazu überredet hast!«, rief Alexandra aus, während sie ihr Spiegelbild anstarrte. Sie probierte bei Biba, der wohl angesagtesten Boutique Londons, Kleider an, aber sie meinte nicht die schönen Outfits, sie sprach von ihrem Haar.

Alexandra betrachtete sich mit weit aufgerissenen Augen. Jahrelang hatte sie dem beharrlichen Drängen ihrer Cousine auf einen Bob widerstanden, aber heute hatte sie dann beim Friseur beschlossen, tapfer zu sein. Die neue Frisur ließ sie jünger aussehen, was Teil des Plans war, und auch moderner, aber sie hatte jetzt keine Locken mehr, die ihr über die Schultern fielen, wie sie es bislang gewohnt war. Es war ihr nicht bewusst gewesen, wie sehr sie ihre Locken gemocht hatte.

»Zieh das hier mal an.«

Belle war schon immer mutiger gewesen als sie, und obwohl Alexandra die Miniröcke und die bunte Mode an ihrer Cousine mochte, war es doch ein Stil, an den sie sich erst langsam hatte gewöhnen müssen. Mit den Jahren waren sie wirklich wie Schwestern geworden und ihre beiden Cousins wie ihre Brüder. Die Familie ihrer Tante hatte sie wie selbstverständlich aufgenommen und ihr nie das Gefühl gegeben, nicht dazuzugehören. Und hier war sie nun, fast schon erwachsen, genauso eine Londonerin wie ihre Cousins, nach sechs Jahren außerhalb Griechenlands. Sechs Jahre, nachdem sie ihre Mutter verloren und die Welt, wie sie sie kannte, sich für immer verändert hatte.

Alexandra nahm den Rock, das Oberteil und das Kleid, die Belle ihr hinhielt, und trat zurück in die Umkleidekabine, wohl wissend, dass sie keine Wahl hatte.

»Du weißt schon, dass wir eigentlich passende Kleider für morgen Abend finden müssen«, sagte Alexandra, als sie sich in den Rock quetschte in dem Bewusstsein, dass sie nicht gerade die knabenhafte Figur einer Twiggy hatte, für die er geschnitten war. Sie war schlank, aber nicht mager, noch etwas, das sie von ihrer Cousine unterschied, die gebaut war wie ein Rennpferd.

»Wir finden schon noch etwas Langweiliges für morgen Abend, womit Mummy zufrieden ist«, gab Belle zurück und riss mit aufgeregtem Blick die Tür auf, bevor Alexandra fertig war, und klatschte in die Hände, als sie sie in den engen Kleidern sah, die sie für sie ausgesucht hatte. »Oh, das Outfit ist perfekt!«

»Es ist hübsch«, gestand Alexandra ihr zu. »Aber ich glaube, das Kleid gefällt mir besser. Ich probiere es an, bevor ich mich entscheide.« Das Kleid war zwar kurz, aber der Schnitt war ein bisschen gnädiger.

»Wir nehmen beides, der Rock ist genau richtig für Samstag.«

Alexandra hielt inne, bevor sie die Tür der Umkleidekabine halb zuzog und Belle durch den Spalt ansah. »Was ist am Samstag?«

»Dein Geburtstag!«, Belle stieß einen Seufzer aus und schlug die Tür zu. »Hast du vergessen, dass du achtzehn wirst? Jetzt dürfen wir alle zusammen ausgehen und uns richtig amüsieren. Endlich.«

Alexandra lehnte sich stöhnend an die Wand. Sie hatten nicht nur völlig verschiedene Ansichten über Mode, sie waren auch ganz verschiedener Meinung darüber, wie ein Ausgehabend auszusehen hatte. Sie würde lieber im Ivy oder Wilton's etwas Besonderes zu Abend essen, danach vielleicht ins Kino gehen und dann nach Hause. Sie brauchte dieses wilde Nachtleben nicht, nach dem ihre Cousine sich zu sehnen schien.

»Ich dachte, die Eintrittskarten zum Orchester sind zu meinem Geburtstag?«

»Sie sind das Geschenk meiner Eltern. Samstag ist *mein* Geschenk.«

Seit Wochen freute sie sich schon darauf, das London Luminary Ensemble spielen zu hören. Musik war ihre große Leidenschaft geworden, nachdem ihre Tante sie mit der Violine bekannt gemacht hatte, und wenn das Luminary auch nicht das größte Orchester Londons war, so war es doch auf dem Weg, eines der angesehensten zu werden.

»Wie sieht es aus? Minikleider sind gerade der letzte Schrei, Alex. Das ist genau das, worin du gesehen werden möchtest.«

Alexandra war sich zwar nicht sicher, wer genau sie sehen würde, zog aber widerstrebend das Kleid an und setzte ein Lächeln auf, als Belle aufgeregt quietschte.

Keine Chance, diesen Laden ohne alles, was ich gerade anprobiert habe, zu verlassen.

Später am Tag, nachdem Belle sie nach Soho und durch sämtliche Boutiquen der Carnaby Street geschleppt hatte, kamen sie endlich wieder nach Hause. Sie trugen beide so viele Tüten, dass ihre Arme schmerzten, und Alexandra ließ sich dankbar auf einen Stuhl fallen, schleuderte ihre Schuhe von sich und rieb sich die geschwollenen Füße. Wenn es ums Shoppen ging, hatte Belle wirklich Ausdauer, kein Zweifel.

»Mädchen, ihr seid zurück!«

Ihre Tante Elizabeth betrat das Zimmer, ihr Haar war zu dem eleganten Bienenkorb frisiert, den sie die letzten fünf Jahre trug. Ihre Eleganz erinnerte Alexandra häufig an ihre Mutter, wie sie sich hielt, wie sie sich bewegte und natürlich wie sie aussah. Manchmal sorgte sie sich, kein klares Bild mehr von ihrer Mutter zu haben und sie nach all den Jahren mit Elizabeth zu verwechseln.

Elizabeth hielt etwas in der Hand und setzte sich neben Alexandra. Anscheinend handelte es sich um einen Briefumschlag, den sie beim Sprechen in der Hand behielt.

»Wie ich sehe, war eure Einkaufstour erfolgreich«, sagte ihre Tante mit wissendem Lächeln. »Dein Vater wird einen Anfall bekommen, wie jedes Mal. Hast du alles auf seine Rechnung setzen lassen?«

Belle lächelte. »Er wird nichts dagegen haben. Ich werde es ihm beim Abendessen mitteilen.«

»Wo wir gerade von Vätern sprechen«, sagte ihre Tante und rückte etwas näher. »Dies ist heute für dich gekommen. Es könnte von deinem Vater sein.«

»Oh.« Alexandra griff nach dem cremefarbenen Umschlag, und ihr Herz schlug schneller, als sie ihren Fingernagel unter den Falz schob. In den letzten Jahren hatte ihr Vater ihre Existenz kaum zur Kenntnis genommen – sie nahm an, dass er noch immer in Südfrankreich herumflirtete und sich mit Frauen verlustierte, die halb so alt waren wie ihre Mutter. Das wenige, was sie von ihrer Tante und ihrem Onkel aufgeschnappt hatte, hatte ihn nicht im besten Lichte erscheinen lassen, und meistens war sie dankbar dafür, so wenig Kontakt zu ihm zu haben.

Alexandras Blick glitt schnell über die Zeilen, und sie hielt wütend ihre Tränen zurück, als ihr klar wurde, dass die Geburtstagskarte nicht von ihrem Vater war. Sie konnte sich darauf verlassen, dass jedes Mal, wenn sie auch nur den Hauch von Hoffnung schöpfte, sie aufs Neue von ihm enttäuscht wurde.

»Was schreibt er denn?«, wollte Belle wissen.

Alexandra räusperte sich und sah ihrer Tante direkt in die Augen, wusste, dass sie sie verstehen würde, da sie niemals einen Hehl aus ihrer Abneigung gegen ihren

Schwager gemacht hatte. »Ein Gruß von der königlichen Familie«, sagte sie. »Sie schicken mir Glückwünsche zum Geburtstag.« Sie räusperte sich wieder, wusste, dass die Karte höchstwahrscheinlich sogar von der Königin war, die ihr getreulich zu jedem Geburtstag geschrieben hatte und außerdem zum Jahrestag des Todes ihrer Mutter. »Es ist sehr nett von ihnen, dass sie mir immer gratulieren, was man von meinem Vater nicht behaupten kann. Er weiß wahrscheinlich nicht einmal, wann mein Geburtstag ist.«

Elizabeth nahm ihre Hand und hielt sie einen Moment lang fest. Sie brauchte nichts zu sagen – ihr Blick sagte alles.

»Ich habe schon seit Wochen gehofft, dass er dir wenigstens dieses Mal etwas schicken würde«, gab sie zu. »Aber für den Fall, dass er es nicht täte, wollte ich dir diese hier geben. Ich hoffe, dass sie dich über die Abwesenheit deines Vaters hinwegtrösten können.«

Alexandra sah, wie ihre Tante ein kleines Samtkästchen aus der Tasche zog und es ihr hinhielt. *Für mich?*

»Aber mein Geburtstag ist doch erst am Samstag«, flüsterte Alexandra, nahm das Kästchen und sah ihre Tante erstaunt an. »Und ich erwarte nichts von dir, erst recht nichts Kostspieliges.« Ihre Tante und ihr Onkel hatten sie die ganze Zeit bei sich behalten, wollten kein Geld von ihrem Vater annehmen und waren mehr als großzügig gewesen, sowohl was ihre Ausbildung als auch was ihren Unterhalt anging, also wollte sie ganz sicher nicht noch etwas Besonderes zu ihrem Geburtstag bekommen.

»Am Samstag haben wir noch ein Geschenk für dich, aber ich möchte, dass du dieses hier als kleine Aufmerksamkeit von mir annimmst«, antwortete Elizabeth und senkte die Stimme. »Und von deiner Mutter. Ich bin mir sicher, sie hätte gewollt, dass du sie bekommst, und ich will es auch.«

Alexandra öffnete das Kästchen, und ihr stockte der Atem, als zwei Diamanten darin funkelten – die schönsten, elegantesten Ohrringe, die sie jemals gesehen hatte, und der Größe nach zu schließen, mindestens ein Karat.

»Das ist zu viel.« Alexandras Augen füllten sich mit Tränen, diesmal aber vor Freude, als sie einen der Diamanten mit den Fingerspitzen berührte.

»Sie haben deiner Großmutter gehört«, erklärte ihre Tante und beugte sich hinunter, um einen Diamanten vorsichtig herauszunehmen und ihn sanft in Alexandras Ohrläppchen zu stecken. »Deine Mutter und ich haben uns immer darum gestritten, wer sie bekommen sollte, aber unsere Mutter entschied, sie mir zum Hochzeitstag zu schenken, unter der Bedingung, dass sie für immer in der Familie bleiben. Ich war die Erste, die geheiratet hat, so kam die Entscheidung zustande.«

Alexandra drehte den Kopf, sodass ihre Tante den anderen Ohrring an ihrem rechten Ohr befestigen konnte, bevor sie aufstand und in den großen, vergoldeten Spiegel über dem Kamin blickte. »Sie sind so schön«, sagte sie bewundernd, während sie sich leicht von einer Seite zur anderen drehte und zusah, wie die Steine das Licht einfingen. »Aber Belle, du möchtest doch sicher …«

»Es gibt reichlich andere Stücke aus dem Familienschmuck, die Belle von mir erben kann«, fiel ihre Tante ihr entschieden ins Wort. »Diese hier sind für dich, Alexandra. Ich habe sie deiner Mutter an ihrem Hochzeitstag geliehen, sie sind auf eine unaussprechlich besondere Art und Weise mit ihr verbunden, und jetzt gehören sie dir. Es gibt niemanden, der sie mehr verdient als du.«

»Danke«, sagte sie und umarmte ihre Tante. »Für alles, nicht nur hierfür. Ich danke dir für alles, was du für mich getan hast.«

»Überhaupt keine Ursache«, gab ihre Tante zurück, aber sie konnte sehen, wie viel ihre Worte ihr bedeuteten, als sich nun auch ihre Augen mit Tränen füllten. Sie tupften sich beide die Wangen ab und lächelten. »Und wer weiß, vielleicht überrascht dein Vater uns alle noch und schickt dir am Samstag doch etwas.«

Alexandra widerstand der Versuchung, die Augen zu verdrehen. Eher würden Schweine fliegen lernen, so schien es ihr, als dass ihr Vater sich auf den letzten Drücker an den achtzehnten Geburtstag seiner einzigen Tochter erinnerte. »Vielleicht«, sagte sie höflich und schluckte alles hinunter, was ihr über ihn auf der Zunge lag. Sie wollte ihre Tante nach der Schmucksammlung ihrer Mutter fragen, beschloss aber dann, es nicht zu tun – es gab einige Familienerbstücke und weiteren Schmuck, der ihnen über die Jahre hinweg von der königlichen Familie geschenkt worden war. Lange hatte sie sich gefragt, wo ihr Schmuck wohl abgeblieben war und was in der ganzen Zeit mit ihren Besitztümern in

Athen geschehen war. »Dies ist wirklich das allerschönste Geschenk, das mir je gemacht wurde. Vielen Dank.«

»Also, wir sollten noch über morgen Abend sprechen«, sagte Elizabeth mit einem breiten Lächeln. »Ich kann es gar nicht erwarten, euch alle auszuführen. Die Oper wäre meine erste Wahl gewesen, aber das Orchester wird genauso märchenhaft. Ich dachte mir, wir trinken erst hier ein Glas Champagner, bevor wir losgehen.«

»Das hört sich perfekt an«, sagte Alexandra. »Danke, euch beiden.« Sie blickte von ihrer Tante zu ihrer Cousine. »Wahrscheinlich sage ich es nicht oft genug, aber ich bin so dankbar, für alles, was ihr beide für mich tut.«

Belle sprang auf die Füße und hakte sich bei ihr unter. »Komm, lass uns hochgehen und unsere Outfits fürs Wochenende planen.« Sie nahmen ein paar der Einkaufstüten in die Hand und gingen die Treppe hoch. Belle zog sie eilig in ihr Zimmer.

»Hatte ich schon erwähnt, dass wir am Samstagabend William treffen?«, fragte Belle, als sie sich auf ihr Bett fallen ließ. »Er sagt, er führt uns mit ein paar von seinen Freunden aus der Uni aus, ist das nicht wunderbar? Ich glaube, das wird der beste Abend unseres Lebens, es wird einfach toll werden!«

Alexandra legte sich neben sie, sah zur Zimmerdecke hinauf und interessierte sich plötzlich viel mehr für die Pläne, die Belle für sie gemacht hatte. Sie vergötterte Will und hatte seine Freunde von der Royal Academy of Music immer schon kennenlernen wollen. Nächstes

Jahr würde sie auch auf die Uni gehen, aber Belle hatte sie überredet, dieses Jahr mit ihr zusammen freizunehmen, damit sie herausfinden konnten, was sie eigentlich wirklich werden wollten. Alexandras große Liebe galt der Musik, und Will hatte unzählige Male versucht, sie dazu zu bringen, die Academy in Erwägung zu ziehen, aber ehrlich gesagt war sie sich nicht sicher, ob er nicht nur nett zu ihr sein wollte, wenn er solche Sachen sagte. Das Bewerbungsverfahren war streng, und sie hatte keine Ahnung, ob sie begabt genug war, um vorzuspielen.

Da schlossen sich Belles Finger mit sanftem Druck um ihre, und sie erwiderte den Händedruck. Es verging kein Tag, an dem sie nicht daran dachte, was sie doch für ein Glück hatte. Was ihr als Mädchen passiert war, war eine unaussprechliche Tragödie gewesen, aber die Liebe und Freundlichkeit, die sie seitdem erfahren hatte, war magisch. Zum Teufel mit ihrem Vater.

* * *

Alexandra stand in ihrem bodenlangen Seidenkleid im Foyer der Royal Festival Hall, die Handtasche unter den Arm geklemmt, und genoss den Anblick der fein herausgeputzten Besucher.

Es war schon etwas Besonderes, an einem solchen Abend dabei zu sein, und wenn Belle auch weniger enthusiastisch wirkte, war Will, ihr Cousin, doch eindeutig begeistert. In der Menge herrschte ein Gefühl von Vorfreude, wie es sie nur bei einem Liveauftritt gab.

Nur schade, fand sie, dass ihr jüngerer Cousin im Internat war und sie nicht begleiten konnte.

Will kam näher, nahm ihren Arm und beugte sich dicht zu ihr, bevor er sprach. »Du siehst chic aus, Alex«, sagte er. »Obwohl ich an deiner Stelle die Haare wieder wachsen lassen würde. Alle Mädchen in London waren neidisch auf deine glänzenden, dunklen Locken.«

Belle schubste ihn von der anderen Seite. »Das habe ich gehört!«, schnaubte sie. »Alex sieht toll aus, und außerdem hast du sowieso keine Ahnung. Wir versuchen, mit der neuesten Mode mitzuhalten, falls du das nicht gemerkt haben solltest.«

Alexandra seufzte nur. Sie musste zugeben, dass sie seiner Meinung war, was ihren Haarschnitt anging, könnte aber Will auch nicht böse sein, wenn sie seine Ansicht nicht teilen würde. Er behandelte sie wie eine Schwester, nun, in aller Fairness, er ging wahrscheinlich gutmütiger mit ihr um als mit seiner eigenen Schwester, weshalb sie ihn noch lieber mochte. Sie hatten eine innige Beziehung, und ihr gefiel, dass er immer aufrichtig zu ihr war.

»Wie geht das Studium voran?«, fragte sie, während sie sich dem Strom von Zuschauern anschlossen, die ihren Sitzplätzen zustrebten.

»Fantastisch«, sagte er und fuhr sich mit einer Hand durch sein etwas zu langes Haar. »Ganz fantastisch. Es ist wie ein wahr gewordener Traum.«

Wills Cello war sein wertvollster Besitz, und sie mochte den Gedanken, dass er jeden Tag spielte und sich in etwas versenkte, das er so sehr liebte. Ihre Tante und ihr

Onkel hatten ihn in allem unterstützt, was er tun wollte – wie sie es für all ihre drei Kinder taten und auch für sie.

»Ein Freund von mir, der sein Studium bereits abgeschlossen hat, spielt hier heute Abend – kannst du dir das vorstellen? Vor einer solchen Menschenmenge zu spielen?« Er stieß einen anerkennenden Pfiff aus. »Er ist der jüngste Cellist, der je dem London Luminary Ensemble beigetreten ist. Wir sind alle so wahnsinnig neidisch auf ihn.«

»Wir?«, fragte Alexandra.

»Alle meine Freunde von der Academy. Wenn ich ganz ehrlich bin, sind wir alle ebenso neidisch, wie wir uns für ihn freuen.«

Alexandra sah sich um und betrachtete die Leute, die ihre Plätze einnahmen, während sich Will vorbeugte, um mit seiner Schwester zu sprechen. Schon bald war der Saal mit Frauen in eleganten Kleidern und Männern in Smokings gefüllt. Es gab nichts an diesem Erlebnis, was ihr nicht gefiel. Sie machte es sich auf ihrem Sitzplatz bequem, Will auf einer Seite und Belle auf der anderen, und ihre Tante und ihr Onkel reihten sich vor ihnen ein. Sie beobachtete, wie sie ihre Köpfe gemeinsam über das Programm beugten, so anders als ihr Vater sich ihrer Mutter gegenüber verhalten hatte. Es überraschte sie noch immer ab und zu, wie wohl sie sich miteinander fühlten, ohne die ihr bekannte Förmlichkeit. »Du hast gesagt, dein Freund spielt Cello?«, fragte sie.

»Ja, genau wie ich«, sagte Will. »Aber zusätzlich spielt er auch noch Klavier, wie du es noch nie gehört hast. Er ist der begabteste Musiker, den ich kenne, allein wie er einfach zwischen den Instrumenten hin und her wechseln kann, aber seine wahre Liebe gehört dem Cello.«

Sie überlegte, wie jung dieser Freund wohl sein mochte, als die Lichter langsam ausgingen, die Menge allmählich still wurde und sich ein erwartungsvolles Summen auszubreiten schien.

Alexandra sah erst Will und dann Belle an, bevor es völlig dunkel wurde. Sie und Will hätten Zwillinge sein können, so wie sie sich beide wünschten, Musik zu leben und zu atmen, wohingegen Belle ihre Musikstunden immer eher als lästige Pflicht gesehen hatte. Wie viel sie auch übte, Belle hatte es doch immer geschafft, auf der Blockflöte ein Geräusch hervorzurufen, das dafür sorgte, dass der Rest der Familie sich am liebsten die Ohren zugehalten hätte. Belle war ruhelos und wechselte rasch von einer Sache zur anderen, wogegen Alexandra und Will schon in jungen Jahren ihre Leidenschaft für die Musik entdeckt hatten. Wahrscheinlich würde ihre abenteuerlustige Cousine sich nicht an der Uni einschreiben, wenn das Jahr zu Ende ging, sondern stattdessen lieber durch die Welt reisen.

Dann verschwanden alle Gedanken aus ihrem Kopf, als ein Ton die Luft erfüllte, der so magisch war, dass Alexandra Gänsehaut davon bekam. Ihr ganzer Körper schien zum Leben zu erwachen, während das Orchester in Bewegung kam und Bogen auf Saiten trafen und den Saal um sie herum mit Musik erfüllten.

Danach, als sie im Foyer standen und auf ihre Tante und ihren Onkel warteten, die noch mit Bekannten sprachen, griff Will unerwartet nach ihrer Hand und flüsterte ihr ins Ohr: »Komm mit. Mal sehen, ob wir mal eben Hallo sagen können.«

»Deinem Freund?«, fragte Alexandra. »Aber …«

Sie blickte sich zu Belle um, die sich beeilte, sie einzuholen, als sie sah, dass Will sie wegführte. »Nicht ohne mich«, sagte sie. »Ich möchte diesen berühmten jungen Musiker auch kennenlernen. Wie alt ist er? Woher kennst du ihn überhaupt?«

Will zuckte die Schultern. »Jung genug, um eine Sensation zu sein, und ich kenne ihn, weil er seinen Abschluss an der Academy gemacht hat und wir gemeinsame Freunde haben.«

Sie kehrten in den Saal zurück und näherten sich der Bühne, ohne dass jemand sie aufhielt. Alexandra rechnete damit, von einem der Platzanweiser hinausgebeten zu werden, da alle anderen ihre Plätze bereits verlassen hatten.

»Ich habe ihm gesagt, dass wir heute hier sein würden, und er meinte, er würde versuchen, noch einmal auf die Bühne zurückzukommen, um uns nach dem Konzert zu begrüßen.«

Alexandra war schnell abgelenkt; sie sah sich um und dachte, wie anders der Konzertsaal doch wirkte, wenn die Sitzplätze leer waren, ohne das Leben, das ihn gerade noch erfüllt hatte. Dann erregte ein Geräusch ihre Aufmerksamkeit, und sie blickte auf und sah jemanden auf sie zukommen, eine einsame Gestalt auf der großen Bühne.

»Bernard!«, rief Will. »Das war unglaublich! Was für ein Konzert!«

Bernard hatte die Hand erhoben, um seine Augen vor dem Scheinwerferlicht zu schützen, aber trotz der zusammengekniffenen Augen konnte Alexandra sehen, wie stattlich er war. Von ihren Sitzplätzen aus war es schwierig gewesen, einzelne Musiker auszumachen, und vielleicht hatte er auch ganz hinten gesessen, aber da war etwas an ihm, das sie anzog. Er trug ein gestärktes weißes Hemd und einen Smoking, sein Haar war leicht zur Seite gebürstet. Er war groß, mit so langen Beinen, dass sie sich fragte, wie klein sie wohl neben ihm wirken musste.

»Was für ein gut aussehender Mann«, flüsterte Belle neben ihr. »Warum hat Will uns nicht erzählt, wie gut seine neuen Freunde aussehen? Ich hätte längst darauf bestanden, sie kennenzulernen!«

Alexandra nickte nur, rückte näher an Will heran, sodass ihre Schultern sich beinahe berührten, und hielt den Blick auf den Rand der Bühne gerichtet. Bernard war in die Hocke gegangen und sprach mit Will, nah genug, dass sie sich unterhalten konnten, aber zu weit weg und viel zu hoch, als dass er hätte hinunterspringen können. Sie ertappte sich dabei, dass sie wünschte, er täte es dennoch oder würde einen anderen Weg finden, zu ihnen herunterzukommen und sich richtig mit ihnen zu unterhalten.

»Bis morgen Abend«, rief Will ihm zu.

»Bis dann.« Bernard winkte und trat einen Schritt zurück, und Alexandra wusste nicht, ob es Einbildung war, dass sein Blick innehielt, als er auf ihren traf, oder nicht. Aber sie merkte, dass er einen Augenblick wartete, bevor er sich umdrehte, und konnte den Blick nicht von ihm abwenden.

»Kommt er morgen Abend mit?«, fragte Belle. »Zu Alex' Geburtstag?«

Will sah Alexandra mit einem Grinsen an, das ihr verriet, dass er gemerkt hatte, wie lange sie seinen Freund angestarrt hatte. Sie würde ihm später für seine Diskretion danken, denn wenn Belle Wind davon bekam, würde sie sie nur damit aufziehen.

»Ja, Belle, und noch ein paar weitere Freunde von mir. Du solltest dich also besser benehmen! Vergiss nicht, dass ich dir einen Gefallen tue, indem ich dich mitnehme.« Er lächelte. »Und ich tue es natürlich für Alex. Es könnte der beste Geburtstag werden, den sie jemals hatte.«

Alexandra fächelte sich mit dem Programmheft, das sie noch in der Hand hielt, Luft zu in dem Versuch, Wills Blick auszuweichen. Plötzlich erschien ihr die Feier am Samstag viel verlockender als der ruhige Abend, den sie sich wochenlang gewünscht hatte.

Sie gingen ins Foyer zurück, und Alexandra überlegte schon, was sie anziehen würde. Am Ende wäre das Minikleid vielleicht doch ganz schön. Es war zwar modern, aber nicht komplett anders als das, was sie gewöhnlich trug, und sie würde Belle darum bitten, ihr Haar so zu frisieren, dass es glatt und modisch aussah.

Sie bezweifelte, dass Wills Freund Bernard sie auch nur wahrnehmen würde, besonders, weil er sicher ein paar Jahre älter war als sie, ganz zu schweigen davon, dass er ein talentierter Musiker war, aber man sollte die Hoffnung nicht vorzeitig aufgeben.

»Alex?«

Alexandra sah auf und blinzelte, da sie keine Ahnung hatte, worüber gerade gesprochen wurde.

»Ich habe den Verdacht, dass sie in Gedanken noch bei dem Orchester ist«, sagte Belle mit einem Seufzer. »Ehrlich gesagt frage ich mich manchmal, ob wir beide tatsächlich miteinander verwandt sind.«

Als sie zu ihrer Tante und ihrem Onkel aufschlossen, bot ihr Will seinen Arm, Alexandra hängte sich freudig bei ihm ein und legte den Kopf an seine Schulter. Es gab freundliche Menschen, und dann gab es Will. Er brachte sie zum Lachen, scherzte mit ihr, wenn er merkte, dass sie eine Aufmunterung brauchte, und er war derjenige gewesen, der geduldig stundenlang neben ihr gesessen hatte, als sie versucht hatte, Noten lesen zu lernen. Außerdem hatte sie den Verdacht, dass er etwas vor seiner Umgebung verbarg, aber danach würde sie ihn niemals fragen. Das war etwas zwischen ihnen, das wohl immer unausgesprochen bleiben würde.

»Wie hat dir der Abend gefallen, Alexandra?«, fragte ihre Tante, als sie alle gemeinsam aus der Royal Festival Hall in die Abendluft hinaustraten.

»Es war magisch«, antwortete sie wahrheitsgetreu. »Ich könnte mir keinen schöneren Abend vorstellen. Diesen Geburtstag werde ich wirklich niemals vergessen.«

Ihre Tante und ihr Onkel strahlten sie an, und sie hängte sich fester bei ihrem Cousin ein. Manchmal träumte sie davon, vor solch einer Menschenmenge zu spielen, ihr Leben der Musik zu widmen, aber meistens war sie zufrieden damit, Zuschauerin zu sein. Obwohl der heutige Abend sie wieder nachdenklich gemacht hatte.

15

Alexandra war noch nie in solch einem Club gewesen, und erst recht nicht bei Nacht ohne ihre Tante oder ihren Onkel. Sie sah zu dem Schild hoch, auf dem in vergoldeten Buchstaben Café de Paris stand, und als sie hineingingen, hakte sie sich fest bei Belle ein, um nicht in der Menschenmenge verloren zu gehen. Drinnen hing der Rauch in dichten Schwaden in der Luft, und überall waren Menschen, von denen viele sich die Revue auf der Bühne ansahen. Andere tranken und unterhielten sich in Gruppen. Sie hatte so ein Etablissement noch nie zuvor gesehen, und es gefiel ihr sofort.

Will ging vor, und sie mussten sich beeilen, um ihn nicht zu verlieren, balancierten auf ihren Absätzen, die höher waren als gewöhnlich, um mit ihm Schritt zu halten. Er steuerte auf einen Tisch zu, an dem bereits fünf junge Männer in ungefähr seinem Alter saßen, von denen zwei ihre Freundinnen dabeihatten, die Belle und sie taxierten.

»Will! Wie schön, dass du auch kommst!«

»Wie ich sehe, hast du ein paar reizende junge Damen mitgebracht.«

So wie seine Freunde durcheinanderriefen und grinsten, hatten sie eindeutig bereits ein paar Drinks intus.

»Meine Schwester und meine Cousine«, sagte er mit grimmiger Miene. »Also Hände weg. Alexandra hat heute Geburtstag, also benehmt euch gefälligst.«

Alexandra war enttäuscht, dass Bernard nicht dabei war. Sie hatte nach dem gestrigen Abend den ganzen Tag an ihn gedacht in der Hoffnung, dass sie den begabten jungen Musiker besser kennenlernen würde, aber es sollte wohl nicht sein.

»Meine Damen, was möchtet ihr trinken?«

»Champagner natürlich«, gab Belle zurück. »Schließlich feiern wir!«

»Habe ich die Vorstellungsrunde verpasst?«

Eine tiefe Männerstimme, die sich über die laute Musik auf der Bühne erhob, brachte Alexandra dazu, sich umzudrehen. Ihr Herz setzte praktisch aus, als sie sich Bernard gegenübersah.

»Belle«, stellte sich ihre Cousine vor, drängte sich an Alexandra vorbei und streckte ihm die Hand hin.

»Deine Schwester?«, fragte Bernard Will grinsend.

»Ja, meine Schwester, wie kommst du nur darauf?«, stöhnte Will. »Und sag jetzt nicht, weil wir uns so ähnlich sind.«

»Und ich bin Alexandra«, sagte sie, indem sie all ihren Mut zusammennahm und hoffte, nicht rot zu werden. »Wills Cousine.«

Als Bernard ihre Hand nahm, stellten sich alle Härchen auf ihrem Arm auf. Von Nahem sah er mindestens genauso gut aus wie auf der Bühne, und sie ertappte sich dabei, wie sie hoffte, sie würden nebeneinandersitzen.

Eine Kellnerin kam zu ihnen, was unter Belle und Will eine Diskussion darüber auslöste, welchen Champagner sie bestellen sollten, und Bernard schüttelte den Kopf.

»Sind die immer so?«, fragte er.

Sie schmunzelte. »Immer. Eigentlich hat er nur erlaubt, dass Belle mit uns ausgeht, weil heute mein Geburtstag ist.«

Bernard lächelte sie an. »Nun, wenn es sich um so einen wichtigen Anlass handelt, kann ich verstehen, warum sie darüber streiten, welchen Champagner wir trinken sollen.« Mit einer Handbewegung lud er sie ein, Platz zu nehmen, sie glitt auf die gepolsterte Sitzbank, die sich um den Tisch zog, und freute sich, als er sich neben sie setzte und sein Bein das ihre streifte. »Herzlichen Glückwunsch, Alexandra.«

»Danke«, flüsterte sie.

Sein Blick ruhte unverwandt auf ihr, und sie erwischte sich dabei, wie sie auf den Tisch hinuntersah, bevor sie den Blick wieder zu ihm hob, neugierig, warum er sie wohl ansah.

»Und, hat dir das Konzert gestern Abend gefallen?«

Sie seufzte. »Es war einfach wunderbar. Ehrlich, ich kann mir nichts Unglaublicheres vorstellen, als ein Instrument so zu beherrschen wie du, und dann sein Leben dieser Kunst zu widmen.«

»Bist du auch Musikerin?«

Sie schüttelte den Kopf und biss sich auf die Unterlippe. »Ich spiele, aber ich würde mich nicht als Musikerin bezeichnen.«

Bernard lehnte sich zurück und beobachtete sie, als könnte er ihre Gedanken lesen. »Spielst du jeden Tag?«

»Ja«, antwortete sie ohne Zögern.

»Gibt es dir ein einzigartiges Gefühl von Lebendigkeit?«

Da wurde die Musik auf der Bühne lauter, und er beugte sich näher zu ihr heran, um ihre Antwort zu hören.

»Ja.«

Bernard lächelte und fuhr sich mit der Hand durch sein dichtes, schwarzes Haar. »Alexandra, dann bist du Musikerin, ob du dir dessen bewusst bist oder nicht.«

Sie ließ seine Worte sacken, als Will sich neben Bernard niederließ. Belle, nicht im Geringsten schüchtern, hatte auf der anderen Seite des Tisches Platz genommen.

»Warum hast du mir nicht gesagt, dass deine Cousine Musikerin ist?«

Will lachte. »Hat sie dir das gesagt? Weil sie jedes Mal, wenn ich ihr sage, sie soll für die Academy vorspielen, behauptet, sie wäre keine.«

Alexandra rollte mit den Augen, verlegen, im Mittelpunkt zu stehen, aber insgeheim auch erfreut darüber, dass Will sie so offen gelobt hatte.

»Welches Instrument spielst du?«

»Violine«, sagte sie.

»Ah, dann mögen wir also beide Saiteninstrumente.«

Dann kam der Champagner, und Will öffnete die Flasche, wobei er es nicht vermeiden konnte, dass etwas davon über den Tisch spritzte. In dem folgenden Durcheinander hatte sie Gelegenheit, Bernard genauer anzusehen, der nun das Einschenken übernahm. Zuerst fiel Alexandras Blick auf seine Hände – lange, feingliedrige Hände –, was sie natürlich daran erinnerte, dass Will erwähnt hatte, dass er auch ein begabter Pianist war. Aber dann hob sie den Blick schnell zu seinem Gesicht, nahm sein Lächeln und sein starkes Kinn in sich auf und seine dunklen, beinahe schwarzen Augenbrauen, die zu seinem Haar passten.

»Auf dass es ein unvergesslicher Geburtstag werde«, sagte er, als er sich zu ihr umdrehte und ihr ein Glas hinhielt.

Sie lächelte und trank einen Schluck, wobei die Bläschen ihre Nase kitzelten und ihre Kehle in Aufruhr versetzten. Sie spürte, wie sie in ihrem Magen ankamen, der sich ohnehin vor Aufregung fast verknotete. Sie zweifelte nicht daran, dass dieser Geburtstag unvergesslich werden würde.

»Also, Alexandra. Erzähl mir, was dich nach London verschlagen hat. Mir ist, als könnte ich da einen Akzent heraushören.«

Inzwischen hatten sich die anderen entweder im Club zerstreut oder tanzten. Nur sie beide saßen noch am Tisch, und sie saß leicht seitwärts gedreht, damit sie ihn besser ansehen konnte. Sie zog die Augenbrauen hoch und lehnte sich im Sessel zurück, bevor sie antwortete.

»Ich bin aus Griechenland hierhergekommen, als ich zwölf war. Es kommt mir allerdings vor, als wäre das schon ein ganzes Leben her, und ich versuche, mir meinen Akzent so gut wie möglich abzugewöhnen.«

»Griechenland?« Er bewegte die Hand, und seine Finger berührten flüchtig ihre, die auf dem Tisch ruhten. Sie sah bei der Berührung dorthin, und ein schmetterlingsleichter Schauer fuhr ihr den Rücken hinunter.

»Mein Vater war ein enger Berater des Königs, also mussten wir Griechenland verlassen, als die königliche Familie ins Exil ging.«

Sie sah ihm ins Gesicht, um seine Reaktion auf ihre Worte zu verfolgen, aber er lächelte nur.

»Du wirst mit jedem Moment interessanter, Alexandra.«

Alexandra bewegte ihre Finger leicht, um zu sehen, was er tat, und er schob seine Hand wieder an ihre.

»Seit ich hierhergekommen bin, lebe ich bei meiner Tante und Onkel, Wills Eltern«, erzählte sie, nicht sicher, warum sie Bernard gegenüber so viel von ihrem Privatleben preisgab. »Nachdem meine Mutter gestorben war, beschloss mein Vater, dass es besser für mich wäre, wenn ich nicht bei ihm lebe.«

»Ah, deshalb mochte ich dich gleich so. Wir haben ähnliche Väter.«

Sie sah ihn an. »Ist das so?«

»Mein Vater fand auch, dass es besser für mich wäre, nicht mit ihm zu leben.« Seine Finger bewegten sich wieder, aber diesmal verschränkte er sie mit ihren und hielt seinen Blick darauf gerichtet. »Als ich verkündete, dass ich Musiker werden wollte, hat er mir genau eine Stunde gegeben, um meine Sachen zu packen und eine neue Bleibe zu finden.«

»Also, das war doch sehr großzügig von ihm, dir eine ganze Stunde zu geben. Wie nett von ihm.«

Bernard lachte und ließ den Kopf zurückfallen, während er ihre Hand jetzt richtig in seine nahm. »Und das alles nur, weil ich ihm gesagt habe, dass ich meiner Leidenschaft folgen wollte, statt Chirurg zu werden wie er. Er wollte wohl lieber, dass ich in seine Fußstapfen trete.«

»Aber jetzt ist er doch bestimmt stolz auf dich, wo du in einem so renommierten Orchester spielst? Kommt er häufig, um dich zu sehen?«

Bernard lachte. »Seit ich ausgezogen bin, hat mein Vater nicht mehr mit mir gesprochen, und meine Mutter hat zu viel Angst, um zu einem meiner Auftritte zu kommen.«

»Das tut mir leid«, sagte sie und rückte näher an ihn heran.

»Das braucht es nicht.« Seine Stimme war leise. »Ich habe meine Orchesterfamilie, und ich weiß, dass ich immer ein Zuhause haben werde, solange ich Musik mache und tue, was ich liebe.«

Alexandra hob die Hand und berührte Bernards Gesicht. Sie wusste nicht genau, ob es an dem Champagner lag, den sie getrunken hatte, oder ob es einfach eine natürliche Reaktion war, aber sie verspürte den überwältigenden Drang, mit ihren Fingerspitzen über seine Wange zu streichen. Er hatte leichte Bartstoppeln, die sich rau unter ihren Fingern anfühlten, und sie fragte sich, wie es wohl sein mochte, sie an ihrer Wange zu spüren.

»Muss ich dich warnen, dich von meiner Cousine fernzuhalten?«

Will stand plötzlich vor ihnen, aber Bernard ließ ihre Hand nicht los. Stattdessen lächelte er, hob sie an und drückte einen langsamen Kuss darauf.

»Habe ich die Erlaubnis, deine Cousine wiederzusehen?«, fragte er, ohne sie aus den Augen zu lassen.

»Ja«, erwiderte sie.

»Nein«, erklärte Will im selben Moment.

Alexandra brach in Lachen aus, da sie genau gleichzeitig geantwortet hatten, woraufhin Will nur die Hände in die Luft warf.

»Es ist Zeit zu gehen, bevor du dich in einen Kürbis verwandelst«, sagte Will, nahm ihre andere Hand und zog sie von Bernard weg. »Wenn ich sie nicht vor dem Zapfenstreich nach Hause bringe, wird niemand sie jemals wiedersehen.«

Bevor sie ging, entzog Alexandra sich Will kurz, beugte sich zu Bernhard hinunter und hauchte ihm einen sanften Kuss auf die Wange. Er roch nach einer Mischung aus Zimt und Leder, und sie wusste, dass sie noch bis zum Morgen an diese rauen Bartstoppeln an ihrer weichen Haut denken würde.

Und als er dann ihre Hand noch einmal nahm und sie wieder küsste, trafen sich ihre Blicke, und Alexandra musste sich fest auf die Unterlippe beißen, um ihr Lächeln zu verbergen.

16

Alexandra wachte mit dem Gedanken an Bernard auf. Sobald sie die Augen geöffnet hatte, zog sie die Bettdecke an ihre Brust und erinnerte sich an die sanfte Berührung seiner Lippen auf ihrer Haut, an die Wärme seines Atems. Es war nicht wirklich ein erster Kuss gewesen, aber er würde dennoch ihren achtzehnten Geburtstag ganz sicher unvergesslich machen, und sie würde noch tagelang daran denken, das wusste sie.

Sie stand auf, ging zum Fenster und teilte die schweren Samtvorhänge. Die Sonne schien, und während sie nach draußen blickte, fragte sie sich, wie spät es wohl war. Das Einzige, was sie sicher wusste, war, dass sie nach ihrer langen Feier am Abend zuvor höchstwahrscheinlich das Frühstück verschlafen hatte. Alexandras Magen knurrte, als wollte er sich beschweren, aber ein leises Klopfen an der Tür lenkte sie ab. Das war bestimmt nicht Belle, die würde einfach ohne Warnung hereinplatzen.

»Miss Alexandra?«

»Herein«, rief sie zurück, als sie die Stimme des Hausmädchens erkannte.

»Miss Belle ist gerade aufgestanden und dachte, dass Sie vielleicht mit ihr zusammen ein spätes Frühstück einnehmen wollen. Ihre Tante hat mir aufgetragen, Pfannkuchen mit Speck zu machen, weil es Ihr Geburtstagswochenende ist, es steht alles für Sie bereit.«

»Ach, wie lieb! Genau das, was ich gern zum Frühstück möchte«, gab Alexandra zurück. »Sagen Sie ihr, ich komme hinunter, sobald ich angezogen bin.«

»Oh, und es wartet auch ein Brief auf Sie. Ein junger Mann hat ihn heute Morgen persönlich überbracht. Als Sie noch geschlafen haben.«

Alexandra erstarrte. »Ein junger Mann?« Sie versuchte, ihre Stimme ruhig klingen zu lassen. »Und Sie sind sicher, der Brief ist für mich?«

»O ja, ein sehr gut aussehender junger Mann, und er ist ganz sicher für Sie. Er wollte ihn gerade durch den Briefschlitz werfen, als ich zur Arbeit kam, und hat ihn dann mir stattdessen ausgehändigt und mir gesagt, ich solle dafür sorgen, dass Sie ihn bekommen, sobald Sie aufstehen.«

Alexandra hätte sich beinahe an ihrer eigenen Spucke verschluckt. Sie versuchte, Haltung zu bewahren, aber es war unmöglich. Sie sah nach, ob alle Knöpfe an ihrem Nachthemd geschlossen waren, und rannte dann den Flur hinunter, ohne sich vorher umzuziehen, nahm zwei Treppenstufen auf einmal, wobei es ihr gleichgültig war, ob sie dabei Lärm machte wie ein Elefant. Der Brief musste von Bernard sein, es konnte gar nicht anders sein! Aber warum sollte er ihr einen Brief bringen? Was könnte er ihr zu sagen haben?

Sie sah in der Garderobe nach, fand aber nichts, dann machte sie sich auf den Weg in die Küche. Warum hatte sie das Dienstmädchen nicht gefragt, wo er war? Aber als sie um die Ecke kam, sah sie Belle am Tisch sitzen, mit hochgezogenen Augenbrauen und einem amüsierten Lächeln auf den Lippen.

»Suchst du das hier?« Belle winkte mit einem cremefarbenen Umschlag.

»Keine Spielchen, Belle. Bitte gib ihn mir.«

»Warum lese ich ihn dir nicht einfach laut vor?«

»Belle!« Wutschäumend und mit klopfendem Herzen marschierte Alexandra zu ihr hinüber. Sie dachte, dass sie vor Aufregung in Ohnmacht fallen würde. »Bitte, ich muss wissen, was drinsteht. Gib ihn mir.«

»Na schön«, schnaubte Belle und hielt ihn ihr hin. »Aber ich erwarte, dass du mir erzählst. Ich habe gehört, er ist von einem jungen Herrn. Hast du einen heimlichen Verehrer?«

Alexandra hatte ihren Hunger vergessen, obwohl sie neben Belle stand, die sich bereits an den Pfannkuchen gütlich tat. Sie konnte nur noch an den Brief denken.

Ihre Hände zitterten, als sie den Umschlag öffnete, und ihre Augen flogen nur so über das Papier.

Liebe A,

ich weiß, man sollte nicht zu ungeduldig erscheinen, aber ich habe die ganze Nacht an Dich gedacht. Darf ich Dich wiedersehen? Und vergiss nicht, ich möchte

Dich Violine spielen hören! Ich bin mir sicher, Du stellst Dein musikalisches Talent unter den Scheffel. Ich komme um sechs vorbei, vielleicht können wir essen gehen – nur wir zwei?

B

Alexandra schloss die Augen und drückte den Brief an ihr Herz. *Er hat an mich gedacht. Er will mich wiedersehen.* Sie versuchte, nicht zu kichern, als sie seinen Satz darüber, nicht zu ungeduldig erscheinen zu wollen, noch einmal las.

»Alex! Von wem ist er?«

Sie schloss die Augen. »Von Bernard.«

»Von Bernard?«, rief Belle. »Dem hinreißenden Musiker Bernard?«

»Er will heute Abend herkommen«, flüsterte sie und hielt Belle den Brief hin, da ihre Stimme zu sehr zitterte, als dass sie ihn ihr hätte vorlesen können. »Er will mich zum Essen ausführen.«

»Zum Essen?« Belles Augen weiteten sich, sie griff nach dem Brief, und ihre Lippen bewegten sich lautlos, als sie die Worte las. »Oh, wie aufregend! Bitte, lass mich aussuchen, was du anziehen sollst!«

»Meinst du, deine Eltern lassen mich ohne Begleitung gehen?« Bisher hatte sich die Frage, ob sie allein ausgehen durfte, noch nie gestellt, aber gewiss sollte es jetzt, wo sie achtzehn geworden war, kein Problem darstellen, mit einem jungen Mann zu Abend zu essen.

Belle machte mit ihrer freien Hand eine Geste, die besagte, sie sollte sich darum keine Sorgen machen. »Er ist ein Freund von Will, und sie werden davon beeindruckt sein, dass er ein Mitglied des Orchesters ist. Ich sorge dafür, dass sie Ja sagen, und wenn ich darum betteln muss.«

Alexandra sah ihre Cousine mit weit aufgerissenen Augen an. »Er will mich wiedersehen. Bernard will mich tatsächlich wiedersehen.«

»Warum überrascht dich das so? Hast du in letzter Zeit mal in den Spiegel gesehen, Alex? Du bist einfach wunderschön, und jeder Mann würde sich in dich verlieben, abgesehen davon ist man mit dir einfach in fabelhafter Gesellschaft.«

»Wirklich?« Sie hatte keine Ahnung, dass Belle diesen Eindruck von ihr hatte, neben ihrer eleganten, selbstbewussten Cousine war sie sich immer so unscheinbar vorgekommen.

»Iss etwas«, sagte Belle und schob ihr den Teller zu. »Lucy hat diese Pfannkuchen extra für dich gemacht, und sie wäre todtraurig, wenn du sie nicht einmal probierst.«

Alexandra setzte sich und aß, während Belle gefühlt hundert verschiedene Möglichkeiten durchging, was sie für ihr Wiedersehen mit Bernard anziehen sollte. Sie hörte ihr nur mit halbem Ohr zu und erfand, sobald sie aufgegessen hatte, eine Ausrede, rannte mit dem Brief nach oben, nahm ihren Geigenkasten und legte ihn aufs Bett. Dann setzte sie sich daneben.

Ihr Blick glitt noch einmal über die Worte, sie kannte sie längst auswendig, als sie den Brief zusammenfaltete und in den Kasten unter ihre Violine steckte. Es kam ihr wie der richtige Platz dafür vor, verborgen vor neugierigen Blicken, aber zusammen mit ihrem liebsten Besitz.

Nachdem sie den Geigenkasten wieder verstaut hatte, ließ sich Alexandra aufs Bett fallen und vergrub ihr Gesicht im Kissen, das ihren aufgeregten Schrei erstickte. *Bernard. Ich gehe zu einem richtigen Date mit Bernard.* Sie wollte lieber nicht daran denken, wie verzweifelt sie wäre, wenn ihr Onkel und ihre Tante Nein sagten.

Ihr achtzehnter Geburtstag war jetzt offiziell der beste Geburtstag ihres Lebens.

17

Noch nie in ihrem Leben war Alexandra so nervös gewesen. In der letzten halben Stunde war sie entweder oben in ihrem Zimmer auf und ab gegangen oder hatte auf der obersten Treppenstufe gesessen und auf Bernards Ankunft gelauscht. Aber als es dann endlich an der Tür klopfte, wollte sie am liebsten in ihr Zimmer zurücklaufen und sich verstecken. Schweißperlen traten ihr auf die Oberlippe, und ihre Hände fühlten sich klamm an.

»Alex, beruhige dich, du siehst aus, als würde dir gleich schlecht.« Belle seufzte, kam näher und sah ihr ins Gesicht. »Du bist leichenblass.«

»Was, wenn ich ihm nicht gefalle? Was, wenn ich nicht weiß, was ich zu ihm sagen soll?« Sie umklammerte Belles Hand. »Ich bin noch nie auf einem Date gewesen. Ich weiß nicht, wie ich mich benehmen muss.«

Belle rollte die Augen. »Ihr zwei habt gestern Abend stundenlang miteinander gesprochen, du brauchst dir darüber keine Sorgen zu machen«, sagte sie. »Vertrau mir. Er mag dich, und ich bin mir beinahe sicher, dass er genauso nervös ist wie du. Ihr seid einfach nur zwei Leute, die zusammen essen gehen.«

Alexandra glaubte nicht, dass Bernard nervös sein würde – er war ein paar Jahre älter als sie und hatte wahrscheinlich viel Erfahrung. Aber Belle hatte recht, sie waren einfach zwei Leute, die zusammen essen gingen, mehr war es nicht. Und falls es völlig danebenging, war sie in ein paar Stunden wieder zu Hause.

»Lass den Mann nicht warten«, schalt Belle sie. »Komm jetzt.«

Alexandra drückte die Hand ihrer Cousine. »Danke. Für alles.«

Belle warf ihr eine Kusshand zu. »Keine Ursache. Und jetzt geh! Ich wünsche dir einen fantastischen Abend, und dann erzähl mir alles darüber. Wir haben nicht alle ein Date am Sonntagabend, weißt du.«

Dann legte Alexandra eine Hand auf das Treppengeländer und machte den ersten Schritt nach unten. Erst hielt sie den Blick gesenkt, aber als sie aufblickte, sah sie Bernard, der neben der Tür stand und mit ihrem Onkel sprach. Sie wandten sich beide um, als sie herunterkam, und plötzlich musste sie sich auf jeden Schritt konzentrieren aus Angst, vor Bernards Augen die gesamte Treppe hinunterzufallen.

Bernard sah sie so an, wie ihr Onkel ihre Tante ansah, wenn sie sich unbeobachtet glaubten – sein Blick tanzte über sie, als könnte er ihn einfach nicht abwenden, selbst wenn er es gewollt hätte. Jedes Härchen auf ihren Armen stellte sich auf, und als sie endlich vor ihm stand, beruhigte sein Lächeln ihre Nerven. Sie hatte sich solche Sorgen gemacht, dass sie ihm nicht mehr gefallen könnte, wenn er sie wiedersah, aber jetzt konnte sie sein Interesse auf keinen Fall missdeuten.

»Wie schön, dich wiederzusehen, Alexandra«, sagte Bernard. »Ich habe deinem Onkel gerade erzählt, dass ich im Quo Vadis reserviert habe. Ich kenne den Besitzer, und er war so freundlich, kurzfristig noch einen Tisch für uns zu reservieren.«

»Ich erinnere mich noch«, sagte ihr Onkel, »dass der Besitzer im Krieg zusammen mit allen anderen Italienern des Landes verwiesen wurde, und als er zurückkam, war das Restaurant zerstört, sodass er es vollkommen neu aufbauen musste.«

Alexandra sah hoffnungsvoll zu ihrem Onkel auf, wünschte sich so, dass er Ja sagen würde. Sie hatte größeres Interesse daran, loszugehen, als sich eine Geschichtslektion über das Restaurant anzuhören, in dem Bernard reserviert hatte.

»Alexandra?«, fragte er unvermittelt. »Es sieht so aus, als würdest du gern mitgehen?«

Sie nickte in der Hoffnung, nicht zu erpicht zu erscheinen. Aber dann erinnerte sie sich an Bernards Worte in seinem Brief.

»Ja«, erwiderte sie. »Ich würde wirklich gern mitgehen. Ich *liebe* italienisches Essen.« Sie war sich nicht sicher, ob sie überhaupt schon einmal italienisch gegessen hatte, aber sie wusste, dass sie überzeugend klang. Er hätte auch irgendeine andere Küche nennen können, sie hätte genauso enthusiastisch geklungen.

»Nun, dann sorgen Sie aber dafür, dass sie um zehn Uhr wieder zu Hause ist, junger Mann, und keine Minute später.« Ihr Onkel lächelte sie an. »Unsere Alexandra ist uns sehr lieb und teuer. Sie ist wie eine zweite Tochter für uns.«

Da stiegen ihr Tränen in die Augen, aber sie blinzelte sie schnell weg, als ihre Tante herbeigeeilt kam und ihre Arme so weit ausbreitete, als würde sie einen lang verlorenen Freund begrüßen.

»Bernard! Zum Glück lerne ich Sie noch kennen, bevor Sie gehen. Will hat mir solch wundervolle Dinge von Ihnen erzählt.« Ihre Tante blickte zwischen ihnen hin und her. »Können wir Sie noch zu einem Aperitif vor dem Essen überreden, damit wir alles über Ihren Aufstieg zur Berühmtheit im London Symphony Orchestra hören können?«

Alexandra sah Bernard hoffnungsvoll an, wünschte sich, er würde ablehnen, und konnte ihre Erleichterung kaum verbergen, als er das höflich tat.

»Vielleicht beim nächsten Mal, wenn ich so verwegen sein darf anzunehmen, dass Alexandra mich wiedersehen möchte«, sagte er und zwinkerte ihr kurz zu. »Ich möchte unsere Reservierung nicht verpassen.«

»Natürlich, natürlich«, murmelte ihre Tante, bevor sie Alexandra liebevoll die Schulter tätschelte. »Macht euch einen wunderbaren Abend, ihr zwei gebt *so* ein hübsches Paar ab.«

Alexandras Wangen wurden heiß, aber falls Bernard mitbekam, wie peinlich ihr das war, ließ er es sich nicht anmerken.

»Sie bekommen sie vor zehn zurück, darauf gebe ich Ihnen mein Wort.«

Bernard trat einen Schritt zurück und ließ Alexandra den Vortritt, als ihr Onkel die Haustür öffnete, wobei seine Hand leicht über ihren Rücken fuhr, als er sie vorsichtig auf die Veranda geleitete. Sie blickte kurz über die Schulter zurück und sah Belle auf der Treppe stehen, die Hand zum Winken erhoben, und Alexandra warf ihr ein kurzes Lächeln zu, bevor sie in die kühle Nachtluft hinaustrat. Sie würde Belle Augenblick für Augenblick erzählen, wenn sie zurückkam, aber jetzt blickte sie aufgeregt dem Abend mit Bernard entgegen.

Ein schwarzes Taxi stand wartend am Bordstein vor dem Haus, und als sie es erreichten, öffnete Bernard die Tür und wartete, bis sie es sich bequem gemacht hatte, bevor er neben sie auf den Sitz glitt. Ihre Knie stießen aneinander, und als er sie ansah, entfuhr Alexandra unwillkürlich ein kleiner Seufzer, und sie brachen beide in Lachen aus.

Bernard nahm ihre Hand in seine und legte sie an ihr Bein.

»Es ist so schön, dich wiederzusehen«, flüsterte er.

Alexandra nickte nur, war sich nicht sicher, was sie sagen sollte. Am Ende musste sie gar nichts sagen, sie legte einfach nur den Kopf an seine Schulter, während er dem Fahrer sagte, wohin er sie bringen sollte. Wie sie da einfach nur schweigend mit ineinander verschränkten Händen auf der Rückbank saßen, hätte das locker die unbehaglichste Fahrt ihres Lebens werden können, aber Alexandra hatte stattdessen das seltsamste Gefühl, nach Hause gekommen zu sein. Neben Bernard fühlte sie sich sicher und zufrieden, und sie konnte nur hoffen, dass es ihm genauso ging.

Bernard hatte nicht angegeben, als er erwähnt hatte, dass er den Besitzer kannte – sie bekamen einen gemütlichen Tisch für zwei ganz hinten an der Wand zugewiesen und wurden vom Wirt persönlich bedient.

»Danke, Peppino«, sagte Bernard, als er ihnen eine Flasche Wein brachte.

»Das geht aufs Haus«, erwiderte der Italiener und klopfte Bernard enthusiastisch auf den Rücken. »Letztes Mal musste ich weinen, als ich das Orchester gehört habe, so talentiert ist dieser Mann.«

Sie lächelte und nickte, war aber dankbar, als er sie endlich allein ließ. Bernard beugte sich vor.

»Ich muss dir etwas gestehen.«

Alexandra wartete gespannt, was er ihr zu sagen haben könnte.

»Ich habe dich hierhergeführt, weil ich wusste, dass er sich um uns kümmern würde. Sonst wäre es eher ein günstiges Steak in einem deutlich weniger eleganten Restaurant geworden.«

»Du musst nicht versuchen, mich zu beeindrucken, Bernard«, sagte sie und spielte mit der Serviette auf ihrem Knie herum. »Ich wäre auch mit Fish and Chips glücklich gewesen.«

Er seufzte. »Es geschieht nicht jeden Tag, dass ein Mann eine junge Frau wie dich zum Essen ausführen darf, Alexandra. Ich wollte dir etwas Schönes bieten.«

Alexandras Wangen wurden heiß, und sie wusste nicht, was sie sagen sollte.

Bernard schenkte ihr ein Glas Wein ein und hielt es ihr hin. »Lass mich dich nur heute Abend beeindrucken. Dann gibt es noch genug Fish and Chips, das kann ich dir versprechen.«

Sie nahm das Glas und wartete, bis er sich auch eines eingegossen hatte, bevor sie sanft miteinander anstießen, wobei sie nicht aufhören konnte, ihn anzulächeln.

»Auf die Verschwendung, nur diese eine Mal«, sagte er mit einem Zwinkern.

Sie ertappte sich, wie sie lachte, obwohl es ihr peinlich war, und wie sie zustimmend nickte.

»So, und du spielst also ganz anständig Violine, wie Will sagt«, begann er. »Willst aber nicht für die Academy vorspielen?«

Alexandra nickte. »Das stimmt.« Sie nahm einen kleinen Schluck von ihrem Wein und fand ihn angenehm auf der Zunge. Sie hatte bisher noch keinen Rotwein probiert, aber er war warm und seidig in ihrer Kehle, und sie mochte ihn sehr.

»Trittst du auf?«

»Niemals!« Sie lachte. »Manchmal spiele ich stundenlang, verliere mich in der Musik, aber immer nur für mich allein.«

»Wolltest du nie auftreten?«

Sie öffnete den Mund und wollte verneinen, sagte dann aber doch die Wahrheit. »Ich habe immer davon geträumt, vor Publikum zu spielen. Ich kann mir den Adrenalinschub gar nicht vorstellen, den man spüren muss, wenn sich der Vorhang hebt, wenn alle mit angehaltenem Atem darauf warten, dass die Musik beginnt.«

Er lehnte sich auf seinem Stuhl zurück und betrachtete sie eindringlich. »Du bist ganz anders, als ich erwartet habe, Alexandra. Ganz anders.«

Sie erwiderte seinen Blick, noch während sie rot wurde und ihre Finger nervös mit dem Stiel des Weinglases spielten. Was sollte sie auf so einen Satz antworten?

»Was hältst du davon, wenn wir nach dem Essen ein paar von meinen Freunden treffen? Du bist trotzdem vor zehn zurück.«

»Musikerfreunde?«, fragte sie.

»Andere habe ich nicht, um ehrlich zu sein, ja, Musiker.«

Sie bemerkte, dass sie nickte, obwohl sie nervös war.

»Ich möchte dich Violine spielen hören, Alexandra, und zwar heute Abend.«

Zwei Stunden später fand sich Alexandra im Wohnzimmer eines schönen Hauses in Notting Hill wieder, gerade einmal eine Viertelstunde von ihrem Zuhause entfernt. Sie lehnte im hinteren Teil des Zimmers an der Wand und lauschte der schönsten Musik, die sie jemals gehört hatte. Aber sosehr sie die Musik auch fesselte, so machte der Mann neben ihr es ihr doch beinahe unmöglich, sich zu konzentrieren. Besonders, wenn seine Schulter wieder und wieder sanft gegen ihre stieß und seine Finger alle paar Sekunden ihre Hand berührten.

Sie atmete tief ein und fragte sich, ob er die Berührungen überhaupt wahrnahm. Sie wollte glauben, es geschähe absichtlich, aber sie war so unerfahren mit Männern, dass sie nicht wusste, was sie davon halten sollte.

Der junge Mann mit der Violine beendete sein Spiel, und alle klatschten höflich, bevor sie sich zu ihr und Bernard umwandten. Es waren nur noch zwei andere Frauen im Zimmer, und Alexandra senkte den Blick, als sie sie offen zu taxieren schienen. Sie konnte sich vorstellen, dass weibliche Musiker in dieser Welt eine Seltenheit waren.

»Für alle, das ist Alex«, sagte Bernard, bevor er sich hinunterbeugte und ihr ins Ohr flüsterte. »Ist das in Ordnung, dass ich dich Alex nenne?«

Sie nickte und wusste, dass inzwischen sogar ihre Ohren rosa angelaufen waren, so tief war sie errötet. Er nahm ihre Hand und verschlang seine Finger mit ihren, während alle im Raum sie anlächelten und einige Hallo riefen. Jedenfalls schienen sie alle freundlich zu sein, wenn auch vermutlich nur, weil sie Bernard hoch schätzten.

»Ben, könnte ich einen Moment deine Violine leihen?«

Dem Mann, der eben gespielt hatte, schien das nichts auszumachen, und er gab sie Bernard, der sich zu Alexandra umdrehte und sie ihr hinhielt, als wäre sie ein Geschenk.

»Spiel für uns«, sagte er.

Alexandra sah langsam von der Violine in seinen Händen zu seinem Gesicht empor. »Nein«, flüsterte sie. »O nein. Das kann ich nicht, nicht vor all diesen Leuten!«

Er hielt sie ihr dichter hin. »Denk nicht zu viel nach, nimm sie, schließe die Augen einen Moment lang, um dich zu erden, und dann spiele.«

Alexandra sah die anderen Leute im Raum an, sah, dass sie miteinander sprachen und kaum an dem interessiert schienen, was sie tat oder was Bernard zu ihr sagte. Sie sah zu ihm auf, Zweifel im Blick. Bernard sagte nichts, aber er trat einen Schritt vor und hauchte einen Kuss auf ihre Wange.

»Spiele für dich selbst, Alex. Spiele, als wärest du allein in deinem Zimmer und wünschtest, dass die Welt dich hören könnte. Schließ die Augen, wenn es sein muss, aber versprich mir, dass du sie öffnest, bevor du ans Ende kommst.«

Schließlich nickte sie und nahm die Violine entgegen. Ihre Hände zitterten, als sie nach vorn ging, dorthin, wo eben noch der junge Musiker gestanden hatte. Alle waren jetzt still geworden, und sie blickte in ihre unbekannten Gesichter. Ihr Instinkt riet ihr zu flüchten, aber das tat sie nicht. Stattdessen folgte sie Bernards Rat und schloss die Augen, hielt sie geschlossen, als sie den Bogen anhob, die Violine am Schlüsselbein, und anfing, das erstbeste Stück zu spielen, das ihr in den Sinn kam.

Und als sie fertig war, als alle für sie klatschten, öffnete sie die Augen und sah, dass Bernard sie intensiv anblickte, immer noch klatschend vortrat und sein Gesicht irgendwie noch lebendiger wirkte als zuvor. Sein Blick ließ sie nicht mehr los.

»Das war großartig, Alex, einfach großartig«, sagte er und streckte die Hände aus, um ihre Schultern zu umfangen. »Wie fühlst du dich?«

Sie lachte. »Erstaunlich«, gab sie zurück. »Ich fühle mich ganz erstaunlich.«

»Gut«, erwiderte er, als er ihr die Violine abnahm und sie ihrem Besitzer zurückgab. »Jetzt komm mit mir, es gibt da jemanden, von dem ich möchte, dass du ihn kennenlernst.«

Nachdem sie sich bei dem jungen Mann für die Leihgabe bedankt hatte, lehnte sie sich an Bernard und genoss die Art, wie sich sein Arm natürlich um ihre Taille legte und er sie an sich zog.

»Alexandra, dies ist Franz«, stellte er sie einem Mann vor, der etwas älter war als die anderen. »Er ist der Musiklehrer einiger der besten Musiker in London, und ich möchte unbedingt, dass du ihn kennenlernst.«

»Angenehm«, sagte sie und streckte die Hand aus.

»Meine Liebe, brauchen Sie einen Lehrer?«, fragte Franz. »Oder lernen Sie bereits bei einem meiner Kollegen?«

Alexandra konnte nicht aufhören zu lächeln, und als Bernards Finger diesmal ihre streiften, wusste sie, dass es ganz sicher kein Versehen war.

18

Gegenwart

Ella trat zurück, um ihr Werk zu bewundern, und wischte sich die Hände an ihren Shorts ab. Sie hatte Farbe unter den Fingernägeln, auf ihren Kleidern und wahrscheinlich auch im Gesicht, war aber so zufrieden wie noch nie. Es stellte sich heraus, dass es mit dem Malen so war wie mit dem Reiten: Wenn man es erst einmal konnte, dann vergaß man es nicht wieder. Kaum hatte sie wieder einen Pinsel in der Hand gehalten, war ihr alles wieder eingefallen, und obwohl es nicht ihr bestes Werk war, fühlte sie sich lebendig, einfach nur, weil sie wieder schöpferisch tätig war.

Sie hatte sich in den Schatten unter die hübsche blühende Glyzinie gestellt, die entlang der hölzernen Pergola wuchs, und obwohl sie nicht in der Sonne stand, wurde ihr allmählich heiß. Ella schob die Staffelei tiefer in den Schatten hinein und bewunderte ihre Pinselstriche ein letztes Mal, bevor sie auf die Aussicht hinausblickte, die sie versucht hatte nachzubilden. *Das*

Blau ist noch nicht lebendig genug, aber es ist nah dran. Sie sammelte ihre Pinsel ein, um sie im Spülbecken auszuwaschen, und schwor sich, dass sie später am Tag zurückkommen würde, um an den Farben zu arbeiten. Sie malte schon seit dem frühen Morgen, und mit nur einem Kaffee im Magen bekam sie langsam Hunger.

Heute würde sie eine Tasche mitnehmen und noch ein paar Lebensmittel einkaufen, was bedeutete, dass sie die nächsten Tage zu Hause frühstücken konnte. Außerdem hoffte sie, auch noch etwas Gutes zum Mittagessen zu finden, das sie bis zum Abend sättigte.

Ella säuberte ihre Pinsel und legte dann ihre farbverschmierten Kleider ab, duschte und zog sich wieder an, diesmal ein einfaches, leichtes Sommerkleid. Sie band ihr Haar zu einem Pferdeschwanz zusammen und trug etwas Sonnencreme und Make-up auf, bevor sie nach ihrer Einkaufstasche suchte. Ihr Blick fiel auf die kleine Holzschachtel, die neben ihrem Bett stand. Ella zögerte einen Moment lang, bevor sie danach griff und das Foto herausnahm. Sie wusste, dass sie es bereuen würde, wenn sie es nicht mitnahm – was, wenn sie jemanden träfe, dem sie es zeigen könnte?

Zehn Minuten später schlenderte sie die kleinen, kopfsteingepflasterten Wege hinunter, zurück zu dem einzigen Ort, den sie kannte – dem Hafen, wo sie am Tag zuvor mit dem Boot angekommen war. Sie wusste, dass es auf der Insel noch viel mehr zu erforschen gab, und sobald sie etwas gegessen hätte, wollte sie sich auch etwas davon erwandern.

Kurz darauf fand sie sich in einem idyllischen Restaurant wieder, in dem auch ein paar andere Touristen saßen, und als der Kellner an ihren Tisch kam, lächelte sie und hoffte, dass er Englisch sprach.

»Ich brauche Hilfe mit der Karte«, sagte sie hoffnungsvoll.

»Darf ich Ihnen bei Ihrer Bestellung helfen?«, fragte er mit starkem Akzent.

»Danke«, erwiderte sie. »Ich möchte ein Glas Wein und etwas Tolles zu essen. Können Sie mir etwas empfehlen?«

Er grinste. »Das kann ich. Ich bringe Ihnen mein Lieblingsessen.«

Sie gab ihm die Karte zurück. »Perfekt. Oh, aber bevor Sie gehen …«

Er hielt inne.

»Könnte ich Ihnen dieses Foto zeigen?«, fragte sie, nahm es aus ihrer Tasche und hielt es ihm hin. »Ich wüsste gern, ob Sie die Frauen darauf wiedererkennen.«

Er sah sie neugierig an, bevor er es nahm, schüttelte dann aber schnell den Kopf. »Nein, ich erkenne sie nicht, aber der Hintergrund sieht aus wie Skopelos.«

Sie nickte und dankte ihm, dann legte sie das Foto auf den Tisch, um es noch etwas länger anzusehen. Ein paar Minuten später spürte sie ein sanftes Tippen auf ihrer Schulter, drehte sich um und sah den Kellner wieder dastehen, diesmal zusammen mit einem älteren Mann.

»Das ist Tobias, er ist mein Großvater, und ihm gehört das Restaurant«, sagte der Kellner. »Könnte er das Foto mal sehen?«

Ella nahm das Foto und gab es Tobias, der etwas auf Griechisch sagte, das sie nicht verstand. Aber als er sich schwer auf den Stuhl ihr gegenüber fallen ließ und sich bekreuzigte, wusste sie, dass etwas an dem Foto ihm bekannt vorgekommen sein musste.

Er murmelte noch etwas, bevor er zu ihr aufblickte und auf die Frau auf dem Foto zeigte.

»Was sagt er?«, fragte sie den Kellner.

»Er sagt, er weiß, wer diese Frau ist.«

Ellas Herz setzte aus. »Er kennt sie?«

Sie sprachen auf Griechisch miteinander, bevor Tobias ihr das Foto zurückgab.

»Er sagt, dass diese Frau vor dem Fall der Monarchie häufig mit ihrer Tochter hier ihren Urlaub verbrachte. Alle Restaurantbesitzer kannten sie, und alle mochten sie, obwohl viele von ihnen dafür gewesen waren, den König abzusetzen.«

Ella runzelte die Stirn. »Entschuldigung, aber was hat diese Frau mit der Absetzung des Königs zu tun?« Sie erinnerte sich, dass sie vor vielen Jahren über die griechische Königsfamilie im Exil gelesen hatte, etwas darüber, dass sie nach all der Zeit noch immer in London residierte, aber abgesehen davon wusste sie nicht viel darüber.

»Die Familie stand der königlichen Familie sehr nah. Mein Großvater erinnert sich an sie aus der Zeit, als sie noch ein kleines Mädchen war und mit der Königin zusammen Ferien machte, als diese auch noch ein Kind war. Ihr Mann wurde später ein wichtiger Ratgeber der Monarchie, vor deren Untergang.«

»Und Sie sind sich sicher, dass sie es ist?«, fragte Ella, und ihr Herz begann wie wild zu schlagen. Die Frau, die möglicherweise zu Ellas Familie zählte, konnte doch nicht mit einem Königshaus verbunden sein. Was für ein Skandal wäre es gewesen, wenn eine Frau aus diesen Kreisen ein Kind geboren hätte, das nicht von ihrem Ehemann war!

»Er möchte wissen, warum Sie dieses Foto haben und warum Sie Fragen über sie stellen.«

Der ältere Mann beugte sich über den Tisch zu ihr heran und sah ihr suchend in die Augen.

»Sagen Sie ihm bitte, dass dieses Foto meiner Großmutter hinterlassen wurde. Sagen Sie ihm, dass ich glaube, dass es sich bei der Frau um meine Urgroßmutter handelt.« Sie hielt inne und holte Atem. »Deshalb bin ich hier in Griechenland. Ich suche nach Antworten.«

Ihr Kellner richtete sich langsam auf, und Tobias tat es ihm gleich, wobei er sich mit seinen beiden knorrigen Händen auf dem Tisch abstützte und ihr erneut etwas auf Griechisch sagte.

»Gehen Sie heute zum Markt, er ist nur fünf Minuten Fußweg von hier entfernt«, übersetzte der Kellner. »Die Obstverkäuferin kann Ihnen vielleicht mehr dazu sagen.«

»Danke«, sagte sie, stand auf und ergriff die Hände des älteren Mannes. »Ich danke Ihnen ganz herzlich.«

Er tätschelte liebevoll ihre Hand, bevor er wieder in der Küche verschwand.

»Ich glaube, Sie bekommen jetzt ein ganz besonderes Essen«, meinte sein Sohn grinsend. »Ich hoffe, Sie haben genug Appetit mitgebracht.«

Ella lehnte sich zurück und betrachtete das Foto. Hatte sie endlich die Verbindung zu der Frau und dem Kind gefunden? Könnte dies bedeuten, dass sie endlich Antworten auf ihre Fragen zu der Vergangenheit ihrer Familie bekam?

Sie hatte allerdings nicht lange Zeit, das Foto weiter anzusehen, bevor ein Glas mit gekühltem Weißwein auf den Tisch gestellt wurde, gefolgt von einer wunderbar angerichteten Platte mit gegrillten Sardinen, Oktopus, gefüllten Auberginen, Oliven und Brot, wie sie es noch nie gesehen hatte.

Ella bedankte sich wiederholt bei dem Kellner, bevor sie sich fragte, wie sie all die Köstlichkeiten schaffen sollte, ohne zu platzen.

Nach dem Essen schlenderte Ella, ihre Tasche über der Schulter, langsam zum Markt hinunter, dankbar für den kleinen Spaziergang. Es waren ihr noch weitere kleine Teller mit Essen aus der Küche geschickt worden, sodass sie schon angefangen hatte, sich zu fragen, ob es überhaupt jemals aufhören würde.

Der Markt war nicht schwer zu finden, und als sie an den Ständen entlangging, bestaunte sie die größte Auslage von Oliven, die sie jemals gesehen hatte, sowie Gemüse, Brot und frische Meeresfrüchte. Aber sie hielt erst an, als sie vor dem Obststand angekommen war. Obwohl sie wusste, nach wem sie suchte, war sie sich noch nicht sicher, was sie sagen wollte. Sie griff nach dem Foto in ihrer Tasche, nahm es heraus und hielt es an ihre Brust, als sie sich der Verkäuferin näherte.

»Entschuldigen Sie«, sagte sie und lächelte die Frau an, die ungefähr in ihrem Alter war. »Man hat mir gesagt, dass Sie vielleicht die Frau auf diesem Foto wiedererkennen.« Sie zögerte.

Die Frau nickte höflich und nahm das Foto entgegen. »Oh, Sie wollen bestimmt mit meiner Großmutter sprechen. Einen Augenblick bitte.«

Ella blieb stehen, wartete nervös auf ihre Rückkehr und betrachtete die angebotene Ware. Sie hatte keine Kopie des Fotos und wünschte, es nicht aus der Hand gegeben zu haben, ohne der Verkäuferin erklärt zu haben, welche Bedeutung es für sie hatte. Andere Leute kamen vorbei und besahen das Obst, manche nahmen Pfirsiche und Aprikosen in die Hand, um sie zu begutachten. Ella entschloss sich, ebenfalls ein paar Früchte auszusuchen, während sie wartete. Die frischen Feigen gefielen ihr besonders.

Als sie aufblickte, bemerkte sie, dass auf der anderen Seite des Stands inzwischen drei Frauen standen und sie ansahen – vermutlich drei Generationen derselben Familie. Plötzlich waren die Feigen völlig unwichtig geworden.

»Ist sie das?«, fragte die zweitälteste Frau und zeigte auf Ella. Sie war offenbar die Mutter der jungen Verkäuferin.

Diese nickte, bevor sie sich wieder ihren Kunden zuwandte, und Ella legte die Früchte, die sie ausgesucht hatte, aus der Hand.

»Man hat mir gesagt, dass Sie die Frau und das Mädchen auf dem Foto möglicherweise kennen?«

Die Großmutter hob die Hand und bedeutete Ella mitzukommen, und sie folgte den beiden Frauen ein paar Schritte weiter in den Schatten eines Hauseingangs.

»Meine Mutter möchte wissen, warum Sie fragen.«

Ella holte tief Luft und blickte zwischen den beiden Frauen hin und her. »Ich glaube, dass diese Dame«, sagte sie und zeigte auf das Foto, das die Großmutter in ihren knorrigen Fingern hielt, »meine Urgroßmutter ist. Dieses Foto hat die Frau hinterlassen, die meine Großmutter geboren hat.«

Sie wartete darauf, dass ihre Worte übersetzt wurden, und war überrascht, als die Großmutter ihre Hand nahm und sie drückte.

»Sie sollen wissen, dass es sich bei der Dame auf dem Foto um Maria Konstantinidis handelt.«

»Ich habe gehört, dass sie hier vielleicht mit ihrer Familie Urlaub machte?«, fragte Ella. »War dieses Mädchen ihre Tochter?«

»Sie haben hier häufig Urlaub gemacht. Aber Maria kam vor vielen, vielen Jahren auf tragische Weise ums Leben, als ihre Tochter noch beinahe ein Kind war.«

Ella konnte ihre Überraschung nicht verbergen. »Ich verstehe nicht – ist dann dieses Foto kurz vor ihrem Tod aufgenommen worden?« Sie war verwirrt – wie konnte diese Frau vor so langer Zeit gestorben sein? Konnte das alles ein Irrtum sein? Wenn sie schon, bald nachdem das Foto aufgenommen worden war, verstorben war, wie passte ihre eigene Großmutter dann in die Geschichte?

»Es war eine schreckliche Tragödie«, sagte die alte Frau plötzlich auf Englisch mit starkem Akzent. »Der

Name ihrer Tochter war Alexandra, aber ihr Vater floh aus Griechenland, als die königliche Familie ins Exil gezwungen wurde. Er hatte eng mit dem König zusammengearbeitet.«

»Haben Sie jemals etwas darüber gehört, was aus ihrer Tochter geworden ist? Aus Alexandra?«, fragte sie und zeigte auf das Mädchen auf dem Foto. »Was geschah mit ihr, nachdem sie Griechenland verlassen hatte?«

Diesmal lächelten beide Frauen, aber es war die jüngere, die antwortete.

»Alexandra Konstantinidis war viele Jahre lang fort, aber sie kam als junge Frau zurück, um zu heiraten. Alexandra kam nach Hause.«

Ella nahm das Foto wieder an sich, als die Frau es ihr entgegenhielt. »Nach Griechenland?«

»Auf die Inseln«, sagte die alte Frau. »Bis heute lebt sie in Alonnissos, in einem Haus, das ursprünglich ein Geschenk der königlichen Familie an ihre Mutter war. Es war kein Geheimnis, dass Maria vor ihrem Tod eine der engsten Freundinnen und Vertraute der Königin war.«

»Alonnissos?«, wiederholte Ella, doch der Name war ihr nicht geläufig. »Ist das weit weg?«

»Zwanzig Minuten mit der Fähre«, sagte die junge Frau vom Obststand, die nun herangekommen war und Ella eine Tüte mit Nektarinen hinhielt. »Die Fähre geht dreimal am Tag. Sie können ihr Haus nicht verfehlen. Es ist das größte auf der Insel.«

Ella sah von einer der Frauen zur anderen, bevor sie die Tüte mit den Früchten nahm und das Foto wieder in ihrer Tasche verstaute.

»Danke«, sagte sie. »Ganz herzlichen Dank für das Obst und für die Informationen. Es bedeutet mir wirklich sehr viel.«

»Ich hoffe, Sie finden, wonach Sie suchen«, sagte die junge Frau. »Sie sehen ihr ähnlich, wissen Sie. Sie haben etwas an sich, das mich an die Frauen der Familie Konstantinidis erinnert.«

Ella wusste nicht, was sie sagen sollte, aber sie lächelte, bevor sie sich abwandte und den Weg zurückeilte, auf dem sie gekommen war. Vergessen waren die Lebensmittel, die sie eigentlich hatte einkaufen wollen.

Alexandra Konstantinidis. In welcher Verbindung könnte sie zu dieser Frau stehen? Und durfte sie, Ella, tatsächlich einfach so die Fähre nehmen und bei ihr zu Hause auftauchen, mit einem Foto in der Hand? Aber wenn diese Frau das Bindeglied zu der geheimen Vergangenheit ihrer Familie war, dann würde die Tatsache, dass sie, Ella, im Besitz dieses Fotos war, für diese Alexandra doch eine Bedeutung haben? Falls allerdings die Verbindung zu ihrer Mutter führte, wusste sie vielleicht genauso wenig darüber.

Ella holte ihr Handy hervor, um zu sehen, ob Gabriel geantwortet hatte, aber da war noch immer nichts von ihm, also steckte sie es zurück in die Tasche. Trotz einiger Zweifel weigerte sie sich, sich davon ernüchtern zu lassen. Sie hatten vor, nach ihrer Reise und seiner Tournee dort weiterzumachen, wo sie aufgehört hatten, und er war damit beschäftigt, sich auf die größte Chance seiner Karriere vorzubereiten. Sie hingegen wollte sich darauf konzentrieren, warum sie überhaupt nach

Griechenland gekommen war. Sie hatte jetzt einen Namen, an den sie sich halten konnte, was bedeutete, dass sie möglicherweise tatsächlich imstande sein würde, wenigstens einen Teil des Rätsels zu lösen. Nun, angeblich sah sie den Frauen auf dem Foto ähnlich … sie fuhr sich mit den Fingern durch ihre Locken. Sie mochte das dunkle Haar haben, aber ob sie tatsächlich eine Verwandte dieser Alexandra Konstantinidis war? Das war unmöglich, oder?

* * *

Gabriel? »Gabriel!«

Sie rannte an der Hafenmauer entlang und nahm die Sonnenbrille ab, um ganz sicher zu sein, dass sie keine Gespenster sah. Und da stand er mit einem Lächeln auf dem Gesicht und streckte einen Arm nach ihr aus, während er mit dem anderen seine Reisetasche hielt. Sie war auf dem Heimweg stehen geblieben, um zu beobachten, wie die Fähre anlegte und ihre Passagiere entließ, und hatte darüber nachgedacht, welche Fähre wohl nach Alonnissos fuhr. Nur deshalb hatte sie ihn überhaupt entdeckt.

»Ich kann nicht glauben, dass du hergekommen bist!«, rief sie, als sie auf ihn zuging.

»Wenn ein hübsches Mädchen mich bittet, sie auf den griechischen Inseln zu besuchen, wie könnte ich da Nein sagen?«

Ella warf sich in seine Arme, schlang ihre Arme um seinen Hals und drückte ihn, bevor sie sich ein wenig zurücklehnte. Er küsste sie, ohne zu zögern, und seine Lippen waren so weich und warm wie die Sonne, die auf sie herabschien. Sie hob die Hand und legte ihre Handfläche an seine Wange, konnte kaum glauben, dass er wirklich da war. Nur einen Augenblick vorher hatte sie sich gefragt, ob er vielleicht nicht dasselbe für sie empfand wie sie für ihn, und jetzt stand er leibhaftig vor ihr.

»Ich muss dir so viel erzählen! Ich habe große Fortschritte mit dem Foto gemacht, aber –« Gabriels Miene ließ sie mitten im Satz innehalten. »Warum grinst du so?«

»Weil ich glaube, dass ich weiß, wer unser mysteriöser B ist.«

Ella stemmte ihre Hände in die Hüften. »Das glaube ich nicht.«

»Ich bin nicht den ganzen Weg hergekommen, nur um Urlaub zu machen«, sagte er und schlang einen Arm um ihre Schulter. »Ich habe die letzten paar Tage damit verbracht, alle, die ich kenne, zu fragen, ob die Mitteilung ihnen etwas sagt, und heute Morgen habe ich schließlich jemanden gefunden, der zumindest einen Teil des Rätsels aufklären konnte.«

19

»Also, wie lange willst du mich noch auf die Folter spannen?«

Ella und Gabriel gingen nebeneinander über die Mole und am Meer entlang auf dem Weg zurück zum Haus. Sie konnte nicht aufhören, ihn heimlich anzusehen, weil es ihr noch immer schwerfiel zu glauben, dass er tatsächlich da war. Sie war offenbar nicht zu weit gegangen, als sie ihn gefragt hatte, ob er zu ihr kommen wollte … Wie hatte sie nur jemals daran zweifeln können, dass er genauso mit ihr zusammen sein wollte wie sie mit ihm?

»Erinnerst du dich, dass ich dir erzählt habe, dass unser erster Geiger aus gesundheitlichen Gründen eine Zeit lang nicht da war?«

Sie nickte. »Ja, und du wolltest ihn bitten, sich das Notenblatt anzusehen, wenn er wieder zurück ist.«

Gabriel grinste. »Also, er ist älter als die meisten anderen Musiker. Vielleicht etwas über sechzig, glaube ich.« Er hielt inne. »Hast du das Notenblatt bei dir?«

»Nur das Foto. Die Noten habe ich im Haus gelassen.«

»Nun, er glaubt, dass B für einen sehr berühmten Cellisten aus den 1970ern und 80ern mit Namen Bernard Goldman steht. Er war zunächst Mitglied im London Luminary Ensemble, bevor er über zwei Jahrzehnte lang im London Symphony Orchestra spielte. Nachdem er in den Ruhestand ging, hat er talentierte junge Cellisten unterrichtet. Unser erster Geiger hat mich mit einem alten Freund in Kontakt gebracht, der mir bestätigt hat, dass es sich tatsächlich um Bernards Handschrift handelt.«

Ella blieb stehen, hielt sich schützend die Hand über die Augen und starrte Gabriel an.

»Ernsthaft? Du meinst wirklich, dass dieser B ein berühmter Cellist namens Bernard war?«

»Ja. Der Freund hat sowohl die Handschrift als auch die typische Verwendung des Buchstabens B wiedererkannt, mit dem er seine Nachricht unterschrieben hat. Er sagte, dass Bernard auf den Notenblättern seiner Schüler Notizen gemacht hat, besonders, wenn sie sich auf ein wichtiges Vorspiel vorbereiteten, und er hat einen ehemaligen Kollegen angerufen, der noch ein Blatt mit einer persönlichen Nachricht in der Ecke aufgehoben hatte.«

Gabriel grinste. »Ich habe die beiden Blätter nebeneinandergelegt, und sie passten eindeutig zusammen.«

Ella wusste, dass ihr der Mund offen stand. »Ich fasse es nicht. Ehrlich, ich kann wirklich nicht fassen, dass du die Verbindung gefunden hast.«

»Ich auch nicht, aber er muss es sein, meinst du nicht? Es wäre sonst einfach ein zu großer Zufall.«

»Und wusste diese Person sonst noch etwas über ihn? Wo er gewohnt hat oder etwas über seine Familie, oder ...«

»Nein. Er sagte, er hätte ihn das letzte Mal auf einer Feier anlässlich seiner Pensionierung gesehen, vor mindestens zehn Jahren in London«, erwiderte Gabriel. »Das Einzige, was er mir sagen konnte, war, dass seine Schüler ihn sehr geliebt haben, dass er eine sehr ruhige, ermutigende Art hatte und dass er, wenn er spielte, alle in seinen Bann zog.«

Ella fing übermütig an zu lachen. Wie war es gekommen, dass sie zuerst überhaupt nichts wusste und jetzt innerhalb von ein paar Stunden plötzlich zwei vielversprechende Spuren hatte?

»Es kam mir vor, als hätte ich die sprichwörtliche Nadel im Heuhaufen gefunden. Kannst du das glauben?«

Sie schüttelte den Kopf. »Genauso, wie ich nicht glauben kann, dass ich nur ein paar Inseln von der Frau auf dem Foto entfernt bin.«

Gabriels Augen weiteten sich. »Hast du herausgefunden, wer sie ist?«

Sie hakte sich bei ihm unter, und sie setzten ihren Weg fort, wobei sie den Kopf an seine Schulter legte. »Das habe ich. Zumindest glaube ich das, wenn die Einheimischen, mit denen ich eben gesprochen habe, recht haben.«

»Unglaublich, wie gerade alles Gestalt annimmt, Ella. Hierherzukommen war genau das Richtige.«

Sie lächelte und zog ihn näher an sich. »Glaub mir, ich kann es auch nicht fassen.«

Sobald sie zurück im Haus waren, wollte sie die Frauen der Familie Konstantinidis googeln und alles über sie herausfinden, was es zu finden gab. Jetzt würde sie auch nach Bernard Goldman suchen müssen. Sie hatte keine Ahnung, in welcher Beziehung sie zueinander standen, aber sie war fest entschlossen, es herauszufinden.

Es stellte sich heraus, dass googeln nicht das *Erste* war, was Ella tat, als sie wieder im Haus war. Etwa eine Stunde später saß sie im Bett, Kissen hinter dem Rücken und das Handy in der Hand. Gabriel lag im Halbschlaf neben ihr, eine Hand auf ihrem Bein, während sie sich durch die Geschichte der griechischen Monarchie und ihren Untergang scrollte.

»Irgendetwas Interessantes?«, fragte er, gähnte und rollte dichter an sie heran.

»Nun, nur dass die Königsfamilie und diejenigen, die ihr nahestanden, Griechenland verlassen mussten. Und dass die Monarchie schließlich abgeschafft wurde«, antwortete sie, während Gabriels Finger über ihren Arm strichen. »Oh, danach habe ich gesucht!« Gabriel setzte sich auf und beugte sich über ihre Schulter, um auf das Display zu sehen.

»Die Ehefrau von Nicholas Konstantinidis, einem der vertrautesten Ratgeber des Königs, kam gestern Nachmittag bei einem tragischen Reitunfall ums Leben. Sie wurde von ihrem langjährigen Stallmeister gefunden, als sie von einem Ausritt nicht zurückkehrte. Maria Konstantinidis war in ihrer Jugend griechische

Meisterin im Springreiten, die sämtliche ihrer männlichen Konkurrenten geschlagen hatte und dann bekanntlich erklärte, dass sie diesen Sport für niemanden aufgeben würde, nicht einmal für ihren Ehemann. Nach der Geburt ihres ersten und einzigen Kindes gab sie das Turnierreiten jedoch auf«, las sie vor. »Sie hinterlässt eine zwölfjährige Tochter, Alexandra, die offenbar am Tag des tödlichen Unfalls nicht bei ihrer Mutter war. Auch wenn die beiden früher gemeinsam in den Ställen gesehen worden waren, war Miss Konstantinidis offenbar keine so leidenschaftliche Reiterin wie ihre Mutter.«

Gabriel drehte sich kurz weg, und als sie zu ihm hinüberblickte, sah sie, wie er nach der Fotografie neben dem Bett griff.

»Ist sie das?«, fragte er. »Die ältere der beiden?«

Sie tippte das Foto auf ihrem Handy an und verglich es mit dem Foto in seiner Hand. »Ich glaube schon«, sagte sie. »Ich meine, hierauf ist sie zurechtgemacht im Vergleich mit diesem, das sie ganz entspannt im Urlaub zeigt, aber ich glaube, es handelt sich um dieselbe Frau.« Ella sah in die Augen von Mutter und Tochter, traurig jetzt, wo sie um die Tragödie wusste, die ihnen zugestoßen war. Wenn aber die ältere der beiden Frauen gestorben war, in welcher Beziehung stand dann ihre Großmutter zu einer der beiden?

Gabriel beugte sich vor. »Sie ist es definitiv. Wir sollten nach einem Foto der Tochter suchen, aber …«

Ella tippte auf das nächste Foto. Es handelte sich zweifellos um Mutter und Tochter.

»Ich kenne sie nicht einmal, aber trotzdem bin ich so traurig, dass sie ihre Tochter nicht hat aufwachsen sehen.« Ella begann, weitere Suchergebnisse zur Familie Konstantinidis durchzugehen, wollte so viel wie möglich über sie wissen.

»Warum suchst du nicht nach diesem Bernard und guckst, was du über ihn finden kannst?«

Doch dann nahm Gabriel ihr schwungvoll das Handy aus der Hand und ließ es zur Seite fallen, griff nach ihren Handgelenken, führte sie über ihrem Kopf zusammen und hielt sie spielerisch fest.

»Weißt du was?«

»Was?«, fragte sie und biss sich auf die Unterlippe, um nicht herauszulachen.

»Mir fällt etwas Besseres ein, was wir tun könnten.«

»Tatsächlich?«, grinste sie, als er den Kopf senkte, um ihr einen Kuss aufs Schlüsselbein zu geben, und sich dann ihren Hals hinaufzuküssen.

Er löste seinen Griff um ihre Handgelenke, aber sie blieb unverändert liegen, zufrieden, seine federleichten Berührungen zu empfangen.

»Habe ich dir schon gesagt, dass ich nur für drei Tage hier bin?«, murmelte er. »Dann muss ich nach London zurück. Ich finde, die Recherche kann warten.«

Ella seufzte, als sie die Arme um ihn schlang. Sie hatte nicht die Absicht, ihm zu widerstehen, nicht, wenn er nur für so kurze Zeit hier war. Die Hinweise liefen ihr schließlich nicht davon.

* * *

Ella kam aus dem Badezimmer, in ein Handtuch gewickelt, und ihr Haar fiel nass auf ihre Schultern. Gabriel war in die Küche gegangen, um Kaffee zu kochen, aber anstatt ihr einen dampfenden Becher nach oben zu bringen, schien er verschwunden zu sein.

Sie ging nach unten und entdeckte ihn draußen, wo er sich ihr Gemälde ansah.

»Was denkst du?«, fragte sie, überrascht, wie verlegen es sie machte, dass er ihr Werk sah.

Gabriel drehte sich um, und seine Augen leuchteten. »Es ist toll. Ich kann dir gar nicht sagen, wie glücklich es mich macht, dass du hier etwas so Unglaubliches geschaffen hast.« Er lächelte. »Fühlt es sich so gut an, wie du gedacht hast, wieder zu malen?«

Sie stellte sich neben ihn. »Es war, als ob ich es so lang zurückgehalten hatte, dass ich, als ich erst einmal den Pinsel wieder in der Hand hielt, überhaupt nicht mehr aufhören konnte.«

»Es ist schön, Ella. Einfach wunderschön.«

»Danke.«

Sie standen noch einen Augenblick da und sahen sich das Bild an.

»Das habe ich dir zu verdanken«, sagte sie schließlich. »Immerhin hast du mir gesagt, ich sollte herfahren, du hast mich ermutigt, wieder meinen Träumen zu folgen …« Sie atmete tief durch. »Danke, dass du an mich geglaubt hast.«

Er drehte sich zu ihr um und legte seine Hände auf ihre nackten Schultern. »Behaupte nicht, dass du nicht bereits daran gedacht hattest herzukommen, lang bevor ich es dir vorgeschlagen habe.«

Sie lachte. »Ich hatte daran *gedacht,* aber ich hätte es niemals getan, wenn du mich nicht dazu angeregt hättest.«

»Nun, dann hoffe ich, dass du planst, den Rest deiner Zeit hier mit Malen zu verbringen. Was du bisher geschaffen hast, ist etwas ganz Besonderes«, erwiderte er. »Wirst du es in der Galerie ausstellen, wenn du zurück bist?«

»In der Galerie?« Ihre Antwort kam mehr als Aufschrei denn als gesprochenes Wort. »Nein, auf keinen Fall. Ich bin Hobbymalerin, sonst nichts.«

Er schüttelte den Kopf. »Du bist zu streng mit dir, Ella. Du hast ein Talent, das es verdient, genährt zu werden, und das du der Welt zeigen solltest.«

Sie sah sich ihr Gemälde noch einmal an, wobei sie seine Worte erst einmal sacken ließ. Wenn sie doch nur mutig genug wäre, ihm zu glauben.

»Ich glaube, es hat mir besser gefallen, als wir noch über mein Familiengeheimnis gesprochen haben.«

Er lachte leise. »Nun, was das betrifft, habe ich noch eine tolle Idee.«

Sie stöhnte auf. »Was ist es diesmal?«

Er schlang den Arm um sie und führte sie an dem Bild und der hübschen Glyzinie vorbei, sodass sie beide aufs Meer hinausblickten. Es hatte auch heute wieder das zauberhafteste Blau, das sie jemals gesehen hatte, ein Anblick, den man stundenlang genießen und in dem man sich verlieren konnte.

»Du hast mir erzählt, dass Alexandra Konstantinidis weniger als zwanzig Minuten Bootsfahrt entfernt wohnt«, sagte er und stellte sich hinter sie, sein Kinn auf ihrer Schulter, als er mit ihr gemeinsam auf das Wasser hinausblickte. »Ich finde, du solltest sie doch schon sehr bald besuchen.«

Ella schwieg und lehnte sich an Gabriel.

»Dies ist deine Gelegenheit, das Rätsel ein für alle Mal zu lösen«, meinte er. »Ich glaube, du würdest es ewig bereuen, wenn du es nicht versuchen würdest. Wer weiß? Vielleicht kann sie dir ja genau sagen, wie deine Familie mit ihrer in Beziehung steht.«

»Oder sie könnte mir die Tür vor der Nase zuschlagen und mich für verrückt halten.«

Gabriel küsste ihre Wange. »Das könnte sein. Aber ist es das Risiko nicht wert?«

Er hatte recht, natürlich hatte er recht, aber die Idee, unangekündigt auf der Schwelle einer Fremden aufzutauchen und ihr zu sagen, dass sie vermutete, sie wären miteinander verwandt … Sie seufzte und drehte sich in Gabriels Armen herum, beschloss, sich noch ein bisschen mit ihm abzulenken.

Sie konnte doch morgen noch entscheiden, was sie tun sollte. Heute würde sie jeden Augenblick mit dem Mann auskosten, der alles hatte stehen und liegen lassen, um für drei Tage nach Griechenland zu reisen und bei ihr zu sein.

20

London, 1973

Alexandra strich mit den Fingern über Bernards nackte Brust, über die spärlich verstreuten Härchen und über seine Schulter, erforschte seine Haut. Er hatte sich auf einen Ellbogen aufgestützt und sah auf sie herunter, und als ihre Finger innehielten, streifte er ihre Lippen mit einem Kuss. Vor ihm war sie noch nie mit einem Mann zusammen gewesen und hätte sich am liebsten stundenlang in seiner Aufmerksamkeit und Verehrung gesonnt, zufrieden damit, sich an ihn zu kuscheln.

Sie würde bald gehen müssen, um rechtzeitig zu Hause zu sein, aber alles, was sie wollte, war in seinen Armen geborgen zu sein. Sie hatten ihrer Tante erzählt, dass sie mit Bernards Freunden essen gehen würden, aber stattdessen waren sie in seine Wohnung gegangen, um jeden Augenblick der Zweisamkeit auszukosten.

»Ich habe gehört, du machst unglaubliche Fortschritte mit deiner Ausbildung«, sagte er zwischen zwei Küssen. »Du bist ein kommender Star.«

»Ich glaube, du übertreibst. Von wem hast du das gehört?« Sie gab ihm einen Klaps, aber ihre Wangen röteten sich angesichts seines Lobes.

»Das habe ich von deinem Lehrer gehört«, sagte er lachend, wobei er mit seinen Fingern über ihre Haut streichelte. »Also muss es stimmen. Er sagt, er wäre überrascht, dass dein früherer Lehrer dein Talent nicht erkannt hat, und um ehrlich zu sein, ich bin es auch.«

Alexandra sagte nichts dazu. Ihr früherer Lehrer war ihr genug gewesen, war aber eben nicht vergleichbar mit dem Unterricht, den Bernard für sie organisiert hatte. Sie sah Franz zweimal die Woche, und er erwartete nichts weniger als Perfektion, drängte sie ständig, schwierigere Kompositionen zu versuchen, weshalb sie jeden Tag stundenlang übte. Sie war glücklicher als je zuvor, weil sie etwas tat, das sie so sehr liebte, war sich aber nicht sicher, ob das Lob, das sie bekam, auch gerechtfertigt war. Da war immer eine kleine Stimme in ihrem Kopf, die sagte, dass Franz sich mit ihr nur solche Mühe gab, um Bernard einen Gefallen zu tun.

»Eines Tages werden die Orchester auf der Welt weiblichen Musikern offenstehen, und wir gehen zusammen auf Welttournee«, sagte Bernard, während er ihr über das Haar strich. »Dann können wir uns aussuchen, welches Land uns interessiert, und an den schönsten Orten spielen. Ich sehe uns schon, das perfekte Musikerpaar.«

»Ich wollte immer schon Wien kennenlernen«, gestand Alexandra, und ihre Gedanken wirbelten zu all den Orten, an die sie reisen wollte. »Es scheint mir einer der romantischsten Orte der Welt zu sein.«

»Dann werden wir unser Augenmerk auf die Wiener Philharmoniker richten und in einer Wohnung mit Blick auf den Karlsplatz leben«, antwortete er.

Alexandra stöhnte, legte sich auf den Rücken und starrte die Decke an. »Du solltest mir nicht solche Flausen in den Kopf setzen. Das ist unfair.«

Bernard zog die Bettdecke hoch, um sie beide zuzudecken, rollte sich über sie, stützte sich auf die Ellbogen und sah auf sie herunter, wobei seine Arme ihr Gesicht einrahmten.

»Das sind keine Flausen, Alex. Wir werden keine anderen Pflichten haben, nichts wird uns davon abhalten, dort hinzugehen, wohin wir wollen und wann wir es wollen. Nur du und ich, die Welt wird uns zu Füßen liegen.« Er schüttelte leicht den Kopf. »Ich hoffe, dass du mir glaubst, wenn ich dir sage, dass du eines Tages eine der erfolgreichsten Violinistinnen Londons sein könntest.«

Er küsste sie, seine Lippen verweilten auf ihren. Als sie ihn danach ansah, begriff sie, dass er tatsächlich meinte, was er sagte, ob sie ihm glaubte oder nicht. Sie verlor sich in seinem Blick und wusste, dass, wenn sie heute Nacht die Augen schloss, sie sich an diesen Moment erinnern würde, wie er sie jetzt gerade ansah. Seine Iriden waren ein grün geflecktes Braun, das einzigartigste Haselnussbraun, das sie jemals gesehen hatte, und irgendwie schienen seine Augen immer zu tanzen, wenn er sie ansah.

»B, was, wenn ich gar nicht so begabt bin, wie du glaubst?«, fragte sie. »Was, wenn du wie ein Vater bist, der davon überzeugt ist, dass sein Kind von allen das beste ist, obwohl es in Wirklichkeit gerade mal mittelmäßig ist?«

Bernard lachte sie aus, als hätte sie etwas ganz und gar Albernes von sich gegeben. »Warum fällt es dir so schwer, an dein Talent zu glauben? Du bist eine der begabtesten Violinistinnen, die ich je habe spielen hören. Du legst dein ganzes Herz und deine ganze Seele in deine Musik, und Franz würde dich nicht unterrichten, wenn er mir darin nicht zustimmen würde. Ich weiß nicht, wann er zuletzt einen neuen Schüler angenommen hat, aber er widmet seine Zeit nur Schülern, die er für wirklich vielversprechend hält.«

Sie sah zu ihm auf, fuhr mit ihren Fingern durch sein Haar, bevor sie ihn zu sich herunterzog, um ihn wieder zu küssen.

»Denk nicht so viel darüber nach«, flüsterte Bernard ihr ins Ohr, küsste sich ihren Hals hinunter bis zu ihrem Schlüsselbein, zu dem intimen Ort, an dem sie ihre Violine anlegte. »Glaub mir einfach, wenn ich dir sage, dass du eines Tages auf der Bühne stehen und die Vorstellung deines Lebens geben wirst, und dass das Publikum den Blick nicht von dir abwenden wird.«

»Hör auf«, flüsterte sie, schüttelte den Kopf und glaubte ihm kein Wort.

»Ich höre nicht auf, nicht, bis du dich selbst so siehst, wie ich dich sehe. Wie andere dich sehen.«

Seine Küsse wurden fordernder, und sie schlang die Arme um seinen Hals, um ihn noch näher an sich zu ziehen.

»Ich muss gehen«, stöhnte Alexandra. »Du weißt doch, dass mein Onkel mich nie wieder mit dir weggehen lässt, wenn ich nicht rechtzeitig zu Hause bin.«

Bernard ignorierte sie, und schon bald hatte Alexandra völlig vergessen, wann sie zu Hause sein sollte, verlor sich in Bernards Fingerspitzen auf ihrer Haut und in seinen Zärtlichkeiten.

21

Am nächsten Tag ging Alexandra die Treppe hinunter, und ihre Hand streifte leicht über das Geländer. Sie lächelte, als sie sich daran erinnerte, wie sie vor Jahren erfolglos versucht hatte, dieses Geländer herunterzurutschen, in dem verzweifelten Versuch, ihre Cousins zu schlagen, die viel mehr Übung darin hatten. Sie war ungeschickt und mit einem lauten Aufprall unten aufgekommen und hatte noch in Erinnerung, wie ihr Onkel aus dem Esszimmer gekommen war, sie angestupst und ihr geraten hatte, noch etwas an ihrer Landetechnik zu arbeiten. Ihr eigener Vater hingegen hätte sie mit zornesrotem Gesicht auf unbestimmte Zeit in ihr Zimmer verbannt, und es waren ebendiese Unterschiede zwischen den beiden Männern, die sie oft nachdenklich machten.

»Alex?«

Sie rannte die letzten paar Schritte den Flur entlang und fand ihre Tante und ihren Onkel bereits am Esstisch vor. Sie setzten sich häufig vor dem Abendessen zu einem Drink zusammen, und sie liebte es, ihnen dabei zu-

zuhören, wie sie einander von ihrem Tag erzählten. Heute Abend schienen sie jedoch nicht so heiter zu sein wie gewöhnlich.

»Ist alles in Ordnung?«, fragte sie. »Ich hoffe, ich bin nicht zu spät zum Essen?«

Belle war noch nicht da, aber Belle neigte dazu, immer zu spät zu kommen.

»Nein, natürlich nicht, wir wollten dich nur informieren, was in Griechenland geschieht«, sagte ihre Tante.

»Oh?« Sie setzte sich ihnen gegenüber an den Tisch und beobachtete ihre Gesichter. Zu ihrer Überraschung wechselten sie ernste Blicke, als wollten sie entscheiden, wer ihr die Neuigkeiten überbringen sollte, bevor ihr Onkel sich schließlich räusperte und anfing zu sprechen.

»Alex, es hat eine bedeutungsvolle Entwicklung bezüglich der Monarchie gegeben«, sagte er. »Hast du die Nachrichten über die politische Entwicklung in Griechenland verfolgt?«

Sie lehnte sich auf ihrem Stuhl zurück, erleichtert darüber, dass die Sorgen sich auf ein ganzes Land bezogen und nicht auf sie oder ihre Cousins. »Nein, das habe ich nicht. Ich muss gestehen, dass ich weder hier noch dort auf dem Laufenden bin, was politische Nachrichten angeht.«

»Es gab eine Volksbefragung, und die überwältigende Mehrheit hat für die Abschaffung der Monarchie gestimmt. Stattdessen soll eine Republik gegründet werden«, erklärte ihr Onkel. »König Theodor wird heute Abend live eine Rede im Nationalfernsehen halten, die in ganz Griechenland ausgestrahlt wird, aber, Liebes, man hat ihm jetzt schon seinen Titel aberkannt. Die Monarchie in Griechenland gibt es praktisch nicht mehr.«

Alexandra musste diese Neuigkeit erst einmal verdauen. Der König tat ihr ein bisschen leid, schließlich war er immer nett zu ihr gewesen, wenn sie ihn getroffen hatte. Sie fragte sich, wie das Leben seiner Familie wohl nun aussehen würde.

»Also werden sie in London im Exil bleiben?«, fragte sie, noch immer nicht ganz sicher, was das Ganze mit ihr zu tun hatte.

»Das nehme ich an, obwohl er den Wunsch geäußert hat, nach Griechenland zurückzukehren«, erwiderte ihre Tante. »Es scheint, als wollte er einfach nur nach Hause zurückkehren, gleichgültig, ob als König oder nicht.«

»Obwohl man ihn öffentlich gewarnt hat, dass es nicht klug wäre zurückzukommen, zumindest nicht, bevor beträchtlich mehr Zeit vergangen ist. Viele Griechen sind froh, dass der König und seine Familie im Exil sind. Im ganzen Land wird auf den Straßen und Plätzen gefeiert.«

»Das muss ein großer Schock für die Familie sein«, sagte Alexandra vorsichtig und sah zwischen ihrer Tante und ihrem Onkel hin und her, »aber ihr scheint euch Sorgen zu machen. Meint ihr, dass mich das irgendwie betrifft? Ist mein Vater nach so langer Zeit noch immer Berater des Königs?«

Sie hatte oft daran gedacht, nach Athen zurückzukehren, hatte sich gefragt, ob sie mit ihrer Tante und ihrem

Onkel dort hinreisen könnte, um ihr altes Zuhause zu sehen und die Orte ihrer Kindheit aufzusuchen. Um das Grab ihrer Mutter zu besuchen, zu sehen, ob ihre Pferde noch in den Ställen standen, um ein paar Dinge mitzunehmen, die sie bei ihrer hastigen Abfahrt vor all den Jahren dort zurückgelassen hatte, falls das überhaupt möglich wäre.

»Wir machen uns große Sorgen darüber, was das für deinen Vater bedeuten könnte«, erklärte ihre Tante.

»Meinen Vater?« Sie würde sich ganz sicher keine Sorgen um ihren Vater machen, nicht, nachdem er offensichtlich nicht die geringste Absicht hatte, sich irgendwelche um sie zu machen.

»Ich weiß, er hat keinen Kontakt mit dir, aber wir haben uns immer Mühe gegeben, in Erfahrung zu bringen, wo er ist und wie es ihm geht.«

»Wie es ihm *geht?*«, erwiderte sie. »Verschwendet bitte eure Zeit nicht damit, euch ausgerechnet um ihn zu sorgen. Ich fange nach all den Jahren ganz sicher nicht damit an.«

»Aber Alex, das hier könnte ihn finanziell treffen, ganz zu schweigen davon, dass es auch ihn möglicherweise daran hindert, nach Griechenland zurückzukehren«, sagte ihr Onkel. »Es würde uns sehr leidtun, wenn du hierin verwickelt werden würdest. Wenn er überraschend zurückkäme, weil er, nun, weil er deinen Beistand braucht. So wie ich seinen Ehrgeiz kenne, kann ich mir vorstellen, dass er alles daransetzen wird, sich für ein Amt in der neuen Regierung zu empfehlen.«

»Meinen Beistand?«, fragte sie verblüfft. »Was meint ihr damit? Wie könnte ich ihm irgendwie da Beistand leisten?«

»Nun«, sagte ihre Tante und goss sich noch einen Drink ein. »Als du noch jünger warst, hat er deine Mutter einmal schrecklich damit verärgert, indem er vorschlug, du solltest eine gute Partie machen. Oder, um es offen zu sagen, eine finanziell lukrative Heirat. Eine, die ihm persönlich zum Vorteil gereichen würde.«

»Er hatte vor, mich zu verschachern wie ein Pferd?«, fragte sie lachend. »Nein danke, davon will ich nichts hören.«

Ihre Tante lächelte sie an. »Ich glaube, deine Mutter hat ihm eine ähnliche Antwort gegeben, wenn auch ihre Wortwahl vielleicht etwas schillernder war.«

»Das Letzte, was wir wollen, ist, dass du dir Sorgen machst«, fuhr ihr Onkel fort. »Aber wir müssen vorbereitet sein, falls dein Vater unerwartet hier auftaucht. Wenn er dich bittet, mit ihm zu kommen, oder wenn er versuchen will, nach Griechenland zurückzukehren, und sein einziges Kind an seiner Seite haben möchte, musst du darüber entscheiden. Wir unterstützen dich in jeder Entscheidung, die du triffst. Aber deine Mutter war in Athen wohlbekannt und hoch geachtet, und er könnte vorhaben, alle daran zu erinnern.«

»Du siehst ihr so ähnlich, Alex«, murmelte ihre Tante. »Manchmal muss ich zweimal hinsehen und mich vergewissern, dass du nicht sie bist.«

Alexandra brauchte nicht lange über ihre Worte nachzudenken. »Das hier ist jetzt mein Zuhause«, sagte sie nachdrücklich. »Das hier ist der einzige Ort, wo ich mich willkommen und als Teil einer Familie fühle, also ganz egal, was mein Vater angeblich von mir brauchen könnte, ich werde ganz sicher mit ihm nirgendwo hingehen, und ich werde mich auch nicht von ihm benutzen lassen, um seine Stellung in der Gesellschaft zu verbessern.«

Ihre Tante lächelte sie über den Tisch hinweg an. Und ihr Onkel strich sich über seinen Schnurrbart, aber sie konnte sehen, dass sie ihre Besorgnis zu verbergen suchten. Sie hatten so viel für sie getan und taten das auch weiterhin. Sie würde ihnen niemals für ihre Großzügigkeit danken können.

»Was habe ich verpasst?« Belle kam mit einem dramatischen Gesichtsausdruck ins Zimmer, als wäre eine wichtige Feier ohne sie losgegangen. »Warum die mürrischen Gesichter? Ist jemand gestorben?«

»In Griechenland ist die Monarchie abgeschafft worden«, sagte Alexandra, als Belle sich neben sie setzte.

»Oh, wie schade.« Belle schien nicht besonders an dieser Entwicklung interessiert zu sein, und Alex mochte sie wegen ihres Desinteresses nur noch mehr.

»Wisst ihr, ob Will heute mit uns isst?«, fragte ihre Tante.

Alexandra und Belle zuckten beide die Achseln.

»Nun, dann lasst uns anfangen. Wenn er noch kommt, können wir immer noch ein weiteres Gedeck auflegen lassen.«

Alexandra setzte sich zurück und hörte zu, während Belle und ihr Vater sich gutmütig über etwas zu zanken begannen. Sie lächelte ihre Tante an, die ihren Wein trank und sie nachdenklich ansah. Es war nicht leicht, Elizabeth aus der Ruhe zu bringen, aber etwas an der Nachricht von heute Abend hatte sie doch erschüttert.

Jedes Mal, wenn Alexandra an ihren Vater dachte, fühlte es sich an, als ballte sich ihr Magen zur Faust. Manchmal stockte ihr der Atem, wenn sie daran dachte, dass er zurückkommen könnte, um sie zu holen, obwohl sie mit den Jahren aufgehört hatte, sich darum zu sorgen. Am Anfang hatte sie jedes Mal Angst bekommen, wenn an der Haustür geklingelt wurde, aber als sie achtzehn geworden war, hatte sie geglaubt, dass er sie nicht mehr zwingen konnte, mit ihm zu gehen oder sonst etwas zu tun, das sie nicht wollte. Sie hoffte nur, dass dieser Glauben nicht naiv gewesen war. Wenn er jetzt käme, um sie zu holen, würde sie sich mit allen Kräften zur Wehr setzen, ganz gleichgültig, welche Absichten er hegte.

* * *

Am nächsten Abend saß Alexandra im Publikum und beobachtete das Orchester. Ihre Augen ruhten auf Bernard, sie konnte sich einfach nicht sattsehen, wenn er spielte. Wie er sich in der Musik verlor, wie sein ganzer Körper das Musikstück zu leben schien. Als das Konzert zu Ende war und sie sah, wie sich die Leute unterhielten und lachten, während sie von ihren Sitzen aufstanden, fragte sie sich, ob sie sich genauso gestärkt und lebendig fühlten wie sie. Ob das Publikum auch die Intimität der Musik so gespürt hatte.

Schließlich folgte Alexandra dem Strom der Menge ins Foyer und wartete dort auf Bernard. Sie hatte heute Abend großes Glück gehabt, dass er eine Eintrittskarte für sie gehabt hatte und das Konzert nicht ausverkauft gewesen war. Er hatte so getan, als gehörte sie zur Familie, damit sie zusehen und so viel lernen konnte wie nur möglich. Sie würde ihm nicht sagen, dass sie kaum auf die Violinisten geachtet hatte, weil sie so damit beschäftigt gewesen war, ihn anzusehen.

»Da bist du ja.«

Sie wandte sich um und fand sich in Bernards Armen wieder, und sein Mund traf ihre Lippen zu einem sanften Kuss. Alexandra ließ die Hände sein Hemd hinaufgleiten und zog ihn näher an sich heran, wobei sie ihm tief in die Augen sah.

»Du warst fantastisch«, murmelte sie. »Wie immer.«

Das Foyer war inzwischen beinahe leer, und Bernard küsste sie noch einmal, bevor er sie bei der Hand nahm und mit sich zog. »Komm, wir gehen noch was trinken, schließlich ist Samstagabend.«

Sie liebte es, wenn sie hinterher noch weggingen, und so begleitete sie ihn fröhlich nach draußen, wo schon einige der anderen Musiker warteten.

»Wenn das nicht unsere Turteltauben sind«, sagte einer von ihnen und stieß einen Pfiff aus. »Junge Liebe, hm?«

Sie grinste, und er zwinkerte ihr zur Antwort zu.

»Wo gehen wir hin?«, fragte sie.

»In ein neues Lokal«, antwortete er. »Da spielt eine Jazzband, und wir dachten uns, vielleicht bekommen wir die letzten paar Sets noch mit.«

Alexandra nickte, freute sich darauf, hinzugehen, wohin er wollte.

»Du kommst mir abgelenkt vor«, sagte Bernard und streichelte mit dem Daumen ihre Hand.

Alexandra wusste, dass sie ihm gegenüber nichts verheimlichen konnte und es nichts brachte, so zu tun, als wäre alles in Ordnung. »Ich habe an etwas gedacht, worüber meine Tante und mein Onkel gestern Abend gesprochen haben, das ist alles.«

Bernards Augenbrauen hoben sich. »Ist alles in Ordnung?«

»Die griechische Monarchie ist offiziell abgeschafft worden«, erzählte sie ihm. »Ich habe mir die Rede angehört, die der König an die Nation gehalten hat, und es war traurig, ihn so geschlagen zu sehen. Da waren tatsächlich Menschen auf der Straße, die schreckliche Dinge über ihn gesagt haben, aber er war sehr würdevoll und sagte, dass, wenn die Menschen eine Republik wollten, sie das Anrecht dazu hätten.«

»Es tut mir leid, das zu hören. Du hast nie von deiner Beziehung zu der königlichen Familie gesprochen, aber erinnere ich mich recht, dass sie jetzt in London leben?«

Sie nickte.

»Und was hat deine Tante und deinen Onkel beunruhigt? Machen sie sich Sorgen, dass du persönlich darin verwickelt werden könntest?«

Sie seufzte. »Sie machen sich Sorgen, dass mein Vater zurückkehren könnte, um mich zu holen. Dass er vielleicht nach Griechenland zurückkehren will, um unser Leben dort wiederaufzubauen.«

Bernard lachte. »Darling, du bist achtzehn, eine erwachsene Frau. Dein Vater kann dich nicht einfach so mitnehmen, als wärest du ein Kind.«

»Ich weiß, natürlich weiß ich das, aber mein Vater ...«

»Ist ein schwieriger Mensch. Wie meiner«, antwortete Bernard. »Aber wir können uns ohne die Zustimmung oder die Unterstützung unserer Väter ein Leben aufbauen, Alex. Ich verspreche dir, dass wir das können.«

Sie hielt seine Hand fester. »Ich weiß nicht, warum ich mir solche Sorgen mache. Vermutlich hat es etwas damit zu tun, dass meine Verwandten gesagt haben, dass er Geld brauchen könnte oder seine Position gegenüber der neuen Regierung verbessern will ...«

Bernard hob ihre Hand und küsste die Knöchel. »Zerbrich dir jetzt nicht mehr den Kopf darüber. Ich möchte, dass du den Kopf voller Musik hast, nicht voller Sorgen. Denk einfach nicht mehr daran. Um deinen Vater können wir uns kümmern, wenn er tatsächlich zurückkommt.« Er sah sie noch einen Moment an. »Wir können uns unsere Familie nicht aussuchen, Alexandra, aber wir können uns aussuchen, was wir aus unserem Leben machen. Vergiss das nie.«

Während sie mit den anderen zusammen weitergingen, versuchte Alexandra zu tun, was Bernard ihr geraten hatte, aber es war unmöglich, den Gedanken an ihren Vater abzuschütteln. Außerdem wusste sie, dass sie von ihrer Tante und ihrem Onkel nicht erwarten konnte, sie für immer bei sich zu behalten. Wenn sie also die Verbindung zu ihrem Vater abbrach, müsste sie einen Weg finden, um ihren Lebensunterhalt zu bestreiten.

Abgesehen davon hatte Bernard gut reden zu sagen, dass sie sich aussuchen konnten, welches Leben sie führen wollten. Er war schließlich ein Mann.

Die Jazzmusik war tatsächlich so gut, wie Bernard versprochen hatte, und schließlich vergaß sie doch all ihre Sorgen, als sie tanzten, lachten und zu viel Wein tranken.

»Wo hast du gelernt, so zu tanzen?«, keuchte sie, als Bernard sie um die Taille fasste und an sich zog.

Sie beugte sich zurück, lachte, als die Musik lauter und schneller wurde, beinahe, als ob sie über ihre Haut tanzte. Ihr Gesicht war schweißnass und ihre Kehle ausgedörrt, nachdem sie jedes Stück auf der Tanzfläche mitgetanzt hatten.

»Ich habe mal in einer Bar gearbeitet, wo Jazz gespielt wurde«, sagte er, und sein Atem war heiß an ihrer Wange, als er sich dicht zu ihr beugte, um mit ihr zu sprechen. »Beim Kellnern hatte ich viel Zeit, zuzusehen.«

»Das wusste ich nicht«, sagte sie, als das Lied endete.

»Ich musste mir meinen Lebensunterhalt verdienen, als ich von zu Hause ausgezogen bin. Ich habe in der Bar gearbeitet und dazu jungen Musikern Privatunterricht gegeben, alles, um meine Ausbildung finanzieren zu können. Ich wäre nicht mit eingezogenem Schwanz nach Hause zurückgekehrt.«

Alexandra hatte noch nie für sich selbst sorgen müssen, aber zu hören, was Bernard durchgemacht hatte, wirkte gelinde gesagt ernüchternd.

»Du siehst aus, als hätte ich dir gerade erzählt, dass ich auf der Straße hätte leben müssen! Komm, lass uns noch etwas trinken.«

Er nahm sie bei der Hand, und sie drängten sich an den Paaren vorbei zur Bar. Aber als Alexandra sich auf einen der Barhocker setzte und sich umsah, während Bernard bestellte, erblickte sie plötzlich durch die Rauchschwaden einen Mann, der eine unglaubliche Ähnlichkeit mit ihrem Vater aufwies. Sie zwinkerte und starrte auf die Stelle, an der ihr der Mann aufgefallen war.

»Du siehst aus, als hättest du ein Gespenst gesehen«, sagte Bernard, als er sich mit einem Glas Sekt in der Hand zu ihr umwandte. Als sie wieder hinsah, war der Mann verschwunden, und sie schüttelte den Kopf, überzeugt, dass sie sich geirrt hatte. Wenn ihr Vater in London wäre, dann wüsste sie das doch sicher? Oder zumindest ihre Tante und ihr Onkel wüssten es, oder? Schließlich hatten sie gesagt, dass sie meistens seinen Aufenthaltsort kannten.

»Alexandra«, sagte Bernard. »Schließ mal einen Moment lang die Augen und lausche der Musik.«

Sie warf ihm einen fragenden Blick zu, folgte aber seiner Anweisung und schloss die Augen, als er sich hinter sie stellte und sie in die Arme nahm.

»Spüre die Musik«, flüsterte er. »Sie sollte wie etwas Lebendiges sein, das atmet und dich in sich hineinzieht.«

Alexandra stieß ihren angehaltenen Atem aus und ließ sich an ihn sinken, hielt seine Arme fest, den Kopf an seine Brust gelehnt. Dann vergaß sie alles, und die schwungvolle Musik, so anders als die, die sein Orchester spielte, schien in ihrem Herzen widerzuhallen.

»Jetzt öffne die Augen«, sagte er direkt in ihr Ohr. »Und komm mit mir.«

Sie riss die Augen auf. »Wohin?«

Sie bemerkte, wie ein paar seiner Kollegen sie beobachteten, sie angrinsten, und als sie zu Bernard aufblickte, lag dasselbe schelmische Lächeln auf seinem Gesicht.

»Bernard?«, hakte sie nach. »Sag mir, was los ist.«

»Vertraust du mir?«

Sie nickte. »Natürlich.«

»Dann komm mit mir. Ich habe heute Abend etwas Besonderes für dich vorbereitet.«

Alexandra würde Bernard bis ans Ende der Welt folgen, wenn er sie darum bat – ihm zu vertrauen war nicht das Problem. Das Problem war, dass sie Überraschungen eigentlich nicht leiden konnte!

Seine Hand lag fest in ihrer, als er sie an den Tischen und Tänzern vorbeiführte, direkt zur Bühne. Als die Band ihr Lied beendete, sah sie, wie die blonde Sängerin auf sie herunterlächelte, und es schien, als würde sie Bernard zuwinken.

»Kennst du sie?«, fragte Alexandra und spürte einen ungewohnten Stich von Eifersucht.

»Ich kenne eine Menge Leute in der Musikwelt«, sagte er und küsste sie schnell auf die Wange. »Das ist alles.«

Sie wollte den Mund wieder öffnen, aber er schüttelte den Kopf und stieß sie an, damit sie nach oben blickte.

»Heute Abend haben wir einen ganz besonderen Gast bei uns«, sagte die Sängerin.

»Alexandra, möchtest du auf die Bühne kommen und dich vorstellen?«

Sie erstarrte. *Alexandra?* Warum hatte die Frau gerade ihren Namen gesagt?

»Bernard, sie hat meinen Namen gesagt«, murmelte sie.

»Geh«, sagte er.

»Was soll das heißen?«

Noch bevor sie auf seine Antwort warten konnte, kam ihr die Sängerin von der Bühne ein paar Schritte entgegen und hielt Alexandra die Hand hin, um ihr hinaufzuhelfen. Die Beleuchtung war so grell, dass sich Alexandra vorkam wie ein Reh im Scheinwerferlicht, als sie so dastand und nicht wusste, was sie tun sollte.

»Die ist für dich«, sagte einer der Musiker, der eine Violine in der Hand hielt.

»Aber ...«

»Wir spielen etwas, aber ein bisschen anders, ›*Fly Me To The Moon*‹. Man hat mir gesagt, du kennst es?«, sagte die Sängerin, bevor sie die Hand ausstreckte. »Ich bin übrigens Gigi.«

Alexandra nickte, noch immer erstarrt, bevor sie ihr die Hand schüttelte. »Wie konntest du, ich meine, was ...«

»Da musst du dich bei deinem Mann da unten bedanken«, sagte Gigi. »Er hat mir erzählt, dass du davon träumst, Musikerin zu werden, und er wollte, dass du weißt, wie es sich anfühlt, live zu spielen.«

»Ich kann nicht glauben, dass er das getan hat.«

Gigi grinste. »Bereit?«

Alexandra konnte Bernard in dem hellen Licht nicht einmal sehen, aber sie wusste, dass er da unten stand und zusah. Wenn er so sehr an sie glaubte, dann musste sie wohl auch an sich glauben, ob sie sich für einen Liveauftritt bereit fühlte oder nicht.

»Bereit«, sagte sie und atmete tief ein, als sie die Violine ansetzte.

Nachdem sie die ersten paar Noten gespielt hatte und die gesamte Band einstimmte, begann Gigi zu singen. Alexandra konnte einfach nicht mehr aufhören zu lächeln. Falls es Bernards Absicht gewesen war, dass sie sich lebendiger fühlen sollte als je zuvor und sich noch mehr in die Musik verliebte, dann hatte er das auf jeden Fall erreicht.

22

Alexandra!«

Sie war in Bernards Bett eingeschlafen. Alexandra setzte sich auf, rieb sich die Augen und sah sich einen Moment lang orientierungslos um. Ihre Violine war auf dem Stuhl, wo sie sie hingelegt hatte, überall lagen Notenblätter verstreut, und Bernard stand in der Tür.

»Wie spät ist es?«, fragte sie, als er sich neben sie setzte. »Und warum siehst du so aufgeregt aus?« Er hatte die Augen weit geöffnet und konnte nicht aufhören zu lächeln. »Ist es wirklich so aufregend, mich an einem Nachmittag in deinem Bett liegend vorzufinden?«

Bernard beugte sich vor und ergriff mit einem Kuss Besitz von ihrem Mund. »Ja, es ist wirklich so aufregend, dich hier vorzufinden, ganz verschlafen, aber das ist nicht der Grund, warum ich mich so freue.«

Sie hielt seinen Nacken mit einer Hand fest und zog ihn an sich, gab sich noch einem Kuss hin.

»Alex, ich habe Neuigkeiten.«

Sie ließ ihn widerstrebend los. »Sag es mir. Ich kann sehen, dass du beinahe platzt.«

»Das Orchester lässt nächsten Monat neue Streicher vorspielen.« Er grinste. »Und sie haben die Stelle zum ersten Mal auch für weibliche Musiker ausgeschrieben.«

Ihre Blicke trafen sich, und ihr Herz fing sofort an zu klopfen. »Das kann nicht sein«, flüsterte sie. »Das glaube ich dir nicht.«

»Alex, ich würde es nicht sagen, wenn es nicht stimmte.« Er strich eine Haarsträhne zurück, die ihr ins Gesicht gefallen war. »Du könntest vorspielen.«

»Nein«, keuchte sie. »Ich bin nicht einmal annähernd gut genug, ich bin …«

»Eine der begabtesten Violinistinnen, die ich jemals habe spielen hören«, unterbrach er sie. »Ich wünschte nur, dass du dich so sehen könntest, wie ich dich sehe, Alex. Deine Chancen sind genauso gut wie für alle anderen.«

»Glaubst du das tatsächlich?«

»Das glaube ich tatsächlich. Und im schlimmsten Fall lernen sie dich wenigstens kennen.« Seine Hand ruhte auf ihrem Bein, und sein Blick hielt ihren fest. »Dies ist die Gelegenheit, auf die du gewartet hast, auf die *wir* gewartet haben.«

Sie schluckte, und ihre Gedanken rasten plötzlich. »Aber was für ein Stück soll ich denn spielen? Wie viele Stücke würde man von mir erwarten, dass ich spiele? Wann …«

»Langsam«, sagte er grinsend. »Morgen finde ich so viel wie möglich heraus, und wir können auch mit den anderen Violinisten sprechen, um zu erfahren, was ihrer Meinung nach den Ausschuss beeindrucken könnte.«

Alexandra ließ sich stöhnend in die Kissen zurückfallen und bedeckte das Gesicht mit den Händen.

»Ich weiß nicht einmal, ob ich es schaffe, die Bühne zu betreten. Du hast so viel Vertrauen in mich, aber …«

»Stopp«, sagte Bernard. »Irgendwann musst du anfangen, an dich zu glauben. Du bist Musikerin, Alexandra, und Musiker haben die Verpflichtung, ihr Talent mit der Welt zu teilen.«

»Oh, wirklich«, sagte sie und lachte über seinen ernsten Gesichtsausdruck.

»Ja«, erwiderte er und grinste zurück. »So ist es. Aber die andere Verpflichtung, die du jetzt hast, ist, nach Hause zu gehen, damit dein Onkel keine Suchmannschaft nach dir ausschickt. Er würde meinen Kopf auf eine Lanze spießen, wenn er wüsste, dass du die ganze Nacht hier warst.«

»Du hast mir gar nicht gesagt, wie spät es ist.«

»Lunch ist schon vorbei«, gab er zurück und machte ihr den Weg frei, als sie aufsprang, ihre Papiere zusammenklaubte und die Violine in ihrem Kasten verstaute, bevor sie sich hastig anzog.

»Sehe ich dich heute Abend?«, fragte sie, während sie über die Falten ihres Kleids strich und ihr Haar vor dem Spiegel glättete. Es fing gerade an herauszuwachsen und verwandelte sich von dem gestylten Bob zurück zu dem längeren, verwuschelten Stil, den sie schon immer getragen hatte.

Bernard näherte sich ihr von hinten und hob ihr Haar an und legte die Lippen auf ihren Nacken. Sie lehnte sich an ihn und lächelte, als er Küsse auf ihrer Haut verteilte.

»Sieh dich an, Alexandra«, murmelte er.

Sie öffnete die Augen und sah sein Spiegelbild an, bevor sie ihren Blick langsam sich selbst zuwandte. Bernards Körper rahmte sie von hinten ein, und er legte die Hände auf ihre Schultern, während er sie anlächelte.

»Du bist schön und talentiert«, sagte er. »Selbst wenn du diesmal nicht ausgewählt werden solltest, ändert es doch alles, dass das Orchester jetzt auch Frauen annimmt.«

Alexandra musterte sich, ihre Haut, die Art, wie sie sich hielt. Dann stellte sie sich etwas gerader hin, nahm die Schultern zurück und hob das Kinn leicht an in dem Versuch, selbstbewusster zu wirken.

»Wenn dies das Leben ist, das du für dich siehst, dann ist *das* deine Chance«, flüsterte er. »Stell dir vor, wir beide im Orchester leben unseren Traum gemeinsam.«

Alexandra nickte, als sie sich das Leben vorstellte, das er ihr ausmalte. Sie konnte ihr Glück kaum fassen, einen Mann wie Bernard getroffen zu haben.

»Ich liebe dich«, sagte sie, die Worte gingen ihr leicht von den Lippen, als sie den Blick hob und Bernard im Spiegel ansah.

Sie drehte sich in seinen Armen langsam um, seine Hände glitten ihren Körper hinunter und blieben an ihrer Taille liegen.

»Ich liebe dich auch«, sagte er.

Alexandra stellte sich auf die Zehenspitzen und küsste ihn, lächelte an seinem Mund, und dann fingen sie beide an zu lachen. Sie hatte diese Worte schon hundertmal gedacht, hatte aber bisher nie den Mut gehabt, sie auszusprechen.

»Ich muss gehen«, stöhnte sie und küsste ihn noch einmal.

»Dann geh«, gab er zurück. »Aber sei heute Abend bereit. Wir essen hier gemeinsam, dann gehen wir ein paar Stücke durch, und ich spreche heute noch mit deinem Lehrer, um ihm die gute Neuigkeit mitzuteilen.«

Alexandra nahm ihre Sachen und hastete die Treppe hinunter in der Hoffnung, dass sie nicht zu lange brauchen würde, um nach Hause zu kommen. Sie wollte mit Belle zu Mittag essen, und ihre Cousine war sowieso schon verärgert darüber, wie viel Zeit Alexandra mit Bernard verbrachte.

Ich werde für das Orchester vorspielen. Sie biss sich auf die Unterlippe in dem Wissen, wie lächerlich sie aussehen musste, wenn sie mit einem Riesenlächeln auf dem Gesicht die Straße entlangeilte.

Als sie in London angekommen war, war es für sie wie das Ende der Welt gewesen. Aber jetzt, sosehr ein Teil von ihr sich auch danach sehnte, nach Griechenland zurückzukehren, begann sie einzusehen, dass dies etwas war, wofür sie ihrem Vater dankbar sein konnte. Wenn sie niemals nach London geschickt worden wäre, hätte sie Bernard niemals kennengelernt, und er war einfach das Unglaublichste, was ihr jemals passiert war.

* * *

»Glaub bloß nicht, dass du dich durch den Flur stehlen kannst, ohne dass ich es merke.«

Alexandra zuckte zusammen und wich ein paar Schritte zurück. Belle saß im Vorderzimmer, die Arme vor der Brust gekreuzt. Sie war nicht daran gewöhnt, dass ihre Cousine so böse aussah.

»Es tut mir leid, dass ich so spät dran bin. Lass mich nur schnell meine Sachen wegräumen, und dann können wir essen gehen.«

Belles Augenbrauen hoben sich. »Spät? Tun wir jetzt so, als wärest du heute Nacht überhaupt nach Hause gekommen?«

Alexandra wusste, dass ihre Wangen sich tiefrot verfärbten, aber sie würde Belle nicht anlügen.

»Hat deine Mutter etwas gemerkt?«, fragte sie.

Belle seufzte und kam auf sie zu. »Wenn sie etwas bemerkt hätte, dann würdest du es bereits wissen.«

»Dann gehen wir immer noch zum Lunch?«

»Wir gehen immer noch zum Lunch«, gab Belle zurück. »Aber jetzt erwarte ich von dir, dass du hinterher mit mir shoppen gehst, zur Strafe, weil du mich hast warten lassen.«

Alexandra grinste. »Ich werde alles tun, nur bitte sage niemandem, dass ich heute Nacht nicht hier war.«

Sie gingen Seite an Seite die Treppe hinauf. Alexandra unterdrückte ein Gähnen und wünschte sich, sie könnte auf ihr Zimmer gehen und etwas Schlaf nachholen, statt gleich wieder das Haus verlassen zu müssen.

»Wer hätte gedacht, dass du diejenige von uns beiden sein würdest, die die stürmische Liebesaffäre hat«, sagte

Belle mit einem lauten Seufzer. »Ich hätte mein Taschengeld darauf verwettet, dass ich die Unartige bin.«

Alexandra rollte mit den Augen und drehte sich zu ihrer Cousine um, als sie oben ankamen. »Es ist keine stürmische Affäre, Belle. Er ist lieb und freundlich, und er weiß so viel über Musik …«

»Du bist in ihn verliebt, nicht wahr? Du bist tatsächlich in ihn verliebt!«

Sie wünschte, Belle würde leiser sprechen, und hasste es, dass ihre Wangen wieder puterrot geworden waren.

»Vielleicht bin ich das«, sagte Alexandra schließlich und räusperte sich. *Ich liebe dich auch.* Sie erinnerte sich an die Worte, die er für sie wiederholt hatte, und daran, wie sie sich dabei gefühlt hatte, als er sie angeblickt hatte.

»Wie fühlt es sich an?«, fragte Belle, als sie Alexandra in ihr Zimmer folgte. »Ernsthaft, wie fühlt sich das an?«

Alexandra schloss die Tür hinter ihnen, damit niemand ihre Unterhaltung mithörte. »Es ist das unglaublichste Gefühl auf der Welt«, gestand sie, als sie sich beide auf ihr Bett fallen ließen und nebeneinander liegend an die Decke schauten. »Ich kann mir mein Leben ohne ihn einfach nicht mehr vorstellen, und ich weiß, dass es sich lächerlich anhört, aber …«

»Du bist verliebt«, beendete Belle den Satz für sie. »Das ist nicht lächerlich. Es ist das, wovon wir alle träumen.«

Alexandra nahm Belles Hand und drehte den Kopf, um Belle anzusehen. »Heute ist etwas geschehen, etwas, von dem ich glaube, dass es alles für mich verändern könnte.«

Belle setzte sich auf und sah sie an. »Was denn?«

Alexandra setzte sich ebenfalls auf und schlang die Arme um ihre Knie. »Ich werde beim *London Luminary Ensemble* vorspielen. Ich weiß, das bedeutet vielleicht, dass wir nächstes Jahr nicht zusammen auf die Uni gehen können, wenn sie mich annehmen, aber …«

Belle umarmte sie fest und stürmisch. »Hör auf«, sagte sie. »Ich hatte sowieso vor, mir noch ein Jahr freizunehmen, und wenn es das ist, was du wirklich willst …« Sie schüttelte den Kopf und lächelte. »Ich freue mich so für dich, Alex. Du hast nur das Allerbeste verdient.«

»Ich stelle mir ständig vor, wie wir zusammen in einer tollen Wohnung leben, wo Notenblätter an die Wand geheftet sind, und wie wir Freunde einladen, um zusammen zu proben.« Sie seufzte. »Ich weiß, ich lasse mich hinreißen, aber es ist so schön zu träumen.«

»Du darfst gern weiterträumen«, verkündete Belle. »Aber jetzt mach dich zum Lunch mit deiner Cousine fertig, die, wenn ich dich daran erinnern darf, schon deine beste Freundin war, *bevor* du berühmt wurdest.«

Sie lachten beide, und Belle zog Alexandra vom Bett hoch.

»Mädchen?« Es klopfte an die Tür, und dann wurde sie gerade so weit geöffnet, dass ihre Tante den Kopf hereinstecken konnte. »Warum die Aufregung?«

»Nun«, sagte Belle mit einem verschwörerischen Lächeln. »Alex ist verliebt, und sie wird bei einem Orchester vorspielen.«

»Sieh mal einer an«, sagte ihre Tante. »Also, dass du verliebt bist, ist nicht gerade eine Überraschung, aber das Orchester? Also, das ist einfach großartig. Du hast sehr hart an deiner Musik gearbeitet, Alexandra, wir sind alle sehr stolz auf dich.«

»Danke«, sagte Alexandra. »Ich habe noch einen langen Weg vor mir, muss mir ein Stück aussuchen und es einstudieren, aber ich bin so begeistert, dass ich überhaupt die Gelegenheit dazu bekomme. Bisher haben sie gar keine weiblichen Musiker angenommen.« Sie zögerte. »All diese Jahre habe ich mich nie bei dir bedankt, dass du mir die Musik nahegebracht hast. Ich kann mir nicht vorstellen, wie mein Leben ohne sie aussehen würde, also danke, Tante Elizabeth. Ich bin dir unendlich dankbar.«

Das Lächeln ihrer Tante war heiter, aber ihr standen Tränen in den Augen, und Alex wünschte sich, sie hätte ihr schon früher einmal gedankt. »Gern geschehen, du bist es, die das Talent hat! Aber das hört sich doch sehr danach an, dass wir heute etwas zu feiern haben. Darf ich euch beide zum Lunch begleiten?«

Alexandra nickte, und Belle verschwand aus dem Zimmer, vermutlich, um sich fertig zu machen.

»Oh, Alex?«

Sie lächelte und wartete darauf, dass ihre Tante noch etwas sagte.

»Liebe hin oder her, es wäre schön zu wissen, dass du nachts in deinem eigenen Bett schläfst. Ich würde deine Zeit mit Bernard ungern stärker begrenzen müssen.«

Ihre Tante sah sie fest an, bevor sie sie allein ließ, und Alexandra blieb reglos und beschämt stehen. Und sie hatte gedacht, ihre Tante hätte von ihrer Abwesenheit nichts bemerkt.

Sie drehte sich um, blickte auf ihre Violine, die auf dem Bett lag, und wünschte sich, sie könnte sie jetzt hervorholen und anfangen zu üben, könnte anfangen, sich auf das Vorspielen vorzubereiten. Aber am meisten wünschte sie sich, sie wäre in Bernards Wohnung und könnte für ihn spielen, während er auf dem Bett lag und ihr zuhörte.

23

Vier Monate später

Alexandra schloss die Augen und atmete flacher, als sie den Griff um ihre Violine verstärkte. Sie hob das Kinn, ging in Gedanken noch einmal alles durch und versuchte, nicht auf die tadellose Aufführung des Geigers vor ihr zu achten, sich nicht mit ihm zu vergleichen, während sie sich für ihren bevorstehenden Auftritt bereit machte.

Ich schaffe das nicht.

Angst stieg in ihr auf, und Schweißperlen traten ihr auf die Oberlippe, als ihr Herz heftig zu schlagen begann. Einen flüchtigen Augenblick lang dachte sie daran, einfach ihre Sachen zusammenzupacken und wegzurennen, sich die schmerzhafte Erfahrung zu ersparen, die ihr bevorstand. Fand, dass sie eigentlich gar nicht hier sein sollte.

»Alex.«

Eine Hand legte sich auf ihre Schulter, sanft und beruhigend. Sie öffnete die Augen, wandte sich um und sah Bernard vor sich stehen. Sein volles Haar fiel ihm in die Stirn, und der Blick seiner sanften haselnussbraunen Augen beruhigte sie, als sie ihn ansah, den Mann, der all dies möglich gemacht hatte.

»Dies ist der Augenblick, der Welt zu zeigen, wer du wirklich bist«, flüsterte er, als er die Hände leicht auf ihren Rücken legte und sie näher an sich zog, woraufhin sie Violine und Bogen sinken ließ. »Du *verdienst* es, hier zu sein, Alex. Du verdienst alles, was dich hierhergebracht hat.«

Seine Lippen streiften ihre, und als er sich von ihr löste, drückte er seine Stirn leicht gegen ihre und streichelte vorsichtig über ihr Haar. Sein Atem auf ihrer Haut war warm, und als sie ihn so nah spürte, erinnerte sie sich wieder daran, wie weit sie gekommen war, an die Chance, die sie bekommen hatte, an das Geschenk, das er ihr gemacht hatte.

»Nach heute Abend wird nichts mehr wie vorher sein«, murmelte er. »Heute ist dein großer Tag, mein Liebes.«

Sie sah zu ihm auf, als er einen Schritt zurücktrat, ihre Hand nahm, die den Bogen hielt, und sie sanft anhob, einen Kuss auf ihre Haut drückte und ihr in die Augen sah. Augen, deren Blick ihr sagte, dass sie nichts zu fürchten brauchte, dass er an sie glaubte.

»Danke«, flüsterte sie, schluckte die Angst in ihrer Kehle herunter und beschloss in diesem Moment, den Worten des Mannes, der sie liebte, Glauben zu schenken.

Dann wurde ihr Name aufgerufen, und während Bernard im Hintergrund verschwand, richtete Alexandra sich auf und betrat mit wenigen Schritten die Bühne.

Ihre Absätze klackerten auf dem Bühnenboden, um sie herum wurde es still.

Bernard hatte recht. Es war an der Zeit, der Welt zu zeigen, wer sie wirklich war.

Alexandra brauchte nur Sekunden, um in die Mitte der Bühne zu treten. Sie stellte sich aufrecht hin, versuchte, die Violine nicht zu fest zu halten, die Schultern nicht hängen zu lassen und gleichmäßig zu atmen. Wenn sie in das Orchester aufgenommen werden wollte, dann musste sie selbstbewusst sein, so sehr auf ihre Musik konzentriert, dass sie unter dem grellen Scheinwerferlicht nicht zauderte oder sich von der Menschenmenge verunsichern ließ.

»Name?«

Sie versuchte, die Augen nicht zusammenzukneifen, als sie den Ausschuss von Männern ansah, der darauf wartete, sie zu begutachten. Sie wusste, dass einer von ihnen der derzeitige Leiter des Orchesters war und außerdem erster Geiger.

»Alexandra Konstantinidis«, sagte sie, nahm die Schultern zurück, während sie sprach, und achtete darauf, dass ihre Stimme laut genug war, dass sie bis zu ihnen trug.

»Sagen Sie uns bitte, was Sie heute für uns spielen werden.«

»Ich werde Pachelbels Kanon in D spielen.«

Es gab keine weiteren Fragen, und Alexandra wartete einen Moment, um sich zu sammeln. Genau da fiel ihr eine Bewegung ins Auge, jemand, der seitlich den Zuschauerraum betrat, vermutlich die einzige andere Person im Theater außer dem Ausschuss direkt vor ihr.

Bernard. Es war unmöglich, weit zu sehen, die Lichter waren zu hell, aber sie konnte ihn fühlen, wusste, dass er es war.

Spiel für mich, hatte er zu ihr gesagt. *Stell dir vor, du spielst für mich und nur für mich.*

Ein Lächeln zuckte über ihre Lippen, als sie die Violine anhob und sie zwischen Kinn und Schulter anlegte, ihre Arme weich machte und ganz sanft ausatmete.

Und dann begann sie. Ihr Bogen tanzte über die Saiten, die Musik wurde lebendig, als sie mit allem spielte, was sie hatte, als sie in Gedanken Bernard anlächelte und sich vorstellte, dass sie einfach nur in seinem Mansardenzimmer stand, wo er als ihr Einmannpublikum auf dem Bett saß.

Sie hatte Schweiß auf der Stirn und der Oberlippe, aber sie war nicht nervös. Nicht jetzt. Bernard hatte recht gehabt, als er ihr sagte, dass es an der Zeit war, der Welt zu zeigen, wer sie wirklich war. All die Jahre hatte sie sich gefragt, wie es wohl wäre, öffentlich aufzutreten, und jetzt stand sie hier und spielte von ganzem Herzen.

Als die letzte Note verklungen war, hielt sie inne, ihr Atem wurde flach, und sie schloss die Augen, wollte das Gefühl, auf der Bühne zu stehen, in sich aufnehmen, um sich für immer daran zu erinnern. Sie erwartete beinahe, dass jemand applaudierte, doch stattdessen schlug ihr Stille entgegen.

Sie nahm ihr Instrument herunter und trat einen Schritt nach vorn, hoffte auf Lob, bekam aber keines.

»Danke, Miss Konstantinidis.«

Alexandra nickte und ging gemessenen Schrittes von der Bühne, als hätte sie keine Angst, als würden ihre Hände nicht von all dem Adrenalin zittern, das durch ihren Körper strömte. Ihre Beine fühlten sich an wie die eines neugeborenen Fohlens, bei jedem unsicheren Schritt kurz davor, einzuknicken.

Erst als sie außer Sicht war und der nächste Musiker, der vorspielen sollte, an ihr vorbeiging, sank sie gegen die Wand.

Ich habe es geschafft. Ich habe es tatsächlich geschafft! Wenn sie mich nicht für gut genug befinden, ist das unbedeutend, weil ich aus ganzem Herzen gespielt habe.

Alexandra wusste, dass sie die Vorstellung ihres Lebens gegeben hatte. Sie hatte gespielt, als hinge ihr Leben davon ab.

»Alex!« Bernards begeistertes Flüstern hüllte sie ein.

»Sag mir bitte, dass es gut war«, bat sie ihn, und Bernard nahm sie an der Hand und führte sie durch die Hintertür an die frische Luft.

»Gut?«, fragte er, hob sie hoch und wirbelte sie in einem großen Kreis herum. »Alex, du warst phänomenal! Ich habe meine gesamte Willenskraft aufbringen müssen, um nicht zu applaudieren und dir zuzujubeln, als du fertig warst.«

»Ehrlich?«, fragte sie, als er sie endlich wieder auf den Boden stellte.

»Ehrlich«, wiederholte er. »Wenn sie dich nicht als neues Mitglied aufnehmen, sind sie verrückt.«

Alexandra wusste, dass sie um Längen besser sein musste als die anderen, um ausgewählt zu werden, besser als jeder Mann. Und dann war da noch ihr Alter, obwohl sie sich da nicht sicher war, inwiefern das die Entscheidung beeinflussen würde.

Bernard küsste ihre Stirn. »Warte hier, ich gehe zurück und hole deinen Geigenkasten.«

Sie wollte gerade protestieren und ihm sagen, dass sie selbst zurückgehen konnte, aber etwas hielt sie zurück. Sie brauchte einen Augenblick für sich, um ihre Vorstellung in Gedanken noch einmal durchzugehen und sich daran zu erinnern, wie es sich angefühlt hatte, auf der Bühne zu stehen.

Aber Bernard war nur einen Moment lang weg, und als er zurückkam, kniete er sich hin und klappte den Kasten für sie auf. Sie öffnete den Mund, um ihn aufzuhalten, hockte sich hin, um ihn daran zu hindern, den Geigenkasten zu öffnen, aber es war zu spät.

»Was ist denn das?«, fragte er und nahm eines der gefalteten Blätter heraus.

»Bitte nicht«, sagte sie und versuchte, es ihm abzunehmen.

Aber Bernards Arme waren länger, er faltete es auf, ohne dass sie ihn davon hätte abhalten können, und dann lächelte er, als er die Mitteilung las.

»Ich kann nicht glauben, dass du das aufgehoben hast«, sagte er.

Sie errötete und hasste es, wie heiß ihre Wangen waren.

»Das war der Brief, das Erste, was du mir jemals geschrieben hast. Natürlich habe ich es aufgehoben.«

»Und dies hier?«, fragte er.

Alexandra bemühte sich diesmal nicht, ihn aufzuhalten. Bernard faltete das Notenblatt auseinander.

»An dem Tag, an dem du mir gesagt hast, was du spielen würdest«, sinnierte er. »Habe ich dir diese Notiz hinterlassen.«

»Du hast sie auf mein Kissen gelegt«, murmelte sie. »Ich hatte die ganze Nacht an dem Stück gearbeitet, versucht, die Komposition in ihrer ganzen Vielschichtigkeit zu verstehen.«

Bernard stand auf, legte seine Handfläche an ihre Wange, und sie ertappte sich dabei, wie sie auf seinen Mund blickte.

»Meine größte Angst war, dass du nicht an dich glauben würdest«, flüsterte er.

»Und meine größte Angst ist, dich zu verlieren.« Die Worte kamen ihr von den Lippen, bevor sie sie aufhalten konnte, und sie konnte nur noch hoffen, dass er nicht darauf reagierte. Aber Bernard zauderte nicht.

»Es gibt nichts, was du tun könntest, nichts, was geschehen könnte, dass es dazu kommt.«

Bevor sie antworten konnte, küsste er sie sanft, ein kaum merkliches Streifen ihrer Lippen. Sie würde diesen Moment nicht damit ruinieren, indem sie all die Dinge aufzählte, durch die sie durchaus voneinander getrennt werden könnten, doch sein Kuss konnte sie nur ablenken, sie nicht ganz vergessen lassen. Sie war sich Bernards nie ganz sicher, sondern wunderte sich häufig, was er wohl in ihr sehen mochte.

Sie wandte den Blick ab und packte ihre Violine in den Kasten, steckte den Bogen vorsichtig an seinen

Platz, dann nahm sie Bernard die Notenblätter aus der Hand und legte sie dorthin zurück, wo sie hingehörten.

»Bist du sicher, dass du nicht noch andere Schätze da drin versteckt hast?«, neckte er sie.

»Also, wenn du die Briefe von meinen abgelegten Liebhabern nicht mitzählst …«

Bernard legte den Kopf in den Nacken und lachte. Sie gingen los.

»Du wirst das großartigste Neumitglied des Ensembles«, sagte er schließlich, kam näher und nahm sie in den Arm. »Deine Familie wird so stolz auf dich sein.«

Alexandra seufzte. Es stimmte, ihre Tante und ihr Onkel und ihre Cousins würden immens stolz auf sie sein. Aber mit ihrem Vater wäre es etwas ganz anderes, falls er sich überhaupt jemals die Mühe machen würde, sich daran zu erinnern, dass er eine Tochter hatte.

»Meinst du nicht?«

»Die Familie, die du kennst, natürlich, aber mein Vater …«

Bernard sah sie an, und sie rang sich ein Lächeln ab. Er war einer der wenigen Menschen in ihrem Leben, der tatsächlich verstand, wie es für sie war.

»Glaubst du, dass deine Eltern jemals kommen werden, um dich auftreten zu sehen?«, fragte sie ihn.

Bernard schüttelte den Kopf und sah weg, bevor er antwortete. »Meine Mutter würde es tun. Wenn sie ihre eigene Entscheidung in der Sache treffen könnte, würde sie kommen, das weiß ich. Aber als mein Vater mich enterbt hat, hat er mir gesagt, dass ich keinen von ihnen jemals wiedersehen würde, und er hat Wort gehalten.«

Tränen stiegen in Alexandras Augen auf. »Du hast nur eine Mutter. Bitte Bernard, können wir nicht wenigstens versuchen, sie zu sehen?«

Bernard beschleunigte seinen Schritt dermaßen, dass sie kaum mehr bei seinem Tempo mithalten konnte.

»Bernard«, rief sie. »Es tut mir leid, ich hätte das nicht sagen sollen.«

Als sie ihn eingeholt hatte, war sein Lächeln wieder da, und sie hakte sich bei ihm ein.

»Ich finde, wir sollten feiern«, sagte Bernard. »Schließlich spielt man nicht jeden Tag beim London Luminary Ensemble vor.«

»Möchtest du mit mir nach Hause kommen? Ich bin sicher, meine Tante und mein Onkel würden sich sehr darüber freuen.«

Bernards Lächeln sagte ihr, dass er das sehr gern wollte, und sie gingen gemächlich weiter, die Sonne im Gesicht, und unterhielten sich über die Musik, die sie beide so liebten.

»Liebes, warum hast du uns nicht gesagt, dass es heute war?« Alexandras Tante schlug die Hände über dem Kopf zusammen, während ihr Onkel den Sekt einschenkte. »Du hast heute Morgen gar nichts davon erwähnt.«

»Was für ein Grund zum Feiern!«, sagte ihr Onkel. »Ich habe gehört, dass Sie dafür verantwortlich sind, dass unsere Alexandra sich entschlossen hat, überhaupt vorzuspielen, wir stehen also in Ihrer Schuld, junger Mann.«

Alexandra konnte gar nicht mehr aufhören, Bernard anzustrahlen, und sie wusste, dass es ihrer Tante nicht entging.

Zusammen mit den anderen hob sie ihr Glas, und alle stießen zur Feier des Tages an. Alexandra nippte an ihrem Glas, und die Perlen kitzelten in ihrer Nase, als sie schluckte.

»Erzählen Sie, wie war sie auf der Bühne?«, wollte ihre Tante wissen.

»Faszinierend«, antwortete Bernard, ohne den Blick von Alexandra zu nehmen. »Wenn sie ihr keine Stelle anbieten, sind sie verrückt.«

»Ich bin mir sicher, dass sie das tun werden«, sagte ihr Onkel und schenkte allen noch ein bisschen Sekt nach.

Sie hob ihr Glas, um noch einen Schluck zu trinken, aber mit einem Mal drehte sich ihr der Magen um. Alexandra legte die Hand flach auf ihren Bauch und hatte plötzlich das überwältigende Gefühl, sich übergeben zu müssen.

»Es tut mir leid, ich …« Sie drängte Bernard ihr Glas auf und huschte aus dem Zimmer, die Hand über dem Mund.

Alexandra schaffte es gerade noch ins Badezimmer und schlug die Tür hinter sich zu, bevor sie sich über das Waschbecken beugte und den Wasserhahn aufdrehte. Sie übergab sich einmal, zweimal und dann noch einmal, bis absolut nichts mehr in ihrem Magen war.

Sie drehte den Hahn noch etwas weiter auf in dem Versuch, die Bescherung wegzuspülen, und wünschte sich, sie hätte noch die paar Schritte weiter zur Toilette geschafft. Ein paar Minuten später fühlte sie sich noch immer schwindelig und unwohl, setzte sich auf die kühlen Bodenfliesen und überlegte einen Augenblick lang, ob sie sich nicht sogar hinlegen sollte.

»Alexandra?« Auf ihren Namen folgte ein leises Klopfen. »Ist alles in Ordnung?«

»Ja«, rief sie zurück, hasste es, wie schwach ihre Stimme klang.

»Darf ich hereinkommen?«

Die Tür öffnete sich einen Spalt, und ihre Tante lugte herein. Als sie sie auf dem Boden sitzend sah, schob sie die Tür weiter auf und kam herein.

»Liebes, was ist los?«

»Ich glaube, ich habe etwas Falsches gegessen«, erklärte Alexandra. »Gott sei Dank ist das nicht passiert, als ich vorgespielt habe.«

Ihre Tante berührte ihre Stirn. »Du fühlst dich ein wenig klamm an. Soll ich gehen und Bernard sagen, dass es dir nicht gut geht? Wir können an einem anderen Tag feiern.«

»Nein, es wird schon gehen«, sagte sie und zwang sich aufzustehen. Der Raum schien sich um sie zu drehen, und sie hielt sich am Waschbecken fest, um nicht umzufallen.

»Es geht dir eindeutig nicht gut«, murmelte ihre Tante.

»Doch«, insistierte Alexandra, die den Abend mit Bernard nicht ruinieren wollte. Er brauchte mindestens genauso sehr wie sie mal einen Abend, um mit ihrer Familie zu feiern, zu fühlen, dass er dazugehörte und stolz auf das sein konnte, was er war, und auf die Art, wie er lebte.

»Alexandra?«

Sie hob abwehrend die Hände hoch, machte eine kleine Wendung und betete, dass sie nicht umfallen würde. »Es geht mir gut«, beharrte sie. »Können wir jetzt bitte gehen und feiern?«

Ihre Tante seufzte, aber ein paar Minuten später waren sie beide zurück im Wohnzimmer, Sekt in der Hand und schlossen sich wieder den Männern an. Nur dass Alexandra keinen Schluck mehr trank – sogar vom Geruch des Sekts drehte es ihr den Magen um, und sie hatte nicht die geringste Ahnung, warum.

24

Gegenwart

Ella verließ die Fähre, nahm ihre Karte zur Hand und versuchte nachzuvollziehen, wo sie sich befand und wo sie hingehen musste. Auf der Fahrt hatte sie einen netten Mann getroffen, der ein wenig Englisch sprach und der ihr den Weg auf der Karte markiert hatte – anscheinend kannte jedermann das Haus, nach dem sie suchte. Offenbar konnte sie zu Fuß gehen und brauchte kein Verkehrsmittel, aber sie beschloss, erst einmal einen Kaffee trinken zu gehen. Sie war sich nicht sicher, ob sie das Koffein brauchte oder ob sie einfach für alles dankbar war, was ihre Ankunft verzögerte. In jedem Fall fiel es ihr nicht schwer, sich davon zu überzeugen, eine Pause zu machen. Außerdem dachte sie an Gabriel und daran, wie schön es gewesen war, dass er mit ihr Urlaub gemacht hatte – er hatte eine Fähre genommen, um nach London zurückzukehren, und sie war auf eine andere gestiegen, um nach Alonnissos zu fahren.

Sie bestellte ihren Kaffee und saß draußen im Sonnenschein, nahm das abgenutzte Foto aus der kleinen Schachtel in ihrer Handtasche und sah sich die beiden Frauen an, wie sie es bereits so oft getan hatte. Ein Teil von ihr fragte sich, ob sie sich auf einer sinnlosen Suche befand – wie wahrscheinlich war es, dass diese Frau irgendwie mit der Vergangenheit ihrer Großmutter in Verbindung stand? Ella seufzte, sah noch immer auf das Foto in ihrer Hand, unentschlossen, ob sie ihrem Plan treu bleiben sollte.

»Kennen Sie sie?«

Ella zuckte zusammen und schlug dem Kellner beinahe den Kaffee aus der Hand, weil sie nicht bemerkt hatte, dass er neben ihr stand. »Entschuldigung, ich war in Gedanken.«

Der Kellner stellte ihr den Kaffee hin, dann lehnte er sich gegen den Stuhl neben ihr und zeigte auf das Bild. »Kennen Sie die Frauen auf dem Foto?«

Sie blickte auf. »Ich glaube, eine davon könnte meine Urgroßmutter sein.«

Der Kellner blickte sie überrascht an. »Wissen Sie denn, wer das ist?«

»Ja«, sagte sie langsam. »Also, man hat mir gesagt, wer sie sein könnten, aber …« *Warum unterhalte ich mich überhaupt mit einem Fremden darüber?* »Verzeihung, kennen Sie sie denn? Kommen sie Ihnen bekannt vor?«

Er grinste. »Natürlich kenne ich Alexandra, wir alle kennen sie. Sie kommt jeden Morgen hierher, um Kaffee zu trinken.«

»Tatsächlich?« Nun, wenigstens bedeutete das, dass Alexandra wirklich hier lebte. Die Informationen, die sie in den letzten Tagen zusammengetragen hatte, waren offenbar korrekt.

»Sie trinkt ihn schwarz mit drei Tropfen Milch, und sie isst dazu immer einen Löffel Fruchtsüßigkeit.«

Er lächelte, stieß sich vom Stuhl ab und überließ sie ihren Gedanken und ihrem Kaffee. Ella gewöhnte sich langsam an den starken, schwarzen Kaffee, wie er ihr in Griechenland serviert wurde, und verstand, warum es üblich war, in Zucker eingelegte Früchte oder Lokum dazu zu essen – sie fügten dem ansonsten so bitteren Getränk etwas Süße hinzu.

Als sie ausgetrunken hatte, stand Ella auf und steckte das Foto in die Landkarte, da sie beschlossen hatte, sie beide in der Hand zu behalten, während sie sich auf den Weg zu Alexandras Haus machte. Wenn sie dort ankam, könnte sie es direkt zeigen, wenn man ihr die Tür öffnete – und möglicherweise verhindern, dass sie ihr direkt vor der Nase zugeschlagen würde.

* * *

Eine Viertelstunde später fand sich Ella vor einem sehr schönen, großen Haus am Berghang wieder. Die mit Kopfstein gepflasterten Wege und die hübschen Häuser mit ihren Fensterläden waren genau wie auf Skopelos – wo auch immer man hinsah, hatte man eine Postkartenansicht vor Augen.

Ella hob die Hand und atmete tief ein, bevor sie dreimal an die hölzerne Tür klopfte.

Sie wartete ab, versuchte sich darauf zu konzentrieren, ruhig weiterzuatmen, bevor sie schließlich noch einmal klopfte. Sie hatte nicht darüber nachgedacht, was sie tun würde, wenn niemand zu Hause wäre. Würde sie am nächsten Tag wiederkommen? Sie sah sich um und fragte sich, ob jemand aus den anderen Häusern sie beobachtete, fragte sich, ob sie das Foto herumzeigen konnte, um sicher zu sein, dass sie zumindest vor dem richtigen Haus stand, als von drinnen eine Stimme erklang.

Ella verstand nicht, was gesagt wurde, aber sie wartete trotzdem ab.

Die Frau hörte sich nicht so alt an, wie sie erwartet hatte, und sie fragte sich, ob es vielleicht ein Dienstmädchen war. Oder das falsche Haus. Bei ihrem Glück hatte sie sich möglicherweise in der Adresse geirrt.

Aber als die Tür schließlich aufschwang, stockte ihr der Atem, und sie fand keine Worte. Die Frau hatte schwarzes, von vielen grauen Strähnen durchzogenes Haar, das sie zu einem Knoten zurückgebunden trug, und wirkte deutlich jünger, als Ellas Großmutter gewesen war. Sie trug kaum Make-up, lediglich ein wenig hellroten Lippenstift. Ein seidenes Trägerhemd und eine locker fallende Stoffhose rundeten ihre lässig-elegante Erscheinung ab. Ella sah sie an und konnte sich gut vorstellen, dass diese Frau aus wohlhabendem Hause stammte – sie hatte eine besondere Ausstrahlung, die auf sie aufmerksam machte.

»Kann ich Ihnen helfen?«, fragte sie erst auf Griechisch und dann, als Ella nicht reagierte, in perfektem Englisch mit nur der Spur eines Akzents.

Ella räusperte sich, war nicht daran gewöhnt, dass ihr die Worte fehlten.

»Alexandra?«, fragte sie. »Alexandra Konstantinidis?«

Die Frau sah sie an und nickte kaum merklich.

»Ich heiße Ella, und ich weiß, dass es vielleicht ein Schock für Sie sein könnte und dass ich möglicherweise ganz falschliege, aber ich habe dieses Foto bekommen. Nach allem, was ich erfahren habe, scheint es sich um ein Foto von Ihnen und Ihrer Mutter zu handeln, das vor vielen Jahren aufgenommen wurde.« Ella hielt es ihr hin und sah, wie die Frau erst zögerte, als wüsste sie nicht, ob sie es überhaupt nehmen sollte. Sie schöpfte Atem und versuchte, diesmal langsamer zu sprechen. »Mrs. Konstantinidis, ich habe Grund zu der Annahme, dass eine der Frauen auf diesem Foto meine Urgroßmutter ist. Dass Sie vielleicht mit mir verwandt sind.«

Die Frau nahm die Fotografie, und ihre Hand zitterte, als sie darauf blickte. Als sie schließlich wieder aufsah, zitterte auch ihre Unterlippe, und Tränen standen ihr in den Augen.

Ella runzelte die Stirn, als sie die Frau ansah. Sie hatte sie sich so viel älter vorgestellt. Diese Frau konnte unmöglich ihre Urgroßmutter sein. »Sie *sind* doch Alexandra Konstantinidis?«, fragte Ella. »Sie sind doch das Mädchen auf dem Foto? Oder habe ich einen schrecklichen Fehler begangen, als ich an Ihre Tür geklopft habe? Es tut mir so leid, falls ich Sie belästigt haben sollte, ich …«

»Ich habe mich immer gefragt, ob dieser Tag jemals kommen würde«, sagte die Frau schließlich, streckte die Hand nach Ellas Hand aus und hielt sie fest. »Ich habe mir tausendmal vorgestellt, wie dieser Augenblick sein würde.«

Sie hob die Hand und berührte Ellas Gesicht, sah sie sich so genau an, als wollte sie sich ihre Züge in allen Einzelheiten einprägen.

»Sie haben erwartet, dass jemand kommen würde?«, fragte Ella, überrascht, als diese elegante, schöne Frau sie anlächelte, während sie weiter ihre Hand hielt. »Wegen dieser Fotografie?«

»Nun, ich habe gehofft, dass meine Tochter nach mir suchen würde, nicht meine Enkelin, aber ja, ich habe jeden Tag in den letzten fünfzig Jahren darauf gewartet, auch wenn mich allmählich die Hoffnung verließ. Und ja, dies ist ein Foto von meiner Mutter und mir, das vor vielen Jahren aufgenommen wurde.« Dann ließ die Frau Ellas Hand los, um sich über die Augen zu wischen, behielt aber das Foto weiter in der anderen Hand. »Es tut mir leid, lange habe ich mir immer wieder ausgemalt, wie es sein würde, Kontakt zu meiner Tochter zu finden.«

»Darf ich hereinkommen?«, fragte Ella.

Alexandra nickte, doch bevor sie sie hereinbat, nahm sie Ella vorsichtig in den Arm, so sanft, als wäre sie nicht sicher, ob sie es tun sollte oder nicht. Sie hielt sie lange, und Ella spürte, wie ihr Körper sich entspannte, als sie zögerlich die Umarmung erwiderte. »Ich möchte sehr gern, dass du hereinkommst«, sagte Alexandra, als sie

sie schließlich losließ. »Ich war so überrascht, als ich dich da stehen sah, mit dieser Fotografie in der Hand.«

»Für mich war es genauso überraschend zu begreifen, dass ich irgendwie doch zu dir gefunden habe«, erwiderte Ella. »Zu der Person auf dem Foto, das ich angestarrt habe, seitdem ich es bekommen hatte, und es hat mich verrückt gemacht, darüber zu rätseln, was wohl für eine Verbindung zu meiner Familie bestehen könnte.«

»Es tut mir leid, dass ich nichts auf die Rückseite geschrieben habe. Zu dieser Zeit …«, sagte Alexandra und blickte über die Schulter zu Ella zurück, als sie hineinging, »war alles so überwältigend. Ich habe meine Entscheidung jahrzehntelang angezweifelt, habe mir gewünscht, ich könnte die Zeit zurückdrehen und etwas Offensichtlicheres zurücklassen.«

Ella folgte ihr in ein Haus, das genauso elegant aussah wie seine Besitzerin. Sie bewunderte die Steinwände, die in demselben warmen Weiß gestrichen waren wie die Außenseite, mit einer Zimmerdecke aus Holz und dazu passenden Dielen. Die ebenfalls mit Holz eingerahmten Fenster waren wie Bilderrahmen für den Meerblick, mit weißen Gardinen, die sich im Wind bauschten und zu der luxuriösen, entspannten Atmosphäre des Hauses beitrugen. Es war überwältigend.

Als Ella sich umwandte, bemerkte sie, dass Alexandra sie mit einem merkwürdigen Gesichtsausdruck ansah, aber keine von beiden begann sofort zu sprechen.

»Bitte, setze dich«, sagte Alexandra schließlich und nahm selbst in einem der weißen Sessel am Fenster Platz.

Ella folgte ihrem Beispiel und setzte sich ihr gegenüber. Sie hatte so viel darüber nachgedacht, was sie sagen würde, wenn sie vor der Tür stand, aber nur wenig für das geplant, was danach kam. Es erschien ihr beinah unwirklich, dass sie die Frau auf dem Bild tatsächlich ausfindig gemacht hatte.

»Vielleicht kannst du mir sagen, wie du an die Fotografie gekommen bist«, sagte Alexandra. »Also, ich glaube, dass ich es weiß, aber es ist schon sehr lange her. Hat deine Mutter sie vor vielen Jahren erhalten?«

»Nein, ganz und gar nicht. Wir haben erst vor Kurzem Post von einem Anwalt bekommen, der früher mal eine Einrichtung mit Namen Hope's House vertreten hat.« Ella sah, wie Alexandra die Augen schloss und nickte. Eine Erinnerung schien in ihr aufzuleben. »Es gab eine Schachtel, auf der der Name meiner Großmutter stand, und da sie kürzlich verstorben ist, ging ich hin, um sie abzuholen, weil ich dachte, es hätte mit ihrem Nachlass zu tun. Ich habe die Schachtel erst seit ungefähr sechs Wochen.«

»Ich glaube, du hast den Namen deiner Mutter auf dem Kästchen gefunden«, sagte Alexandra. »Den Namen meiner Tochter. Ich war es, die es für sie hinterlassen hat.«

Ella schüttelte den Kopf. »Das kann nicht stimmen. Ich bin mir sicher, dass es meine Großmutter war, die adoptiert wurde.« Sie hielt inne. »Könnte sie ein Kind deiner Mutter sein? Es macht irgendwie keinen Sinn.« Auf keinen Fall konnte es ihre Mutter gewesen sein, die adoptiert war. Hätte sie das nicht gewusst?

Alexandra beugte sich in ihrem Sessel vor. »Ich habe deine Mutter Madeline genannt, als sie geboren wurde, und meine einzige Bitte war, dass ihre Adoptiveltern diesen Namen beibehalten«, sagte sie. »Ich habe den Namen für sie ausgewählt, weil meine eigene Mutter ihn sehr geliebt hat. Vielleicht hast du dich von den Initialen auf der Schachtel verwirren lassen?«

M James. Natürlich, ihre Mutter und ihre Großmutter hatten dieselben Initialen.

»Aber …«

»Hope hat sich geweigert, mir allzu viel über die Adoptiveltern zu erzählen, auch als ich um Details gebeten habe. Das Einzige, was sie mir sagte, war, dass meiner Bitte nachgegeben und der Name beibehalten wurde.«

»Der Name meiner Großmutter war Margret«, murmelte Ella. »Daher haben wir angenommen, dass die Initiale M für sie stand.« Machte das diese Frau, die ihr da gegenübersaß, zu ihrer Großmutter? Ihr Herz fing an zu rasen. Alexandra war die Mutter ihrer Mutter. Es war kaum zu glauben. »Als uns der Anwalt kontaktierte, um mir zu sagen, dass etwas für den Nachlass meiner Großmutter hinterlegt worden sei, habe ich nie daran gezweifelt, dass es um sie ging. Dabei war es die ganze Zeit für meine Mutter gedacht.« Ihre Mutter, die der einzige Mensch zu sein schien, den die Geschichte der Schachtel und was sich darin befand, nicht im Geringsten interessierte.

»Jeden Tag in den letzten fünfzig Jahren habe ich an den Inhalt der kleinen Schachtel gedacht und mir gewünscht, dass ich meine Hinweise etwas weniger rätselhaft gestaltet hätte.« Tränen liefen Alexandra jetzt ungehindert über die Wangen. »Und es ist nicht ein Tag vergangen, an dem ich nicht darum gebetet habe, dass meine Tochter mir vergeben möge, dass ich sie weggegeben habe.«

»Meine Mutter weiß von nichts«, gab Ella zurück. »Wir haben alle angenommen, dass es meine Großmutter war, die adoptiert wurde, und dass es geheim gehalten wurde, weil man das zur damaligen Zeit so machte. Aber du bist so jung, es muss in den frühen Siebzigerjahren gewesen sein, als du schwanger wurdest?«

»Das stimmt. Und ich weiß, du denkst jetzt, dass die Welt damals doch fortschrittlicher war und dass junge Frauen nicht mehr gezwungen waren, ihre Babys wegzugeben, aber ich stamme aus einer sehr konservativen Familie. Es hätte große Schande über die Familie meines Vaters gebracht, wenn jemand herausgefunden hätte, dass ich schwanger war.«

Ella konnte sich nur ausmalen, wie es gewesen sein musste. Sie griff in ihre Tasche und holte das Notenblatt heraus. »Du hast noch etwas anderes in die Schachtel gelegt«, sagte sie. »Etwas, das mir dabei geholfen hat, meinen Weg zu dir zu finden.«

»Das Notenblatt«, erwiderte Alexandra und legte eine Hand aufs Herz. »Ich kann dir gar nicht sagen, wie schwer es mir gefallen ist, das zurückzulassen.«

»Bitte«, sagte Ella. »Nimm es, es gehört doch eigentlich dir.«

Alexandra griff nach dem Blatt, lehnte sich im Sessel zurück und betrachtete es, wobei sie eine Hand vor den

Mund schlug, als wollte sie einen Schrei ersticken. Gabriel hatte überlegt, ob die Musik große emotionale Bedeutung für jemanden gehabt haben könnte, ob sie vielleicht für ein Vorspielen oder eine wichtige Vorstellung gedacht war, und als sie Alexandras Reaktion sah, dachte sie, dass er wohl recht gehabt hatte.

»Ein Freund von mir spielt im London Symphony Orchestra«, sagte Ella leise. »Durch ihn ist es mir gelungen, herauszufinden, wer dieser mysteriöse ›B‹ auf der Mitteilung war.«

Ella sah, wie Alexandra das abgenutzte Blatt an ihre Brust hielt. »Bernard hat mir immer kleine Nachrichten geschrieben. Er war so ein Romantiker, und immer, wenn ich nervös war, wusste er genau, was er mir sagen oder schreiben musste.«

»Aber warum dieses Musikstück?«, fragte Ella. »Warum hast du genau dieses Stück hinterlassen?«

»Weil es mir so viel bedeutet hat. Weil es die letzte Nachricht war, die er mir jemals geschrieben hat, die letzten ermutigenden Worte, und ich wollte meinem Kind das hinterlassen, was mir am meisten bedeutete.«

Ella nickte, während Alexandra aufstand und aufgewühlt durchs Zimmer ging.

»Ich war eine der ersten Frauen, die für das London Luminary Ensemble vorgespielt haben«, erklärte Alexandra, wobei sie ihren Blick durch das Fenster in die Ferne richtete. »Dies war das Stück, für das ich mich entschieden hatte, und obwohl ich es auswendig konnte, trug ich die Noten immer bei mir, für alle Fälle. Bernard wusste, dass ich es ansehen würde und damit jedes Mal daran erinnert wurde, wie sehr er an mich glaubte.«

»Dann warst du also Mitglied des Ensembles?«

Alexandra antwortete nicht gleich. Ella wartete und wollte gerade die Frage wiederholen, als sie endlich sprach.

»Es sollte nicht sein«, sagte sie. »Aber das ist schon so lange her, wenn ich ehrlich bin, kann ich mich heute kaum noch daran erinnern, wie man Noten liest.«

Ella war sich nicht sicher, was das bedeutete, aber sie wollte nicht aufdringlich sein und mehr erfragen, als Alexandra bereit war, ihr zu erzählen.

»Du hast seine Augen, weißt du. Du hast etwas an dir, das mich an ihn erinnert.«

»Ich habe die Augen meiner Mutter«, sagte Ella. »Wir sind uns nicht in vielem ähnlich, aber mir wird immer gesagt, dass ich ihre Augen geerbt habe.«

Sie lächelten einander an, und Ella lachte. »Ich kann nicht glauben, dass ich meiner leiblichen Großmutter, von der ich keine Ahnung hatte, dass es sie überhaupt gibt, in einem Zimmer gegenübersitze.«

»Für mich ist es auch schwer zu fassen, Ella. Nach all dieser Zeit, all diesen Jahren des Hoffens, und dann habe ich meinen Bernard verloren …« Ihre Stimme verebbte einen Moment lang. »Ich hatte die Hoffnung beinahe aufgegeben.«

Sie war sich nicht sicher, was Alexandra damit meinte.

»Ich dachte, deine Mutter hätte das Schächtelchen schon vor Jahren erhalten, das war die Vereinbarung. Sie sollte es zu ihrem 21. Geburtstag bekommen.«

»Ach ja?«

»Hope sagte mir, dass sie jede Frau, die in ihrem Haus ihr Kind bekam, fragte, ob sie etwas hinterlassen wolle. Nicht alle taten es, viele entschieden sich dagegen, aber sie versprach, dass sie die Schachtel persönlich schicken würde, wenn das Kind einundzwanzig wurde.«

Ella zögerte. »Hope ist schon vor längerer Zeit verstorben, ich weiß nicht genau, wann, aber vielleicht hat sie etwas davon abgehalten, ihr Versprechen zu halten? Es wurden nur noch sieben Schachteln gefunden, bevor das Haus abgerissen wurde.«

»Abgerissen?« Alexandras Stimme bebte. »Wenn diese Wände hätten sprechen können, die Geschichten, die sie hätten erzählen können. Es gab viele, viele Schachteln, ich habe sie alle gesehen, als Hope mich einmal mit in ihr Büro nahm.«

Ella konnte nicht sagen, warum nur sieben übrig geblieben waren. Sie vermutete, dass die anderen wie geplant abgeschickt worden waren, aber dass etwas Hope dazu veranlasst hatte, diese sieben Schachteln zu verstecken. Vielleicht hatte Mia recht, und aus irgendeinem Grund hatten sie nicht entdeckt werden sollen.

»Wie wäre es, wenn ich uns etwas zu trinken mache?«, sagte Alexandra, stand wieder auf und winkte Ella, ihr zu folgen. »Möchtest du heute Nachmittag hierbleiben und mir mehr von deiner Mutter erzählen? Ich möchte gern so viel wie möglich über sie erfahren.«

»Natürlich möchte ich das«, erwiderte Ella und fand sich in einer großen Küche wieder, wo Alexandra gerade zwei Gläser zur Hand nahm. »Darf ich dich nach deiner Beziehung zur Monarchie fragen? Stimmt es, dass du gezwungen warst, Griechenland zu verlassen?«

»Wir sind fortgegangen, als ich noch ein Mädchen war«, sagte sie mit einem lauten Seufzer. »Das ist alles schon so lange her. Ein ganzes Leben eigentlich.«

»In deiner Jugend musst du ein außergewöhnliches Leben geführt haben. Warst du in Athen, bevor du geflüchtet bist?«

»Ich war dort, und obwohl ich jetzt zurückblicken und sehen kann, dass es außergewöhnlich war, war es damals einfach mein Leben, wie ich es kannte. Meine Mutter wurde von vielen als die Prinzessin des Pferdesports verehrt, und mein Vater war ein Mann mit übergroßem Ehrgeiz. Ehrgeiz, der wichtiger für ihn wurde als alles andere.«

»Wie bist du dann in London gelandet? Schwanger von einem Mann, mit dem du nicht verheiratet warst?«

Alexandra nahm eine Flasche Mineralwasser und goss beide Gläser ein, wobei ihre Hand ein wenig zitterte. Ella sah sie neugierig an und fragte sich, wie diese Frau, die nicht einmal dieselbe Staatsangehörigkeit besaß wie sie, tatsächlich ihre Großmutter sein konnte. Sie beobachtete die beinah anmutige Art, wie sie sich hielt, die eleganten Finger, an denen Diamanten glitzerten, die feinen Linien um ihre Augen und ihren Mund. Für eine Großmutter wirkte sie sicherlich jugendlich, obwohl da auch eine gewisse Melancholie war, als trüge sie einen großen Schmerz in sich, und Ella fragte sich, ob es da noch etwas gab, das tiefer reichte, als der Kummer darüber, ihre Tochter weggegeben zu haben.

»Das Leben, das ich kannte, veränderte sich von einem Moment zum nächsten. Plötzlich war ich in einem anderen Land, hatte alles verloren, was ich kannte und liebte, wurde in eine neue Welt geworfen, in der ich mich trotz der liebevollen Unterstützung meiner Familie mütterlicherseits lange als Fremde fühlte.« Sie gab Ella ein Glas und sah ihr fest in die Augen, als sie weitersprach. »Bis ich Bernard kennenlernte. Dann nahm alles Gestalt an. Ich lebte endlich das Leben, das ich leben wollte, zu meinen eigenen Bedingungen.«

Ella lächelte Alexandra an. »Bis?«, fragte sie.

»Bis mein Vater wieder in mein Leben trat und mir alles nahm, was ich liebte«, murmelte sie. »Zum zweiten Mal in sechs Jahren traf mein Vater eine Entscheidung für mich, die mein Leben für immer veränderte.«

25

London, 1973

Alexandra plagte das schlechte Gewissen gegenüber Belle, weil sie sich nicht oft genug sahen. Heute waren sie zum Einkaufen und einer leichten Mahlzeit zu Harrods gegangen, und auch wenn das nach all den Stunden, die sie in den letzten Monaten mit Üben verbracht hatte, eine willkommene Abwechslung gewesen war, war sie doch todmüde. Belle bewegte sich und sprach stets in fieberhafter Geschwindigkeit und kaufte ebenso begeistert ein, was bedeutete, dass Alexandra kurz davor war, zusammenzubrechen.

»Solltest du es nicht heute erfahren?«, fragte Belle, als sie die Treppe zur Haustür hinaufgingen. »Ich kann gar nicht fassen, dass du den ganzen Tag noch nichts davon gesagt hast.«

»Ich habe versucht, nicht daran zu denken«, gab Alex zurück. »Aber eigentlich habe ich den ganzen Tag lang nichts anderes getan.«

»Nun, lass uns mal sehen, ob etwas mit der Post kam,

während wir weg waren. Stell dir vor, es gäbe gute Neuigkeiten!«

»Ich glaube, sie schicken nur dann einen Brief, wenn man angenommen wurde, aber das kann auch ein Gerücht sein.« Ihr Herz flatterte bei dem Gedanken. Sie träumte von dem Leben, das sie und Bernard haben würden, die Länder, die sie auf ihrer Welttournee kennenlernen würden.

»Wir sind zurück!«, rief Belle, als sie in die Diele traten und ihre Absätze auf dem Dielenfußboden klackerten. »Mom? Ist Post für Alex gekommen? Sie ist …«

»Hier herein, Mädchen«, drang die Stimme ihrer Mutter aus dem Salon.

Belle sah ihre Cousine mit aufgerissenen Augen an und eilte ihr voraus. Alexandra folgte ihr und wappnete sich, wobei ihr Atem in kurzen Schüben kam. War es das, weswegen Elizabeth sie zu sich rief? War etwas angekommen, und sie wartete darauf, es ihr zu geben?

Doch ihre Vorfreude verwandelte sich in Verzweiflung, als sie das Zimmer betrat und sah, dass ihre Tante einem gut gekleideten Mann mit dichtem, grau meliertem Haar und einem säuberlich gestutzten Schnurrbart gegenübersaß. Er lächelte sie an wie eine Bekannte, die er seit langer Zeit nicht gesehen hatte.

Anscheinend war ihr Vater nach all den Jahren zurückgekehrt. Also hatten ihre Tante und ihr Onkel recht gehabt, sich Sorgen zu machen.

»Hallo, Vater«, sagte sie, und Belle sah sie kurz an und stellte sich dichter neben sie, beinahe so, als wollte sie sie beschützen. Alexandras rechte Hand hing an ihrer Seite herunter, und sie spürte, wie Belles kleiner Finger ihren streifte, als wollte sie ihr sagen, dass sie für sie da war.

»Alexandra, ich hätte dich nicht wiedererkannt«, sagte er mit einem Lächeln, das sie überraschte. »Du bist zu einer hübschen jungen Frau herangewachsen.«

Das hättest du mitbekommen können, wenn du mich besucht hättest. Am liebsten hätte sie ihm eine Beleidigung an den Kopf geworfen, doch stattdessen blieb sie ruhig. Später konnte sie Belle gegenüber ihrem Unmut Luft machen, toben und rasen, oder ihrer Tante ihr Leid klagen, von der sie wusste, dass sie Verständnis für sie haben oder sich ihr vielleicht sogar anschließen würde.

»Was bringt dich nach London?«, fragte Alexandra höflich.

»Dein Vater hat Interesse daran bekundet, dass du bei ihm leben sollst«, sagte ihre Tante, bevor ihr Vater Gelegenheit hatte zu antworten. »Ich war gerade dabei, ihm zu erklären, wie schwierig es für eine junge Dame wäre, aus allem, was sie kennt, entwurzelt zu werden. Schon wieder.«

»Ich …« Alexandra zögerte, und ihr Vater unterbrach sie.

»Auch wenn deine Tante anderer Meinung ist, glaube ich, dass es für dich an der Zeit ist, zu deiner Familie zurückzukehren, Alexandra. Du bist lang genug hier gewesen.«

»Alexandra ist achtzehn! Sie kann nicht einfach mitgenommen werden, als wäre sie noch ein Kind. Sie ist erwachsen!«, brach es aus Belle heraus, was ihr einen scharfen Blick von ihrer Mutter einbrachte.

»Belle, lass uns bitte allein«, sagte Elizabeth in endgültigem Tonfall.

»Tut mir leid«, formte Belle mit den Lippen und drückte noch einmal schnell Alexandras Schulter, bevor sie das Zimmer verließ.

»Sie hat recht«, sagte Alexandra. »Ich bin erwachsen, und du kannst nicht von mir erwarten, dass ich dich, nachdem du dich fast sieben Jahre lang nicht hast blicken lassen, mit offenen Armen empfange.«

Ihr Vater strich sich über den Schnurrbart und lehnte sich im Sessel zurück. »Du weißt, was in Griechenland geschehen ist? Wie die Situation dort aussieht?«

Alexandra nickte.

»Dann solltest du auch wissen, dass alles, was ich mir zur Lebensaufgabe gemacht habe, der Veränderung unterliegt. Und dass wir dabei sind, alles zu verlieren.« Er hatte die Unverfrorenheit zu lächeln, der Nachricht zum Trotz, die er überbrachte. »Du, meine Liebe, bist das einzig Wertvolle, was mir noch geblieben ist.«

»Ich bin kein Pferd, mit dem man handeln kann«, konterte sie. »Wenn es das ist, was du andeuten willst.«

»Sei nicht so naiv zu glauben, dass wir noch immer die wohlhabende Familie sind, die wir früher waren«, knurrte er. Sie hatte vergessen, wie einschüchternd er sein konnte, wenn er wütend war. »Ich konnte nur eine bestimmte Menge an Familiensilber, Schmuck und Geschenken von Fabergé aus Griechenland herausschmuggeln, und diese sind längst veräußert.«

Alexandra hob das Kinn ein wenig und sah ihren Vater an – er sprach von den Geschenken, die ihre Familie im Laufe seiner Dienstjahre und durch die Freundschaft mit ihrer Mutter vom König und der Königin bekommen hatte. »Was ist mit der persönlichen Schmucksammlung meiner Mutter? Die hätte ich gern zurück.«

Ihr Vater wurde tiefrot, und auf seinen Wangen bildeten sich Flecken, als er zu Boden blickte.

»Nicholas?«, fragte Elizabeth. »Deine Tochter hat sich nach der Privatsammlung meiner Schwester erkundigt. Diese Sammlung ist ihr von unseren Eltern vermacht worden, sie hat ein Recht darauf.«

»*Meine* Sammlung«, sagte er im Flüsterton. »Sie war *meine* Frau, und das bedeutet, dass mir zustand, mit der Sammlung zu verfahren, wie ich es für richtig hielt.«

Alexandra wusste es. Man musste es ihr nicht sagen, und er musste es ihr nicht bestätigen.

»Sie ist weg, nicht wahr?«, sagte Elizabeth. »Verkauft, um deinen vergnügungssüchtigen Lebensstil der letzten knapp sieben Jahre zu finanzieren?«

Alexandra überfiel mit einem Mal Übelkeit. *Weg. Alles von Mama ist weg.*

»Ich möchte, dass du gehst«, sagte Alexandra, überrascht vom Klang ihrer eigenen Stimme. Sie sah ihre Tante an, die aufstand und sich neben sie stellte.

»Du sagst deinem eigenen Vater, dass er gehen soll?«, zischte er. »Nun, wenn ich gehe, dann wirst du mit mir kommen. Du hast dich hier lang genug verwöhnen lassen, und es ist an der Zeit für dich, zu heiraten und deiner Verpflichtung deiner Familie gegenüber nachzukommen.«

»Nein, Vater, das werde ich nicht tun. Ich habe nicht die Absicht, heute oder überhaupt irgendwann mit dir zu gehen, und ich werde ganz sicher keinen Mann heiraten, den du für mich aussuchst. Wir haben das Jahr 1973, und inzwischen treffen Frauen in London ihre eigene Wahl.«

»Nicholas, wie kommen wir zu der Ehre? So traurig, was in Griechenland geschehen ist.«

Ihr Onkel kam ins Zimmer, eindeutig mit der Absicht, die Lage zu entspannen, und Alexandra nutzte die Gelegenheit, um den Raum zu verlassen. Ihr drehte sich der Magen um, und sie rannte die Treppe hinauf, hörte ihre Tante hinter sich, blieb aber nicht stehen aus Angst, sie könnte sich auf den Teppich übergeben.

Sie lief ins Badezimmer und erbrach ihren Mageninhalt in die Toilette, während ihre Tante ihr das Haar aus dem Gesicht strich und ihr den Kopf hielt. Alexandra ließ sich zu Boden fallen und wartete, bis sie sicher sein konnte, dass es vorbei war, bevor sie langsam aufstand.

»Tut mir leid, Tante Elizabeth. Ich weiß nicht, was über mich gekommen ist.«

»Ich kann verstehen, dass die Forderungen deines Vaters dir Übelkeit bereitet haben«, sagte sie. »Aber wenn ich mich nicht irre, war dir vorher schon mal schlecht?«

Alexandra nickte und wusch sich das Gesicht, dann nahm sie ein Glas aus dem Badezimmerschrank und füllte es mit Wasser. »In letzter Zeit ist mein Magen ziemlich empfindlich. Vielleicht habe ich etwas Falsches gegessen.« In Wirklichkeit wusste sie nicht genau, warum ihr übel war; normalerweise war ihr Magen nicht so heikel.

»Wie wäre es, wenn ich den Arzt bitte, herzukommen und dich morgen früh zu untersuchen? Nur vorsichtshalber.«

»Natürlich«, sagte sie, bevor sie sich plötzlich an den Brief erinnerte. »Tante Elizabeth«, fragte sie, bevor ihre Tante sich umdrehte, »ist heute etwas für mich angekommen?«

»Außer deinem Vater?«, fragte sie mit einem verschwörerischen Schmunzeln. »Ja, da ist tatsächlich ein Brief gekommen.«

Alexandras Herz setzte aus. »Liegt er …«

»Auf dem Tisch im Flur«, sagte ihre Tante. »Ich bin überrascht, dass du ihn nicht gesehen hast, als du hereingekommen bist.«

Alexandra hörte ihre letzten Worte kaum noch, als sie die Treppe in solcher Eile hinunterrannte, dass sie am Fuß beinah mit ihrem Vater zusammengestoßen wäre, der gerade aus dem Salon kam.

»Hast du dich bereits umentschieden, meine Liebe?«

Sie ignorierte ihn und nahm den Brief vom Beistelltisch, riss ihn auf und überflog die Worte mit rasendem Herzen.

Ich bin drin. Mein Gott, ich bin drin!

»Sie haben mir eine Stellung angeboten«, keuchte sie, dann lachte sie und las den Brief noch einmal.

Einen Moment lang hatte sie vergessen, dass sie nicht

allein war, aber als sie sich umdrehte, sah sie, wie das Gesicht ihres Onkels aufleuchtete.

»Herzlichen Glückwunsch, Alexandra«, sagte er. »Du hast so hart dafür gearbeitet, ich bin stolz auf dich.«

Ihr Vater sah zwischen ihnen hin und her. »Stolz worauf genau? Sag mir bitte nicht, dass du deine Zeit damit verschwendet hast, dich an Universitäten zu bewerben oder Ähnliches?«

Sie straffte sich und stand mit erhobenem Kopf vor ihm. »Ich habe mich einen Großteil meiner Zeit in London mit Musik beschäftigt. Mit der Violine, um genau zu sein, und mir ist gerade eine Stelle in einem Orchester angeboten worden.«

»Und nicht in irgendeinem Orchester«, verkündete ihr Onkel. »Sie ist eine der ersten Frauen, die eine Stellung im London Luminary Ensemble bekommen hat.«

»Ich komme morgen wieder«, entgegnete ihr Vater kurz angebunden, »und dann sprechen wir über deine Heiratsaussichten und davon, was ich von dir erwarte. Du trägst eine große Last auf deinen Schultern, Alexandra, also verschwende gefälligst keinen Gedanken daran, mit einem Orchester auf und davon zu gehen.«

Mit auf und davon gehen hat das doch nichts zu tun, dachte sie, biss sich jedoch auf die Lippen.

»Mit dir an meiner Seite können wir den Namen und das Vermögen unserer Familie wiederherstellen. Ich erwarte, dass du meinen Vorschlag über Nacht ernsthaft in Erwägung ziehst.«

»Deinen Vorschlag?«, fragte sie und blickte zu ihrem Onkel hinüber, der einfach nur den Kopf schüttelte, als sollte sie keine weiteren Fragen stellen.

»Ich habe eine Heirat zwischen dir und einem Witwer aus Athen arrangiert. Er stammt aus einer sehr reichen Familie, einer Familie, die überaus daran interessiert ist, unsere Familien auf diese Weise zu verbinden«, sagte er. »Ganz abgesehen davon, dass sie in Griechenland hoch angesehen ist.«

Sie stellte sich schweigend neben ihren Onkel, wobei sie den Brief fest in der Hand hielt. Schließlich drehte sich ihr Vater auf dem Absatz um und ging, ließ sie mit ihrem Onkel zurück, der seine Hand schwer auf ihre Schulter fallen ließ.

»Tolle Neuigkeiten, was das Orchester angeht, Alex. Das wird deine Gedanken von dieser Sache mit deinem Vater ablenken.«

»Er kann mich doch nicht zwingen zu heiraten, oder?«, fragte sie, und ihre Stimme war kaum mehr als ein Flüstern.

»Nein, das kann er ganz sicher nicht. Und wenn er es versucht, wird er sich mit mir auseinandersetzen müssen. Wir werden vor nichts haltmachen, um dich zu beschützen.«

»Danke«, sagte sie und umarmte ihren Onkel spontan. Er prustete halb im Protest und tätschelte ihr den Rücken, aber als er sie losließ, lächelte er sie an.

»Geh und überbringe deiner Tante die gute Nachricht.«

Alexandra rannte die Treppe wieder hinauf, aber anstatt zum Zimmer ihrer Tante zu gehen, lief sie direkt ins Badezimmer, drehte den Hahn auf, sodass niemand hören konnte, wie sie sich wieder erbrach. Als sie danach in den Spiegel sah, fiel ihr auf, wie blass sie aussah. Elizabeth hatte recht, es konnte nicht schaden, am nächsten Morgen den Arzt kommen zu lassen, nur um ganz sicherzugehen, dass es sich um nichts Ernsteres handelte als eine Magenverstimmung.

* * *

»Ihre Tante sagte mir, dass Sie sich unwohl fühlen?«

Alexandra saß auf dem Bettrand, noch im Nachthemd. Als sie an diesem Morgen aufgewacht war, war ihre Übelkeit noch heftiger gewesen und hatte es ihr unmöglich gemacht, sofort aufzustehen.

»Jetzt, wo ich darüber nachdenke, habe ich mich schon vor ein paar Monaten schlecht gefühlt, dann ging es jedoch weg. Aber jetzt ...« Ihr Magen zog sich zusammen, und sie schloss die Augen, wünschte sich, es würde aufhören. »Meinen Sie, ich könnte eine Lebensmittelvergiftung haben?«

Der Arzt bedeutete ihr, dass sie sich hinlegen sollte, und tastete sanft ihren Bauch ab, drückte vorsichtig hier und da, bevor er sein Stethoskop hervorholte. Er blickte ihr direkt in die Augen, bevor er den Bügel auf seine Ohren setzte.

»Wann hatten Sie zum letzten Mal Ihre Regelblutung?«

Sie runzelte die Stirn und stützte sich auf die Ellbogen. »Also, ich weiß nicht. Wir waren so beschäftigt mit den Proben, und sie kommt sowieso immer etwas unregelmäßig, aber …« *Wann habe ich zum letzten Mal menstruiert?* »Ich bin mir wirklich nicht sicher.«

Er horchte eine Weile ihren Bauch ab, bevor er das Stethoskop abnahm, in seine schwarze Ledertasche zurücklegte und den Reißverschluss zuzog, während sie ihn erwartungsvoll ansah.

»Alexandra, es gibt keine einfache Art, einer jungen Frau dies mitzuteilen, nicht, wenn sie in Ihrem Alter und unverheiratet ist, aber Sie sind schwanger. Und das ungefähr seit drei Monaten, wenn ich schätzen sollte.«

Sie spürte, wie ihr die Farbe aus dem Gesicht wich. »Schwanger?« Ihre Hände legten sich sofort auf ihren Bauch. »Würde ich das nicht wissen, wenn ich schwanger wäre? Würde ich nicht …«

»Dies ist keine Nachricht, die sich leicht verdauen lässt, aber ich habe keine Zweifel. Ich habe die Herztöne Ihres Babys gehört.«

Ihr Mund wurde trocken, und in ihrem Kopf tobten tausend Gründe, aus denen sie auf gar keinen Fall ein Kind haben konnte.

»Bitte sagen Sie es nicht meiner Tante«, schaffte sie zu flüstern. »Ich hätte gern die Gelegenheit, es ihr selbst mitzuteilen.«

»Selbstverständlich«, erwiderte der Arzt. »Ich kann Sie meiner Diskretion versichern, aber an Ihrer Stelle würde ich es ihr besser früher als später sagen.«

Er stand auf und durchschritt den Raum, aber erst als er die Tür hinter sich schloss, brach sie zusammen. *Schwanger?* Ein Baby würde bedeuten, dass sie das Angebot, dem Orchester beizutreten, nicht wahrnehmen konnte, es würde all ihren Hoffnungen und Träumen ein Ende bereiten. Ihrem Traum von der Zukunft.

Was wird Bernard nur von mir denken? Sie wusste, dass er sie liebte, aber liebte er sie genug, um sie zu heiraten, wenn er erfuhr, dass sie schwanger war?

Alexandra kauerte sich zusammen und zog die Bettdecke über ihren Körper, verbarg das Gesicht im Kissen und fing an zu weinen, wobei sie ihre Hände schützend um ihren Bauch legte.

Sie hatte eine oder zwei Stunden im Bett gelegen, als es an ihrer Zimmertür klopfte. Alexandra setzte sich auf, als ihr Dienstmädchen kam, um nach ihr zu sehen.

»Es geht mir gut«, murmelte sie. »Ich muss nur etwas schlafen.«

»Sie haben Besuch.«

»Sagen Sie Bernard, ich kann ihn nicht empfangen. Der Arzt hat gesagt, ich hätte eine Magengrippe, und ich möchte niemanden anstecken, schon gar nicht ihn.«

Bernard würde in weniger als einer Woche auf seine Tournee nach Übersee aufbrechen. Er würde sie nicht sehen wollen, wenn er befürchten musste, dass sie etwas Ansteckendes hätte.

»Es ist nicht Bernard, es ist Ihr Vater.«

Sie ließ sich zurückfallen und bedeckte ihr Gesicht mit einem Kissen. »Sagen Sie ihm, dass ich ihn nicht sehen will.«

»Du musst dich schon ein bisschen mehr anstrengen, wenn du mich vertreiben willst, Alexandra.«

Sie nahm das Kissen vom Gesicht und setzte sich auf, hasste den Gedanken daran, wie sie wohl aussah, mit geschwollenen Augen und ihrem bleichen, verhärmten Gesicht.

»Wo ist Tante Elizabeth? Ist sonst noch jemand zu Hause?«, fragte Alexandra das Dienstmädchen, das händeringend auf der Schwelle stand.

»Hier ist niemand außer mir.«

Ihr Vater schloss die Tür, und Alexandra zwang sich, sich anständig im Bett aufzusetzen.

»Wie lang geht es dir schon nicht gut?«, fragte er und setzte sich in den Sessel auf der anderen Seite des Zimmers.

»Es geht mir gut. Mach dir bitte keine Sorgen.«

»Weißt du, deiner Mutter ging es von dem Augenblick an schlecht, in dem sie mit dir schwanger wurde«, sagte er.

Alexandra wusste, dass ihr Gesicht brannte, versuchte aber, eine neutrale Miene beizubehalten.

»Hat der Arzt bestätigt, dass du schwanger bist?«

Sie konnte keinen Sinn mehr darin sehen zu lügen – bald würde sie ihr Geheimnis allen gestehen müssen, wenn sie sich nicht entschied, einen Arzt zu finden, der Frauen dabei half, sich von ungewollten Schwangerschaften zu befreien. Aber tief in ihrem Inneren wusste sie, dass das für sie nicht infrage kam.

Sie nickte und hielt dem Blick ihres Vaters stand.

»Du wirst noch heute mit mir abreisen, ohne Widerrede«, sagte ihr Vater, stand auf und ging ans Fenster. Er zog die Vorhänge ein wenig auf, was mehr Licht ins

Zimmer ließ, und sah hinaus. »Wir werden aller Welt sagen, dass du in ein Schweizer Mädchenpensionat gegangen bist, was deine Abwesenheit erklärt. In der Zwischenzeit werde ich deine Verlobung arrangieren, und sobald das Baby adoptiert ist, wirst du deinen Auserkorenen kennenlernen.«

»Adoptiert?«

»Hier in London gibt es eine Einrichtung, die unverheiratete Frauen aufnimmt. Sie garantiert absolute Diskretion. Ich bin mir sicher, dass du dort gut aufgehoben sein wirst, bis das Baby auf der Welt ist.«

Alexandra fühlte sich, als hätte ihr jemand ein Messer in den Bauch gerammt. »Nein«, krächzte sie, während ihr die Tränen in die Augen stiegen. »Ich habe einen Freund, ich habe meine eigenen Pläne für die Zukunft, ich habe …«

»Sag mir, dieser junge Mann, dieser *Freund*«, sagte ihr Vater und begann, langsam im Zimmer herumzugehen. »Ist er vermögend? Kann er dich und dein Kind ernähren? Hat er jemals den Wunsch geäußert, dich zu heiraten?«

Alexandra hasste ihn. Sie hasste ihn so sehr, dass sie sich wünschte, ihn mit bloßen Händen erwürgen zu können. Und woher wusste er überhaupt, dass es diesen Ort gab? Hatte er eine seiner Geliebten dort hingeschickt, damit sie sein Kind dort zur Welt brachte?

»Bernard würde nicht wollen, dass unser Baby weggegeben wird! Er liebt mich!«, schrie sie, aber gleichzeitig packte sie ein Gefühl der Angst.

»Meinst du tatsächlich, dass dieser junge Mann seine Träume aufgeben würde, um ein Mädchen zu retten, das er versehentlich geschwängert hat? Und wenn doch, meinst du nicht, dass er dich irgendwann dafür hassen würde, dass du sein Leben ruiniert hast?«

Sie wollte antworten, aber ihr Vater ließ ihr keine Gelegenheit dazu.

»Dieser junge Mann, er ist Musiker, nicht wahr? Cellist?«

Alexandra dachte nicht einmal daran, ihn zu fragen, woher er das wusste. War es nicht egal?

»Würdest du von ihm erwarten, dass er aufgibt, was er liebt, um für seine Familie zu sorgen? Ein Heim für euch zu finden, wenn er dir noch nicht einmal einen Heiratsantrag gemacht hat? Seine Liebe würde sich schnell in Hass verwandeln, weil du ihm das Leben genommen hast, das er nun nicht mehr führen kann. Du wärest wie ein Mühlstein um seinen Hals. Willst du das sein?«

Da fingen die Tränen an, ihr die Wangen herunterzulaufen. Hatte er recht? *Würde* Bernard sich so fühlen, wenn er herausfand, dass er Vater wurde?

»Und deine Tante und dein Onkel, meinst du, dass sie dich noch länger hier bei deinen Cousins haben wollen, wenn sie es herausfinden? Ein unverheirateter Teenager mit einem unehelichen Kind unter ihrem Dach?« Er lachte. »Ich würde meinen, nein. Das würde sogar die Grenzen *ihrer* Großzügigkeit überschreiten.«

Alexandra krallte ihre Finger in die Bettdecke, wünschte sich, ihn anzuschreien und ihm die Kissen an den Kopf zu werfen. Aber stattdessen erstarrte sie, als wäre sie wieder das kleine Mädchen, die Zwölfjährige, die gerade erst ihre Mutter verloren hatte.

»Nimm dir einen Moment, um dich zu fassen, und dann pack deine Sachen. Wir fahren in zwei Stunden.«

»Ich kann nicht«, flüsterte sie.

»Es wird Elizabeth die Peinlichkeit ersparen, dich bitten zu müssen, zu gehen, Alexandra. Du bist kein Kind mehr, du weißt, was richtig ist.«

Bernard. Sie würde zu Bernard gehen. Bernard wüsste, was zu tun wäre.

26

Alexandra!« Bernard zog sie ins Haus und hinauf in sein Zimmer, und sie konnte sehen, dass er nicht geschlafen hatte, weil er blutunterlaufene Augen hatte und seine Sachen im ganzen Zimmer verstreut herumlagen, sein Bett aber noch so gemacht war, wie sie es am Morgen davor zurückgelassen hatte.

»Packst du schon?«

Er ließ die Kleider fallen, die er fahrig zur Hand genommen hatte, breitete die Arme aus, und sie ging direkt zu ihm und legte den Kopf an seine Brust, während er sie festhielt. Sie umarmte ihn und hätte ihn am liebsten nie wieder losgelassen.

»Ich weiß nicht, wie das passieren konnte, aber ich habe mich im Datum geirrt. Wir fahren schon morgen los!«

»Morgen?« Sie ließ ihn los und trat zurück.

»Ich weiß, ich weiß«, sagte er und fing wieder an zu packen. »Sie wollen offenbar, dass wir in China vor den Auftritten mehr Zeit zum Proben haben, und irgendwie habe ich wohl den neuen Plan übersehen und –« Er runzelte die Stirn. »Alex, es tut mir so leid, solltest du nicht gestern Nachricht von deinem Vorspiel bekommen?«

Sie zwang sich zu einem Lächeln. »Ich habe noch nichts gehört«, log sie. »Aber vielleicht kommt der Brief ja heute, du weißt doch, wie unzuverlässig die Post manchmal sein kann.«

Er schmunzelte. »Das nächste Mal, wenn eine Tournee ansteht, packst du auch. Kannst du dir vorstellen, wie wir beide die Welt bereisen, ohne festen Wohnsitz? Wir werden für Orchester auf der ganzen Welt spielen, nur wir beide.«

Alexandra saß auf dem Bettrand und sah ihm zu. Sie brauchte all ihre Kraft, um nicht in Tränen auszubrechen.

»Das hört sich wunderbar an, B. Ein Leben, von dem ich bisher nur träumen konnte.«

Er setzte sich neben sie und nahm ihre Hand.

»Stimmt etwas nicht?«

Da rann eine Träne ihre Wange hinunter, die aus ihrem Augenwinkel entkommen war. »Nein, alles in Ordnung. Ich werde dich vermissen, das ist alles.«

Er küsste ihr die Tränen weg. »Ich werde dich auch vermissen. Und ich verspreche, ich wäre nicht losgefahren, ohne dir Bescheid zu sagen. Ich wollte auf dem Weg zum Flughafen bei dir zu Hause vorbeikommen.«

Alexandra wischte sich schnell über die Augen und lächelte unter Tränen, während Bernard mit dem Packen weitermachte. Sie wusste nun, was zu tun war. Er hatte sein ganzes Leben vor sich, und sie würde ihm dabei nicht im Weg stehen, würde ihn nicht daran hindern, der Musiker, der Mann zu werden, der er werden konnte.

Wenn das Taxi kam, das ihn zum Flughafen bringen sollte, würde sie zurückbleiben und ihm eine Nachricht schreiben.

Ich liebe dich. Es tut mir leid.

Denn was könnte sie sonst noch sagen, wenn sie nicht wollte, dass er die Wahrheit erfuhr?

27

Alexandra klammerte sich am Türgriff des Wagens fest, während ihr Vater an ihrem Arm zog.

»Du kannst mich nicht zwingen«, flehte sie und fühlte sich wieder wie das kleine Mädchen in Griechenland, das sich weigerte, nach London zu fahren. »Ich bleibe hier.«

»Du gehst da jetzt rein, und wenn ich dich tragen muss.« Sie wusste, dass er seine Wut gerade noch im Zaum hielt, denn die Zornesröte auf seinem Gesicht vertiefte sich, während er auf sie hinuntersah. »Lass den Griff los, Alexandra.«

»Nein!«, schrie sie, woraufhin er so gewaltsam an ihrem Arm zerrte, dass sie fürchtete, er könnte ihn brechen.

»Bitte, zwing mich nicht. Bitte!«

»Darüber hättest du nachdenken sollen, bevor du Schande über unsere Familie gebracht hast«, schäumte er. »Du hast es getan, Alexandra, und nun zahlst du den Preis dafür.«

Da wurde sie still, ohne allerdings ihren Griff zu lockern, und sah ihn an. »Und was ist mit den Nutten, mit denen du zusammen gewesen bist? Meinst du, ich wüsste nicht, was du all die Jahre getrieben hast? Während ich studiert und mir ein Leben aufgebaut habe?«

Alexandra sah den Schlag nicht kommen. Ihr Vater war schon immer aufbrausend gewesen, aber er hatte sie noch nie geschlagen. Seine Handfläche traf mit solcher Kraft auf ihre Wange, dass es ihr vorkam, als würden ihr alle Zähne aus dem Kiefer fallen. Sie wich zurück, als er auf sie hinunterstarrte.

»Ich hasse dich«, fauchte sie ihn an. »Ich hasse dich mit jeder Faser meines Körpers. Wie respektlos du meine Mutter behandelt hast, wie du mich wie Abfall weggeworfen hast, bis du mich wieder brauchtest. Ich verabscheue dich aus tiefstem Herzen.«

»Wie kannst du es wagen, so mit deinem Vater zu sprechen!«

»Vater?« Sie lachte, wischte sich die Lippe ab und merkte, überrascht von dem metallischen Geschmack, dass sie blutete. Alexandra sah den Ring an seinem kleinen Finger, und ihr wurde klar, dass der Schlag deshalb so sehr geschmerzt hatte – er hatte ihre Unterlippe getroffen. »Du verdienst den Titel *Vater* nicht. Er passt nicht auf dich. Es tut mir leid, dass ich nicht der Sohn war, den du dir dein ganzes Leben lang so verzweifelt gewünscht hast.«

Er hob die Hand, als wollte er sie erneut schlagen, doch eine sanfte Stimme von hinten unterbrach sie.

»Bitte denken Sie daran, dass die Leute von den Fenstern aus zusehen könnten. Es wäre mir lieber, wenn Sie keine Szene machen würden.«

Alexandra hatte nicht gemerkt, dass sie die Luft angehalten hatte, bis ihr Vater die Hand sinken ließ, und sie nun ausatmete. Sie sah ihn einen Moment lang an, wobei ihre Hand noch immer die Autotür festhielt, bevor sie langsam den Kopf zu der Stimme umwandte. Eine ältere Frau in einem schlichten Baumwollkleid kam auf sie zu, eine Schürze um die Taille gebunden.

»Sie müssen Alexandra sein. Ihr Vater hat angerufen.« Sie hielt inne. »Ich bin Hope, und dies hier ist mein Haus.«

Alexandra nickte und sah sich die Frau genauer an. Sie hatte das Haar zu einem Knoten gebunden, aber es war ihr freundliches Lächeln, das Alexandra am meisten auffiel. Als sie ihr leise zunickte, wusste Alexandra, dass diese Frau ihr helfen würde. Sie blickte sie an, als wüsste sie, wozu ihr Vater fähig war, doch sie schien keine Angst vor ihm zu haben.

»Meine Tochter ist heute besonders dickköpfig«, sagte ihr Vater und trat einen Schritt von ihr weg, was ihr erlaubte, den Türgriff nicht mehr ganz so krampfhaft zu umklammern. Ihre Finger schmerzten von der Anstrengung.

Hope nickte wieder. »Dürfte ich Ihre Tochter einen Augenblick allein sprechen?«, fragte sie. »Es wäre doch sehr wünschenswert, eine Szene zu vermeiden.«

Alexandra kniff die Augen zusammen und blickte zu ihrem Vater, der sie voller Abscheu ansah. Nun, sie empfand dasselbe für ihn, und aus diesem Wissen heraus verlor sie ihre Angst vor ihm.

»Ich gehe eine Runde«, sagte er, griff in den Wagen und zog die Schlüssel aus der Zündung, als befürchtete er, dass sie das Auto stehlen könnte. Wenn sie darauf gekommen wäre, hätte sie es getan.

»Alexandra«, sagte Hope, trat mit ein paar schnellen Schritten auf sie zu und nahm ihre Hand. »Ich weiß, es ist schwer, und zweifellos ist dies der letzte Ort, an dem du gerade sein möchtest, aber ich kann dir versprechen, dass du mit dem Respekt und der Würde behandelt wirst, die du verdienst, wenn du durch die Tür meines Hauses trittst. Und sobald er weg ist, wird dich niemand gegen deinen Willen zum Bleiben zwingen.«

Alexandra hörte zu und ließ die Autotür langsam los.

»Männer wie dein Vater betrachten Frauen, und besonders unverheiratete, als Last. Über die Jahre habe ich zahllose Männer wie ihn getroffen, und ich würde dich viel lieber in meiner Obhut sehen als in seiner.«

»Aber ich will mein Baby nicht weggeben«, flüsterte sie. Mürbe geworden, sprach sie die Worte aus, die ihr im Kopf herumgingen. Sie legte beschützend die Hand auf ihren Bauch. »Es war nicht so geplant, es hätte noch nicht passieren sollen.«

Hope nahm Alexandra in die Arme und tröstete sie mit ihrer Berührung und ihren Worten. »Komm erst einmal mit mir, danach ist alles Weitere deine Entscheidung. Dein Vater darf mein Haus nicht betreten.« Hope streichelte ihr Haar. »Du bist sicher bei mir, Alexandra.«

Sie ließ sich halten, holte Atem und kämpfte mit den Tränen. Sie weigerte sich, zuzulassen, dass ihr Vater sie zum Weinen brachte, weigerte sich, sein Opfer zu sein, wenn sie doch tief in ihrem Herzen wusste, dass sie nichts Schlechtes getan hatte. Als Hope sie schließlich losließ und sie mit einer Wärme anlächelte, die Alexandra an ihre Mutter erinnerte, wusste sie, was sie tun musste.

»Können wir jetzt hineingehen, bevor er zurückkommt? Ich will ihn nicht wiedersehen.«

Hope nickte. »Natürlich. Ich kümmere mich dann um deinen Vater.«

Alexandra hievte die beiden Koffer, die sie mitgebracht hatte, vom Rücksitz des Autos und ließ zu, dass Hope ihr einen davon abnahm, als sie zu ihrem Haus gingen, vorbei an dem Schild mit der Aufschrift *Hope's House*. Alexandra blieb vor der rot gestrichenen Eingangstür stehen und blickte zurück, als wollte sie ihrem Vater eine letzte Chance geben, seine Meinung zu ändern. Aber als sie ihn da wieder neben dem Auto stehen sah, wurde ihr klar, dass sie nicht mit ihm gehen wollte, selbst wenn er es sich tatsächlich anders überlegen würde. Sie hatte nicht gelogen, sie hasste ihn tatsächlich.

»Geh schon mal hinein und koche uns einen Tee«, bat Hope. »Ich bringe die Dinge mit deinem Vater ins Reine.«

Alexandra musste nicht weiter ermutigt werden – sie öffnete die Haustür, hob den zweiten Koffer hoch, den Hope abgestellt hatte, trug beide hinein, stellte sie ordentlich am Fuß der Treppe im Flur ab, bevor sie auf der Suche nach der Küche durchs Haus ging. Sie konnte von oben Geräusche hören und nahm an, dass es sich um andere junge Frauen handelte, die in derselben Lage waren wie sie. Allmählich fing sie an, sich zu beruhigen, und so sang sie leise vor sich hin, während sie in der Küche Wasser aufsetzte und jeglichen Gedanken daran verdrängte, warum sie hier war.

Zum Glück ließ Hope nicht lange auf sich warten und bat ihren Neuankömmling, Platz zu nehmen. Alexandra setzte sich, wobei sie Hope neugierig musterte. Sie war sich nicht ganz sicher, wie alt sie war, schätzte aber, dass sie vielleicht in ihren späten Sechzigern oder sogar frühen Siebzigern war.

»Er ist weg«, sagte Hope, während sie Becher aus dem Schrank nahm und einen Teller mit Keksen auf den Tisch stellte.

»Bis wann?«

Hope warf Alexandra einen langen Blick zu, bevor sie ihr Tee einschenkte und sich ihr gegenüber hinsetzte.

»Offenbar hat er eine Heirat für dich arrangiert, nachdem das Baby geboren ist.«

Alexandras Gesicht brannte vor Scham und Wut, und Tränen stiegen ihr in die Augen. »Ich hatte ein Leben hier in London«, flüsterte sie. »Ich wollte Musikerin werden, ich war verliebt, ich …«

»… du wurdest schwanger«, sagte Hope sanft. »Babys tun so etwas. Sie ändern unsere Pläne und stellen unser Leben auf den Kopf.«

»Nein«, sagte Alexandra. »Mein Vater ist gekommen, um mich zu holen, weil er hofft, auf diese Weise das Leben zu bekommen, das er leben will. Ich bin für ihn nur ein Bauernopfer, aus dem er seinen Vorteil ziehen kann.«

»Alexandra, was du hier feststellen wirst, ist, dass ich die Mädchen in meiner Obhut zu nichts dränge, was sie nicht wollen. Du wirst Zeit haben, über deine Möglichkeiten nachzudenken.«

»Obwohl mein Vater Sie so fürstlich dafür bezahlt hat, dass Sie mich aufnehmen? Sie wollen mir wirklich weismachen, ich hätte eine Wahl?«

Hope zog ihren Becher Tee dichter zu sich heran. »Vertrauen verdient man sich«, sagte sie. »Und mit der Zeit wirst du lernen, dass du mir vertrauen kannst.«

Alexandra umfasste den heißen Becher mit den Fingern und zuckte zurück, als sie sich verbrannte.

»Dein Vater hat mich dafür bezahlt, dich die kommenden Monate hier zu beherbergen und Geburtshilfe zu leisten«, erklärte Hope. »Familien wie deine schätzen meine Diskretion, wenn es darum geht, wer sich hier aufhält, und bei den Adoptionen, die ich arrangiere. Aber dies ist kein Gefängnis. Du kannst jederzeit durch diese Tür gehen, wenn du es willst, und ich bitte dich nur, mir Bescheid zu sagen, wenn du nicht mehr wiederkommst, damit ich einer anderen jungen Frau, die meiner Hilfe bedarf, dein Bett geben kann.«

Alexandra nahm einen Schluck von ihrem Tee, ihr Herzschlag beruhigte sich endlich, und ihr Körper signalisierte ihr, nicht länger zu fliehen. »Kann ich wirklich gehen?«

Hope nickte. »Du kannst jederzeit gehen.«

Sie griff nach einem Keks und sah langsam zu Hope auf. »Meine Mutter hätte mich niemals hierhergeschickt.«

»Deine Mutter ist verstorben?«

Alexandra nickte und knabberte an ihrem Keks. »Als ich zwölf war.«

»Und was ist mit dem Vater des Babys?«, fragte Hope vorsichtig. »Weiß er überhaupt, dass du schwanger bist?«

Alexandra schüttelte den Kopf. »Nein.«

»Nun, wir werden noch viel Zeit haben, in der du mir deine Geschichte erzählen kannst, wann immer du dazu bereit bist«, sagte Hope. »Wie wäre es, wenn wir jetzt unseren Tee austrinken und ich dich dann hinaufbringe und dir dein Zimmer zeige?«

Es war nicht so, dass Alexandra nicht merkte, wie nett Hope war, und sie war bereits geneigt, ihr zu vertrauen. Ihr Problem war, dass sie ständig an Bernard denken musste und dass jede Faser ihres Körpers ihr befahl, zu ihm zu rennen, damit er sie in den Arm nehmen und ihr sagen konnte, dass alles in Ordnung kommen würde. Aber Bernard war praktisch schon auf Tournee. Und der einzige andere Ort, wohin sie wollte, war nach Hause zu ihrer Tante und ihrem Onkel, aber sie wusste, dass sie auch das nicht konnte. Sie war schwanger und unverheiratet, und das Letzte, was sie wollte, war, ihnen Schande zu bereiten oder ihnen zur Last zu fallen. Nicht nach allem, was sie für sie getan hatten.

* * *

Alexandra ging die Straße entlang und blieb vor der Royal Festival Hall stehen. Sie war am Tag gekommen, weshalb es unwahrscheinlich war, dass sie jemanden treffen würde, aber es war der einzige Ort, an dem sie sich Bernard nah fühlte. Sie war versucht gewesen, in seine Wohnung zu gehen, als sie wusste, dass er von seiner Tournee zurück war. War versucht, mutig eines Morgens oder spät in der Nacht bei ihm anzuklopfen und zu beichten, was geschehen war, aber etwas hatte sie zurückgehalten.

Du wirst sein Leben ruinieren. Die Worte ihres Vaters hallten in ihrem Kopf wider, jedes Mal, wenn sie an Bernard dachte. In ihrem Herzen glaubte sie, dass sie weit von der Wahrheit entfernt waren, aber sie brachte es trotzdem nicht über sich, ihn aufzusuchen. Und mit ihrer Tante war es dasselbe – sie war so nah daran gewesen, zu ihr zu gehen, so viele Male, aber irgendwie hatte sie sich immer beherrscht. *Sie haben dich aus Herzensgüte aufgenommen, aber nicht einmal sie wären so weichherzig, ein Mädchen mit einem unehelichen Kind im Bauch länger zu beherbergen.* Sie hasste es, die Worte ihres Vaters wieder und wieder in ihrem Kopf zu hören, aber er hatte in beiderlei Hinsicht recht, so ungern sie es zugab.

Sie legte die Handfläche auf ihren runden Bauch und schloss die Augen, während die Sonne von hoch oben herunterschien und ihre Haut wärmte, als sie vor dem Gebäude stand, in dem sie Bernard zum ersten Mal spielen gehört hatte.

Als sie die Augen öffnete, blickte sie sich um, als würde sie beobachtet. Aber da war niemand. Alexandra seufzte und strich ihren Rock mit den Händen glatt. Sie würde bald in den Bus steigen, um lang vor Einbruch der Dunkelheit zurück zu sein und Hope nicht zu beunruhigen, aber erst würde sie sich auf die Stufen vor dem Konzerthaus setzen und endlich den Brief ihres Vaters lesen. Sie trug ihn schon seit Tagen mit sich herum, voller Angst vor dem, was er ihr mitzuteilen hatte.

All diese Monate und dann Jahre, die sie auf einen Brief von ihm gewartet hatte, als sie noch jünger war und bei ihrer Tante lebte; all die Geburtstage, an denen sie darum gebetet hatte, dass er sich an sie erinnerte und ihr etwas so Schlichtes wie eine Karte schicken würde.

Alexandra,
ich hoffe, es geht Dir gut und Dein Zustand macht Dir nicht zu sehr zu schaffen. Bald hast Du das alles hinter Dir, und wir können die Pläne umsetzen, die ich vorbereitet habe.
Im Herbst wirst Du Peter Andino heiraten, und ich hoffe, dass Dich das glücklich macht. Es ist ein Arrangement, das unseren beiden Familien zugutekommt, aber ich bin auch überzeugt, dass Du mit Deinem zukünftigen Ehemann glücklich sein wirst. Er ist Witwer und sucht eine Gefährtin, und ich habe ihm versichert, dass Du, wenn Du von deinen Studien im Ausland zurückkommst, hervorragend zu ihm passen wirst.
Abschließend bitte ich darum, dass alle Wertgegenstände, die Du noch von Deiner Mutter besitzt, sofort zu mir geschickt werden.
Grüße, Dein Vater

Alexandra zerknüllte den Brief und hielt ihn in der Faust, während sie darüber nachdachte, wie grausam ihr Vater doch war. Er hatte sie jahrelang vergessen, bis er Geld brauchte, und jetzt wollte er auch noch das bisschen verkaufen, was ihr von ihrer Mutter geblieben war.

Sie befühlte die Diamanten in ihren Ohrläppchen, die Ohrringe, die sie täglich trug, seit ihre Tante sie ihr geschenkt hatte. Es gab so viele Dinge, von denen sie sich wünschte, sie eingepackt zu haben, als sie Griechenland verlassen hatte – Ringe oder Ketten, die Armbanduhr ihrer Mutter –, aber sie war nur ein Kind gewesen, und das Einzige, was ihr damals etwas bedeutet hatte, war das Parfum ihrer Mutter gewesen, damit sie sie wenigstens noch riechen konnte.

Als Alexandra aufstand, hörte sie etwas, das die kleinen Härchen auf ihrem Arm dazu brachte, sich aufzurichten. *Er ist es.* Sie wusste es in dem Moment, in dem sie den schwingenden Ton eines Bogens auf einer Saite hörte, den tiefen, berückenden Klang eines Cellos, den der Wind zu ihr herantrug, als ob die Musik sie in die Arme schließen wollte, während sie dastand und lauschte.

Sie hatte nicht erwartet, dass zu dieser Zeit jemand da sein würde, hatte gedacht, dass woanders geübt wurde. Alexandra ging langsam auf die Tür der Royal Festival Hall zu, überrascht, dass sie offen stand. Vielleicht hatte jemand lüften wollen, sodass die Musik aus Versehen herausdrang.

Ein Stimmchen in ihrem Kopf sagte ihr, dass sie in

den Bus steigen sollte, aber ihre Füße schienen ein Eigenleben zu führen, als sie, so leise sie konnte, das Foyer betrat. Alexandra blickte sich um, um sicher zu sein, dass sie nicht beobachtet wurde, aber da war niemand, nicht einmal eine Putzkraft, die den Boden aufwischte. Alexandra hielt den Blick gesenkt, als sie schnell zu der offenen Tür ging, die vom Foyer aus in den Konzertsaal führte, während der Solist weiterspielte, Musik, die ebenso eindringlich wie schön war.

Ihr letzter Schritt brachte sie auf die Türschwelle. Sie lehnte sich an den Türrahmen, versuchte, sich unsichtbar zu machen, und richtete ihren Blick fest auf die Bühne. Es war Monate her, seit sie ihn zuletzt gesehen hatte. Monate, in denen sie sich nur daran erinnern konnte, wie er aussah, wie sich seine Finger auf ihrer Haut anfühlten. Sie hatte tief eingeatmet und dabei versucht, sich an den Duft seines Rasierwassers zu erinnern.

Der Musiker brach plötzlich ab, und Alexandra ertappte sich dabei, wie sie den Atem anhielt. Aber dann setzte er sein Spiel fort, und sie sah weiter zu, schwelgte darin, wie ihm sein Haar leicht in die Stirn fiel, wenn er den Kopf senkte. Sie gab sich noch ein paar Minuten und sagte sich, dass der einzige Mensch, dem sie damit schadete, doch sie selbst war. Bernard hatte keine Ahnung, dass sie da war, konnte sie von seinem Platz auf der Bühne selbst dann nicht sehen, wenn er es versuchen würde. Und sosehr sie sich auch wünschte, dass er ihre Anwesenheit irgendwie spürte, so wusste sie doch, dass das ein kindischer Gedanke war.

Alexandra drehte sich vor dem Ende des Stücks um. Es kam ihr heute trauriger vor, die tiefen Töne zogen sie in ihre Dunkelheit hinab, und die leichteren befreiten sie kaum. Aber wie sie sich dabei fühlte oder nicht, Bernard spielte vollendet.

Sie wandte sich gerade zum Gehen, als sie einen Mann eilig auf sich zukommen sah. Es war der Dirigent. Sie hatte in seiner Anwesenheit vorgespielt.

»Sie dürfen sich nicht hier aufhalten!«, rief er.

»Entschuldigung«, murmelte sie, senkte den Kopf und eilte zur Tür, ohne sich umzusehen, wollte sich nicht fragen, ob Bernard wohl gerade von der Bühne kam, um eine Pause zu machen. Wenn es so wäre, dann wären sie nur ein paar Schritte voneinander entfernt.

Geh zurück. Sag ihm, was geschehen ist. Zeig ihm, was geschehen ist.

Alexandra fing an zu weinen und lief, so schnell sie konnte, zurück zur Bushaltestelle, wobei sie eine Hand leicht unter ihren Bauch legte, um ihn zu stützen. Plötzlich fühlte sich die Wölbung tiefer an, und ein scharfer Schmerz durchfuhr sie von der Seite. Da sie noch drei oder vier Wochen hatte, bevor das Baby kam, schob sie die Schmerzen auf ihr gebrochenes Herz und die Geschwindigkeit, mit der sie aus dem Konzerthaus und die Straße entlanggelaufen war, doch als sie in den Bus stieg, zwang sie eine weitere Schmerzwelle zum Innehalten.

»Geht es Ihnen gut?«

Eine ältere Frau blickte sie von einem der Sitze aus besorgt an, aber Alexandra nickte nur, fand einen freien Platz und biss die Zähne zusammen. Die Fahrt zurück zu Hope's House dauerte nur zwanzig Minuten, doch dieses Mal kamen sie ihr viel länger vor, jede Unebenheit verstärkte den Schmerz, und wenn sie es sich nicht einbildete, kamen die Wellen jetzt in kürzeren Abständen als vorher.

Als der Bus endlich an ihrer Haltestelle hielt, zwang sie ihre Füße, sich zu bewegen, blieb aber alle paar Sekunden stehen, während sie die Stufen hinunterstieg und die Straße entlanghumpelte. Als sie endlich Hope's House erreicht hatte, hämmerte sie gegen die Eingangstür, die sie nicht auf Anhieb aufbekam, und rief: »Hope!«

Alexandra stolperte schließlich hinein, schloss die Tür und lehnte sich mit dem Rücken dagegen, als die bislang heftigste Schmerzwelle von ihr Besitz ergriff. Es fühlte sich an, als hätte sich in ihrem Bauch eine Faust geballt.

»Alex?« Hope kam die Treppe heruntergeeilt. »Alex! Was ist denn?«

»Ich glaube«, sagte sie durch zusammengebissene Zähne, und der Atem pfiff in ihrer Lunge, »das Baby kommt.«

Hope zog die Augenbrauen zusammen und kam schnell näher, legte die Hand auf Alexandras Bauch. »Es ist eigentlich noch zu früh, und …«

Ein lautes, kehliges Stöhnen drang über Alexandras Lippen, und ihre Beine knickten beinah ein, als der Schmerz wieder ihre Mitte erfasste.

»Wir müssen dich auf dein Zimmer bringen«, sagte Hope, und ihre Stimme war sanft und ruhig, als sie ihren Schützling am Arm nahm und sie die Treppe hinaufführte. »Wie es scheint, hat dein Baby es eilig, die Welt zu sehen.«

28

Sechs Tage später

Alexandra fühlte sich wie betäubt. Sie starrte zum Fenster hinaus und hatte die Hände so fest zu Fäusten geballt, dass ihre Nägel sie beinah zum Bluten brachten. *Sechs Tage.* Sechs Tage lang hatte sie ihr kleines Mädchen geliebt und gestillt, sechs Tage lang war sie Mutter gewesen, und jetzt war es vorbei, als wäre es nie geschehen.

Ihre Koffer waren gepackt, standen beide ordentlich neben der Tür, aber sie wollte das Zimmer nicht verlassen. Es roch nach Madeline, ihr süßer, milchiger Babygeruch schien sie zu umwehen. Ihre Brüste schmerzten, voller Milch, die sie ihr nie geben würde, aber am meisten schmerzten ihre Arme, die das Baby, das sie bereits so heftig und von ganzem Herzen liebte, nicht mehr hielten.

Erst jetzt verstand Alexandra, warum ihre Mutter sie gelegentlich mit solcher Zärtlichkeit angesehen hatte, warum sie sie manchmal dabei ertappt hatte, wie sie sie beobachtete, wenn sie las oder spielte, weil sie nämlich ihr eigenes Kind genauso angesehen hatte. Wenn ihr Schmerz ein Geschenk beinhaltete, dann der Umstand, dass, selbst Mutter geworden zu sein, so viele Erinnerungen an ihre eigene Mama zurückgebracht hatte, Erinnerungen, von denen sie gefürchtet hatte, sie verloren zu haben.

»Alexandra?«

Hopes sanfte Stimme auf der anderen Seite der Tür riss sie aus ihren Gedanken. Sie wischte sich schnell die Wangen ab und räusperte sich. »Herein.«

Hope betrat das Zimmer, setzte sich neben sie und nahm ihre Hand.

»Ist sie fort?«

»Noch nicht«, sagte Hope. »Alexandra, die Mutter hat darum gebeten, dich kennenzulernen. Sie würde gern mit dir sprechen, bevor sie gehen.«

Alexandra sah auf und begegnete Hopes warmem Blick. »Ich«, sie schluckte und versuchte, die Worte herauszubringen, »ich glaube nicht, dass ich das kann.«

»Und das ist völlig in Ordnung«, sagte Hope und drückte sanft ihre Hand. »Aber nicht viele Mädchen bekommen die Gelegenheit, die Frau kennenzulernen, die ihr Kind großziehen wird. Also gebe ich dir ein paar Minuten, gesetzt den Fall, du änderst deine Meinung. Wir sind unten.«

Alexandra nickte und saß still da, als Hope die Tür hinter sich schloss. Schließlich stand sie auf, ging ans Fenster und blickte auf den eleganten Ford Cortina hinunter, der vor dem Haus geparkt stand. Das war das Auto, in dem ihre Tochter wegfahren würde.

Sie nahm einen tiefen Atemzug, bevor sie sich umdrehte und durchs Zimmer eilte. *Wenn ich sie nicht kennenlerne, wenn ich es jetzt nicht tue, werde ich das für immer bereuen.*

Alexandra ging die Treppe hinunter, blieb einen Moment stehen und lauschte. Sie konnte es hören, dieses Paar, das ihre Tochter adoptiert hatte.

»Entschuldigen Sie die Unterbrechung«, sagte sie, als sie schließlich den Mut fand, den Raum zu betreten.

»Alexandra«, sagte Hope und stellte sich augenblicklich neben sie. »Dies sind Margret und Simon.«

»Hallo«, brachte sie heraus, fand es beinahe unmöglich zu sprechen, als sie die Frau vor ihr ansah, die ihr Baby auf dem Arm hatte.

Sie unterdrückte den Wunsch, ihr das Baby unverzüglich wieder abzunehmen, ihnen zu sagen, dass sie die Kleine nicht haben konnten. Alexandra blickte auf die dunklen Haarbüschel auf ihrem Kopf, die perfekten kleinen rosa geschwungenen Lippen, ihre winzigen Finger, die sich aus der Decke befreiten, als sie sich streckte.

Du bist mein Herz, meine Kleine. Ich liebe dich mehr, als du es dir jemals vorstellen könntest.

»Danke, dass Sie heruntergekommen sind, um uns kennenzulernen«, sagte die Frau. »Könnten wir einen Augenblick allein haben, nur Alexandra und ich?«

Hope sah zu ihr hinüber, und Alexandra nickte. Dann waren sie beide allein im Raum.

»Ich möchte Ihnen zuerst für das Geschenk danken, das Sie uns gemacht haben. Wir versuchen seit drei Jahren, eine Familie zu gründen, und diese Kleine lässt unsere Träume wahr werden.«

Alexandra hasste es, wie sie so zufrieden auf *ihr* Baby hinuntersah, aber sie wusste, dass das verkehrt war. Sie sollte dankbar dafür sein, dass die andere Frau so unmittelbar von ihr bezaubert war.

»Versprechen Sie mir nur, dass Sie ihr das Leben geben werden, das sie verdient«, flüsterte Alexandra, trat einen Schritt nach vorn und berührte die warme, weiche Wange ihrer Tochter mit der Fingerkuppe. »Und dass sie ihren Namen behalten darf, Madeline.«

»Das werden wir tun. Aber ich möchte, dass Sie mir Ihrerseits auch etwas versprechen.«

Alexandra blickte in das Gesicht der Frau. »Was könnte ich Ihnen noch versprechen? Ich habe Ihnen bereits mein Baby gegeben.«

»Ich möchte, dass Sie mir versprechen, niemals nach ihr zu suchen. Sie ist jetzt unsere Tochter, und von dem Moment an, in dem wir durch diese Tür gehen, müssen Sie sie loslassen.«

Stille Tränen rannen Alexandras Wangen herunter, als sie sich zwang zu nicken.

»Sie werden keine Fotos bekommen, es wird keinen wie auch immer gearteten Kontakt geben, denn wir haben nicht die geringste Absicht, unserer Tochter jemals zu enthüllen, dass sie adoptiert wurde. Ist das klar?«

»Ja«, flüsterte Alexandra.

»Gut«, sagte die Frau. »Jetzt, wo wir uns einig sind, möchten Sie sie noch ein letztes Mal halten?«

Alexandra hätte es vorgezogen, zu weinen und ihr zu sagen, wie grausam sie war, aber stattdessen streckte sie die Arme aus. Es würde das allerletzte Mal sein, dass sie sie hielt.

»Das möchte ich sehr gern. Danke.«

In dem Augenblick, in dem sie ihre Tochter wieder in den Armen hielt, war der Schmerz, der sie durchfuhr, entsetzlicher als bei der Geburt. Sie brauchte all ihre Kraft, um nicht nach Hope zu rufen und ihr zu sagen, dass sie ihre Meinung geändert hatte, doch sie hatte das alles schon zahllose Male durchdacht. Wenn sie sie behalten würde, wo würde sie hingehen? Sie konnte ihre Tante anbetteln, sie aufzunehmen, aber jemanden um so etwas zu bitten, war das Letzte, was sie wollte.

Alexandra drückte einen Kuss auf die Stirn ihres Babys, ihre Lippen verweilten einen Augenblick, um sich ihren Geruch und wie sie sich anfühlte, einzuprägen. »Ich habe dich lieb«, flüsterte sie. »Ich habe dich so lieb, dass es wehtut.«

Und als ihr die Tränen wieder über die Wangen strömten, gab sie ihr Baby der anderen Frau zurück, wandte sich um und lief wieder nach oben, damit sie nicht zusehen musste, wie das fremde Paar mit ihr das Haus verließ. Weil nämlich, sobald sie durch diese Tür gegangen waren, ihre Tochter für immer verloren war.

* * *

»Danke, Hope.« Alexandra umarmte sie lang und wünschte sich, sich nicht von der Frau verabschieden zu müssen, die ihr inzwischen so viel bedeutete.

»Was du durchgemacht hast, würde ich niemandem wünschen, aber du hast es mit Haltung durchgestanden.«

Alexandra seufzte – ein tiefer Atemzug, der vor Gefühl zitterte, als sie ihn ausstieß. »Ich wünschte, es hätte anders sein können.«

»Ich auch«, sagte Hope und strich Alexandra eine Haarsträhne hinters Ohr, die sich aus ihrer Frisur gelöst hatte.

Alexandra trug ihr Haar wieder zurückgebunden, es war endlich wieder so lang wie damals, bevor sie Belles Rat gefolgt war und es hatte kurz schneiden lassen. Die Zeit, in der sie mit ihrer Cousine fröhlich shoppen gegangen war, erschien ihr inzwischen wie in einem anderen Leben. Sie fühlte sich, als wäre sie ein Jahrzehnt gealtert und nicht nur wenige Monate.

»Alexandra, darf ich dich fragen, was sie dir vorhin gesagt hat?«, fragte Hope. »Es ist ungewöhnlich, dass eine Adoptivmutter um ein privates Gespräch bittet. Normalerweise wollen sie mit der leiblichen Mutter nichts zu tun haben. Ich vermute, weil sie sich nicht wirklich mit der Tatsache auseinandersetzen wollen, dass sie letztlich doch einer anderen Frau das Baby wegnehmen.«

Alexandra sah Hope in die Augen, und wie immer las sie so viel Güte in ihrem Blick, dass sie beschloss, etwas zu tun, was sie in ihrem Leben bisher selten getan hatte. Sie log.

»Sie wollte sich nur für das Geschenk bedanken, das ich ihr gemacht hatte«, sagte Alexandra. »Sie erwähnte, dass es für sie schwierig war, schwanger zu werden.«

Hope tätschelte ihr die Hand. »Nun, das ist schön zu hören, weil du ihnen nämlich wirklich das wunderbarste Geschenk überhaupt gemacht hast.«

Alexandra zwang sich zu einem Lächeln.

»Vergiss nicht, wenn deine Tochter dich eines Tages finden möchte, dann habe ich die Schachtel, die ich ihr geben kann«, sagte Hope. »Und wenn sie nicht vor ihrem einundzwanzigsten Geburtstag herkommt, dann sorge ich dafür, dass sie ihr zugeschickt wird, nur für alle Fälle.«

Sie wollte etwas erwidern, es lag ihr auf der Zunge, Hope zu sagen, dass ihre Tochter die Schachtel nie bekommen würde, dass sie niemals erfahren sollte, dass sie adoptiert war, aber sie tat es nicht. Sie konnte es nicht.

»Ich bin nur froh, dass du diese Diamantohrringe behalten hast, anstatt sie in die Schachtel zu tun«, sagte Hope. »Eine Frau weiß nie, wann sie etwas von Wert benötigt, wie sich ihre Lebensumstände verändern können.«

Alexandra umarmte Hope noch einmal, weil ihr die richtigen Worte fehlten. Ohne das Gespräch von eben hätte sie tatsächlich darauf bestanden, die Ohrringe in die Schachtel mit den Erinnerungsstücken zu legen, aber jetzt wusste sie, dass es wenig Sinn hatte. Margret, die Adoptivmutter, würde dafür sorgen, dass ihre Tochter sie nicht erhielt.

Sie schloss die Augen, während Hope ihr in großen, tröstenden Kreisen den Rücken streichelte, und dachte an die Dinge, die sie hinterlassen hatte.

Das Foto war eines ihrer Lieblingsbilder gewesen, eines der wenigen, die sie von ihrer Mutter hatte, und das Musikstück enthielt ihr Herz. Es war das Einzige, was sie noch an Bernard erinnerte, und deshalb kam es ihr richtig vor, es zurückzulassen. Alexandra hörte, wie draußen ein Wagen vorfuhr, und zwang sich, Hope loszulassen.

»Ich wünsche dir ein wunderbares Leben«, sagte Hope und küsste sie auf die Wange. »Und ich hoffe, dass du irgendwann den Schmerz dieser letzten Woche vergessen kannst.«

Alexandra nickte bloß, nahm ihre Koffer, einen in jede Hand, und ging die Stufen zu dem wartenden Auto hinunter. Ein Fahrer stieg aus, und als er die Tür zum Rücksitz öffnete, konnte sie sehen, dass niemand darin saß. Ihr Vater hatte sich nicht die Mühe gemacht, persönlich zu kommen und sie abzuholen.

Als sie im Fond Platz genommen hatte, sah der Fahrer sie im Rückspiegel an.

»Haben Sie Anweisungen, wohin Sie mich bringen sollen?«, fragte Alexandra.

»Ja, Miss«, sagte er, nahm etwas vom Beifahrersitz und reichte es ihr nach hinten. Ein Umschlag. »Ich soll Sie direkt zum Flughafen bringen.«

Sie riss den Umschlag auf und nahm ein Flugticket heraus. *Athen. Nach all diesen Jahren fahre ich endlich nach Hause.*

Es war ironisch, dass sie jetzt, wo sie die Gelegenheit hatte, nach Hause zu kommen, so sehr in London bleiben wollte. *Als mein Herz noch in Griechenland war, wollte ich nur dorthin zurück. Aber jetzt schlägt mein Herz für meine Tochter, für Bernard. Für Elizabeth, Belle und Will.*

Nur dass ihre Tochter nie erfahren würde, dass es sie gab, und dass Bernard glaubte, sie wäre spurlos verschwunden. Sie wusste nicht, was man ihrer Tante und ihren Cousins gesagt hatte, und sie war nicht mutig genug gewesen, um sich ihnen selbst zu offenbaren, hatte sich zu sehr für das geschämt, was passiert war.

»Können wir bitte einen Umweg fahren?«

Der Fahrer räusperte sich. »Miss, Ihr Vater hat mir klare Anweisungen gegeben. Ich soll Sie direkt zum Flughafen bringen.«

Sie starrte zurück, als er sie im Spiegel anblickte, und hoffte, dass ihr Blick so kalt war wie ihre Worte.

»Wenn Sie nicht wollen, dass ich aus dem Wagen springe, dann fahren wir besser diesen Umweg«, sagte sie.

Der Fahrer nickte nur kurz, und sie lehnte sich im Sitz zurück, als er vom Straßenrand losfuhr und Hope's House in der Ferne verschwand.

»Wohin möchten Sie, Miss?«, fragte er.

»Ich würde gern langsam an der Royal Festival Hall vorbeifahren«, sagte sie.

»Sie werden nicht aussteigen?«

»Nein«, murmelte sie. »Das werde ich nicht.«

Ich muss den Ort ein letztes Mal sehen, der mich mit Bernard verbindet, mit diesem Teil meines Lebens. Ich muss die Hall ein letztes Mal wiedersehen, bevor ich gehe.

Alexandra hätte gern auch ihre Tante und ihren Onkel besucht. Hätte sich gern von Belle verabschiedet und ihr erklärt, warum sie so plötzlich gegangen war und sich seither nicht mehr gemeldet hatte – sie war ihr schließlich wie eine Schwester gewesen –, aber sie wusste, dass es leichter wäre, einfach zu verschwinden.

29

Gegenwart

Ella saß da und verdaute, was Alexandra ihr gerade erzählt hatte. Das war eine Menge – die Geschichte zweier junger Menschen, die dazu gebracht worden waren zu glauben, dass ein gemeinsames Leben nicht möglich sei.

Das Schicksal ihrer Großmutter war grausam gewesen, da war sie sich ganz sicher, aber was sie ihr nicht erzählt hatte, war, wie sie einander wiedergefunden hatten.

»Darf ich dich etwas fragen?«, sagte Ella sanft. »Und bitte, ich urteile nicht über dich, ich versuche nur, die Vergangenheit zu verstehen.«

Alexandra nickte, und ihre Augen leuchteten, als sie sich in ihrem Sessel vorbeugte. Sie war jünger als die Großmutter, die sie ihr ganzes Leben lang gekannt hatte, und strahlte eine Jugendlichkeit aus, die Ella nicht erwartet hatte.

»Als du und Bernard euch wiedergefunden hattet,

warum habt ihr da nicht nach meiner Mutter gesucht? Wolltet ihr beide sie denn nicht finden?«

Sie bekam ein Lächeln zur Antwort. »Ella, wenn wir jünger gewesen wären, dann hätten wir das vielleicht getan, aber wir hielten es für zu spät.«

Ellas Augenbrauen hoben sich vor Überraschung. »Zu spät?«

Alexandra nickte. »Als wir uns wiederfanden, waren wir beide bereits einmal verheiratet gewesen und verwitwet. Es waren nicht nur ein paar Jahre vergangen, es lagen Jahrzehnte zwischen dem Tag, an dem mein Vater mich zu Hope's House geschickt hatte, und dem Tag, an dem ich meinen lieben Bernard wiederfand.«

»Jahrzehnte?«

»O ja«, sagte Alexandra, und ihre Augen leuchteten, als sie sich in den Sessel zurücklehnte. »Wir waren beide schon alt und grau – das muss ein Anblick gewesen sein! Er hatte noch immer etwas an sich, das mir den Atem nahm, oder ich habe in Gedanken noch immer den jungen, schneidigen Mann in ihm gesehen, der er früher gewesen war.« Alexandra hielt inne, lächelte noch immer, aber jetzt mit einem etwas gedankenverlorenen Blick. »Weißt du, wenn du älter wirst, *fühlst* du dich nicht alt. Du fühlst dich wie jemand dreißig Jahre Jüngeres, oder zumindest geht es mir so. Es ist nur der Spiegel, der dich anlügt und dich so viel älter aussehen lässt, als du innerlich bist.«

»Wärest du so nett, mir zu erzählen, wie ihr euch nach all den Jahren wiedergetroffen habt? Wie war das?«

Da stand Alexandra auf, ging wieder zum Fenster, und ihre Knöchel streiften das Glas, als sie eine Hand an den Rahmen legte. Ella fragte sich einen Moment lang, ob sie überhaupt etwas sagen würde, ob sie vielleicht zu viele Fragen gestellt hatte, aber als Alexandra sich umdrehte, wusste sie, dass sie endlich den letzten Teil der Geschichte ihrer Großmutter erfahren würde.

»Versprich mir etwas, Ella.«

Sie nickte. »Natürlich.«

Alexandra ging zu ihr hinüber und setzte sich, griff nach ihren Händen und zog sie auf ihren Schoß. »Ich möchte, dass du stets deinem Herzen folgst und dir von niemandem sagen lässt, wie du dein Leben zu leben hast.« Tränen stiegen der älteren Frau in die Augen, als Ella sie ansah, die gerührt blinzelte und nickte. »Jemand hat mich einmal gefragt, welchen Rat ich meinem jungen Selbst geben würde. Zu der Zeit war das natürlich eine unschuldige Frage. Aber ich würde ihr aus ganzem Herzen sagen, dass sie nicht zulassen darf, dass sich jemand ihr bei dem, was sie am liebsten tun will, in den Weg stellt, und dass sie keine Angst vor der Reaktion von jemandem haben darf, den sie liebt.«

Ella drückte Alexandras Hände. »Ich fürchte, für dich war das damals nicht so einfach. Nicht so wie heute, für meine Generation. Ich kann mir nicht mal vorstellen, in ein Heim für unverheiratete Mütter gesteckt zu werden.«

»Vielleicht waren es andere Zeiten, aber ich wünsche, ich hätte mich mehr gewehrt. Hätte mich an jene gewandt, die mich liebten, und sie um Hilfe gebeten, hätte darauf vertraut, dass sie alles für mich tun würden.« Alexandra seufzte. »Ich hänge nicht häufig der Vergangenheit nach, vergib mir. Niemand hört eine alte Dame gern jammern.«

»Aber nicht doch«, sagte Ella. »Ich würde so gern hören, wie du und Bernard euch wiedergefunden habt. Ich bin mir sicher, dass es schrecklich romantisch war.«

Alexandras Lächeln erhellte ihr Gesicht. »Kannst du dir vorstellen, dass es mit Musik zu tun hatte?«

»Wenn man deine Geschichte bedenkt, wie könnte es das nicht?«

Alexandra wischte sich über die Augen und sah etwas erschöpft aus, was Ella befürchten ließ, dass es vielleicht alles zu viel für sie war.

»Wie wäre es, wenn ich mich jetzt verabschiede?«, schlug sie vor. »Es war ein anstrengender Tag, und ich habe schon so viel über dich und deinen Bernard gehört. Kann ich vielleicht morgen wiederkommen? Ich bin noch eine Woche in Griechenland, es eilt also nicht.«

Ihre Blicke begegneten sich. »Kommst du wirklich wieder?«, fragte Alexandra, griff nach ihrer Hand und hielt sie fest. »Ich will dich nicht wieder verlieren, jetzt, wo ich dich gerade erst gefunden habe.«

Ella blinzelte ihre eigenen Tränen weg, als sie sah, wie viel es Alexandra bedeutete, einem neuen Familienmitglied begegnet zu sein.

»Ich verspreche es«, sagte sie. »Ich nehme gleich morgen früh die Fähre, und dann kannst du mir alles darüber erzählen, wie du deinen Weg zurück zu Bernard gefunden hast.«

Da begann Alexandra zu weinen, und Ella legte die Arme um sie und hielt sie, bis sie sich beruhigt hatte. Sie trauerte zweifellos noch immer um den Mann, den sie beinahe ihr ganzes Leben lang geliebt hatte, den Mann, nach dem sie sich so viele Jahre lang gesehnt und den sie nur so wenige Jahre an ihrer Seite gehabt hatte.

»Er hätte dich bestimmt sehr gerngehabt, Ella. Er hat immer davon geträumt, eine Tochter oder eine Enkelin in seinem Leben zu haben.«

»Ich bin mir sicher, ich hätte ihn auch lieb gehabt«, sagte Ella und strich in großen Kreisen über Alexandras Rücken, bevor sie etwas zurücktrat und sie auf Armeslänge von sich entfernt hielt. »Und wenn du morgen nicht über ihn sprechen möchtest, wenn es zu sehr wehtut, wenn du dich an ihn erinnerst …«

»Morgen«, wiederholte Alexandra, nickte und sah wieder weg, als könnte sie etwas sehen, das Alexandra entging. »Morgen werde ich dir alles erzählen.«

Ella sorgte dafür, dass Alexandra es bequem hatte und es ihr an nichts fehlte. Sie zögerte kurz, bevor sie ging, wusste jedoch, dass, wenn sie es nicht bald tat, sie es nie rechtzeitig zur Fähre schaffen würde.

30

Ella war gerade nach Skopelos zurückgekommen, nachdem sie Alexandra zum zweiten Mal getroffen hatte, und war nun auf dem Weg vom Hafen zum Haus zurück. Sie holte ihr Telefon aus der Tasche, rief Kate an und lächelte erleichtert, als ihre Tante nach dem dritten Klingeln abnahm.

»Hallo, Reisende!«

Sie seufzte. »Ist es merkwürdig, dass wir jetzt nicht mehr biologisch miteinander verwandt sind?«

»Merkwürdig? Ja. Ist es wichtig? Nicht im Geringsten.«

»Es ist schön, dass du das sagst.« Der Gedanke, dass Kate, mit der sie sich von allen Mitgliedern ihrer Familie am tiefsten verbunden fühlte, nicht wirklich ihre Blutsverwandte war, hatte Ella sehr beunruhigt.

»Es ist diese Sache mit Veranlagung einerseits und dem Umfeld andererseits, richtig? Wir haben einander jahrelang unterstützt, also spielt es keine Rolle. Abgesehen davon, dass es eine ganz unglaubliche Geschichte ist und ich es nicht erwarten kann, mehr davon zu erfahren.«

»Ja, das stimmt. Und ich kann es kaum erwarten, dir alles über Alexandra zu erzählen. Sie ist eine unglaubliche Frau, aber das ist nicht der Grund, aus dem ich anrufe.«

Kate schwieg am anderen Ende der Leitung.

»Ich mache mir Sorgen um Mum und wie sie das alles verarbeiten wird. Hast du von ihr gehört?«

»Nicht, seit sie abgefahren ist. Hast du ihr noch nichts erzählt?«

Ella runzelte die Stirn. »Was meinst du? Ich habe nicht mit ihr gesprochen, seit …«

Ella ließ beinahe das Handy fallen und riss die Augen auf.

»Ella, deine Mutter …«

»Ist hier«, beendete sie den Satz für Kate. »Ich rufe dich zurück.«

Ella steckte das Handy in die Tasche und eilte die letzten paar Schritte zum Haus hinauf, wo ihre Mutter an die Tür gelehnt saß, ihren Koffer neben sich. Als sie Ella erblickte, stand sie auf. Sie trug einen großen Sonnenhut und ein Kleid, Kleidungsstücke, die Ella noch nie an ihr gesehen hatte.

»Mum, was machst du denn hier?!«, rief sie und umarmte ihre Mutter. »Mir gefällt der Meryl-Streep-Look.«

Ihre Mutter erwiderte die Umarmung, bevor sie auf den Eingang zeigte. »Sag bitte, dass du da drinnen Wein hast, ich brauche nämlich ein ganz großes Glas davon.«

Ella nickte und öffnete die Tür, nahm den Koffer ihrer Mutter und rollte ihn hinein. Die Tatsache, dass ihre

Mutter Wein wollte und so ganz anders gekleidet war als gewöhnlich, sagte Ella, dass etwas nicht stimmte. Unabhängig vom Wetter bevorzugte ihre Mutter beigefarbene Hosen und Seidenblusen, lediglich an besonders kalten Tagen wechselte sie zu beigefarbenem Kaschmir.

Sie ging zum Kühlschrank, fand eine halbe Flasche Wein darin, nahm zwei Gläser und schenkte ein. »Mum, ich weiß, dass dies alles sehr schwer für dich sein muss. Herauszufinden, dass …«

Ihre Mutter hob die Hand. »Ella, ich habe dir etwas zu sagen.«

Ella reichte ihr das Glas und ging zum Sofa, um sich hinzusetzen. »Okay«, sagte sie und schlug die Beine unter.

Sie sah zu, wie ihre Mutter einen großen Schluck nahm und einen Moment lang die Augen schloss, bevor sie schließlich Ella ansah. »Ich wusste es.«

Ella runzelte die Stirn. »Was wusstest du?«

»Ich wusste, dass du herausfinden würdest, dass ich es war, die adoptiert wurde. Dass du diese Hinweise enträtseln würdest.«

Ella beugte sich vor und stellte das Weinglas auf den Tisch, wobei sie ihre Mutter eingehend musterte. »Es war keine Überraschung für dich? Alles, was ich in den letzten paar Wochen herausgefunden habe?« Ella rang um Beherrschung. »Das *wusstest* du?«

»Du musst mir glauben, wenn ich sage, dass ich nichts von meiner leiblichen Mutter oder von der Geschichte meiner Vergangenheit ahnte, ich wusste aber, dass ich adoptiert war, und als du diese Schachtel erhalten hast …«

»Du hast mir gesagt, dass ich die kleine Schachtel vergessen sollte, weil du nicht wolltest, dass ich von der Adoption erfahre?« Hatte ihre Mutter die Reise auf sich genommen, um ihr das zu sagen? »Weißt du, das hättest du mir auch am Telefon sagen können. Dafür hättest du nicht den ganzen Weg herkommen müssen.«

Ihre Mutter stand auf, ging zum Fenster und sah hinaus, wobei sie Ella den Rücken zuwandte. »Deine Großmutter hat es mir kurz vor ihrem Tod eröffnet«, sagte sie mit leiser Stimme. »Ich habe ihre Hand gehalten und saß bei ihr, da hat sie mir zugeflüstert, dass sie mich als Baby adoptiert hatte.«

Ella lehnte sich tiefer in das Sofa zurück, hörte ihrer Mutter gespannt zu und versuchte, sich nicht zu ärgern.

»Ich war mir nicht sicher, ob sie klar im Kopf war. An dem Tag hatte sie alle möglichen merkwürdigen Sachen gesagt, aber sie meinte immer wieder, was für ein süßes kleines Baby ich gewesen sei und dass sie in dem Augenblick, als sie mich zum ersten Mal sah, gleich gewusst habe, dass ich ihre Tochter sein würde.«

»Warum hast du nichts davon gesagt?«

Ihre Mutter seufzte und wandte sich langsam um. »Zuerst habe ich es nicht geglaubt, aber dann ergaben ein paar Dinge allmählich Sinn. Kleine Bemerkungen, die sie über die Jahre hinweg gemacht hatte, und die Tatsache, dass ich so anders war als Kate. Aber sie hat meine Hand gedrückt und mir befohlen, es niemandem zu sagen, es wäre ein Geheimnis.«

Sie lachte. »Es ist lächerlich, aber sogar als erwachsene Frau, deren Tochter ebenfalls schon groß war, kam ich mir wie ein kleines Mädchen vor, das von seiner Mutter gesagt bekam, was es zu tun hatte. Ich hatte ihr niemals den Gehorsam verweigert und wollte nicht ausgerechnet in dem Augenblick damit anfangen.«

»Dann hast du also versucht, mich vom Suchen abzuhalten, weil du nicht wolltest, dass die Wahrheit herauskommt?«

»Am Anfang wollte ich dich aufhalten, um Grandmas Geheimnis zu bewahren.« Sie durchquerte das Zimmer und setzte sich neben Ella aufs Sofa, nahm ihre Hand und blickte sie an. »Aber um ehrlich zu sein, ich glaube nicht, dass das der eigentliche Grund war. Ich wollte nicht, dass sich etwas änderte. Ich wollte unserer Familie nicht noch etwas nehmen.«

Ellas Wut verebbte und wurde zu Traurigkeit. »Unsere Familie ist immer noch unsere Familie, Mum. Dies hier wird nichts daran ändern. *Nichts* wird etwas daran ändern.«

Ihre Mutter hatte zu weinen begonnen und wischte nun die Tränen weg. »Das weiß ich. Als vernünftiger, intelligenter Mensch weiß ich das genau. Aber als ich herausfand, dass Kate nicht meine leibliche Schwester ist und auch nicht deine leibliche Tante, habe ich wohl Angst bekommen, dass wir sie so verlieren könnten, wie wir Harrison verloren haben. Ich wollte das Geheimnis aus egoistischen Gründen für mich behalten, um unsere Familie zusammenzuhalten.«

Ella grinste, obwohl ihr die Augen voller Tränen standen, als sie den Schmerz ihrer Mutter sah. Sie wollte sich nicht lustig machen, konnte aber eine scherzhafte Bemerkung nicht zurückhalten. »Kate geht nirgendwohin, ich glaube nicht, dass wir sie loswerden könnten, selbst wenn wir es versuchen würden.«

»Hältst du mich für albern, wenn ich dir sage, dass ich dachte, sie würde vielleicht die Verbindung zu mir abbrechen, wenn sie erführe, dass sie nicht meine echte Schwester ist?« Madeline lachte auch, als erkannte sie, wie lächerlich sie sich anhörte, bis Mutter und Tochter beide halb lachten und halb weinten. »Ich habe immer das Gefühl, dass Kate mich nur erträgt, weil ich ihre Schwester bin. Und daher befürchtete ich, dass sie sich sofort aus dem Staub machen würde, wenn sie herausfände, dass wir gar nicht wirklich verwandt sind.«

»Mum, Kate hat dich lieb«, sagte Ella. »Sie hat uns beide lieb und würde alles für uns tun, ob wir blutsverwandt sind oder nicht. Daran wird sich niemals etwas ändern.«

»Glaubst du das wirklich?«

Sie tätschelte ihrer Mutter die Hand. »Ich glaube es nicht nur, ich weiß es. Kate hat uns am Hals, ob sie will oder nicht.«

Sie seufzten beide und lächelten einander an, bevor sie an ihrem Wein nippten.

»Erzähl mir, wie ist meine leibliche Mutter?«

»Sie ist toll«, sagte Ella. »Ehrlich gesagt, kommt es mir vor, als hätte sie ihr ganzes Leben nur darauf gewartet, dich kennenzulernen. Sie war mit neunzehn Jahren gezwungen worden, dich abzugeben, und ich glaube, sie hat sich nie verziehen, dass sie dich verlassen musste.«

»Hast du ihr erzählt, wie lieb meine Eltern waren? Dass ich eine wunderbare Kindheit hatte?«

Ella lächelte. »Ich glaube, das ist etwas, was du ihr selbst erzählen kannst«, erwiderte sie. »Morgen früh nehme ich dich mit, damit du sie kennenlernst. Ich kann mir ihre Reaktion kaum vorstellen, wenn sie entdeckt, dass nicht nur ihre Enkelin, sondern auch ihre lang verlorene Tochter in Griechenland ist.«

Ihre Mutter war einen Moment lang still.

»Danke, Ella.«

»Wofür?«

»Dafür, dass du mutig genug warst, die Vergangenheit aufzudecken. Ich sage es dir nicht oft genug, aber ich bin so stolz auf dich.«

Einen Augenblick lang schwiegen sie beide.

»Was auch immer du mit deinem Leben machst, welche Entscheidungen auch immer du triffst, ich glaube an dich, Ella. Es tut mir nur leid, dass ich dir das nicht eher gesagt habe.«

»Danke«, sagte Ella, und ihre Stimme brach vor Rührung, als sie sich an ihre Mutter lehnte. »Das habe ich gebraucht.«

Ihre Mutter nahm sie in den Arm, war ihr auf eine Weise nah wie schon lang nicht mehr.

31

In dem Augenblick, als Alexandra die Tür öffnete, wusste Ella, dass es die richtige Entscheidung gewesen war. Dass es richtig gewesen war, den langen Weg auf sich zu nehmen, sich zu weigern, die Hinweise aufzugeben und ihre Mutter herzubringen, damit sie Alexandra kennenlernte … Es war einer der außergewöhnlichsten Momente ihres Lebens.

Alexandra sagte kein Wort, als sie Ellas Mutter anstarrte, doch ihre Finger hielten die Tür so fest umklammert, dass ihre Knöchel weiß wurden. Die beiden Frauen sahen einander einfach an, reglos, bis Ella das Wort ergriff.

»Mum, ich möchte dir Alexandra Konstantinidis vorstellen«, sagte sie mit sanfter Stimme. »Deine leibliche Mutter. Alexandra, dies ist Madeline.«

»Madeline«, flüsterte Alexandra, tat einen wackeligen Schritt nach vorn und hob eine zitternde Hand an die Wange ihrer Tochter. »All die Jahre habe ich mir vorgestellt, wie du wohl aussiehst.«

Ihre Mutter schwieg, aber ihr Mund öffnete sich

leicht, als wollte sie etwas sagen, konnte aber die Worte nicht finden.

»Sollen wir hineingehen?«, schlug Ella vor. »Wie wäre es mit einem Kaffee?«

Alexandra sah sie an. Alle Farbe war aus ihrem Gesicht gewichen, und Ella nahm sie am Arm, während sie ihrer Mutter ein hoffentlich ermutigendes Lächeln zuwarf und ihr zunickte, ihr zu folgen.

»All diese Jahre«, wiederholte Alexandra, eindeutig noch unter Schock, die Tochter vor sich zu sehen, die sie vor fünfzig Jahren weggegeben hatte.

»Komm, setz dich hin, und ich mache uns Kaffee«, sagte Ella. »Mum, setz dich zu Alexandra.«

»Deine Augen«, flüsterte Alexandra kopfschüttelnd und starrte Madeline wieder an, als könnte sie noch immer nicht glauben, sie leibhaftig vor sich zu haben. »Du hast mich angeblinzelt, bevor sie dich mitgenommen haben, als wolltest du mir sagen, dass alles in Ordnung kommen würde.«

Ella sprach, da ihre Mutter noch immer keine Worte fand. »Und alles *ist* in Ordnung, nicht wahr?«, sagte sie, um ihrer Mutter ein Stichwort zu geben. »Meine Großeltern waren fabelhaft. Sie haben Mama liebevoll aufgezogen, und sie hat eine Schwester, die ein paar Jahre jünger ist als sie.«

Madeline räusperte sich endlich. »Es tut mir leid, dies alles ist einfach so schwer zu verarbeiten. Aber es stimmt, meine Eltern waren liebevolle Menschen. Ich hätte mir keine bessere Familie wünschen können.«

»Ich wollte dich finden«, sagte Alexandra. »Ich habe

mich wer weiß wie viele Nächte in den Schlaf geweint. Aber Hope wollte mir nicht sagen, wo du warst. Ich habe sogar daran gedacht, in ihr Büro einzubrechen, um zu sehen, ob ich deine Akten finden konnte, aber dann ist sie gestorben, und weniger als ein halbes Jahr später wurde das Haus geschlossen. Du musst eines der letzten Babys gewesen sein, das dort geboren wurde.«

»Und trotzdem hatte ich keine Ahnung, dass du existierst«, murmelte Madeline. »Es ist beinah grausam zu wissen, dass du so gelitten hast und ich all diese Jahre nichts geahnt habe.«

»Ich möchte, dass du weißt, dass ich dich nicht freiwillig weggegeben habe«, sagte Alexandra und beugte sich mit Tränen in den Augen auf ihrem Sessel vor. »Wenn ich jetzt zurückdenke, hätte ich härter kämpfen sollen. Ich hätte mutiger sein sollen.«

Einen Moment lang herrschte Stille zwischen ihnen.

»Nein«, sagte Madeline. »Du hast das Richtige getan. Ich bin von einer Familie aufgezogen worden, die mich geliebt hat, und ich würde das um nichts in der Welt ändern wollen.«

»Mum ...«, murmelte Ella, als sie sah, wie sich Alexandras Miene vor Kummer verzog.

»Nein«, sagte ihre Mutter, jetzt mit kräftigerer Stimme. »Ich bin so dankbar, dass ich heute hier sitze und dich kennenlerne, Alexandra, aber du musst dir verzeihen und in deinem Herzen wissen, dass deine Entscheidung richtig war.« Dann wurde ihre Stimme sanfter. »Du hast getan, was für deine Tochter richtig war, und ich kann mir kaum vorstellen, wie viel Mut dazu nötig war.«

»Ich war erst neunzehn«, flüsterte Alexandra.

Ella sah zu, als ihre Mutter aufstand, sich neben Alexandra setzte und ihre Hand nahm. »Du warst noch ein Kind. Es muss so traumatisch gewesen sein.«

»Dich zu verlieren, dich nur so eine kurze Zeit im Arm halten zu können und dich dann weggeben zu müssen …«

Dann weinte Alexandra, und Ella beobachtete, wie ihre Mutter ihr mit sanften Fingerspitzen die Tränen wegwischte. »Ich weiß auch, wie es ist, ein Kind zu verlieren. Mein Sohn ist mit nur einundzwanzig Jahren gestorben, und ich habe mir das nie verziehen, wenn ich auch weiß, dass ich nichts hätte tun können, um es zu verhindern.«

Ella schluckte, und Tränen stiegen nun auch in ihren Augen auf, als sie ihre Mutter sprechen hörte. Sie hatte nie begriffen, dass ihre Mutter sich die Schuld gab, aber jetzt verstand sie. Wie sie sich verändert hatte, wie sie immer weiter trauerte und wie diese Trauer die Freude an allem genommen hatte, sogar noch so viele Jahre nach Harrisons Tod.

»Dann wissen wir beide, wie man weiterlebt, während man innerlich an gebrochenem Herzen stirbt«, sagte Alexandra.

»Das wissen wir. Aber wir haben solches Glück, dass wir heute zusammen hier sitzen können«, erwiderte Madeline. »Ich habe sicherlich nie erwartet, in Griechenland meine leibliche Mutter kennenzulernen, also möchte ich den heutigen Tag gern zu einem Festtag machen.«

»Ich stimme aus vollem Herzen zu!«, rief Ella, erleichtert, dass ihre Mutter so positiv gestimmt war. »Ich jedenfalls bin überglücklich, noch eine Großmutter zu haben. Und ganz besonders eine mit einem Haus auf den griechischen Inseln.«

»Sollten wir zur Feier ein Glas von etwas Besonderem trinken?«, fragte Madeline. »Vielleicht Champagner statt Kaffee?«

Da stand Alexandra auf und verschwand für eine Weile, bevor sie wiederkam und dabei etwas in ihrer Hand verborgen hielt. Ganz sicher war es keine Champagnerflasche. Sie nahm auf dem Rand des Sofas Platz und öffnete langsam ihre Hand.

»Diese habe ich von meiner Tante geschenkt bekommen, die mich nach dem Tod meiner Mutter aufgezogen hat«, erklärte Alexandra. »Sie sagte mir am Abend meines achtzehnten Geburtstags, dass sie besondere Familienerbstücke wären, die ihr von meiner Großmutter vermacht worden waren, und dass sie für immer in unserer Familie bleiben müssten.« Sie lächelte. »Ich habe lang darauf gewartet, dies zu tun. Darf ich?«

Ella rückte nach vorn und rang nach Luft, als sie die Größe der Solitäre sah, die Alexandra vorsichtig in die Ohrläppchen ihrer Mutter steckte.

»Sie sind wunderschön«, flüsterte Ella. »Einfach wunderschön.«

»Ich wollte sie in die Schachtel legen, aber Hope hat das nicht zugelassen. Sie meinte, ich könnte sie möglicherweise eines Tages brauchen, und ich wusste, dass sie damit meinte, dass ich sie vielleicht verkaufen müsste, falls ich meinen Vater verließ, um mich allein durchzuschlagen. Aber ich hätte mich nie von ihnen trennen können, dafür haben sie mir viel zu viel bedeutet.«

»Alexandra«, sagte Madeline, während sie ganz sanft ihre Ohrläppchen mit den Fingerspitzen berührte. »War er ein guter Mann? Mein Vater?«

Da setzte sich Alexandra gerader auf, obwohl Ella dachte, dass solch eine Frage sie vielleicht ins Wanken bringen würde. Sie sah erst Ella und dann Madeline an, bevor sie aufstand und zu einem Tisch im hinteren Teil des Zimmers ging. Sie kam mit zwei gerahmten Fotografien zurück, eine von einem jungen Mann auf einer Bühne, der ein Cello hielt, und die andere von einem alten Mann mit dichtem weißem Haar, der lachend an einem Strand saß.

»Dies war dein Vater, Madeline«, sagte Alexandra. »Und dein Großvater, Ella.«

Ella beugte sich vor und sah sich die Fotos an, obwohl sie sie bereits gesehen hatte. Sie hörte, wie ihre Mutter scharf einatmete, sah, wie sie nach dem Foto des älteren Mannes griff und es genau betrachtete.

»Bernard war die Liebe meines Lebens«, erklärte Alexandra. »Ich habe ihn als junges Mädchen geliebt, und ich habe ihn als alte Dame genauso geliebt. Meine Gefühle für ihn haben sich nie verändert, trotz der Jahre, die vergangen waren.«

»Du hattest solch ein Glück, dass du ihn wiedergefunden hast«, sagte Ella. »Es tut mir nur so leid, dass ich die Hinweise nicht schon letztes Jahr bekommen haben, sodass wir ihn hätten kennenlernen können.«

»Alexandra, Ella hat mir erzählt, dass du zurück zu Bernard gefunden hast. Wie habt ihr es nach all der Zeit geschafft, einander wiederzubegegnen?«

»Ich war nach London gereist, um das Orchester zu hören, könnt ihr das glauben? Mein halbes Leben lang hatte ich mich geweigert, zu einem Konzert zu gehen, doch dann beschloss ich, dass es an der Zeit war, die Vergangenheit loszulassen und meine Liebe zur Musik wiederzufinden. Natürlich nur im Publikum, als Zuhörerin.«

»Also war es Zufall, dass du Bernard wiedergesehen hast?«

»Das Schicksal war in unseren jungen Jahren sehr grausam zu uns gewesen, Ella, aber an diesem Abend war es fast so, als wollte es etwas wiedergutmachen.«

32

London, 2012

Alexandra stand im Foyer der Royal Festival Hall und sah sich staunend um. Es hatte sich kaum etwas verändert, seit sie zum ersten Mal hier gewesen war. Vielleicht war es aber auch einfach nur schon so lange her, dass sie sich nicht mehr an alle Einzelheiten erinnern konnte. Schließlich war das an ihrem achtzehnten Geburtstag gewesen – eine Vorstellung und ein Abend, die den Verlauf ihres Lebens verändert hatten. Die glitzernden Kleider und die schmucken Männer, das Perlen des Champagners auf ihrer Zunge, die atemlose Vorfreude, als die Menge darauf wartete, dass das Orchester zu spielen anfing. Die Erinnerungen überkamen sie, als wäre die Zeit nicht vergangen, und wenn sie die Augen schloss, hatte sie tatsächlich das Gefühl, als könne sie den jungen, schlanken Körper ihrer Jugend sehen, in dem Kleid, das Belle und sie gekauft hatten. Neben ihr würde ihre Cousine stehen und auf der anderen Seite Will, und ihre Tante und ihr Onkel würden sie lächelnd ansehen, stolz, sie an diesem Abend ausführen zu können.

»Tante Alexandra?« Sie brauchte einen Moment, um zu merken, wer da ihren Namen sagte, und sah dann zu ihrer Nichte hinüber. Glücklicherweise hatte sie nach dem Tod ihres Vaters wieder Kontakt zu der mütterlichen Seite ihrer Familie aufgenommen und festgestellt, wie dumm sie gewesen war, sich in ihrer Not nicht an sie gewandt zu haben, doch damals hatte sie das nicht für möglich gehalten. Ihre größte Freude war die Beziehung zu Belles Kindern und ihrer Enkelin Jessica. Alexandra reiste mindestens einmal im Jahr nach London, um sie zu sehen.

»Sorry, Darling, ich war mit meinen Gedanken ganz woanders.«

Jessica lächelte und nahm ihren Arm. »Geht es dir gut?«

»Mir geht es prima«, sagte sie. »Es ist nur so, dass jetzt, wo ich wieder hier bin, sehr viele Erinnerungen auf mich einstürmen.«

»Wie lang ist das her?«

»Ich war ein paar Jahre, nachdem unsere Familie aus Griechenland geflohen war, zum ersten Mal hier.« Alexandra tätschelte die Hand ihrer Nichte und lächelte sie an. »Damals dachten wir noch, die Monarchie würde in ein paar Monaten wiederhergestellt und unser Exil wäre nur vorübergehend.«

»Es ist kaum zu glauben, dass du in Griechenland aufgewachsen bist und mit der königlichen Familie befreundet warst.«

Es schien tatsächlich unwirklich, wenn Alexandra an ihre Kindheit zurückdachte, die ihr mittlerweile eher wie ein Märchen und nicht wie das wahre Leben vorkam. Eine Zeit lang hatte sie sich wie besessen an die Erinnerung an ihre Mutter geklammert, es hatte ihr davor gegraut, sie loszulassen, beinahe als rechnete sie damit, dass sie eines Tages zur Tür hereinkommen würde, und alles wäre nur ein Irrtum gewesen. Aber dann hatte sich etwas in ihr verändert, und sie war zu dem Schluss gekommen, dass es den Schmerz lindern würde, wenn sie versuchte zu vergessen. Und das war schließlich auch geschehen.

Alexandra sah sich um und seufzte, als ihr bewusst wurde, wie die Zeiten sich verändert hatten. Jetzt gab es kein Frotzeln mit ihren Cousins oder Träume von einem jungen Mann, den sie gerade zum ersten Mal gesehen hatte. Heute Abend war sie mit ihrer Nichte hier, um das Orchester zu hören, nicht um sich an die Vergangenheit zu erinnern.

»Ich kann nicht glauben, dass es schon ein Jahr her ist, seit du zuletzt in London gewesen bist«, sagte Jessica und drückte ihren Arm, während sie langsam mit den anderen Besuchern dem Einlass zum Konzertsaal zustrebten. »Wir haben so viel vor, jetzt, wo du hier bist. Wollen wir morgen einkaufen gehen?«

Sie nickte, als sie nach dem Programmheft griff, das man ihr reichte. »Einkaufen hört sich nett an. Solange du daran denkst, dass ich eine alte Dame bin, die unterwegs gut gefüttert und getränkt werden muss.«

Jessica lachte. »Kapiert.«

Sie reihten sich jetzt in die Schlange vor der Treppe ein, und Alexandra nahm ihre Brille aus der Tasche und setzte sie auf, um das Programm zu überfliegen.

»Das wird bestimmt ein wunderbarer Abend. Ich habe gehört, dass sie einfach fabelhaft sind«, bemerkte Jessica.

Während ihre Nichte weiter plauderte, rückten sie in der Schlange vor, und als sie wieder stehen blieben und Alexandra weiter in dem Programmheft blätterte, blieben ihre Augen an einem Satz unten auf der letzten Seite hängen, an einem Namen, bei dem ihr plötzlich ganz schwindelig wurde.

BERNARD GOLDMAN.

Alexandras Herz begann zu rasen, und sie zitterte am ganzen Körper, als sie den Namen wieder und wieder las, um ganz sicherzugehen, dass sie sich nicht irrte.

»Tante Alexandra?«

Sie griff nach dem Treppengeländer, wobei ihr das Programmheft aus den Fingern glitt, und als sie sich danach bücken wollte, stieß sie jemand von hinten an.

»Alexandra, was ist los? Du bist ja ganz blass geworden …«

»Ich … ich …«

»Komm, lass uns rasch unsere Plätze einnehmen.«

»Mir geht es gut«, sagte sie, überrascht von der plötzlichen Kraft in ihrer Stimme. »Ich habe nur gerade im Programmheft den Namen von jemandem aus der Vergangenheit gelesen, und das hat mich überrascht.«

Jessica sah nicht überzeugt aus, und auch das Paar vor ihnen hatte sich umgedreht, als wollte es sehen, ob es Hilfe anbieten könnte.

»Bist du dir sicher, dass es dir gut geht? Wenn du lieber langsamer gehen willst oder …«

»Würdest du mich einen Augenblick entschuldigen?«, bat Alexandra. »Bitte, setz dich nur schon auf deinen Platz. Ich gehe mich nur eben frisch machen und bin gleich zurück.«

Alexandra warf ihrer Nichte ein, wie sie hoffte, beruhigendes Lächeln zu und bahnte sich einen Weg durch die Menschenmenge zurück ins Foyer, wo sie sich an eine junge Angestellte wandte.

»Ich hoffe, Sie können mir vielleicht helfen«, begann Alexandra.

»Finden Sie Ihren Sitzplatz nicht?«

»Ich fürchte, es ist ein bisschen komplizierter als das«, sagte Alexandra und deutete auf das Programmheft in ihrer Hand. »Ich wäre Ihnen sehr dankbar, wenn Sie mir sagen könnten, wie ich diesen Mann finden kann.« Sie zeigte auf Bernards Namen. »Ich weiß, es ist ein merkwürdiges Anliegen, aber …«

Die junge Frau sah sie mit einem gelangweilten Gesichtsausdruck an. *Ich habe dich einmal verloren, B. Ich werde denselben Fehler nicht ein zweites Mal machen.*

»Ich will ganz ehrlich sein. Dieser Mann war vor vielen Jahren mein Geliebter. Wir hatten ein Baby zusammen, aber da wir nicht verheiratet waren, hat mich mein Vater gezwungen, das Kind zur Adoption freizugeben.« Sie holte tief Luft und bemerkte, wie die Frau sich plötzlich aufrichtete und die Augen aufriss. »Wir haben uns seit Jahrzehnten nicht mehr gesehen, und es würde mir alles bedeuten, wenn Sie mich jetzt zu ihm bringen könnten.«

»Dieser Mann?«, fragte die Frau und tippte dabei auf Bernards Namen. »Dieser Mann war Ihr *Geliebter?*«

»Es könnte meine einzige Chance sein, mit ihm zu sprechen«, gestand sie, und Tränen stiegen ihr in die Augen, als sie ihn in Gedanken wieder vor sich stehen sah und seine Stimme hörte, die ihr ins Ohr flüsterte und sie dazu ermutigte, für ihn zu spielen, für ihn und für die Welt.

»Sagen Sie mir bitte Ihren Namen«, sagte sie. »Wenn ich Ihnen helfen kann, dann werde ich das tun.«

»Alexandra«, sie zögerte und hätte beinahe ihren Ehenamen genannt, »Alexandra Konstantinidis.«

Die Frau griff nach ihrem Funkgerät und warf Alexandra einen langen Blick zu, bevor sie auf einen Knopf drückte und hineinsprach: »Ich brauche hier mal jemanden, der im Foyer übernehmen kann.«

»Alexandra!« Jessica tauchte an ihrer Seite auf, aufgeregt, als hätte sie bereits überall nach ihr gesucht. »Wo bleibst du denn?«

»Ich suche jemanden aus meiner Vergangenheit«, sagte sie, während die junge Frau, die ihr geholfen hatte, verschwand. Alexandra hielt das Programm an die Brust gepresst und hoffte, dass ihre Nichte sie nicht für komplett verrückt erklärte oder der Sicherheitsdienst sich bemüßigt sah, sie von der Veranstaltung zu entfernen.

Das Foyer hatte sich inzwischen vollständig geleert, und alle hatten ihre Sitzplätze eingenommen. Alexandra sah, wie Jessica ungeduldig wegen der Verspätung von einem Fuß auf den anderen trat.

»Darling, geh doch hinein und setz dich auf deinen Platz. Ich möchte nicht, dass du wegen mir etwas von dem Konzert verpasst.«

Jessica warf ihr einen nachdenklichen Blick zu. »Bist du sicher, dass es sich nicht um ein Missverständnis handelt? Wäre es nicht möglich, dass du vielleicht ...«

In dem Augenblick kam die junge Frau zurück, und Alexandra drehte sich um. An ihrer Seite ging mit schnellen Schritten, als wäre er aufgeregt, ein älterer Mann mit dichtem weißem Haar und einem säuberlich gestutzten Bart. Als er Alexandra sah und sich ihre Blicke trafen, blieb er stehen.

Ihr Herz begann zu klopfen, als sie so dastand und einfach nur den Mann anstarrte, der ihr fremd sein sollte. Aber das war er nicht. Nicht einmal nach all diesen Jahren.

»Alexandra?« Bernards Stimme drang an ihr Ohr, doch als sie den Mund öffnete, um etwas zu sagen, *irgendetwas,* ertappte sie sich dabei, dass sie weiterhin nur wie festgenagelt dastand.

»Alexandra«, wiederholte er, diesmal lauter, und sie trat erst einen, dann einen weiteren Schritt vor, um dann mit ausgestreckten Händen auf ihn zuzugehen.

Sie nahm nichts mehr um sich herum wahr.

»Du bist es«, sagte er, als sie nur noch wenige Schritte voneinander entfernt waren. »Du bist es wirklich.«

»Oh, Bernard, du bist es! Sieh dich nur an!«

Er nahm ihre Hände, und sie blieben voreinander stehen, mit fest ineinander verwobenen Fingern, und sahen sich tief in die Augen.

»Du bist noch genauso schön, wie das letzte Mal, als ich dich gesehen habe«, flüsterte er. »Wie viele Jahre ist das jetzt her?«

»Vierzig Jahre«, sagte sie und ließ eine seiner Hände los, um ihre Handfläche an seine Wange zu legen. »Es ist vier Jahrzehnte her, Bernard. Ein ganzes Leben.«

Da nahm er sie in die Arme und hielt sie, als wären sie die einzigen Menschen im Raum, als stünden sie nicht im Foyer eines Konzerthauses. Sie drückte ihre Wange an seine Schulter, atmete den fremdartigen Geruch seines Rasierwassers ein und genoss das Gefühl seines Körpers an ihrem. Immer wieder hatte sie sich an so vieles von ihm erinnert, doch jetzt merkte sie auch, wie viel sie vergessen hatte.

»Alex«, sagte er, als er sie schließlich losließ und einen Schritt zurücktrat, um sie anzusehen. »Ich kann immer noch nicht glauben, dass du hier vor mir stehst.«

»Du bist …«, sagte sie, und ihr Blick blieb an dem goldenen Ring an seinem Finger hängen.

»Verwitwet«, sagte er sanft. »Seit drei Jahren.«

Erleichterung breitete sich in ihr aus, auch wenn sie wusste, dass sie nicht so fühlen sollte.

»Du hast mich einfach verlassen, Alex, bist damals einfach verschwunden, und niemand konnte mir etwas sagen, außer dass dein Vater dich in die Schweiz mitgenommen hatte. Aber das konnte ich nie akzeptieren.« Er schüttelte den Kopf. »In all den Jahren ist mein gebrochenes Herz nie wieder ganz geheilt.«

Tränen verfingen sich in ihren Wimpern, und sie tat ihr Bestes, um sie wegzublinzeln.

»Tante Alexandra?« Jessica trat an ihre Seite und sah sie fragend an. »Ist dieser Herr dein Freund aus alten Zeiten?«

Alexandra hielt den Blick noch immer auf sein Gesicht gerichtet und fragte sich, wie ein Mann nach so langer Zeit noch immer so gut aussehen konnte.

»Dies ist nicht einfach nur ein alter Freund, Jessica«, sagte sie. »Dieser Mann war die Liebe meines Lebens.« *Und ist es auf gewisse Weise noch immer.*

»Oh, es freut mich sehr, dass ihr euch wiedergetroffen habt, aber ich fürchte, wir verpassen die letzte Gelegenheit, unsere Sitzplätze einzunehmen.«

»Kommt mit, ihr müsst nicht auf das Konzert verzichten«, sagte Bernard und zeigte in die Richtung, aus der er gekommen war. »Zufällig kann ich euch die besten Plätze des Hauses anbieten.«

Jessica warf ihnen einen verwunderten Blick zu, aber glücklicherweise sagte sie nichts, sondern blieb ein paar Schritte hinter ihnen.

Als sie die Bühnentür erreichten und Bernard im Begriff war, sie beide hindurchzugeleiten, drehte sich Alexandra um und vergaß alles und jeden, als sie zu ihm aufsah.

»Ich weiß, es ist zu spät, aber ich habe ein ganzes Leben darauf gewartet, dir das zu sagen«, begann sie. »Ich liebe dich aus ganzem Herzen, Bernard. Und es tut mir leid. Es tut mir so leid, dass ich nicht genug für uns gekämpft habe. Das werde ich immer am meisten bereuen, aber wenn du in deinem Herzen die Kraft finden kannst, mir zu verzeihen …«

Eine Träne entkam seinem Augenwinkel, und sie hob die Hand, um sie mit ihrer Fingerspitze aufzufangen.

»Ich verzeihe dir«, sagte Bernard, beugte sich vor und küsste sie sanft auf die Wange. »Jetzt bist du hier, und das ist alles, was zählt. Ich hätte dir immer verziehen, Alex, ich habe bisher nur keine Gelegenheit dazu bekommen.«

Wärme durchflutete sie, als ihr der Sinn seiner Worte bewusst wurde. Und der Klang des Orchesters, das zu spielen anhob, erfüllte die Luft mit einem Summen.

»Es tut mir so leid«, flüsterte sie, und die Tränen schnürten ihr die Kehle zu.

Er schob sie sanft vor sich her durch die Tür, die hinter die Bühne führte, als die Saiteninstrumente zum Leben erwachten und die Musik sie nun völlig umgab.

»Ich lasse dich nie wieder gehen, Alexandra Konstantinidis«, flüsterte er ihr ins Ohr, wobei er noch immer ihre Hand hielt, und sie fühlte sich wieder genau wie damals, als er einer eingeschüchterten jungen Frau ermutigende Worte zugeraunt hatte.

Sie wandte sich um und suchte in der fast völligen Dunkelheit des Ortes seinen Blick. »Sogar nach all dieser Zeit?«, flüsterte sie zurück.

»Sogar nach all dieser Zeit.«

Und mit einem Mal war Alexandra wieder achtzehn Jahre alt und hatte ihr ganzes Leben noch vor sich. Voller Träume und Hoffnungen und ohne das gebrochene Herz, das sie beinahe ihr ganzes Erwachsenenleben in sich getragen hatte.

33

Gegenwart

»Was ist dann nach diesem Abend geschehen?«, fragte Ella, als sie neben Alexandra auf einer niedrigen Steinmauer saß, die sich auf halbem Weg zwischen dem Strand und dem Haus ihrer Großmutter befand. Sie hatten sich zu einem Spaziergang entschlossen, auf dem Alexandra ihr und Madeline die Geschichte ihrer Vergangenheit erzählt hatte, und sie waren dabei immer langsamer geworden und hatten schließlich ganz angehalten. »Wie seid ihr in Kontakt geblieben?«

Alexandra lächelte, wobei ihr Blick sich in der Ferne verlor. »Wir waren seitdem nicht mal mehr eine einzige Nacht voneinander getrennt.«

»Ihr habt also nach all diesen Jahren einfach so weitergemacht, als wäre nichts passiert?«

»Nein«, antwortete Alexandra und drehte sich zu ihr um. »Nicht so, als wäre nichts passiert. Ich fühlte mich schuldig, weil ich mich nicht genug gegen meinen Vater gewehrt hatte, weil ich ihm blind geglaubt und ihn mein Leben habe kontrollieren lassen. Und Bernard fühlte sich schuldig, weil er nicht intensiver nach mir gesucht hatte, weil er sich nicht noch stärker darum bemüht hatte, mich zu finden, als er von seiner Tournee zurückkam. Aber wir hatten uns wiedergefunden und waren beide fest entschlossen, die verlorene Zeit wettzumachen.«

»Warst du schon zurück in Athen, als er von seiner Tournee zurückkam? Nachdem ich zur Welt gekommen war?«, fragte Madeline.

»Nein, da war ich noch in London, in Hope's House.«

»Ihr wart die ganze Zeit noch in derselben Stadt?«

»Ja«, sagte Alexandra mit einem Seufzer. »Aber das ist jetzt alles vorbei. Manchmal blicke ich zurück und denke, wie naiv ich doch war, wie leicht ich eine andere Entscheidung hätte treffen und zu Bernard zurückfinden können. Aber es hat nicht sein sollen.«

Ella beobachtete ein paar Touristen, die an ihnen vorbeigingen, blickte hoch in die Sonne, die auf das in einiger Entfernung glitzernde Wasser hinunterschien, und fragte sich, wie Alexandra so ruhig über eine so traurige Wende ihres Schicksals sprechen konnte. Und hier war sie, die in einer Zeit lebte, in der Frauen angeblich alle Freiheiten hatten, um zu tun, was sie wollten, und machte sich Sorgen darüber, wie sie den Ansprüchen ihrer Eltern gerecht werden sollte, um niemanden zu enttäuschen.

»Es tut mir leid«, sagte Ella leise. »Niemand verdient solchen Herzschmerz, wie du ihn hast ertragen müssen.«

Ihre Mutter saß neben ihr, und Ella hörte ihren flachen Atem, wusste, wie schwer es für sie sein musste, die Geschichte der Vergangenheit anzuhören.

»Ich hatte mehr Glück als die meisten, Ella. Ich hatte einen freundlichen Ehemann, der akzeptiert hat, warum ich ihm mein Herz nicht schenken konnte, und am Ende habe ich Bernard zurückbekommen.« Sie seufzte. »Wir hatten zehn schöne Jahre zusammen, und dieses Jahrzehnt würde ich für nichts in der Welt eintauschen.«

»Obwohl ihr so viele Jahre zusammen versäumt hattet?«

Alexandra sah wieder weg. »Wer weiß, was geschehen wäre, wenn ich schwanger und mittellos zu Bernard zurückgegangen wäre? Vielleicht hätte er doch irgendwann Ehefrau und Kind als Belastung empfunden. Vielleicht hätte unsere Liebe das nicht ausgehalten.«

Aber vielleicht doch. Ella konnte nicht anders, als diese Worte zu denken, auch wenn sie sie nie gegenüber Alexandra ausgesprochen hätte.

»Alexandra, hast du jemals wieder Geige gespielt?«

»Ja«, sagte sie mit einem leisen Lachen. »Bernard war so böse auf mich, als ich ihm gestand, dass ich aufgehört hatte, nachdem ich aus London weggegangen war, also musste ich wohl oder übel wieder anfangen. Aber nur für ihn. Von da an war meine Musik nur für ein Publikum bestimmt, das aus einer einzigen Person bestand.«

Ella wünschte sich, sie hätte sie spielen gehört – vielleicht wäre sie eines Tages mutig genug, sie darum zu bitten. Aber im Augenblick genügte es, Zeit mit ihr zu verbringen, die Frau kennenzulernen, die zu finden sie das Glück gehabt hatte.

»Wollen wir mittagessen gehen?«, fragte Alexandra. »Ich habe Lust auf Muscheln in Weißweinsoße.«

Madeline nickte, und Ella stand auf und bot Alexandra ihren Arm an, etwas, was sie früher auch mit ihrer anderen Großmutter getan hatte. »Das hört sich lecker an.« Sie hatte nur noch wenig Zeit in Griechenland, und sie wollte jede Sekunde in der Gesellschaft ihrer Großmutter und ihrer Mutter genießen und dazu am liebsten das beste Essen, das sie finden konnte.

Und dann würde sie nach Hause fahren und sich entscheiden, was sie im Leben wirklich wollte. Wenn es nämlich etwas gab, das Alexandras Geschichte sie gelehrt hatte, dann dass sie ihre eigenen Lebensentscheidungen treffen musste und dabei ihrem Herzen folgen durfte. Und hatte ihre eigene Mutter ihr nicht erst am Vorabend gesagt, dass sie an sie glaubte, gleichgültig, welchen Weg sie einschlagen würde?

»Und jetzt erzähl mir, liebe Ella, was lässt denn dein Herz höherschlagen? Was ist deine große Liebe?«

»Die Kunst. Malerei, um genau zu sein«, erwiderte sie, ohne zu zögern, und lächelte zu ihrer Mutter hinüber, als sie das Wort aussprach. »Ich bin …«, sie hielt kurz inne, »ich bin Künstlerin.«

»Nun, dann werde ich mir deine Malerei mal ansehen müssen. Hast du Fotos, die du mir zeigen kannst?«

Ella schüttelte den Kopf. »Nein, aber ich habe an einem Bild gearbeitet, seit ich hier in Griechenland angekommen bin. Ich zeige es dir, bevor ich abfahre.«

»Hast du das?«, fragte Ellas Mutter.

»Ja.«

»Das würde mich sehr freuen«, sagte Alexandra.

Oder vielleicht könnte ich es ihr schenken?

Noch eine Woche. Eine Woche in der Sonne, in der ich diese neue Fassung von mir selbst leben kann, in der ich meine Vergangenheit entdecken kann. Sie wünschte nur, sie hätte mehr Zeit. Sie wollte keinen Gedanken an die Heimreise verschwenden, die auch Alexandra bevorstand, wie sie wusste.

»Und sag mir, gibt es jemand Besonderen in deinem Leben?«

»Ich bin mir noch nicht sicher, wie besonders er für mich ist«, sagte Ella und merkte, wie ihre Mutter neben ihr erstarrte. »Wir kennen uns noch nicht lange, aber ich hoffe, dass er derjenige ist. Ich würde mich freuen, wenn ihr beide ihn eines Tages kennenlernen würdet.«

»Also, ich kann nur sagen, wenn er dafür sorgt, dass deine Augen aufleuchten und dein Herz aussetzt, und wenn er sich anfühlt wie dein Zuhause, dann lass ihn nicht gehen. Lass dir das von einer alten Dame gesagt sein, die in Bezug auf die Liebe viele Fehler gemacht hat.«

Als sie Arm in Arm weiterschlenderten, umgeben vom warmen Wind, die Sonne noch immer hoch am Himmel, die Restaurants nah am Wasser vor Augen, überkam Ella plötzlich eine überwältigende Sehnsucht nach ihrem Bruder. Sanft legte sie den Arm um die Schultern ihrer Mutter und drückte sie leicht. Sie war dankbar für die Reise, auf die die kleine Schachtel sie geschickt hatte. Nicht nur, dass sie eine Großmutter gefunden hatte, von der sie nicht gewusst hatte, dass es sie gab, sie war außerdem ihrer Mutter so nahgekommen, wie sie es seit Harrisons Tod nicht gefühlt hatte.

Ich wünschte, du wärst hier, Harry. Jedes Abenteuer war schöner mit dir, und mit diesem wäre es genauso gewesen.

Zwei Stunden später saßen die drei Frauen bei Alexandra zu Hause, voll mit dem besten Essen, das Ella je gekostet hatte, und ihre Kiefermuskeln schmerzten von so viel Lächeln und Lachen. Aber jetzt, wo sie wieder zurück im Haus waren, umgeben von Fotos von Bernard und Alexandra, gab es auch noch immer einen Teil der Geschichte, den sie endlich hören wollte.

Ihre Mutter stand auf, nahm eines der Fotos zur Hand und betrachtete es nachdenklich.

»Ist Bernard erst vor Kurzem gestorben, Alexandra?«, fragte Madeline vorsichtig, als sie von der Fotografie aufblickte.

»Ja. Wir hatten noch zehn Jahre, nachdem wir uns wiedergefunden hatten. Anscheinend war es uns nicht bestimmt, länger zusammen zu sein.«

Ella und ihre Mutter warteten, während Alexandra sich die Augen betupfte, eines der Fotos von Bernard als jungem Mann nahm und darauf hinunterlächelte. »Aber nachdem wir uns wiedergefunden hatten, haben wir das Beste daraus gemacht. Kein Tag verging, an dem er mir nicht gesagt hat, dass er der glücklichste Mann der Welt wäre. Er war ein wunderbarer Mann, der mich auf Händen getragen hat.«

»War er krank?«

Alexandra sah aus dem Fenster und räusperte sich. »Mein Bernard hatte Krebs. Als man ihn entdeckte, war er bereits überall, und uns blieben nur noch ein paar Monate, bis wir voneinander Abschied nehmen mussten.«

Ella rückte näher an Alexandra heran, damit sie sie umarmen konnte, und sah ihre Mutter an in der Hoffnung, dass sie die richtigen Worte finden würde. Aber ihre Mutter sah noch immer die Fotografie an.

»Er hat meine Augen«, sagte Madeline plötzlich. »Ich habe das Gefühl, mich selbst anzusehen. Ich kann gar nicht ...«

»Deshalb konnte ich auch nicht aufhören, dich anzusehen, bevor ich dich weggegeben habe«, sagte Alexandra. »Weil es war, als würde ich meinen Bernard ansehen.«

»Alexandra, würdest du uns sagen, was am Ende geschah? Konntest du während seiner Krankheit an seiner Seite bleiben?«

Alexandra seufzte leise auf. »Die Ärzte und Pfleger mussten sich davor hüten, uns voneinander trennen zu wollen. Nachdem wir all die Jahre getrennt gewesen waren, hätte ich seine Seite nicht einmal für eine einzige Nacht verlassen.«

»Ihr hattet eine echte Liebesgeschichte«, sagte Ella.

»Und deine Mutter ist der Beweis dafür«, gab Alexandra zurück. »Sogar am Ende, als er seinen letzten Atemzug tat, haben wir noch an dich gedacht, Madeline. Du warst immer in unseren Gedanken.«

Ella sah zu, wie Alexandra die Hand ausstreckte, um Madeline zu berühren, ihr das Haar aus dem Gesicht zu streichen und ihr mit den Fingerspitzen über die Wange zu streicheln, während sie voller Staunen den Kopf schüttelte.

»Was ist aus deiner Familie geworden, Alexandra?«, fragte Madeline.

Da verschwand das Lächeln von Alexandras Lippen, als fiele ein dunkler Schatten über sie. »Ich habe nie wieder mit meinem Vater gesprochen, nicht, nachdem ich geheiratet hatte. Nach der Hochzeit habe ich den Kontakt zu seiner Seite der Familie auf das Nötigste beschränkt.«

»Und die mütterliche Seite deiner Familie?«

»Sie sind meine wahre Familie«, sagte sie bestimmt. »Sie haben mich aufgenommen, nachdem meine Mutter gestorben war, und haben mich geliebt, wie es mein Vater nie konnte. Aber ich habe mich so sehr für das geschämt, was geschehen war, dass ich ihnen niemals von meinem Baby erzählt habe, von *dir*«, sagte sie und sah Madeline dabei an. »Rückblickend hätte ich es natürlich tun sollen. Sie hätten gewusst, was zu tun gewesen wäre, und sich um mich gekümmert, aber damals war ich so jung und verängstigt. Und mein Vater hat mich glauben gemacht, dass ich große Schande über die Familie gebracht hatte und es meine Pflicht wäre, unseren Wohlstand wiederherzustellen, indem ich mich gut verheiratete, als gäbe es etwas, wofür ich büßen musste. In Wahrheit wollte er bloß seinen gesellschaftlichen Status zurück, und dies schien ihm der beste Weg zu sein, sein Ziel zu erreichen.«

»Ich wünsche, ich hätte Bernard kennenlernen können, meinen Vater«, sagte Madeline. »Ich mag gar nicht glauben, dass er schon von uns gegangen ist.«

»Ich möchte, dass du weißt, dass Bernard bis zu seinem letzten Atemzug geliebt und geschätzt wurde.«

Ella konnte ihren Blick nicht von Alexandra wenden, deren Gesicht erneut lebendig wurde, als sie über den Mann sprach, den sie so offensichtlich von ganzem Herzen geliebt hatte.

34

Athen, 2022

Alexandra legte ihre Hand sanft an Bernards Wange. Seine Haut war noch immer weich unter ihren Fingerspitzen, aber auf eine andere Art, mit kleinen Fältchen. Er hielt sie im Arm, seine Hand lag an ihrem Kreuz, und als die Musik spielte, begannen sie, in kleinen Schritten zu tanzen, wobei sich ihre Füße kaum vom Boden hoben.

»Früher waren wir so leichtfüßig wie Elfen«, flüsterte er.

Das brachte sie zum Lachen. Sie lehnte sich in seinen Armen zurück und sah ihm in die Augen, und er sah sie genauso leidenschaftlich an wie vor fünfzig Jahren, als sie zum ersten Mal miteinander getanzt hatten.

»Erinnerst du dich noch, wie wir uns kennengelernt haben?«

»An deinem achtzehnten Geburtstag«, antwortete er. »Wie könnte ich das je vergessen?«

Alexandra lächelte noch einmal zu ihm auf, bevor sie dichter an ihn heranrückte, um ihre Wange an seine legen zu können. An der linken Seite seines Gesichts war ein Sauerstoffschlauch befestigt, der sie daran erinnerte, dass das, was sie hatten, dem Ende entgegenging, und dass jetzt auch ihre letzten gemeinsamen Tage gezählt waren.

Aber Alexandra wollte sich nicht an die Jahre zurückerinnern, die sie nicht zusammen verbracht hatten, vielmehr wollte sie jeden Augenblick mit Bernard auskosten, mit dem Mann, der ihr vermittelt hatte, dass sie die beste Musikerin der Welt werden könnte, wenn sie nur an sich glaubte. Manchmal versuchte sie, sich daran zu erinnern, wie es sich angefühlt hatte, so jung und unschuldig zu sein, so sehr daran zu glauben, dass alles möglich wäre. Aber sie konnte sich nur an Bernard erinnern und daran, wie sie sich mit ihm zusammen gefühlt hatte.

Dann wurden Bernards Bewegungen noch langsamer, und sie wusste, dass er müde wurde. Alexandra nahm ihn fester in den Arm und führte ihn vorsichtig zum Bett zurück. Die Pfleger waren so liebevoll zu ihnen gewesen, hatten zugelassen, dass sie zu jeder Tages- und Nachtzeit an seinem Bett bleiben konnte, und hatten nicht mit der Wimper gezuckt, als sie mit einem Stapel Noten angekommen war, um ihm seine liebsten Stücke vorzuspielen. Wahrscheinlich hatten sie über die beiden alten Leute gekichert, die sich in kleinen Schritten zum Takt der Musik durchs Krankenzimmer schoben. Glücklicherweise hatten sie nicht versucht, sie zu unterbrechen oder Alexandra zu sagen, sie solle ihn wieder ins Bett bringen. Sie sagten ihr auch nie, dass sie sich die Mühe nicht zu machen bräuchte, wenn sie jeden Abend mit seinen Lieblingsgerichten auftauchte, obwohl er kaum mehr als einen oder zwei Bissen herunterbekam. Der Krebs hatte seinen Körper verwüstet, aber sie war entschlossen, Bernard an all das zu erinnern, was er liebte, an alles, was sie gemeinsam geliebt hatten, doch es war noch so viel nachzuholen. Er war ein alter Mann, der aufgrund seiner Krankheit noch älter wirkte, und jetzt war er ein alter Mann, der dem Ende so nah war, dass niemand es wagte, ihnen das bisschen Zeit zu nehmen, das ihnen noch blieb.

Alexandra half Bernard, sich hinzulegen, und schlug die Kissen auf, damit er es bequem hatte. Als sie sich entfernen wollte, schlossen sich seine Finger um ihr Handgelenk, fest, trotz seiner Krankheit. Doch es war die Art, wie er sie ansah, die sie an den Mann erinnerten, der er noch immer war, mit Augen, die leuchteten, als sein Blick den ihren traf.

»Geh noch nicht«, flüsterte er.

»Weißt du noch, was ich dir gesagt habe, B? Ich verlasse dich nie mehr, versprochen.«

Da lächelte er, ließ sich entspannt in die Kissen fallen und schloss die Augen. Sie streichelte sein Gesicht, ließ ihre Finger zärtlich über seine Wangen und seine Schulter gleiten und beugte sich vor, um ihm einen Kuss auf die Stirn zu drücken. Ihre Lippen blieben dort, auch als ihr Tränen über die Wangen rannen und auf sein Gesicht fielen.

So viele Jahre waren ihnen genommen worden. *Gestohlen worden.* Aber diese Zeit hier konnte ihnen niemand nehmen. Niemand konnte diese letzten Momente stehlen, die sie zusammen hatten. Jede Sekunde war kostbar, das wussten sie beide, und deshalb würde sie niemals von seiner Seite weichen.

Sie sah, wie trocken seine Lippen waren, und nahm einen Eiswürfel, drückte ihn sanft auf seinen Mund und sah zu, wie seine Lippen sich öffneten. Sie hätte alles für ihn getan, *alles*, um seinen Schmerz zu lindern, um etwas von dem auf sich zu nehmen, was er durchlitt.

»Spiel für mich«, murmelte Bernard beinah unhörbar, als sie das, was von dem Eiswürfel übrig war, wieder in die Schale neben seinem Bett zurücklegte.

Also stand sie auf, ging zu ihrem Geigenkasten, der auf der anderen Seite seines Betts stand, und nahm ihre Violine und den Bogen heraus. Bernards Augen waren noch geschlossen, aber sie wusste, dass er aufmerksam zuhören würde, wenn sie spielte. Sie war froh, dass er so den Schmerz auf ihrem Gesicht nicht sehen konnte, wenn sie für ihn und nur für ihn spielte, genau wie damals, als sie beide noch jung und voller Träume gewesen waren. Als ihnen alles möglich erschienen war.

Alexandra zwinkerte Tränen weg, als sie den Bogen hob, das Instrument zwischen Kinn und Schulter platzierte und tief einatmete, bevor sie begann. Sie spielte, was sie immer spielte, das Stück, das sie mit Bernard vor all den Jahren eingeübt hatte und an das sie sich jede Nacht erinnert hatte, bevor sie einander wiederfanden.

Ihr Herz schmerzte bei jedem Bogenstrich, aber sie hörte nicht auf. Als sie aufblickte, sah sie, dass einige

Pfleger und Schwestern sich auf dem Flur versammelt hatten und kein Auge trocken geblieben war, während alle schweigend zuhörten, bis sie das Stück ganz zu Ende gespielt hatte. Und als sie fertig war, spielte sie noch ein Stück, das er liebte, und noch eines, als stünde sie auf der Bühne mit einem ganzen Programm. Manchmal war es leichter, sich in der Musik zu verlieren, wie es ihre Tante sie gelehrt hatte – zu spielen, wenn das Herz am meisten schmerzte, um sich wenigstens einen Augenblick lang vom Leben abzulenken.

Als sie schließlich zu spielen aufhörte, schmerzte ihr Arm, weil sie die Violine so lange gehalten hatte, und sie schloss seufzend die Augen. Der Schmerz darüber, Bernard zu pflegen, die Wut über die Zeit, die sie verloren hatten, die Verzweiflung, mit der sie wünschte, sie könnte etwas tun, um sein Leiden zu lindern – all das durchfuhr sie so intensiv, dass ihr der Bogen aus den Fingern glitt. Sie erschauderte, weil ihr das Zimmer plötzlich so leer vorkam.

Als Alexandra zu Bernard hinübersah, stockte ihr der Atem, weil sie es wusste. Er war gegangen. Die Liebe ihres Lebens hatte die Welt verlassen, während er die Musik hörte, die er am meisten liebte, die Stücke, die für ihn genauso besonders gewesen waren wie für sie. Diesmal war er ihr für immer genommen worden.

Alexandra ging zu ihm, legte die Violine neben ihn aufs Bett und beugte sich über seinen Körper, ihre Wange an seiner Brust. Eine Hand legte sich auf ihren Rücken, um sie zu trösten, eine liebevolle Handfläche auf ihrem Rückgrat, aber sie drehte sich nicht um. Sie war noch nicht bereit, irgendjemand gegenüber einzugestehen, dass er tot war, nicht einmal den Pflegern. Ihre Tränen durchnässten Bernards Hemd, und sie wünschte sich, sie hätte mehr Zeit gehabt, nur eine Stunde mehr, einen Tag, eine Woche mit dem Mann, den sie liebte.

All die Jahre, die sie verloren hatten, all die Jahrzehnte, die sie ihn hätte im Arm halten, die Erinnerungen, die sie zusammen hätten schaffen können. *Weitere Kinder, die wir hätten haben können. Die Liebe, die wir hätten teilen können. Die Welt, die wir hätten erforschen können.*

Aber am Ende waren es nicht die Jahre, die sie verloren hatten, sondern die Erinnerungen an die Jahre, die sie zusammen verbracht hatten, die sie jetzt umgaben wie die warme Umarmung ihres Geliebten. Der Tag, an dem sie ihren Bernard nach all den Jahren wiedergesehen hatte, der Augenblick, in dem sich ihre Blicke getroffen hatten und sie wieder mit dem Mann vereint war, den sie ihr ganzes erwachsenes Leben lang geliebt hatte, das war der Augenblick gewesen, an dem ihr Leben wieder neu begonnen hatte.

Und dies waren die Erinnerungen, an denen sie bis zu ihrem letzten Atemzug festhalten würde.

Mein geliebter B, mein Herz, meine Seele. Ich hätte mir nur gewünscht, wir hätten mehr Zeit gehabt.

Mehr Zeit, um die Tochter zu suchen, die ich nie hätte weggeben dürfen. Die Tochter, für die ich hätte tapfer genug sein müssen, um sie zu behalten, tapfer genug, dir von ihr zu erzählen, tapfer genug, der Welt von ihr zu erzählen.

Mit dieser Reue würde sie leben müssen, damit, sich zu fragen, was wohl aus ihrem wunderschönen kleinen

Mädchen mit den leuchtenden Augen seines Vaters geworden war, die ihr in der kurzen Zeit, in der sie sie in den Armen gehalten hatte, das Herz gestohlen hatte.

Und sie würde sich immer fragen, ob ihr Kind eines Tages kommen würde, um sie zu suchen, sodass sie ihr erzählen könnte, was ihr Vater für eine schöne Seele gewesen war. Ein Mann, der sie als achtzehnjähriges Mädchen an die Hand genommen und ihr versprochen hatte, sie niemals alleinzulassen, der hinter den Kulissen gestanden hatte und ihr zugeredet hatte, sie solle mutig sein, der ihr zur Seite gestanden hätte, als sie allein und schwanger war, wenn sie ihm dazu nur die Gelegenheit gegeben hätte.

35

Gegenwart

Ella ging den Strand entlang, barfuß, ihre Strandtasche über der Schulter und den Hut in der Hand. Ihre Mutter war im Haus und packte – sie hatte es geschafft, denselben Rückflug zu buchen wie Ella –, aber es fiel Ella schwer, jetzt schon daran zu denken, nach London zurückzukehren. Griechenland hatte sie auf eine Art und Weise verändert, wie sie es sich nie hätte träumen lassen. Sie war für einen Urlaub hergekommen, mit einer ungefähren Vorstellung davon, was sie tun wollte, hatte vom Malen geträumt und davon, die Hinweise aus der Holzschachtel zu verstehen. Aber es war so viel mehr gewesen als nur ein Urlaub.

Sie hatte eine Großmutter gewonnen, was für sich genommen schon fast unbegreiflich war, aber sie hatte auch angefangen, sich selbst zu verstehen und was sie wirklich vom Leben wollte. Sie hatte wieder Energie, um in die Galerie zurückzukehren, und ihre Reise hatte ihr klargemacht, dass sie ihre Arbeit liebte, aber sie wollte sich nicht mehr allein dadurch identifizieren. Sie wollte malen und diesen kreativen Teil in sich entdecken, wollte sie selbst sein und sich verlieben. Herausfinden, was sich zwischen ihr und Gabriel entwickelte. Mit einem Mal konnte sie sich ein Leben ohne ihn nicht mehr vorstellen, wollte wissen, ob er für sie werden konnte, was Bernard für Alexandra gewesen war.

Sie blieb stehen und nahm die kleine Holzschachtel aus ihrer Tasche, beugte sich tief hinunter und schaufelte Sand und Kiesel hinein. Alexandra besaß nun wieder das Notenblatt und das Foto, sie hatte ihr beides am Tag ihres Kennenlernens zurückgegeben, aber Ella war bisher nicht bereit gewesen, sich von der Schachtel zu trennen, ohne die sie nie nach Griechenland gekommen wäre. Und sie wollte ein kleines Stück Skopelos mit nach Hause nehmen. Sie würde die Schachtel an einen besonderen Platz stellen, damit sie sie immer ansehen und sich lächelnd an die Tage erinnern konnte, die sie auf der schönen Insel verbracht hatte.

Ella strich noch einmal mit dem Daumen über den Deckel und steckte die Schachtel wieder in ihre Tasche. Bevor sie zum Haus zurückkehrte, wollte sie nun Gabriel noch Glück für seine Tournee wünschen.

Das Telefon klingelte mindestens acht Mal, bevor die Mailbox ranging, und obwohl sie zögerte und erwog aufzulegen, hielt Ella ihr Handy stattdessen fester und blickte auf den glitzernd blauen Ozean hinaus, der sich vor ihr erstreckte.

»Gabe, ich bin's. Ich dachte mir, ich melde mich, um dir eine tolle Tournee zu wünschen, aber um ehrlich zu sein, rufe ich an, um deine Stimme zu hören. Vielleicht bin ich verrückt, oder vielleicht hat es mit Bernard und Alexandra zu tun, von deren Geschichte ich mich habe mitreißen lassen, aber ich vermisse dich jetzt schon. Also, ich bin's, und ich wollte dir sagen, dass ich es kaum erwarten kann, dich wiederzusehen, wenn du zurückkommst.« Sie zögerte, bevor sie die Worte herauspresste. »Weil ich nämlich glaube, dass ich dich liebe.«

Ella lachte sich selber aus, als sie schließlich auflegte. Auch wenn es ihr ein bisschen peinlich war, war sie auch glücklich darüber, endlich die Wahrheit gesagt zu haben. Alexandra wäre stolz auf sie, da war sie sich sicher.

Und als sie über den Strand zurückging, vorbei an Reihen von Sonnenschirmen und Liegen, die jetzt, wo die Sonne bereits unterging, verlassen dastanden, spürte Ella, wie ihr Handy vibrierte. Sie blickte kurz auf das Display und sah, dass es Gabriel war.

»Du glaubst also, ich wäre dein Bernard?«

Ella brach in Lachen aus. »Ich wünsche mir wirklich, ich hätte dir diese Nachricht nicht geschickt.«

»Ella, ich bin am Flughafen, wir sind gerade eingestiegen, aber ich habe deine Voicemail gehört, als …«

»Sir, schalten Sie bitte jetzt Ihr Mobilfunkgerät aus.«

Ella konnte hören, wie der Steward Gabriel im Hintergrund anwies.

»Ich vermisse dich auch«, sagte er schnell. »Ich verspreche, ich rufe dich an, aber wenn ich jetzt nicht auflege, werde ich aus dem Flugzeug geworfen. Ich liebe dich auch.«

Dann wurde es still, aber das machte Ella nichts aus. Sie lächelte die ganze Zeit den idyllischen Kopfsteinpflasterweg entlang, von dem sie wusste, dass sie ihn vermissen würde, wenn sie ihn nicht mehr jeden Tag hinaufgehen konnte, barfuß, die Sandalen in der Hand. Sie konnte undeutliches Lachen hören und das Klirren von Gläsern – entweder Touristen, die ihren Urlaub im Paradies feierten, oder Ortsansässige, die sich darüber freuten, eine Mahlzeit miteinander zu teilen.

Als sie zurückkam, öffnete ihre Mutter ihr die Tür, als hätte sie bereits auf sie gewartet.

»Das ist aber ein schönes breites Lächeln.«

»Ich glaube, ich habe meinen Bernard gefunden«, platzte Ella heraus.

»Nun, dann kann ich es nicht erwarten, ihn kennenzulernen. Wo ist er?«

Ihre Mutter sah zur Tür hinaus, als rechnete sie damit, dass er hinter Ella stand und darauf wartete, hereingebeten zu werden.

»Er ist in London. Also eigentlich sitzt er gerade im Flieger.« Ella stöhnte. »Es ist eine lange Geschichte.«

»Lass uns ein letztes Mal am Wasser zu Abend essen, und du kannst mir alles erzählen.«

Ella stand auf und blickte auf das Panorama hinaus, auf die Staffelei, die sie in der Hoffnung draußen gelassen hatte, dass jemand sie vielleicht entdecken würde, auf das endlose blaue Meer, das sich so weit erstreckte, wie das Auge reichte. Griechenland war Teil ihrer Seele, sie konnte es fühlen, und sie wusste, dass sie unter allen Umständen wiederkommen würde.

»Abendessen hört sich wunderbar an. Lass uns gehen.«

Sie schlossen die Tür hinter sich und gingen den Pfad wieder hinunter, Arm in Arm, genossen die milde Nachtluft, und Ella prägte sich ein, wie sie sich auf Skopelos fühlte. Nach Jahren, in denen sie nicht gewusst hatte, was sie malen sollte, hatte sie jetzt ein Notizbuch voller Inspirationen. Genau wie Alexandra Bernards Muse gewesen war, war Griechenland ihre geworden.

Epilog

Ein Jahr später

Ella.« Alexandra breitete die Arme aus und hieß Ella in ihrem Haus willkommen. Ella hatte eigentlich wieder dasselbe Haus mieten wollen, in dem sie das letzte Mal gewohnt hatte, als sie in Griechenland gewesen war. Sie hatte sich vorgestellt, im Innenhof zu malen und hinunter zu den kleinen Restaurants zu gehen, die sie so bald gemocht hatte. Aber als Alexandra angerufen und sie eingeladen hatte, sie den Sommer über zu besuchen, wusste sie, dass sie nirgendwo anders wohnen wollte als bei ihr. Schließlich war es schon etwas Besonderes, eine Bonus-Großmutter zu haben, und Ella hatte vor, das Beste daraus zu machen, solange sie konnte.

»Es ist so schön, dich wiederzusehen«, sagte Ella und umarmte Alex noch einen Augenblick länger, bevor sie sie losließ. »Ich kann nicht glauben, dass es schon Monate her ist, seit wir uns das letzte Mal gesehen haben.«

»Ich finde es auch wunderbar, dich wiederzusehen«, sagte Alexandra. »Wer hätte gedacht, dass mein Haus sich am Ende doch noch mit Familie füllen würde?«

Ella trat zurück, während Gabriel Alexandra umarmte und sie auf die Wange küsste.

»Und dann hast du auch noch diesen umwerfenden Mann mitgebracht«, seufzte Alexandra. »Gabriel, würdest du bitte eure Koffer hochbringen? Und dann kommst du herunter und erzählst mir alles von deinem Orchester. Ich kann es gar nicht erwarten.«

»Ich hatte fast vergessen, wie traumhaft schön dein Haus ist«, sagte Ella und hakte sich bei ihr unter. »Wie traumhaft Griechenland ist.«

»Als ich als Kind Griechenland verlassen musste, habe ich mir geschworen, eines Tages zurückzukehren«, sagte Alex, während sie langsam zusammen in das Wohnzimmer gingen, das aufs Meer hinausblickte. »Ich habe London geliebt, aber als ich nicht mit Bernard zusammen sein konnte, wusste ich, dass Griechenland das einzige Land war, das mich einigermaßen glücklich machen konnte. Es war ein tief in mir verwurzeltes Gefühl, eine Sehnsucht, wieder hier zu sein. Und letztlich war mir auch nichts anderes übrig geblieben.«

»Du hast mir nie viel von deinem Mann erzählt, Alex. Bist du nach Griechenland zurückgekommen, weil du ihn auf Wunsch deines Vaters heiraten musstest?«

»Ja.«

Ella lächelte ihre Großmutter an. »War er ein guter Mann? War er liebevoll zu dir?«

»Das war er«, antwortete Alex, setzte sich und winkte Ella, dasselbe zu tun. »Er war großzügig, und er war verständnisvoll. Ein guter Ehemann, obwohl wir nie verliebt waren.«

»Hast du ihm jemals von Bernard erzählt?«

»Oh, Ella, natürlich. Es war ja offensichtlich, dass mein Herz bereits vergeben war, und er war ja Witwer und liebte seine verstorbene Frau noch immer.« Sie seufzte. »In gewisser Hinsicht passten wir perfekt zusammen, weil wir nicht so taten, als wären wir leidenschaftlich verliebt. Und ohne ihn hätte ich nichts von dem, was ich jetzt habe. Er hat mir das Leben und Teil der Besitztümer zurückgegeben, die mein Vater verprasst hatte, sogar den Schmuck meiner Mutter, der verkauft worden war, um meines Vaters Schulden zu tilgen. Er hat alles ausfindig gemacht und für mich zurückgekauft, auch dieses Haus. Meine Mutter hatte es von der Königin selbst geschenkt bekommen, aber nicht einmal das hatte meinen Vater davon abgeschreckt, es zu verkaufen. Ich schulde meinem Mann sehr viel, wenn er auch nicht die Liebe meines Lebens war.« Sie lächelte. »Er hat mich sogar dazu überredet, wieder zu lesen, nachdem ich jahrelang kein Buch in die Hand genommen hatte, aber das ist eine Geschichte für ein andermal.«

»Alex, fragst du dich eigentlich manchmal, was geschehen wäre, wenn dein Vater nicht gekommen wäre, um dich zu holen?«

»Ich bin eine alte Dame, Ella, was bedeutet, dass ich mein ganzes Leben lang Zeit hatte, darüber nachzudenken, was hätte sein können.« Alexandra richtete den

Blick gedankenverloren in die Ferne. »Die Wahrheit ist, ich werde es nie wissen. Vielleicht hätten Bernard und ich ein ganzes Leben zusammen gehabt, aber vielleicht wäre er auch nicht derselbe Mann gewesen. Er hat mit dem Orchester die Welt bereist, er war imstande, seinen Traum zu leben. Wenn ich zu ihm gegangen wäre, wäre er vielleicht gar nicht der Mann gewesen, in den ich mich verliebt hatte, zweimal sogar.«

Ella sagte nichts, sondern lehnte sich an Gabriel, der inzwischen wieder heruntergekommen war und sich neben sie auf die Sofalehne gesetzt hatte. Seit er von seiner Tournee zurück war, hatten sie keine Nacht getrennt verbracht, und Ella musste sich noch immer kneifen, wenn sie daran dachte, wie sie sich kennengelernt hatten, wie sich alles in ihrem Leben an jenem Tag verändert hatte, an dem sie die kleine Schachtel mit den Hinweisen erhalten hatte.

»Wenn ich nicht schwanger geworden wäre, hätten wir vielleicht gemeinsam die Welt bereist und wären großartige Musiker geworden. Aber es hat nicht sein sollen, und wenn es anders gekommen wäre, dann hätte ich jetzt keine wunderbare Tochter und Enkelin, mit denen ich die nächsten Wochen verbringen kann, nicht wahr?«

Sie saßen einen Augenblick schweigend da, bevor Gabriel aufstand und seine Hand erst nach Ella und dann nach Alexandra ausstreckte. Ella war nicht entgangen, was sie für ein Glück hatte – sie musste sich nicht zwischen Mutterschaft und Karriere entscheiden, während das Leben ihrer Großmutter durch ihre Schwangerschaft auf den Kopf gestellt worden war.

»Meine Damen, ich glaube, es ist Zeit, mittagessen zu gehen«, sagte Gabriel. »Ich bin bereit, das beste Essen kennenzulernen, das die Insel zu bieten hat.«

»Versprich dieser alten Dame, dass du ihr etwas vorspielst, wenn wir zurückkommen, ja?«, bat Alexandra.

»Ich werde *mit* dir spielen«, sagte Gabriel und zwinkerte Ella über Alexandras Kopf hinweg zu. »Das ist meine einzige Bedingung.«

»Mein Bernard hätte dich gemocht«, sagte Alexandra mit einem Seufzer, als sie sich von dem Sofa erhob. »Ich habe nicht mehr viel gespielt, seit er gestorben ist, aber es wird mir eine Ehre sein.«

Ella konnte sich nicht erinnern, jemals so zufrieden gewesen zu sein. Vielleicht reichte der letzte Sommer mit ihrem Bruder, als sie sich leicht und unbeschwert gefühlt hatte, daran, und auch im vergangenen Jahr war sie oft nah daran gewesen, aber heute fühlte sich noch etwas anders an.

»Jetzt erzähl mir alles von dem Baby«, bat Alexandra, als sie langsam den gepflasterten Pfad zwischen den Häusern hinuntergingen. In dieser Geschwindigkeit würden sie wahrscheinlich eine Viertelstunde brauchen, um im Restaurant anzukommen, aber Ella hätte den ganzen Tag so weitergehen können, so angenehm war es. »Wisst ihr schon, was es wird?«

Sie blickte Gabriel an. Sie wussten es, hatten sich aber geeinigt, es vorerst geheim zu halten. Er warf ihr ein Lächeln zu und nickte, bevor er lautlos mit den Lippen formte: *Sag es ihr.*

Ella nahm einen tiefen Atemzug. »Du bist die Erste, der wir verraten«, fing sie an, »dass wir ein kleines Mädchen erwarten.«

»Ein Mädchen?« Alexandras Augen wurden feucht von Tränen, als sie mitten auf dem Weg stehen blieb.

Sie streckte eine Hand aus, um Ellas Bauch zu berühren, zögerte zuerst, als wartete sie auf Erlaubnis. Ella kam näher und hielt ihre Hand über Alexandras.

»Ein wundervolles, kleines Mädchen«, sagte Alexandra und sah Ella in die Augen. »Was für ein Segen. Ich freue mich schon sehr darauf, eine Urenkelin zu bekommen.«

»Es gibt da etwas, das wir dich fragen wollten«, sagte Ella, als sie weiterschlenderten.

»Eigentlich wollten wir bis nach dem Mittagessen warten«, sagte Gabriel, »wenn wir noch gemütlich beieinandersitzen, aber …«

»Wir hätten gern deinen Segen, hier in Griechenland zu heiraten«, unterbrach Ella. »Wir möchten uns so gern auf der Insel das Jawort geben und hinterher in deinem Haus feiern.«

Alexandra blieb wieder stehen und sah zwischen ihnen hin und her. »Ein Baby und eine Hochzeit? Herrlich!«, rief sie aus und warf die Hände in die Luft. »Wie habe ich so viel Glück verdient?«

Ella beugte sich zu ihr, um sie auf die Wange zu küssen, glücklich, sie gefunden zu haben und jetzt Zeit mit ihr verbringen zu dürfen.

Das ist beinahe so unglaublich, dachte sie, als sie zu Gabriel hinüberblickte, *wie die Tatsache, dass wir bald hei-*

raten oder dass ich gerade meine erste eigene Ausstellung in der Galerie eröffnet habe und dass aus meiner von Griechenland inspirierten Serie alle Stücke bis auf eines verkauft sind.

Sie warf Gabe eine Kusshand zu, als er sie dabei ertappte, wie sie ihn ansah, und er schüttelte nur den Kopf und lachte. Es würde der herrlichste Urlaub ihres Lebens werden – Hochzeit und Flitterwochen, der letzte Urlaub vor dem Baby, alles auf einmal. Ihr Leben hatte sich auf völlig unerwartete Weise verändert, und sie freute sich jede Sekunde darüber.

* * *

Sechs Tage später streckte sich Ella in der Sonne aus und genoss die Wärme auf ihrer Haut. Es bekam ihr gut, in Griechenland am Strand zu liegen, und sie wusste, es würde immer ihr perfekter Urlaubsort sein, der Ort, mit dem sie sich tief in der Seele verbunden fühlte. Außerdem schien es das Land zu sein, das sie zu ihren besten Bildern inspirierte, was ihr eine sehr gute Ausrede verschaffte, jeden Sommer wiederzukommen. Daran würde sie Gabriel erinnern, falls er jemals versuchen sollte, sie davon zu überzeugen, woandershin zu reisen.

Dann berührte sie ihren runden Bauch mit der Handfläche und lächelte bei dem Gedanken an die Ferien, die sie zusammen mit ihrer Kleinen verbringen würden, wenn sie erst einmal da war. Es würde etwas Besonderes sein, einer kleinen Tochter, die hinter ihnen hertappte, die griechischen Inseln zu zeigen. Als ihr Handy pingte, drehte Ella sich um, griff danach und hielt es gegen die Sonne, um zu erkennen, was ihr das Display zeigte. Sie lächelte, als sie sah, dass es Mia war.

Nach ihrem ersten gemeinsamen Kaffeetrinken hatte sie Mia auch weiterhin auf dem Laufenden gehalten, ihr begeistert erzählt, wie die Hinweise sie zu Alexandra geführt hatten. Ella hoffte, dass es Mia darin bestärkte, dass sie das Richtige getan hatte, als sie die kleinen Schachteln ihren jeweiligen Familien ausgehändigt hatte. Mia und sie waren so über das letzte Jahr hinweg gute Freundinnen geworden und hatten entdeckt, dass sie sich in vielem ähnlich waren. Erst letzte Woche hatte sie Mia zum Abendessen bei sich gehabt, und sie war auch eine der wenigen persönlichen Gäste gewesen, die Ella zu ihrer Ausstellung in die Galerie eingeladen hatte.

Wie ist Griechenland?

Ella blickte über den Rand ihrer Sonnenbrille hinweg einen Augenblick lang aufs Wasser, bevor sie antwortete. Wenn sie die Schönheit der Inseln nur beschreiben könnte! Es wäre unmöglich, ihnen mit Worten gerecht zu werden.

Es ist unglaublich. Es gibt keinen Ort auf der Welt, wo ich lieber wäre.

Sie machte es sich bequem, während sie auf Mias Antwort wartete, drehte sich, sodass ihr Oberkörper im Schatten des Sonnenschirms lag, aber ihre Beine weiter von der Sonne gewärmt wurden.

Ich habe gerade Neuigkeiten von dem Unternehmen bekommen, das Hope's House entrümpelt.

Ella spürte, wie ihr Herz aussetzte, als sie sah, wie die kleinen Bläschen auf dem Display erschienen, und wartete auf die nächste Nachricht. Was könnte Mia noch gefunden haben?

Sie haben auf dem Dachboden noch eine Kiste mit Sachen gefunden, die ich übersehen hatte. Papiere und andere Dinge, die für mich noch keinen Sinn ergeben, aber ich habe auch noch Hopes persönliches Tagebuch gefunden. Es steckte zwischen den Sachen in der Kiste.

Ella hätte nicht so neugierig sein sollen, da sie die Geschichte ihrer Großmutter inzwischen so gut kannte, aber die Geschichte von Hope's House faszinierte sie immer noch.

Hast du etwas Interessantes gefunden? Hast du das Tagebuch schon gelesen?

»Ella, auf geht's, wir kommen zu spät zum Mittagessen«, rief Gabriel ihr von weiter unten am Strand zu.

Sie winkte ihm zu, starrte aber weiter auf das Display, während sie auf Mias Antwort wartete.

Ich glaube, deine Großmutter war die letzte Frau, die im Haus entbunden hat, und ich vermute auch, dass Hope vielleicht selbst adoptiert war. Ich glaube, deshalb hat sie so viel für ungewollte Babys getan. Aber da ist noch mehr.

»Ella, was machst du denn? Deine Mutter und Kate warten schon.« Gabriel tauchte neben ihr auf und nahm ihr die Sonne, als sein Schatten über ihr aufragte.

»Ich muss nur noch eine Textnachricht lesen«, sagte sie, lächelte zu ihm und streckte die Hand aus, um seinen Arm zu berühren. »Kannst du mein Handtuch und mein Buch schon in die Tasche packen? Es dauert nicht länger als eine Minute.«

Sie schreibt, dass sie nicht verstanden hat, was für sie hinterlassen worden war. Dass sie beschlossen hatte, die Dinge einfach aufzubewahren. Deshalb frage ich mich, ob ursprünglich doch etwas in der Schachtel lag, die ihren Namen trägt. Vielleicht hat sie den Inhalt herausgenommen und sich nie die Mühe gemacht, die Sachen zurückzulegen.

»Ella?«

Außerdem gibt es noch eine weitere Enkelin, die mich um Hilfe gebeten hat. Ich dachte mir, wir könnten sie vielleicht beide treffen? Ihr Name ist Georgia. Ich glaube, sie war die Frau, die damals aus der Besprechung in der Anwaltskanzlei hinausgegangen ist. Die sich nicht dafür zu interessieren schien, was ihr hinterlassen worden war.

Ella stand auf und ließ ihr Handy in die Tasche ihrer Shorts gleiten, aber Mias letzte Nachricht beschäftigte sie noch, als sie Gabriels Hand nahm und an seiner Seite über den Strand zurückging. Sie würde Mia später antworten, wusste aber schon sicher, dass sie der anderen

Enkelin, die ebenfalls ein Schächtelchen bekommen hatte, helfen würde. Wie auch nicht, nachdem es ihr eigenes Leben so verändert hatte?

»War das die Arbeit?«, fragte Gabriel. »Du weißt, dass die Galerie auch ohne dich überleben kann, oder?«

Ella lächelte ihm zu und stellte sich auf die Zehenspitzen, um ihm einen Kuss auf die Wange zu drücken. »Nein, das war Mia.«

Gabriel stöhnte. »O nein, sag jetzt nicht, wir haben noch ein verstecktes Familienmitglied, nach dem wir suchen müssen? Ich glaube nicht, dass mein Hirn es aushält, noch mehr Hinweise zu enträtseln.«

Ella lachte und schmiegte sich enger an seine Seite. »Nein, aber ich glaube, dass es bei ihr möglicherweise so ist. Es hörte sich an, als hätte Mia ihr eigenes Familienrätsel, und dann ist da noch eine weitere Frau, und wenn wir wieder in London sind …«

»Komm schon, holde Gattin. Alle warten darauf, die frisch Verheirateten zu sehen«, sagte Gabe. »Wir können später noch darüber sprechen. Ich weiß schon, dass ich dich nicht werde davon abhalten können, sobald wir wieder zu Hause sind.«

Ella grinste, und er küsste sie, als sie vor dem Restaurant stehen blieben. Seine Hände legten sich um ihre Taille, als sie den Kuss erwiderte.

»Ich glaube, wir gehen besser hinein«, murmelte er und drehte sie langsam herum, sodass sie ihre Familie winken sehen konnte, die bereits im Restaurant an einem Tisch saß.

Ella winkte zurück, und gemeinsam gingen sie hinein. Sie würde Gabe später noch alles erzählen und Mia am Abend anrufen. Aber jetzt würde sie erst einmal den Nachmittag mit ihren Lieben genießen.

Sie legte eine Hand auf ihren Bauch, als Gabriel ihr einen Stuhl heranzog, und Alexandra lächelte ihr von der anderen Seite des Tischs zu. Ohne Mia hätte sie nichts von alledem.

Das Mindeste, was ich tun kann, ist, ihr zu helfen.

Liebe Leserinnen und Leser

Ganz herzlichen Dank dafür, dass Sie sich entschieden haben, *Die verheimlichte Tochter* zu lesen. Ich hoffe, dass Sie das Lesen genauso sehr genossen haben wie ich das Schreiben. Und wenn dem so ist, dann würde ich gern Ihre Gedanken über die Geschichte erfahren, auch, weil es neuen Leser* innen hilft, meine Bücher zu entdecken.

Dies ist das dritte Buch der Serie »Die verlorenen Töchter«, und ich freue mich darauf, sehr bald noch mehr Bücher mit Ihnen zu teilen. Wenn Sie *Die verlorene Tochter* oder *Die vermisste Tochter* noch nicht kennen, möchten Sie sich vielleicht als Nächstes nach Italien oder Kuba entführen lassen und sich dabei in ein paar wirklich unvergessliche Charaktere verlieben.

Ich höre immer gern von meinen Leser*innen. Sie können sich über meine Facebookseite mit mir in Verbindung setzen, indem Sie Soraya's Reader Group beitreten oder mich auf Goodreads oder meiner Website besuchen.

Ganz herzlichen Dank,

Soraya x

www.sorayalane.com

Soraya's Reader Group:
facebook.com/groups/sorayalanereadergroup

facebook.com/SorayaLaneAuthor

Danksagung

In früheren Romanen habe ich diesen Teil gewöhnlich damit begonnen, einer sehr kleinen Gruppe von Menschen zu danken, aber bei der Reihe »Die verlorenen Töchter« habe ich tatsächlich eine ziemlich lange Liste! Wie immer möchte ich mich bei meiner Herausgeberin Laura Deacon dafür bedanken, dass sie das Risiko mit dieser Serie eingegangen ist, als ich ihr von dieser Idee erzählte – Laura, ich arbeite so gern mit dir zusammen! Und ich kann kaum glauben, dass wir bereits das dritte Buch veröffentlichen. Es kommt mir vor, als hätten wir gestern erst angefangen, über die Idee zu sprechen, und jetzt haben wir schon drei Bücher fertig!

Ich möchte mich bei dem gesamten Bookouture-Team für seine Unterstützung bedanken, ganz besonders bei Peta Nightingale, Ruth Tross, Jess Readett, Saidah Graham, Melanie Price, Noelle Holton, Kim Nash und bei der unvergleichlichen Redakteurin Jenny Page. Aber mein größter Dank geht an Richard King, dem Lizenzmanager bei Bookouture. Dank Richard ist diese Serie auf der ganzen Welt in so vielen Sprachen erhältlich, und ich werde ihm für immer für die Leidenschaft dankbar sein, mit der er sich für meine Bücher einsetzt.

Außerdem muss ich mich bei den Herausgebern und Verlegern bedanken, die die Serie auf der ganzen Welt veröffentlichen. Mein Dank geht an Hachette; an meinen britischen Lektor, Callum Kenny bei Little, Brown (Sphere Imprint); an mein Hachette-Team in Neuseeland, unter besonderer Erwähnung von Alison Shucksmith, Suzy Maddox und Tania Mackenzie-Cooke; an meine US-Lektorin Kirsiah Depp bei Grand Central; an meine niederländische Lektorin Neeltje Smitskamp bei Park Uitgevers; an meine deutsche Lektorin Julia Cremer bei Droemer Knaur; an meine Lektorinnen Päivi Syrjänen und Iina Tikanoja bei Otava (Finnland) und an meine norwegische Lektorin Anja Gustavson bei Kagge Forlag. Außerdem möchte ich die folgenden Verlage dankbar erwähnen: Hachette Australia, Albatros (Polen), Sextante (Brasilien), Planeta (Spanien), Planeta (Portugal), City Editions (Frankreich), Garzanti (Italien), Lindbak und Lindbak (Dänemark), Euromedia (Tschechien), Modan Publishing House (Israel), Vulkan (Serbien), Lettero (Ungarn), Sofoklis (Litauen), Modan Publishing House (Israel), Pegasus (Estland), Hermes (Bulgarien), JP Politikens (Schweden) und Grup Media Litera (Rumänien). Zu wissen, dass mein Buch in so vielen Sprachen von so anerkannten Verlagen rund um die Welt veröffentlicht werden wird, ist ein wahr gewordener Traum.

Jetzt zurück zu meiner üblichen kleinen Gruppe wundervoller Menschen! Dank an Laura Bradford, ich bin so stolz darauf, sie als Repräsentantin zu haben. Besonderen Dank auch an Lucy Stille, dass sie *Die verlorene Tochter* gelesen und sich dem Team angeschlossen hat! Dank an meine unglaublichen Schriftsteller-Freundinnen Yvonne Lindsay und Natalie Anderson – was würde ich nur ohne euch tun, Mädels? An meine Eltern, Maureen und Craig, herzlichen Dank für euren ständigen Beistand. Und schließlich an meinen wunderbaren Mann Hamish und meine fantastischen Jungen Mack und Hunter.

Und schlussendlich ein riesiges Dankeschön an alle meine Leser* innen. Ohne euch wäre ich nicht hier. Und ich bin so dankbar, dass ihr euch entschieden habt, meine Bücher zu lesen.

Soraya x

Tauchen Sie ein in die atmosphärische Familiensaga

Die verlorenen Töchter

um sieben Frauen, geheimnisvolle
Erbstücke und schicksalshafte Liebe

SORAYA LANE

Die *verlorene* Tochter

Roman

Band 1

Eine kleine hölzerne Schachtel mit dem Namen ihrer Großmutter darauf führt die 30-jährige Lily nach Italien: Die Schachtel wurde in einem ehemaligen Londoner Frauenhaus gefunden, und sie enthält lediglich ein handgeschriebenes Rezept auf Italienisch und ein Programm des Mailänder Opernhauses von 1946. Was hat es damit auf sich? Als angehende Winzerin nimmt Lily eine Stelle auf dem Weingut der Familie Rossi an und fühlt sich schnell wie zu Hause. Unterstützt von dem charmanten Antonio kommt Lily schließlich der ebenso erschütternden wie anrührenden Geschichte einer großen Liebe auf die Spur, die auch ihrem Leben eine neue Richtung weisen könnte.

»Spitzen-Auftakt der Familien-Saga.« *tina*

»Ein wunderbares Buch mit tollen Charakteren und einem schönen Schauplatz – gemütliche Lesestunden sind damit garantiert!« *Radio Euroherz*

SORAYA LANE

Die *vermisste* Tochter

Roman

Band 2

Auch Claudia hat aus dem Nachlass eines ehemaligen Frauenhauses eine kleine hölzerne Schachtel mit dem Namen ihrer Großmutter geerbt. In der Schachtel befinden sich eine alte Visitenkarte mit einer Adresse bei der Londoner Börse und die Zeichnung eines Familienwappens. Vor allem das Wappen lässt Claudia nicht los: Schließlich stößt sie auf die kubanische Familie Diaz, der in den 50er-Jahren eine große Zuckerrohrplantage gehört hat. Kurzentschlossen fliegt Claudia nach Havanna – und ist wie verzaubert von der quirligen, vor Lebensfreude sprudelnden Stadt. Als sie ihr Wappen an einem Foodtruck dem Koch Mateo zeigt, beginnt eine emotionale Reise in die Vergangenheit …

»*Die vermisste Tochter* ist spannend, dramatisch und mit ganz starkem Personal besetzt. Dazu noch die Zeit, in der der Roman überwiegend spielt, einfach ein Gedicht. Lesen, träumen, abtauchen!«

Alex Dengler, www.denglers-buchkritik.de

SORAYA LANE
Die *verheimlichte* Tochter
Roman

Band 3

Schon lange hat die 30-jährige Ella das Gefühl, dass in ihrem Leben etwas fehlt. Als sie von einem ehemaligen Londoner Frauenhaus eine Schachtel überreicht bekommt, auf der der Name ihrer Großmutter steht, nimmt sie sich spontan eine Auszeit. Der rätselhafte Inhalt der Schachtel – ein altes Foto und ein Notenblatt – führt Ella nach Griechenland. In einem malerisch gelegenen Häuschen am türkisblauen Meer entdeckt sie nicht nur ihre lange vernachlässigte Kreativität wieder: Zusammen mit dem charmanten Violinisten Gabriel kommt Ella ihrer tragischen Familiengeschichte auf die Spur und dem Geheimnis um eine verbotene Liebe. Kann das Erbe ihrer Großmutter Ella auch einen neuen Weg in die Zukunft weisen?

SORAYA LANE
Die *verborgene* Tochter
Roman

Band 4 - erscheint im Herbst/Winter 2024

Georgia arbeitet viel und liebt, was sie tut. Als sie eine Schachtel mit dem Namen ihrer Großmutter überreicht bekommt, legt sie diese vorerst beiseite.
Monate später betrachtet Georgia im Auktionshaus Sotheby's wunderschöne Schmuckstücke und erinnert sich an den pinken Stein in der Holzschachtel. Ihr Interesse ist geweckt, und die Hinweise des Auktionators, dass es sich bei dem Stein um einen seltenen pinken Turmalin handelt, der wahrscheinlich von einer Krone stammt, führen Georgia über Italien in die Schweiz. Dort trifft sie Luca, der viel mehr mit dem Stein zu tun hat, als beide anfangs erahnen …